Un año y un día

Virginia Henley

Un año y un día

Traducción de Ana Silvia Mazía

Círculo de Lectores

Para Ryan James Henley, mi nuevo nieto

Capítulo primero

La muchacha de rojos cabellos, sumergida hasta los pechos en el estanque del bosque, se estremeció con deleite al sentir el agua helada en la piel. Había aguardado todo el invierno para darse el primer chapuzón de la primavera. Jane Leslie tenía una veta salvaje e indómita, igual que los seres vivos con quien solía comunicarse. Poseía un don especial gracias al cual los animales confiaban en ella y se le acercaban sin temor. Jane había estado jugando con una nutria que nadaba junto a ella, aturdiéndola con sus cabriolas y acrobacias. Jane le ordenó que diera fin a sus travesuras y el animal se tendió en la orilla para dormitar bajo el sol primaveral.

Jane alzó la cabeza. El pelo de la nuca se le había erizado, tal y como ocurre con los animales cuando se sienten en peligro. Inmóvil, escudriñó tras una rama con la intención de identificar qué perturbaba la paz de aquel paraíso natural.

Jane no vio nada; sin embargo, percibía una presencia. Algo acechaba tras el encaje verde de las ramas. Aguzó el oído para captar hasta el crujir de las hojas o el susurro de una respiración, pero no oyó nada. Fuese quien fuese, era un maestro del sigilo. Inspiró profundamente y sintió el olor del agua, el perfume de los primeros lirios silvestres, la fragancia del bosque y el aroma punzante del cercano mar. Al captar el olor a hombre, sus fosas nasales se dilataron. No, no se había equivocado: ¡un hombre la había estado contemplando mientras se bañaba!

Unos ojos verdes la espiaban en silencio a través de las ramas. Venía de muy lejos y, fatigado y sediento, se había acercado al estanque para beber. Y, sin embargo, se limitaba a observarla sin pestañear, hechizado. Se pasó la lengua por los labios, acicateado su apetito por la tierna carne femenina que podría saciar su voraz apetito. Sin apartar la vista de la muchacha, se agazapó entre las sombras, a la espera de que ella saliera del agua.

La doncella cerró los ojos para ocultar la excitación que sentía. Fingió no notar su presencia y, tras hundir las manos en el estanque, levantó los brazos dejando que el agua le chorreara por el cuello y los hombros. ¿Sería capaz de inducirlo a salir de su escondite? Ella tenía poderes de los que carecían otras personas. Empezó a canturrear con suavidad una encantadora melodía y se acercó al borde del estanque. Intentaba mantener una apariencia tranquila, aunque por dentro sentía curiosidad y excitación.

Él avanzó con sigilo, atraído de manera irresistible por su canto de sirena. Con la mirada fija, observó con avidez cada uno de los movimientos del pequeño cuerpo femenino. Decidió que sería su presa, seguro de que no podría escapar de él. Ya era suya. Alzó su cabeza orgullosa y reprimió su impaciencia, aguardando el momento de efectuar su próximo movimiento.

Cuando apareció bajo el dosel, Jane alzó los párpados, azorada, y encontró un par de feroces ojos verdes, los más feroces que viera jamás. ¡Imaginaba que el intruso sería un zorro o un venado, pero jamás que se toparía con un lince!

Jane estaba aterrorizada, tanto por sí misma como por la nutria dormida. Si no hacía algo pronto, el lince devoraría al animalillo. Salió del agua de un brinco y trató de espantar al enorme animal pero este no se dejó amedrentar. No hizo el menor caso de la nutria; en cambio, concentró toda su atención en Jane y echó a andar hacia ella demostrando quién iba a ser su presa.

Jane lanzó una exclamación de terror y echó a correr. Su poder era lo único que podría salvarla. Mientras corría, sujetó el talismán celta de jaspe que colgaba de su cuello y elevó una desesperada súplica a la diosa Brigantia.

Miró por encima del hombro y supo de inmediato que no habría ninguna intervención divina; el lince la perseguía encarnizadamente, casi lo tenía encima. De la garganta de la muchacha brotó un grito desgarrado cuando se enganchó un pie en una enredadera y trastabilló. El poderoso animal se cernió sobre ella y con una de sus acolchadas y enormes patas la hizo rodar, dejándola tendida de espaldas.

Jane gritó y cerró los ojos para ocultar la visión aterradora del lince. Su pavor era tal que sus miembros temblaban sin control y sentía que el corazón le latía en los oídos. Reprimió un suspiro trémulo cuando la bestia empezó a olfatear su cabello. Y entonces, por increíble que pareciera, el animal le lamió la mejilla. «Dios mío –pensó la muchacha–, como todos los felinos, ¿pretenderá jugar conmigo antes de devorarme?»

Alarmada, abrió los ojos y se miró en unas terribles órbitas verdes. La lengua del lince volvió a asomar, lamiéndole la oreja. Jane percibió que el animal la trataba con delicadeza, lo que la convenció, con gran alivio, de que no la lastimaría.

Su corazón aún latía desbocado cuando enfocó su mirada para contemplar la magnificencia de la bestia. Su pelaje era de color tostado y se erizaba alrededor de la faz y de las orejas, enmarcando su cabeza con una melena plateada. La piel del felino salvaje parecía ser tan suave como el vilano del cardo y sus enormes patas mullidas reflejaban su poderío. Jane comprendió que no tenía control sobre él: al contrario, era la bestia quien controlaba la situación. Era intrépido y feroz, depredador y orgulloso, salvaje y libre.

La lengua del animal descendió por el cuello de la muchacha hasta la clavícula. Cuando comenzó a lamerle los pechos, Jane sintió su desnudez con más intensidad. La lengua del lince se enroscó en uno de sus pezones y su textura áspera le provocó un escalofrío que le llegó al interior del vientre. El placer se mezclaba en ella con el temor y experimentó una rara excitación que no se asemejaba a nada que hubiese sentido hasta ese momento y que llegó hasta lo más hondo de su ser.

El lince descendió la lengua por el torso de la muchacha hasta que ella sintió sus húmedos y cálidos lengüetazos en el vientre desnudo, lo que le produjo un placer tan intenso que Jane cerró los ojos y de sus labios brotó un gemido.

Una liebre a la carrera entre los árboles hizo crujir el suelo del bosque y, de inmediato, el lince echó a correr a saltos tras ella, desapareciendo tan repentinamente como había llegado. Jane suspiró y levantó su talismán de jade que pendía de una correa de cuero para contemplar el rostro de Brigantia. Pensó que quizá la diosa de la inspiración hubiese enviado a la liebre como intermediaria. Las liebres eran tramposas y sus poderes podían hacer transformaciones y controlar el destino.

Insegura, se aproximó hacia el lugar donde se hallaban sus ropas, aún perpleja por el extraño encuentro. Por su cabeza pasó la idea de que podía tratarse de un presagio, aunque no supo qué le vaticinaba. Su corazón aún latía locamente mientras se ponía el vestido de lana y los calcetines. Poco a poco, el estanque retomó la atmósfera anterior a la llegada del intruso. Los pájaros y las libélulas revoloteaban de nuevo a poca altura sobre el agua y las ardillas rojas volvieron a descender por los troncos de los árboles y acercarse despacio a los pies de Jane.

Se puso los zapatos de cuero y emprendió el regreso al castillo de Dumfries en el que su padre, Jock Leslie, trabajaba como mayordomo. Dumfries era uno de los fuertes que custodiaban la frontera de Annandale, en Escocia.

Jane era la menor de diez hijos; su madre había muerto después de dar a luz a Jane. Había sido criada por Megotta, su abuela materna, una mujer celta orgullosa de su sangre. Cuando su hija se casó con Jock Leslie, se indignó al saber que su yerno era un hombre sin ascendencia céltica pura; por eso, se redobló su decisión de transmitir a sus nietos las tradiciones de su raza. Jane, que tenía siete hermanos y dos hermanas, era la preferida de Megotta. Nació con el don de curar y su abuela estaba convencida de que las antiguas diosas celtas se lo habían concedido. La abuela tenía la esperanza de que un día llegaría a desarrollar el don de la clarividencia, que Jane experimentaba en algunas ocasiones.

Cuando llegó a su casa, la puerta de la morada de piedra estaba entreabierta y Jane oyó con toda claridad a sus dos hermanas casadas discutir con su abuela. Sus mejillas enrojecieron cuando se dio cuenta de que ella era la causa del desacuerdo.

Sabía que sus hermanas abrigaban resentimientos contra ella porque su padre y su abuela la trataban como si fuese especial y le daban libertad para explorar los bosques y cuidar de los animales. Jane no comprendía que la envidiaran por ser más hermosa que sus dos hermanas, por poseer una cabellera de un rojo flamígero y por tener un cuerpo ágil y voluptuoso.

–Dejad de entrometeros en asuntos que no son de vuestra incumbencia. Jane está destinada a metas más importantes que el matrimonio; además, aún es demasiado joven –decía Megotta con firmeza.

–¿Demasiado joven? –exclamó Mary–. Yo, a su edad, ya tenía tres hijos.

Apoyó las manos sobre su redondo vientre donde se gestaba su sexto hijo.

–Su salvajismo es antinatural; debería esforzarse en superarlo –afirmó Kate–. La gente habla de ella. Jamás nadie se ha atrevido a cortejarla. Los hombres la ven como a una bruja, no como a una mujer; y la culpa es tuya. ¡Tú le has llenado la cabeza con esas pamplinas célticas supersticiosas!

–¡Deberíais estar orgullosas de vuestra herencia celta! ¡No hay nada más importante que la sangre!

–Nada, excepto un matrimonio y pescar un marido –aseguró Mary–. Nuestro padre tendrá que ofrecer una dote para que alguien se fije en ella.

Jane se entendía bien con los animales pero, en ocasiones, se sentía incómoda con las personas. Sabía que sus poderes la diferenciaban de los demás; no tenía interés alguno en hallar marido, tener hijos y fundar una familia, que era el objetivo de las jóvenes. Las murmuraciones y risas que escuchaba a su paso la inducían a esforzarse por guardar sus emociones para sí. Fingía que no le importaba que los aldeanos la considerasen extraña, y ocultaba el dolor que ello le causaba.

Ese día, en cambio, no pudo controlar sus sentimientos. En cuanto traspuso el umbral, se enfrentó a sus hermanas:

–¡Yo no quiero un marido! Prefiero vivir con papá y con Megotta.

Sus hermanas se volvieron hacia ella con una expresión perpleja. Ambas estaban casadas con criadores de ganado y tenían su propia casa de piedra y juncos, fuera de los muros del castillo. Rompieron a reír.

–No tiene la más remota idea de lo que se pierde –dijo Kate a Mary.

–Creo que deberíamos contarle qué es lo que sucede entre un hombre y una mujer –anunció Mary a Kate.

–¡Sois un par de desvergonzadas! –exclamó Megotta.

Jane se sonrojó y sostuvo su posición ante sus hermanas.

–Está bien, Megotta. Sé muy bien qué sucede entre un hombre y una mujer; la cuestión es que no me interesa. Los hombres me parecen muy... –Jane no dijo «aterradores» porque lo más probable era que sus hermanas se rieran aún más– toscos –concluyó.

Jane jamás había dicho a nadie que una vez había sido ultrajada por un hombre, un fugitivo que se ocultaba en el bosque. Por el modo en que el malhechor le desgarró la ropa y la tocó, supo, sin lugar a dudas, que pretendía saciar sus apetitos con ella. Jane había logrado vencerlo utilizando el cuchillo con el que cortaba hierbas, pero la vejación sufrida había sembrado en ella un resquemor indeleble hacia los desconocidos.

–Y los hombres no son los únicos seres toscos –afirmó la abuela–. Volved a vuestras casas, no sea que vuestros magníficos maridos os den una paliza por no tener lista la cena.

Las hermanas se alzaron de hombros; las esposas recibían palizas con frecuencia y ellas lo aceptaban.

Los sueños de Jane eran diferentes de los de otras jóvenes. Megotta le había enseñado las artes que practicaban las antiguas sacerdotisas celtas, y ella quería dedicar su vida a destilar hierbas para preparar remedios con que sanar a las personas y animales de Dumfries.

Keith, el hermano menor de Jane, entró corriendo en la cabaña. Era el más joven de los varones Leslie, el único soltero que aún vivía en el hogar paterno. Caballerizo del establo del castillo, además de amar a los caballos, era un experto en su cuidado y aseo.

–Una yegua ha parido dos potrillos. Uno de ellos está bien pero el otro puede morir si no vienes, Jane.

Sin decir palabra, Jane siguió a su hermano hasta las vastas caballerizas de Dumfries. Era su hermano preferido, el séptimo hijo, y poseía dotes de médium. Entre ambos había un vínculo especial.

Jane entró en el pesebre donde la yegua empujaba con el hocico a su recién nacido para ayudarlo a encontrar la ubre. Otro potrillo muy pequeño yacía sobre la paja, aparentemente abandonado. La única señal de vida que Jane percibió en el recién nacido cuando se arrodilló ante él fue un leve temblor. Ella sabía que, para sobrevivir, el contacto físico era tan importante como el alimento.

Apoyó las manos en el cuello del potrillo y lo frotó con largas pasadas, iniciando la magia. Acompañaba sus masajes con suaves palabras tranquilizadoras, expresiones de ánimo, de alabanza, mimando al animal con la voz y las manos. Le frotó el lomo, la panza y las flacas piernas y luego recomenzó los masajes por el hocico y el cuello. El movimiento de sus manos fue cambiando poco a poco. Las pasadas se hicieron más cortas y, hundiendo sus dedos en la piel, la acarició como hubiese hecho la lengua áspera de la madre si el pequeño hubiese dado señales de vida.

–Hoy, en el estanque, he encontrado un lince.

Keith percibió la excitación en la voz de su hermana.

–¿Y no tuviste miedo?

–Estaba aterrorizada... al principio. Pensé que iba a matar a una nutria y por eso traté de espantarlo, pero no pude controlar su comportamiento. Entonces, la fiera empezó a acecharme y temí que me atacara. –No quiso contar a Keith la extraña intimidad compartida con el animal–. Quizá me ha salvado el amuleto con la imagen de Brigantia.

Keith frunció el entrecejo.

–Este no es territorio de linces. Su sitio está en las escarpadas montañas más allá del bosque. ¿Se lo dirás a Sim y a Ben?

Jane negó con la cabeza. Sus hermanos Sim y Ben eran los

pastores del castillo y, como tales, responsables de grandes rebaños de ovejas.

–Ya sé que debería hacerlo –admitió ella–, pero era una criatura tan magnífica que no podría soportar que la mataran.

Anhelaba comunicarse con el animal, tratar de unir su espíritu con el de la bestia, pero el lince mantenía el control, y el encuentro la había dejado afligida y perpleja. Mientras hablaba, proseguía con los amorosos movimientos sobre la piel del potrillo.

–¿Crees que será un presagio?

–Sí, lo creo –respondió Keith, con expresión solemne en su rostro pecoso que, por lo general, reflejaba picardía, mientras se mesaba los cabellos rojizos. Con excepción del séptimo hijo varón y de Jane, todos los Leslie tenían el pelo oscuro–. Se avecinan grandes cambios... me temo que vendrán de fuera y de dentro. Llegarán poderosos hombres venidos de lejos. Escocia será desgarrada.

Jane comprendió que el lince era un símbolo: había bajado de las montañas. Desgarraba a su presa con su gran poder. Se estremeció.

–¿Has hablado con nuestro padre de la premonición?

Keith asintió.

–Papá tiene sangre normanda y sus lealtades están repartidas. Él dice que, como Dumfries pertenece a la corona, ha cambiado de manos muchas veces a lo largo de los siglos. Toda la región de Carrick y Annandale fue gobernada por los Bruce hasta que Baliol se convirtió en rey. Luego, esas tierras fueron confiscadas por Comyn, el condestable de Escocia. Papá dice que nosotros somos cuidadores del castillo, no soldados, y que los cambios no nos afectarán. Pero los cambios siempre traen consecuencias, Jane.

Las hermanas de Jane y las esposas de sus hermanos pasaban mucho tiempo en el castillo sirviendo en el comedor y manteniendo limpias y ordenadas las habitaciones, mientras ella se ocupaba de las caballerizas y la despensa. Rara vez se aventuraba a entrar en el fuerte donde se alojaban los soldados. Hacía tres años que estaban allí; sin embargo, Jane se sentía amenazada por la presencia de los hombres. ¡Y ahora, la perturbaba aún más saber que unos desconocidos invadirían Dumfries!

El pequeño potrillo comenzó a patalear y Jane lo ayudó a ponerse en pie. Con la colaboración de Keith, lo guió hasta donde estaba su madre y vio, con mirada tierna, que la yegua lo aceptaba. Jane se mojó un dedo con leche de la yegua y lo puso en la boca del pequeño. Debió repetir la acción unas seis veces hasta que el potrillo comenzó a mamar. Jane pensaba en su extraño encuentro y en la profecía de Keith, y se convenció de que prefería mil veces enfrentarse al lince que a cualquier hombre.

Capítulo 2

–¿Wigton? ¡Eso queda en el límite con Escocia! –exclamó horrorizada Alicia Bolton, temblando.

–No estoy proponiéndote que te entierres viva; solo que te instales en mi castillo de Wigton mientras me dirijo al norte –dijo con sequedad Lynx de Warenne a la mujer, su amante desde hacía tiempo.

–¡Es igual! Cuando llegamos a la costa, pensé que iríamos a Francia; hace meses que espero con ansiedad ir a Burdeos.

–Hablas de ir a Francia como si fuera un paseo; vamos a una guerra –recordó Lynx.

–La guerra es tu vida –replicó ella, irritada. Estaba a punto de quitarse una media de una de sus largas y esbeltas piernas pero cambió de idea y se bajó las faldas con gesto petulante–. Cuando pienso en todo el tiempo que, por tu bien, pasé en esa región desolada de Gales, tengo ganas de gritar; ¡sin embargo, tú me pides que soporte una situación más dura aún, en un sitio olvidado por Dios!

–No se podría decir que el castillo de Chester fuese un sitio desolado de Gales –hizo notar Lynx–. Comparado con los amontonamientos de rocas que conforman las regiones inhóspitas de Gales, Chester es un castillo palaciego, al igual que esta fortaleza de Newcastle.

–¡Pero esto no es Windsor! –replicó ella.

Alicia había sido dama de compañía de la difunta reina Eleanor; vivir en la suntuosa corte de los Plantagenet la había convertido en una consentida. Lynx se encogió de hombros.

–Como quieras, Alice, la decisión está en tus manos.

–Mi nombre es Alicia; ¡tú me llamas Alice adrede, para hacerme enfadar! A ti no te importa si me voy o me quedo. ¡No soy más que una rutina para ti... un hábito!

Lynx clavó en ella una mirada glacial:

–Un hábito del que podría prescindir con más facilidad de la que te imaginas.

–¡Oh! Disfrutas siendo cruel conmigo a pesar de cuanto he sacrificado por ti.

Lynx se irguió; su paciencia se había agotado.

–Te diré qué es con lo que no disfruto: con la teatralidad de las mujeres. Ya nos veremos, señora.

–No te vayas, Lynx; por favor, no te marches –rogó Alicia, desesperada.

En el castillo había por lo menos treinta mujeres que se llevarían gustosas a Lynx a su lecho, motivo por el que vivía en permanente estado de celos. Clavó la vista en la puerta cerrada de la habitación con los ojos entornados. Ni siquiera había salido de la estancia dando un portazo; ¡eso demostraba la indiferencia que sentía por ella!

Alicia corrió hasta el espejo de plata bruñida para contemplar su imagen. Estaba delgada como un junco y era muy hermosa. ¿Qué más podía pretender un hombre? «Por supuesto que me instalaré en el norte –se dijo–. De otro modo, ¿cómo podría impedir que otra mujer ponga sus codiciosas manos en él? ¡Los hombres no tienen ni idea de lo depredadoras que pueden llegar a ser esas zorras!»

Alicia atravesó la habitación, fue al armario y sacó un pequeño frasco de su escondite. Sirvió una medida y lo bebió con avidez. Hacía tanto tiempo que bebía vinagre que casi había llegado a agradarle su sabor ácido. Eso la ayudaba a mantenerse delgada; sería capaz de beber la orina de caballo que usaba para aclararse el pelo si creyese que con eso evitaría la gordura. La reina Eleanor había dado quince hijos al egoísta de Eduardo Plantagenet; nada horrorizaba tanto a Alicia como un vientre fláccido y los estragos que causaban los partos en la silueta de una mujer.

Lynx desechó cualquier pensamiento relacionado con Alicia en cuanto se alejó de ella. Creía que las mujeres eran egoístas y superficiales; por lo general, él no podía menos que ver sus defectos con cierto humor. Lynx entró en el gran salón desbordado de hombres bebiendo, jugando a dados, riendo, gritando. El estrépito era ensordecedor, el humo que salía de los fuegos y de las antorchas era espeso y acre. Su mirada recorrió la vasta estancia, buscando a John de Warenne. Como no vio allí a su tío, supo que lo encontraría en la sala de mapas.

John de Warenne, conde de Surrey, levantó de inmediato la vista cuando su sobrino de anchos hombros entró en la habitación, y volvió a mirar el mapa que había estado observando.

–Newcastle revienta por las costuras y llega más gente todos los días. Mis arqueros galeses han acampado fuera de la muralla; cuando lleguen los hombres del conde de Ulster, tendrán que hacer lo mismo –dijo Lynx.

–Faltan unos días para que estén aquí; sus buques aún no han llegado a Carlisle. He ordenado a Percy que acompañe al rey hasta el norte de Berwick. De ese modo, tendremos un poco más de espacio cuando lleguen Clifford y sus hombres –dijo John de Warenne, que comandaba todos los ejércitos del rey Eduardo. Había aprendido sus conocimientos bélicos luchando a las órdenes de Simon de Montfort, el guerrero más grande que hubiese conocido Inglaterra–. Es una locura subestimar a Eduardo Plantagenet, como pronto comprobarán los escoceses, para su desdicha.

–Lo más probable es que una demostración de fuerza haga venir al rey Baliol con la cola entre las piernas, a jurar una vez más su lealtad en nombre de Escocia y a ofrecer a Eduardo sus tropas para ayudar a luchar contra los franceses. Baliol tendría que ser ciego, sordo y tonto para no comprender que Eduardo lo ha puesto allí como rey títere –comentó Lynx.

–A mi entender, lo que él no comprende es que Eduardo Plantagenet podría arrancarlo del trono tan súbitamente como lo ha sentado en él. Si John Comyn, conde de Buchan, insta a la rebelión mientras nosotros estamos haciendo planes en cuanto a Francia, ¡es porque piensa con el culo! Eduardo bien podría utilizar el ejército que ha reunido para invadir Escocia antes de ir a Francia; así mataría dos pájaros de un tiro.

–Lo gracioso es que si los nobles escoceses se aliaran contra nosotros serían casi imposibles de derrotar.

De Warenne lanzó una amarga carcajada.

–Habrá dos lunas en el cielo antes de que ellos se unan bajo una misma bandera. El insoportable orgullo de sus jefes de clan les impide aceptar órdenes de un solo comandante. Prefieren luchar entre sí que combatir a los ingleses.

–Robert de Bruce debería haber sido designado rey y no Baliol, aunque solo puede jactarse de sangre escocesa por parte de madre. Son pocos los escoceses nobles que tienen sangre celta pura. Muchos, como los Bruce, son descendientes de normandos y poseen tierras tanto en Inglaterra como en Escocia. Los nobles escoceses cambian de bando con tanta frecuencia como de esposa.

Lynx entregó a su tío un cuerno lleno de cerveza; entonces, sí, el pétreo general dio la espalda a los mapas y olvidó todo tema relacionado con el ejército.

Se sentó frente al fuego y dejó pasear su mirada sobre la figura poderosa de Lynx.

–Y ya que hablamos de volver a casarse, ¿cuándo vas a tomar tú otra esposa? Te estás haciendo mayor. Y no quisiera que acabaras tu vida como yo, sin tener hijos.

Lynx sabía que tenía el deber de casarse. Era el titular de una baronía, poseía tierras en Gales, Essex y Northumberland y había heredado el condado de John de Warenne en Surrey, donde había vastas extensiones de tierra y numerosos castillos. Necesitaba tener hijos fuertes para que retuviesen todo cuanto le pertenecía. Si moría sin descendencia, Eduardo Plantagenet se haría con todas las posesiones de los Warenne.

Lo que más deseaba Lynx en la vida era tener un hijo. Y si no fuera bendecido con un hijo, se conformaría con una hija. Ya rondaba la treintena y, que él supiera, su simiente nunca había arraigado. Era una deficiencia que le avergonzaba, en un país donde se estimulaba y se esperaba la existencia de familias numerosas. El rey Eduardo había instaurado la moda concibiendo quince hijos con la reina Eleanor y se rumoreaba que, ahora viudo, estaba buscando otra reina para poder iniciar una nueva cosecha de hijos.

Su esposa murió cuando llevaban cinco años casados y, como esa unión no había fructificado, temía que fuese culpa suya. Ningún Warenne había sido prolífico; Lynx era el único heredero de su tío porque John no tenía hijos legítimos.

–Tú tienes a Fitz-Waren, lo que demuestra que eres capaz de engendrar hijos –le recordó Lynx.

John bebió un trago de cerveza y permaneció en silencio unos minutos, hasta que hizo un gesto negativo con la cabeza.

–Fitz no es hijo mío. Antes de que él tuviese dos años, noté sus párpados caídos y supe que era el hijo de mi mejor amigo, quien murió en batalla. Solíamos compartir rameras... Cuando la muchacha acudió a mí, llorando, y me confesó que estaba en dificultades, yo reconocí al niño.

Ahora Lynx entendía por qué John nunca había reconocido a Fitz-Waren como hijo legítimo; a decir verdad, su primo no se parecía en nada a los De Warenne.

Lynx pensó por enésima vez en tomar esposa. Si bien su primer matrimonio había sido acordado, lady Sylvia Bigod tenía cuanto un hombre pudiese desear. Además de aportar riquezas, era de alta cuna, bella y culta y, si bien estaba un tanto consentida por haber vivido en la lujosa corte Plantagenet, nunca se habían cruzado entre ellos palabras coléricas. Cuando Sylvia murió a causa de una infección pulmonar, Lynx se sintió culpable por no haberle dedicado tiempo suficiente. Desde aquel momento, se dedicó con afán a luchar y a acumular tierras con la intención de volver a casarse. Sus pensamientos volvieron a Alicia. Era extraño que, aunque ella era su amante desde hacía dos años, nunca se hubiese quedado encinta. Era tan grande el deseo de Lynx de tener descendencia que hubiese capitulado y se habría casado con Alicia si ella hubiera demostrado ser fértil. Miró a John y prometió:

–Buscaré la dama apropiada.

Fitz-Waren, de guardia en la entrada del castillo, observó con atención a los cien caballos que entraban en el patio. Ya casi había oscurecido y no se esperaba la llegada de los hombres de Clifford hasta la mañana siguiente. En ese momento, Fitz-Waren reconoció las armas de De Bohun en un escudo y supo que acababa de arribar el conde de Hereford, condestable de Inglaterra.

De pronto, su sangre empezó a agitarse al ver que una caperuza roja caía hacia atrás, descubriendo una plateada cabellera del color de la luna: ¡Marjory de Warenne! Bastaba su nombre para acelerarle el pulso. Fitz-Waren bajó de un salto de la torre de observación y se abrió paso entre la multitud de caballos sudados hasta poder aferrar con firmeza la brida del de la joven viuda.

Jory bajó la vista hacia él y le dedicó una sonrisa deslumbrante.

–¡Fitz! No soporto tener que vérmelas con estos patanes maleducados –dijo–. ¿Tendrías la bondad de llevar mi caballo al establo?

Fitz contempló su rostro bello y frágil, consciente de que muchos hombres se hubiesen precipitado a cumplir con cualquier demanda de ella, aunque esta fuera que se arrojasen sobre su espada o bebieran una copa de cicuta. Se maldijo a sí mismo por ser un tonto de remate y la ayudó a desmontar, sin dejar de decirse que ella no era más que una zorra vanidosa.

El conde de Hereford, suegro de Marjory, apartó a Fitz-Waren de un codazo. Por más que Marjory fuese la viuda de su hijo mayor, Humphrey, John de Bohun la quería ahora para su segundo hijo, Henry.

–Está bien, milord. Fitz-Waren es mi querido primo. Estoy segura de que ambos me excusarán; quisiera sorprender a Lynx.

Jory corrió hacia el castillo como si cruzara una pista de baile, a pesar de haber pasado doce horas sobre la montura, con solo dos breves paradas de descanso.

En el rostro de Lynx de Warenne apareció una expresión incrédula cuando vio a su hermana irrumpir en el gran salón.

–¡Por la gracia de Dios! ¿Acabas de llegar? ¿Quién te ha escoltado? –quiso saber.

Jory frunció la nariz.

–Por desgracia, fue Hereford. Me vigila como un perro a su hueso –dijo, poniéndose de puntillas para besar a su hermano–. ¿Tú creces o yo me achico? –bromeó.

–No pretendas distraerme. ¿Qué demonios estás haciendo aquí, Jory?

Ella lanzó un solemne suspiro.

–Estoy en desgracia. Te contaré los escabrosos detalles cuando estemos solos.

–Ven, vamos a mi habitación.

Lynx hizo una señal a los escuderos.

–Taffy, pide al mayordomo que prepare una habitación para mi hermana; dile que no importa a quién tenga que sacar de las orejas. Thomas, trae cerveza.

–¿Cerveza? –preguntó el escudero irlandés en tono de duda.

Ninguna dama respetable bebía otra cosa que no fuera vino.

Lynx respondió con sequedad:

–Mi hermana tiene el apetito de tres soldados. Necesita reponer fuerzas para cometer sus tropelías.

Jory hizo un guiño al escudero irlandés, lo que provocó extrañas sensaciones en las entrañas del joven. Se precipitó a cumplir las órdenes de Lynx, no sin antes retribuir el guiño.

Cuando quedaron solos, Jory se dejó caer en una de las sillas talladas ante el fuego y levantó los pies.

–Ayúdame a quitarme estas condenadas botas.

Lynx se colocó de espaldas a ella, puso los pies de su hermana entre sus piernas y tironeó. La primera bota salió con facilidad, pero la segunda fue más difícil de quitar. Jory apoyó el pie en las nalgas de su hermano y empujó con fuerza:

–Eres una doncella encantadora.

Lynx acercó las botas al hogar para que se secaran.

–Tú no necesitas una doncella, lo que necesitas es un maldito escudero.

–Ah, qué idea novedosa. ¿Puedo tener a tu irlandés?

–¿No eres capaz de comportarte como es debido? –le preguntó, conteniéndose.

–No –respondió ella en tono alegre, alzándose la falda para calentarse las piernas–. ¿Has encontrado alguna dama tan especial como para ser digna de ti?

–No, todavía no.

–Uf, eso significa, sin duda, que aún conservas a esa espantosa querida tuya. Si el deseo más profundo de tu corazón es tener un hijo, ¿por qué pierdes el tiempo con Alicia?

–No estamos hablando de mis errores sino de los tuyos –replicó él. Al ver que el silencio se prolongaba, Lynx dijo con severidad–: Estoy esperando.

–Y lo haces con tal encanto... –se burló ella.

Pero, como sabía que debía confesarlo todo, comenzó por el principio, eligiendo sus palabras para quedar bajo la luz que más la favoreciera.

–Cuando Humphrey murió en Gales, lo lloré tanto que creí enloquecer, como les ha pasado a otras –hizo una pausa cuando se formó un nudo en su garganta. Tragó con esfuerzo y prosiguió–: Por fin, mi mejor amiga, la princesa Joanna, tuvo compasión de mí y me invitó a ir con ella a Gloucester. Entre Hereford y Gloucester apenas hay cuarenta kilómetros, y nosotras nos visitábamos con frecuencia.

Marjory hizo una pausa para tomar aliento.

–Conozco la distancia entre esas dos ciudades. Al grano.

Jory suspiró.

–Mi suegro se opuso. Cuando caí en la cuenta de que Bohun me quería para su segundo hijo, Henry, quedé consternada. Sospeché que ya había enviado a pedir las dispensas. Lynx, ¡jamás podría casarme con el hermano de mi esposo!

Lynx frunció el ceño.

–¿Estás en desgracia porque lo rechazaste? Hablaré con Hereford.

–No, no, todavía no he llegado a esa parte. Por el amor de Dios, puedo manejar a Hereford.

Lynx se esforzó por contener su impaciencia.

–Jory, déjate de rodeos.

–Bueno, se podría decir que ha sido obra de la Providencia que me quedase con Joanna, puesto que, unas semanas después, su anciano esposo cayó enfermo y murió.

El rey había casado a su hija Joanna con el más grande de los nobles del reino. Gilbert de Clare había sido conde de Gloucester y Hereford, además de ser dueño de parte de Irlanda y de Gales, pero también era mucho mayor que la princesa Plantagenet.

–Me alegra que hayas podido estar con ella. Tanto el rey como el resto de Inglaterra lloraron la muerte del difunto Gilbert de Clare.

–Oh, no fue una unión por amor; De Clare era muy viejo. Joanna estaba locamente enamorada del escudero de Gilbert, Ralph de Monthermer.

Lynx se quedó de una pieza. No quería imaginar que la princesa Joanna había sido infiel al poderoso conde de Gloucester.

–¡Has contribuido a que la princesa cometiese adulterio y la has instigado! –acusó Lynx.

–¡Eres como los demás! Todos me echan la culpa, como si yo los hubiese empujado hasta el lecho y los hubiera desnudado.

–La verdad, Marjory –tronó Lynx.

–Bueeeeno, tal vez haya desabotonado su camisón –admitió, guiñando un ojo con picardía–. Ya sabes que soy muy impulsiva.

–Y has alentado a la princesa Joanna a serlo también. No me extraña que los De Clare estén indignados, teniendo en cuenta que el conde aún no se ha enfriado en su tumba. Eres una astuta diablesa, ¿cómo lo descubrieron?

–Hemos tenido el mayor de los cuidados para que el matrimonio se mantuviese en secreto, pero el sacerdote debe de haberse ido de la lengua.

Lynx de Warenne clavó la vista en su hermana, con expresión de horror.

–¡Por los huesos de Cristo, una cosa es acostarse con él y otra, muy diferente, casarse! ¿Cómo se os ha ocurrido? ¡Por el amor de Dios, pero si De Monthermer es un maldito escudero...!

–Ahora es algo más que un escudero; es nada menos que el conde de Gloucester y Hereford –susurró ella, con los labios resecos.

–¡Por la gracia de Dios, tienes toda la razón! –exclamó Lynx, comprendiendo las repercusiones que tendría la apresurada boda de Joanna.

–Los De Clare enviaron a toda prisa un mensajero al rey y me despacharon de vuelta a la casa del ogro de mi suegro. Prometí a Joanna que vendría aquí, a Newcastle, a ver al rey, y que se lo explicaría todo.

–¿Pretendes explicar a Eduardo Plantagenet que su condado más importante, el de Gloucester, ha sido cedido a un escudero? ¡Estás mal de la cabeza!

–Es una característica de familia –dijo Jory, una broma que cayó en oídos sordos. Le pareció que el semblante de su hermano estaba más torvo de lo acostumbrado–. Ves en Eduardo Plantagenet al rey, y yo, al hombre. No existe nadie sobre la tierra que no pueda ser manip...

Al ver la expresión de advertencia en el rostro de su hermano, Jory no se atrevió a finalizar la frase.

–¡Tú y la princesa Joanna sois tal para cual! Sois demasiado voluntariosas y tenéis un concepto exageradamente positivo de vosotras mismas.

–Por eso somos tan buenas amigas.

–El rey se pondrá furioso contigo. Te prohíbo que lo veas esta noche. Eduardo ya tiene bastante en qué pensar en este momento; la situación en Escocia le enfurece.

Al ver la expresión de derrota en el rostro de Marjory, Lynx sintió compasión. Ella había emprendido un viaje de doscientos cuarenta kilómetros para ayudar a una amiga. Notó la presencia de dos sombras violáceas bajo los bellos ojos de su hermana, el sesgo abatido de sus hombros.

–Ve a mi habitación e intenta descansar. Regresaré a la hora de cenar; te acompañaré al comedor.

A continuación, fue en busca de Taffy, su escudero escocés, a quien había encomendado una tarea imposible. Esa noche no habría habitaciones desocupadas en Newcastle.

Cuando Marjory entró en el gran salón del brazo de su hermano, provocó un impacto en los varones que tuvieron la fortuna de echarle un vistazo. El vestido verde claro que llevaba destacaba sus ojos; las joyas habían sido elegidas para atraer la atención hacia sus encantos femeninos. La pesada cadena de oro, de la que pendía una esmeralda pulida y sin tallar, se balanceaba en el valle formado por sus erguidos pechos, realzándolos y atrayendo las miradas de manera irresistible. Esa cadena competía con otra de oro alrededor de su cintura de la que colgaba una segunda esmeralda a la altura del monte de Venus.

Se oyó un rumor de voces masculinas a su paso semejantes a gruñidos. Jory murmuró algo sin apartar la mirada de Alicia, quien iba del otro brazo de Lynx.

–Oooh, son como una manada de perros hambrientos. ¿Debemos echar suertes para ver quién será el hueso... y quién la perra?

Jory captó la expresión de repugnancia que Alicia sentía en ese salón atiborrado de caballeros y toscos soldados, y disimuló una sonrisa. Ella, por su parte, estaba convencida de que no había nada más estimulante que estar rodeada de hombres.

Al pasar ante la larga mesa ocupada por condes y barones, Jory sonrió a cada uno de ellos. John de Bohun había dejado sitio a su lado para ella. Jory le dedicó una graciosa reverencia.

–Gracias por haberme proporcionado una escolta segura, mi querido señor. Esta noche, cenaré con mi tío John. Hace meses que no tengo el placer de su compañía. Estoy segura de que Alicia se sentirá muy honrada de compartir la mesa con el condestable de Inglaterra.

Sabía que John de Bohun no podía menos que abrigar sentimientos de propiedad en relación con ella y que le afligía haberla perdido como nuera.

Alicia dirigió a Marjory una mirada capaz de cortar la leche; cuando Jory se sentó entre John de Warenne y Lynx, murmuró:

–Así tendrás espacio para respirar.

John la miró con expresión arrobada.

–Hola, Minx, chiquilla: cada día estás más hermosa.

Lynx y Minx era una broma que ella y su hermano habían compartido con su tío desde que eran niños.

–Está metida en un buen lío –informó Lynx al tío.

–¿Otra vez? –preguntó, en tono indulgente.

–Yo solo he traído un mensaje al rey, de parte de su hija Joanna.

–En realidad, no tendrías que estar aquí –la reprendió John con suavidad–. Escocia nos amenaza; vamos a dirigirnos hacia allí con el ejército.

El rostro de Marjory se iluminó.

–Podrás proporcionarme una escolta segura. Prometo marcharme en cuanto haya tenido ocasión de hablar con el rey. Puedo ir a Carlisle, a visitar a mi madrina, Marjory de Bruce. Me recibirá con los brazos abiertos.

–No lo hará –tronó Lynx–. El castillo de Carlisle es el punto de reunión elegido para la provisión de los ejércitos; a partir de ahora, será ocupado por los irlandeses de De Burgh. Además, Carlisle no es un lugar para una dama.

La mente de Jory adquirió una velocidad mercurial, en su esfuerzo por quedar un paso por delante de su hermano, algo nada fácil de lograr. De repente, sonrió.

–Entonces, iré a Wigton. Ni siquiera tú puedes negarme el acceso a tu castillo, hermano.

Wigton estaba a solo doce o trece kilómetros del castillo de Carlisle, donde los De Bruce eran gobernadores.

Lynx le retribuyó la sonrisa.

–De acuerdo; Wigton, pues. Serás una buena compañía para Alicia.

–¡Qué fastidio! –estalló Marjory–. Siempre tiene que haber una mosca en la leche.

–¿Porque estás en problemas? –preguntó John–. ¿Porque te has negado a casarte de nuevo? ¿Qué tenéis contra el matrimonio?

–Yo no tengo nada en contra del matrimonio... de otros. No, estoy bromeando. Amé a Humphrey y no hubiese querido enviudar ni a cambio de una corona enjoyada, pero ahora que he conocido la viudez, comprendo que sus ventajas sobrepasan, de lejos, a las de una doncella soltera o, incluso, a las de una esposa. No necesito depender de ningún hombre. Por primera vez en mi vida, tengo libertad para tomar las decisiones que quiera.

–Decisiones que siempre son precipitadas –recordó Lynx.

Jory puso su mano sobre la de él.

–Lynx, Joanna no pudo evitarlo. Sin duda, debes recordar qué es enamorarse.

–¿Enamorarse? –exclamó Lynx, incrédulo–. No existe eso que llaman «enamorarse». Es un mito creado por mujeres y para mujeres. Los hombres se ven obligados a fingirlo para conseguir de ellas lo que desean, pero no creo que ningún hombre tome en serio esas tonterías.

Asombrada, Jory abrió los ojos.

–¿Y qué me dices de Sylvia?

Jory observó el semblante de su hermano. Lynx de Warenne era uno de los militares más apuestos de Inglaterra. Su cuerpo musculoso y su melena rubia provocaba suspiros en las mujeres, quienes le ofrecían su corazón. Era incomprensible que nunca hubiese amado a una mujer. En ese instante, sintió una gran piedad por él y se apresuró a bajar la mirada para que él no adivinase sus pensamientos.

Lynx cambió de tema.

–Al parecer, esta noche el rey no cenará con nosotros.

–No, acaba de recibir un despacho que lo ha exasperado –dijo

John, bajando la voz para que solo Lynx pudiese oírlo–. Baliol de Escocia ha despedido a los funcionarios públicos designados por Eduardo y ha confiscado las tierras en poder de los ingleses. En este momento, el rey está redactando una orden para que las fortalezas escocesas de la frontera pasen a sus manos hasta que concluya la guerra contra Francia.

–En ese caso, será conveniente que mañana preparemos a los hombres para marchar –dijo Lynx, con decisión.

Capítulo 3

El rey Eduardo I, el mejor legislador que conociese jamás Inglaterra, estaba en pleno ataque de cólera Plantagenet.

–¡Hijo de perra! ¡Comemierda! ¡Babuino culo pelado!

Tres hombres temblaban ante él, sabiendo que, en cuanto Eduardo Plantagenet dejara de vociferar, sus destinos estarían sellados. Habían sido atrapados por los espías del rey en el puerto de Berwick, llevando un mensaje secreto para el rey Felipe de Francia.

–Si ese excremento de perro de Baliol y su secuaz, el lamepollas de Comyn creen que les permitiré aliarse con Francia, es porque han dejado que los insectos les coman la materia gris. Por el esplendor de Cristo, ¿acaso ignoran que los aplastaré bajo mi bota? ¡Baliol lleva tres años sentado en el trono de Escocia por mandato mío; es evidente que ha estado tres años de más!

»Durante meses, ha estado ladrando a mis pies, burlando mis órdenes y, durante meses, lo he apartado a patadas pensando que, llegado el momento, aprendería a obedecer y acataría mis órdenes. ¿Acaso no entiende que yo soy el señor de los señores de Escocia?

El rey blandía un pergamino en cada puño. Uno era la carta condenatoria dirigida a Felipe de Francia que habían confiscado sus espías, el otro era el juramento de lealtad de Baliol. Los feroces ojos azules de Eduardo se clavaron en los tres hombres que tenía ante él.

–¡Insurrección! ¡Traición! ¡Engaño! Ahora es demasiado tarde para que Dios le ayude.

El jefe tragó saliva.

–Majestad, permitidme que transmita vuestras palabras a Baliol.

Eduardo no pudo creer que el mensajero tuviese la osadía de negociar para salvar la vida; alzando un dedo con gesto imperioso, llamó a un guardia.

–Yo tengo mis propios mensajeros reales. ¡No necesito basura escocesa! Cuélgalos.

El rey Eduardo regresó a sus habitaciones privadas, en lo alto de Newcastle, y llamó a los hombres que habían llevado a los prisioneros. Habían sido pagados por el obispo del palatinado de Durham, que tenía la responsabilidad de reunir un ejército, reclutándolo en los territorios del norte. Con su escritura firme y decidida, el rey escribió una misiva elogiando la diligencia del obispo y ordenándole que llevase a su ejército al castillo Norham, en la orilla sur del río Tweed, en la propia frontera con Escocia.

Una demostración de fuerza como la que usted ha reclutado llenará de miedo sus corazones. Yo me reuniré con usted, con mi propio ejército, en menos de una semana.

El rey espolvoreó arenilla sobre la tinta húmeda, enrolló el pergamino, fundió la cera y estampó su sello con la efigie de un leopardo. Mientras lo entregaba al hombre del obispo de Durham, le dijo:

–¡Si esos escoceses han olvidado que desciendo de conquistadores, olvidan que están en peligro!

A medida que terminaba de leer los despachos del obispo de Durham, su rostro comenzó a adquirir un tono purpúreo.

–¡Llama a reunión a todos los comandantes! –ordenó a John de Warenne.

Eduardo Plantagenet entró en la gran cámara abovedada del Newcastle, donde sus comandantes estaban reunidos. El día anterior se había sentido complacido con las cifras de los ejércitos que habían comenzado a llegar. Cuando llegara Ricardo de Burgh con sus hombres del Ulster irlandés, contaría con un total de cinco mil soldados a caballo y cuarenta mil infantes. Estaba persuadido de que la exhibición de semejante fuerza bajaría los humos de los escoceses.

Ese día, por el contrario, el rey Eduardo estaba furioso.

–¡El obispo de Durham me informa que la flota inglesa que traía suministros para el ejército ha sido atacada en el río Tweed!

Los invasores habían zarpado del gran puerto marino de Berwick, en la margen norte del Tweed, en territorio escocés. Por toda la estancia abovedada resonaban horribles maldiciones y juramentos.

–¡La riqueza ha henchido de arrogancia a estos mercaderes! ¡Esos gordos marranos se creen a salvo en sus fortificaciones de la orilla norte! ¡Pronto sabrán que no es así!

John de Warenne intercambió una mirada de entendimiento con los condes y los barones que lo rodeaban. Tendrían que dar una lección a Berwick antes de invadir Francia.

Hubo una conmoción en la puerta: era Robert de Bruce, que empujaba al heraldo y entraba antes de que este pudiese anunciarlo. Todos los presentes conocían al fornido y apuesto Bruce, que se consideraba por derecho el rey de Escocia. Hizo una reverencia a Eduardo y, sin preámbulo, le informó sucintamente de las novedades.

–Majestad, los escoceses han enviado un ejército a Cumberland. Ha asolado los condados del norte hasta Carlisle. Combatimos con los escoceses. Sufrieron un duro revés y retrocedieron hasta su propio territorio.

–¿Esos hijos de perra se atrevieron a invadir Inglaterra? –preguntó Eduardo Plantagenet, presa de una furia que lindaba con la locura.

Los condes y barones empezaron a hablar todos al mismo tiempo; sus voces se alzaban con tonos de incredulidad, ira e indignación, produciendo un singular estrépito. Por fin, el rey alzó los brazos.

–¡Silencio! Los escoceses han conspirado para concertar una

alianza con Francia contra nosotros, han hundido a nuestros barcos y, ahora, se han atrevido a invadir Inglaterra. De Warenne, queremos oír tu propuesta.

El conde de Surrey se puso de pie. Eduardo lo había designado comandante de todos sus ejércitos porque era un soldado decidido.

–Su Majestad, propongo que aplacemos las acciones contra los franceses hasta que hayamos dado cuenta de la insurrección de los escoceses.

–Nosotros pensamos de manera semejante, John –dijo el rey, estrellando un puño sobre la mesa–. ¡Invadiremos Escocia!

Se alzaron vivas mezclados con maldiciones, aunque todos los presentes sabían que la suerte ya estaba echada. Una vez que Eduardo Plantagenet tomaba una decisión, no se volvía atrás.

Los brillantes ojos azules de Eduardo se clavaron en Robert de Bruce.

–Eso significa la guerra. ¿Estás con nosotros o con los escoceses? –preguntó, sin ambages.

Eduardo sabía que los Bruce eran poderosos y que tenían un lazo secreto con otros siete condes escoceses, que apoyaban el derecho de Bruce al trono escocés. Eduardo también sabía que sin ellos no podía pretender un control eficaz sobre Escocia. Y cuando él eligió como rey de Escocia a Baliol en lugar de Robert, el nuevo gobernante de los escoceses había confiscado todas las tierras de los Bruce en las marismas del oeste y las había entregado a los Comyn, los más acendrados enemigos de aquellos. No había el menor afecto entre los Bruce y el rey escocés Baliol.

Robert aferró el brazo de Eduardo y miró al rey a los ojos:

–Estamos con vosotros.

La promesa llevaba implícita la convicción de que, a cambio de su apoyo a los ingleses, los Bruce recobrarían todo lo que habían perdido. Esos dos hombres poderosos se miraron uno a otro; Eduardo supo que, llegado el momento, Bruce exigiría la devolución de la corona de Escocia.

Eduardo dio una orden a John de Warenne:

–¡Nuestro primer punto de ataque será Berwick!

Lynx de Warenne se persignó y murmuró:

–Que Dios ampare a los ciudadanos de Berwick. Esperemos que, cuando caigan las defensas de la ciudad, Baliol obedezca la convocatoria del rey Eduardo.

Percy, Stanley y Bohun se reunieron con John de Warenne para concertar la estrategia mientras Robert de Bruce pronunciaba su juramento de lealtad al rey.

–Quiero que los Bruce sigan siendo gobernadores del castillo de Carlisle. Este castillo debe permanecer inexpugnable, como cuartel general de los suministros que lleguen desde Gales e Irlanda. Cuando Escocia capitule y entregue a Baliol, todas las tierras occidentales te serán devueltas –prometió Eduardo.

Lynx de Warenne se reunió con su amigo, y el rey observó con expresión aprobatoria cómo se abrazaban los dos hombres. Las tierras de los De Warenne y de los Bruce en Essex eran colindantes, y los dos jóvenes eran amigos desde la infancia.

–De Burgh recibió la orden de instalar a sus hombres de Ulster en Carlisle. ¿Todavía no hay ninguna señal de ellos? –preguntó Lynx.

–Sí. En el mismo instante que rechazábamos a nuestros invasores tras la frontera, se avistaron velas irlandesas en Solway Firth –dijo Robert con acento irónico–. Mejor tarde que nunca. Tendrían que llegar mañana.

–Mejor que sea así –afirmó el rey–. Mañana, el ejército avanzará hacia el norte.

Marjory de Warenne se sentía frustrada. El rey Eduardo había estado encerrado todo el día con sus generales trazando planes para la marcha sobre Escocia, y ella no le había visto el pelo. Procuró recordar que él era Eduardo Plantagenet, el rey más grande de la Cristiandad. No cabía duda de que era una presunción por parte de ella esperar que le dedicase su tiempo cuando estaba realizando sus preparativos para la guerra, pero Jory sabía que ese día sería su única oportunidad de presentar el caso de Joanna y abogar por ella. Al amanecer, el rey se marcharía y ella sería enviada a Wigton.

Cuando las sombras del atardecer se fueron alargando para dar paso a la noche, al ver que los nobles aún no habían dado por terminada su conferencia sobre la guerra, Marjory comprendió lo insignificantes que eran las mujeres para los hombres. Las mujeres no tenían ningún papel en la toma de decisiones. Los hombres regían el mundo, luchaban en las guerras, dictaban las leyes, acumulaban riquezas, poseían propiedades y, en su mayor parte, controlaban la vida de sus mujeres. El único papel reservado a la mujer era el de alimentar al varón.

Sin embargo, no había muchas mujeres resentidas con el papel que les había tocado en suerte. ¿Sería ella la única a quien irritaban las restricciones que se le imponían? Quizá, si ella hubiese tenido un hijo, estaría demasiado atareada con su maternidad para preocuparse por las desigualdades entre los sexos. Jory sintió una punzada de arrepentimiento y se preguntó, por enésima vez, si no sería estéril.

Decidida a abandonar tan oscuros pensamientos, encendió las velas y llenó de agua la jofaina para lavarse las manos y la cara. Tal vez tuviese la oportunidad de dirigir la palabra al rey en el comedor y suplicarle que le permitiese hablar con él a solas. Jory decidió no ponerse el velo en la cabeza. Su cabello platinado era su rasgo más bello y producía un efecto asombroso sobre cualquier varón. Esa noche, ella debía estar lo más atractiva posible si quería llamar la atención del rey Eduardo.

Cuando Jory llegó al espacioso salón comedor, flanqueada por Thomas y Taffy, sus ojos se posaron sobre la plataforma y la alta silla tallada donde se sentaría el rey. La halló vacía y su mirada abarcó el atestado salón, en busca de la imponente figura de Eduardo Plantagenet. Desilusionada, decidió hacerse con un lugar cerca de la plataforma y dio las gracias a los ansiosos barones que se juntaban entre ellos para cederle un asiento en el banco.

–Aquí puede sentarse, Jory; esta noche John cena con el rey.

–Maldición; he aguardado todo el día para ver a Eduardo...

Su voz vaciló y se interrumpió cuando su mirada se posó sobre el hombre que estaba al lado de su hermano. Por Dios, ese era un caballero al que valía la pena mirar, pensó ella. No era tan alto como Lynx, pues no muchos hombres lo eran, pero sus hombros eran tan anchos que compensaban la diferencia. Los ojos de Jory se dilataron al darse cuenta que el apuesto moreno era Bruce.

–¡Robert! ¿En verdad, eres tú? Bueno, hacía años que no te veía. La última vez fue en la ceremonia en que tu padre te entregó el condado de Carrick.

Robert de Bruce la miró, sonriendo.

–Tú eras una niña de diecisiete años; aun así, tu belleza bastaba para causar estragos en el corazón de los hermanos Bruce.

–Todos, menos el tuyo. Si mal no recuerdo, eras un demonio salvaje y te burlabas de mí sin piedad.

–Yo no era la excepción, Jory.

Los ojos oscuros del joven ardieron mientras se deleitaban con la delicada belleza de la muchacha.

Ella se rió.

–Todavía sigues burlándote de mí sin piedad; apostaría a que sigues siendo un salvaje demonio.

A Jory le divirtió que Lynx decidiera sentarse entre ellos dos; así supo que su hermano había detectado las chispas que se encendían entre ella y Robert de Bruce.

–Lamento que no hayas tenido ocasión de hablar con el rey, Jory. Tu viaje ha sido una pérdida de tiempo –declaró Lynx.

Ella echó una mirada a Robert e hizo un mohín:

–No del todo –dijo, luego agregó–: Siempre puedo esperar a mañana.

Lynx negó con la cabeza.

–El rey y su ejército parten mañana para Escocia.

De los ojos de Jory desapareció la expresión burlona.

–¿La guerra? –preguntó ella con gravedad. Y cuando Lynx contestó con un gesto de asentimiento, su mirada buscó la de Robert–. ¿Para quién peleas, milord?

–Peleo para Robert de Bruce –dijo él con franqueza.

–Él nos apoya –confirmó Lynx.

–Al menos, por ahora –precisó Bruce–. Tengo la intención de aplastar a mi enemigo, Comyn, y recuperar mis tierras en Annandale y Carrick. Acepto, agradecido, la ayuda de Eduardo –dijo él, con su característica arrogancia.

–Eres el gobernador del castillo de Carlisle, por lo tanto, el rey espera que lo defiendas –le recordó Lynx.

–Por ahora, regresaré allí pero, cuando comience la verdadera lucha, estaré en lo más reñido de la batalla. Tengo bastantes hermanos para mantener Carlisle a salvo.

El rostro de Jory se iluminó.

–A mí me envían al castillo de mi familia, en Wigton, milord, que, como sabes, no queda lejos de Carlisle. ¿Me acompañarás? Así viajaré segura.

Si bien ella sabía perfectamente que tanto su tío como su hermano podrían brindarle la protección de los caballeros de De Warenne, a ella se le antojaba la de este poderoso conde escocés.

La boca de Bruce se curvó con sensualidad.

–Será un placer para mí.

–No estés tan seguro, Robert –advirtió Lynx–. Es una pequeña caprichosa y tiene una marcada predisposición a causar estragos.

–La mantendré bajo control –prometió Robert de Bruce.

Semejante perspectiva produjo en Marjory una curiosa languidez.

Esa noche, más tarde, Jory se paseaba por su habitación tratando de hallar una solución a su problema. Era tenaz como un perro y no admitía la derrota cuando había llegado tan cerca de su objetivo. Necesitaba tener una conversación privada con el rey esa noche; solo se le ocurría un lugar posible para ese encuentro: el dormitorio real. Jory se cepilló el pelo, que caía sobre sus hombros como una capa de seda, se pasó crema por los labios y esparció una gota de aceite perfumado entre sus pechos. Luego, se envolvió la cabeza con un velo que le ocultaba tanto la cara como el cabello, tan fácil de reconocer, y tomó una bandeja con algunos dulces.

Recorrió el camino que llevaba a las habitaciones privadas del rey. Gracias a lo avanzado de la hora, los habitantes de Newcastle se habían retirado y las únicas personas con las que se cruzaba eran sirvientes. Jory subió la escalera que llevaba a la torre ocupada por Eduardo, sabiendo que sería detenida por el guardia que custodiaba la puerta del rey. Cuando vio al caballero apostado junto a la puerta de la habitación, exhaló un breve suspiro, aliviada al ver que no lo conocía.

–Su Majestad ya se ha retirado y no necesita nada más.

–El rey ha enviado por mí, milord –dijo ella en un susurro, asombrada de su propia audacia.

El hombre negó con la cabeza.

–Su Majestad no ha pedido ninguna muchacha para esta noche.

–¿Está seguro? –lo contradijo ella con voz sedosa–. Al rey Eduardo le agrada tomar algo dulce cuando acaba la jornada.

–¿Acaso no nos gusta a todos, cariño? –preguntó el hombre, riendo y alargando la mano hacia el velo.

–¡No! –exclamó Jory, dando un paso atrás, y bajó la voz con tono confidencial–. Milord, yo no soy una doncella sino una dama. El rey se enfadaría si se supiera mi identidad –dijo y, al verlo convencido a medias, aprovechó la ventaja–. Me dijo que hoy estaría usted a la puerta, y que es el más discreto de los caballeros que custodian su dormitorio.

Mientras él asimilaba el cumplido, Jory rascó con sus dedos la puerta de roble y se escabulló en el interior.

Eduardo Plantagenet, cubierto con una bata de terciopelo carmesí, levantó la cabeza dorada cuando sintió, más que oyó, la intrusión.

–Sí, ¿qué hay? –preguntó.

Ella avanzó por la habitación y se levantó el velo para descubrir su rostro.

–Su Majestad, soy Marjory de Warenne.

Las cejas del rey se unieron.

–¿Qué demonios estás haciendo aquí?

–Majestad, he venido en nombre de la princesa Joanna.

El rostro del rey adoptó una expresión fría.

–¡He hecho encadenar a ese advenedizo de Monthermer! Ese cerdo ambicioso se ha aprovechado de mi hija. Con todo, ella no está libre de culpa en este asunto, ni tampoco quienes, estando cerca de ella, la instaron a dar un paso tan desastroso –dijo, con un tono de voz y una mirada semejantes al hielo–. Han deshonrado la memoria de Gilbert de Clare, y su familia ha sido gravemente ofendida. El matrimonio será anulado.

Jory dejó caer el velo y se puso de rodillas ante el rey, suplicante.

–Su Majestad, Joanna me ha enviado a pediros vuestro perdón y comprensión. Ella quería que vos oyeseis la verdad de mis labios antes de que otros envenenasen vuestros pensamientos con falsedades.

Jory percibió que la mirada helada de Eduardo se posaba en sus labios y tuvo la esperanza de desviarlo un poco de sus decisiones. Vio que alzaba la vista hacia su pelo y supo que él había detectado su fragancia. Cuando él se inclinó para tomarle las manos y ayudarla a levantarse notó la batalla que se libraba dentro de él.

–Di lo que tengas que decir –ordenó, aunque sin dureza.

Jory hizo una profunda inhalación y vio que la mirada del rey se posaba en sus senos.

–Su Majestad, Joanna sabe que vos le habéis conferido un honor al casarla con el más grande de vuestros nobles, el conde de Gloucester. Ella lo aceptó por amor, pero no por amor a Gilbert de Clare... Joanna lo hizo por amor a vos.

Joanna se preguntó si el rey recordaría el terrible berrinche que había tenido Joanna antes de darse por vencida y casarse con el anciano conde.

–Esta vez, ella ha seguido a su corazón; se casó con Ralph de Monthermer porque está profundamente enamorada de él.

–¡Monthermer es un oscuro escudero!

–Oscuro no, Majestad. Era el soldado más valiente de Gilbert de Clare. Ralph de Monthermer era la mano derecha de De Clare. Él fue quien ganó la gloria en la batalla, en nombre de De Clare, cuando este se encontraba en el ocaso de su vida. El conde de Gloucester le confió su vida y creo que hizo jurar a Ralph que cuidaría de Joanna.

Jory, entusiasmada con su propio relato, empezó a adornarlo un poco más.

–Si Joanna viese a su amado encadenado, se le rompería el corazón. Su mayor deseo es que vos conozcáis a Monthermer y aprendáis a valorarlo. Los hombres de Gloucester y de Hereford, que él comanda, sienten por él el mayor de los respetos. Mandad a buscarlo, Majestad. Dadle una oportunidad de demostraros su valor y su lealtad hacia vos.

–Abogas bien por él. ¿Qué hay en Monthermer que os ha enceguecido a ti y a Joanna y que, además, hace que olvidéis vuestro deber?

Jory se sentía inspirada.

–Hace que Joanna se acuerde de vos, Majestad. Esa es su mayor atracción, lo juro.

Los ojos penetrantes de Eduardo recorrieron la delicada belleza de la muchacha y las facciones de su semblante se suavizaron.

–Espero que Joanna sepa apreciar tu amistad. ¿Qué tienen los De Warenne que los convierte en personas de una lealtad absoluta?

–Nos honráis con vuestra confianza, Majestad. Para un De Warenne, esa confianza es sagrada.

Jory esperaba que Dios no la hiciera caer muerta por lo que solo era una mínima exageración.

Eduardo se sentó ante el fuego y le hizo una señal que indicaba que también ella podía sentarse.

–Su Majestad, mañana iréis a la guerra. Por el amor que le profesáis a Joanna, os ruego que no marchéis a la batalla sin haberla perdonado. Ella no podría soportar el distanciamiento entre ambos. El amor de un padre es algo precioso.

Eduardo sonrió a Marjory de Warenne con compasión.

–¿Recuerdas a tu padre?

Jory negó tristemente con su cabeza.

–Lynx lo recuerda bien, pero yo era muy pequeña cuando él murió.

–Era mi más querido amigo. Fue él quien planeó mi huida cuando Simon de Montfort me tenía cautivo.

–Lo sé, Majestad. He oído miles de veces ese relato.

–Su lealtad hacia mi persona era absoluta, tal como parece ser la tuya respecto a mi alocada hija.

Al ver que la conversación recaía de nuevo en la princesa Joanna, Marjory abrió la boca con la intención de seguir engatusando al rey, pero, al ver que Eduardo levantaba la mano, se mordió la lengua.

–Mandaré a buscar a Ralph de Monthermer y juzgaré por mí mismo.

–Gracias, Majestad –dijo Jory, flexionando una rodilla, segura de que había hecho todo cuanto estaba en sus manos para inclinar la balanza en favor de la princesa–. Buen viaje, Majestad.

Mientras se alejaba deprisa de la torre, Jory se sentía confiada, creyendo que los moradores de Newcastle dormían a esa hora. Ya casi había llegado a su habitación cuando una mano firme la asió y tiró de ella hacia un rincón oscuro. Jory se disponía a gritar cuando comprobó que se trataba de su primo Fitz-Waren, quien le retiró el velo.

–¿Qué tal si me das un beso?

–Maldito seas, Fitz, me has dado un susto terrible –le reprochó. Y cuando él la empujó contra la pared y la apretó, más que miedo sintió cólera–. Déjame en paz.

Fitz-Waren le sujetó la barbilla y presionó su boca en la de ella. Jory se apartó, disgustada.

–¡Has estado bebiendo!

–¿Acaso crees que eres demasiado buena para mí, después de haber jugado a ser la ramera del rey? Apuesto a que no querrías que mi padre o tu hermano se enterasen de esto.

Puso su mano sobre un pecho de la muchacha.

–Lynx te mataría si te viera en estos instantes.

–Lynx está ocupado con una prostituta.

Jory sabía que debía apartarse de él de inmediato pero también comprendía que, si gritaba, despertaría a los moradores del castillo. Pensó en llamar a Thomas a gritos, pero el corredor estaba desierto y él ya no estaba ante su puerta. Marjory tendría que confiar en sus propios recursos para huir de la lujuria de su primo. Se aferró a su chaqueta de cuero y, levantando la rodilla, golpeó a Fitz-Waren en los genitales, quien, y debido al dolor, se dobló sobre sí mismo y cayó al suelo de piedra.

–¡Pagarás por esto, perra vanidosa! –juró él entre dientes.

Capítulo 4

Camino del bosque, y con la intención de recoger hierbas, Jane Leslie trepó las colinas que había detrás de Dumfries. Se inclinó para cortar un pensamiento silvestre amarillo y se lo puso detrás de la oreja. Se adentró en el bosque umbrío y comenzó a buscar verónica que, con sus hojas verde claro que parecían cabellos, se arrastraba por el suelo. La verónica era buen remedio para la tos y la tisis. Cuando llegó a un paraje pantanoso, identificó una mata de aliso que empezaba a florecer. Jane recogió unos cuantos puñados de hojas sabedora de que no había nada mejor para librarse de las pulgas que invadían las estancias durante el prolongado invierno. Metió las hojas en un gran saco de tela que llevaba y se internó en el bosque.

Cuando vio una zona cubierta de dragontea, Jane tiró de ella hasta arrancarla con su negra y nudosa raíz y la metió en el saco. Esa raíz curaba muchas dolencias: vómitos, cardenales, mordeduras o picaduras y, además, detenía la hemorragia cuando una mujer sufría un aborto.

A medida que se acercaba al estanque del bosque, sintió que se acrecentaba en ella cierto resquemor y se preguntó si volvería a encontrarse con el lince. Sentía miedo y fascinación por el magnífico depredador. Aminoró su paso para poder avanzar sin hacer ruido.

Jane percibió su poderosa presencia aun antes de verlo. Oculta por completo tras unas matas, observó al lince que hundía su espléndida cabeza en el agua. Se trataba de la criatura más bella que hubiese visto alguna vez. Embelesada, lo observó zambullirse en el agua y nadar.

Jane anhelaba comunicarse con él como lo hacía con otros animales. Qué infrecuente privilegio sería si, algún día, pudiese nadar junto a él. Entonces, recordó lo que le había dicho su hermano Keith con respecto a que la presencia de un lince auguraba sucesos por venir. Se movió con cautela entre los árboles y luego, cuando estuvo a una distancia prudencial, se refugió rápidamente tras los muros protectores de Dumfries.

Ben y Sim Leslie eran los jefes de los pastores que cuidaban rebaños de más de mil ovejas. Como eran fechas en que se producían los alumbramientos de los corderos, por la tarde Jane ayudó a sus hermanos con las ovejas que estaban pariendo.

–Sim, ¿últimamente los lobos te han robado algunas ovejas de tu rebaño?

–No muchas; los perros están bien entrenados y nos avisan cuando merodea uno por los alrededores.

–Qué bien –dijo Jane, vacilando, y luego preguntó–: ¿Has visto un lince por estos lares?

–No –respondió Sim, negando con la cabeza–. Esta zona está fuera de su territorio. Más adelante, cuando llevemos los rebaños a pastar a las Highlands, encontraremos a los grandes felinos. Hay muchos en las Pentland y en las Lammermuir.

Jane guardó silencio, contenta de que su lince no hubiese diezmado los rebaños de Dumfries.

Al caer la noche, había tres pequeños corderillos sin madre que no habrían sobrevivido sin los tiernos cuidados de Jane. Sim los llevó a la cabaña de piedra y Jane los acostó ante el hogar, para mantenerlos calientes.

Megotta había hervido agua para que Jane pudiese lavarse y quitarse la sangre y la mucosidad que la cubría desde el cuello hasta las rodillas. Una vez limpia, Jane se acercó al fuego.

–No, tú comerás antes de atenderlos a ellos. Si no te alimentas como es debido, tu poder disminuirá.

Jane sabía que su abuela decía la verdad. Estaba obligada a trabajar durante horas con los corderos de caras negras si quería salvarlos. Obediente, compartió con Megotta un cuenco de sabroso estofado condimentado con hierbas.

–Kate y Mary no han dicho nada a mi padre sobre que deba encontrarme un marido, ¿verdad?

Si bien Megotta no ignoraba que el tema había sido discutido a fondo y que se habían propuesto soluciones, sabía que podía aventajar a Jock en cuanto atañía a su hija menor.

–Jane, te doy mi palabra de que no tienes la obligación de casarte. Quítate de la cabeza ese pensamiento perturbador. Por estos lares no hay nadie que sea lo bastante bueno para convertirse en tu esposo. Y no permitiré que seas sacrificada a un porquerizo o algún patán por el estilo.

Jane se sintió más tranquila y llenó una pequeña botella de piedra con el contenido de una olla con leche de oveja que estaba entibiándose junto al fuego, luego introdujo por el angosto cuello del recipiente un paño limpio enrollado y empapó la tela. Levantó con delicadeza al más pequeño de los corderos y le ofreció el biberón. Al principio, tuvo la impresión de que el animal era demasiado pequeño y débil para succionar, pero las manos y la voz de Jane comenzaron a obrar su magia.

Al final de la primera hora, había logrado hacer tragar un poco de leche a la frágil criatura y su vellón, ahora seco y esponjoso gracias al insistente trabajo de los dedos de Jane, le daba el aspecto de una peluda bola de lana. Jane lo dejó junto al hogar y levantó al segundo animalillo. Con suave insistencia, Jane estuvo atendiendo al trío de diminutos seres hasta muy tarde.

Megotta llevó una manta junto al fuego.

–Descansa un poco, niña.

Jane le sonrió con gratitud, mientras se tendía junto al fuego y se rodeaba de los corderos. Ella sabía que, con sus pequeños estómagos llenos, dormirían las próximas horas. En lo último que pensó antes de dormir también ella fue en su magnífico lince.

Jane soñó que de nuevo se encontraba en el bosque. Estaba sumida en un estado de agitación porque sabía que los ojos del lince la observaban. La invadió el impulso de huir, pero no pudo moverse. Miró sus tobillos y vio que estaban sujetos por largas enredaderas que los mantenían unidos. Jane sentía sobre sí la mirada del animal, que seguía cada uno de sus movimientos. El lince se acercaba peligrosamente a las matas.

En el momento en que ella hacía ademán de gritar, el lince apareció deslizándose por entre los árboles. Sintió tal alivio al ver que no era un hombre quien la observaba que se dejó caer al suelo para recuperar el aliento y dar tiempo a su pulso para que se regularizara. Entonces, sucedió algo aterrador: justo cuando creyó que estaba a salvo, el lince comenzó a acecharla.

Lentamente, desplazaba sus grandes patas, primero una, después la otra, con sus ojos verdes fijos en ella. Se agazapó sobre sus cuartos traseros, disponiéndose a saltar. De nuevo, Jane intentó gritar en el preciso instante en que el lince se abalanzaba sobre ella. Creyó que iba a despedazarla, pero sucedió algo igual de espantoso: ¡el lince se había transformado en un hombre! El miedo de Jane se mezcló con el asombro; nunca había visto a un hombre tan bello y de ese tamaño. Sobre sus hombros poderosos descansaba una melena rubia oscura y sus brillantes ojos verdes parecían capaces de traspasar su alma.

La sujetó firmemente con sus fuertes manos. Jane sintió, por primera vez, que sería tierno con ella. Con inmenso alivio pero sin saber cómo, Jane supo que no le haría daño. El hombre le olfateó el cabello, y sus labios rozaron la mejilla de la muchacha. Fascinada, vio emerger su lengua y lamerle el cuello y el hombro.

Jane fue consciente de su desnudez cuando él comenzó a lamer sus pechos. Cuando la lengua se enroscó en un pezón, la áspera textura le provocó deliciosas sensaciones que se extendieron por todo su cuerpo. Su miedo se derritió y fue reemplazado por un intenso placer, y una extraña excitación comenzó a crecer en el interior de su ser.

La hermosa boca del hombre descendió por su torso hasta que ella sintió unos tibios y húmedos remolinos en su vientre desnudo. El placer que le provocaba era tan intenso que Jane cerró los ojos y unos gemidos quedos brotaron de sus labios. ¡Él había tomado el mando absoluto sobre Jane, y eso era lo que ella quería!

Jane despertó, sobresaltada por la desenfrenada conducta que había disfrutado en su sueño. Apartó de su mente todo pensamiento relacionado con aquel hombre, pero la imagen del lince era tan vívida que perduró en ella. Sintió el impulso de elaborar un nuevo talismán para que la protegiese y la mantuviera a salvo.

Evocó en su imaginación las diversas diosas y los símbolos que podría usar; peces, serpientes, dragones, ciervos, pero los rechazó y se quedó con la imagen del lince. Sin duda, era la criatura más poderosa con la que ella se había encontrado. Además, su orgullosa belleza era majestuosa e imponente. El lince sería para ella una fuente de poder y de energía, a la vez que un sagrado guardián.

Lynx de Warenne y los otros comandantes cabalgaron rumbo al norte y se unieron al ejército que el obispo de Durham había reunido en Norham. Lynx, junto con el rey, John de Warenne y los otros jefes, partieron a caballo del campamento para estudiar las fortificaciones de Berwick. El mar le brindaba una buena protección, así como también un profundo canal junto al río Tweed. El castillo de Berwick se encaramaba sobre la orilla norte, tras una empalizada rodeada por una zanja.

–¿Quién comanda el fuerte? –preguntó Eduardo Plantagenet.

–William Douglas, Su Majestad; de él se dice que es un intrépido soldado –informó John de Warenne.

–Exige la rendición del castillo –ordenó Eduardo.

John de Warenne designó a Lynx para parlamentar con el jefe de la guarnición, mientras el rey y los otros jefes se retiraban al campamento. Lynx era un curtido guerrero que había afilado sus dientes sometiendo a la región de Gales. A pesar de ello, detestaba los derramamientos inútiles de sangre.

Flanqueado por sus escuderos y portando la bandera blanca de parlamento, Lynx de Warenne entró a caballo en el castillo de Berwick y pasó veinte horas en la mesa de negociaciones, con William Douglas. Por fin, en las primeras horas del día, vio la derrota inscrita en el semblante de William Douglas. Solo en ese momento De Warenne se concedió dar rienda suelta a su orgullo.

–Permitiré que usted salga a caballo con su honor intacto; sus hombres podrán marchar haciendo flamear su gallardete y la bandera de Escocia.

Eduardo Plantagenet, junto con sus comandantes, cabalgó hasta las puertas de Berwick para aceptar la rendición. Cientos de hombres se alineaban en la cima de la empalizada para ser testigos de los hechos. Cuando Douglas salió del castillo, los ciudadanos de Berwick comenzaron a burlarse de los ingleses, blandiendo armas y entonando cantos provocativos e insultos. Por encima del estrépito, se pudo oír con claridad una invectiva que persuadió a Eduardo Plantagenet de que el ridículo iba dirigido exclusivamente a él.

–¡Zanquilargo! ¡Zanquilargo! ¡Zanquilargo! –se mofaban.

El tristemente famoso temperamento Plantagenet explotó como la erupción de un volcán. El rey Eduardo desenvainó su espada y la blandió en el aire.

–¡Al ataque! ¡Al ataque!

John de Warenne ordenó la caballería ligera a la par del rey y luego, a toda prisa, organizó a un batallón de infantes que los seguían. Eduardo, montando su gran potro, *Bayard*, saltó la zanja y galopó hacia la empalizada, flanqueado por su sobrino, Ricardo de Cornwall, y por Fitz-Waren. Sus caballos saltaron la baja empalizada y luego Fitz-Waren ordenó que la incendiasen. Sus defensores fueron presa del pánico y los soldados ingleses de infantería irrumpieron en Berwick como la gran ola de una marejada.

De pronto, una flecha dio en el blanco, penetrando por la ranura del ojo en el yelmo de Ricardo de Cornwall. Horrorizado, Eduardo vio a su sobrino caer muerto del caballo. Sus ojos azules como el hielo buscaron a John de Warenne cuando impartió la temida orden:

–¡Sin cuartel! ¡Pasen por la espada a todo hombre de Berwick!

Lynx de Warenne no sabía nada de los desastrosos sucesos que se desarrollaban fuera del castillo. Flanqueado por sus escuderos, aguardaba en la retaguardia de una larga columna de tropas que se habían rendido. Cuando, al fin, salió del castillo de Berwick hacia la luz del sol, en las calles de la ciudad estaba librándose una batalla sangrienta.

–¿Por qué no estamos tomando prisioneros? –quiso saber Lynx, cuando al fin encontró a su tío.

–¡Han matado a Ricardo de Cornwall y Eduardo ordenó que no hubiese cuartel! –informó John con parquedad.

Lynx se puso de nuevo el yelmo e hizo girar a su caballo de guerra. Él y sus escuderos, de regreso al castillo, recorrieron las calles con las armas empuñadas, aunque no muchos se hubiesen atrevido a acercarse a esos tres enormes equinos que, con sus mortíferos cascos, podían aplastarlos hasta matarlos. Lynx de Warenne entró, sin vacilar, en el gran salón del castillo de Berwick que ahora ocupaba Eduardo Plantagenet.

–El castillo de Berwick es nuestro, y su ciudad también –anunció–. Ya no es necesario continuar la matanza.

Los ojos azules de Plantagenet despidieron un brillo peligroso.

–¡He ordenado que pasen por la espada a todo hombre de Berwick!

–Majestad, algunos no son soldados, sino ciudadanos, burgueses, artesanos.

–¡Estos burgueses han hundido nuestros barcos y asesinado a Ricardo de Cornwall! ¿Acaso pretendes cuestionar mis órdenes, De Warenne?

–Así es, Majestad. No hay honor alguno en esta carnicería. Cuando se hayan escrito las páginas de la historia, ¿desearíais ser inmortalizado como el más grande rey y legislador de Inglaterra, o como el carnicero de Berwick?

El rey entrecerró los ojos.

–Eres tan apasionado como tu hermana para argumentar. ¡Todos los De Warenne son unos malditos presumidos!

–Me atrevo a expresar mi opinión porque mi lealtad es absoluta. Si no declaráis el alto, el odio entre escoceses e ingleses se profundizará de tal modo que la unión de ambas naciones será imposible. Me llena de vergüenza lo que he presenciado, pero lo peor es que os cubre de vergüenza a vos, Majestad. Ahí fuera están matando a mujeres y niños.

–¡No; yo di la orden de solo a los hombres! ¡Da la voz de alto!

Lynx de Warenne no se lo hizo repetir. Había obtenido lo que pretendía. Y ahora, debía transmitir la orden a un ejército sediento de sangre.

Jory de Warenne no recordaba haber disfrutado tanto en un viaje como el que había hecho desde Newcastle a Wigton. Tanto ella como Robert de Bruce se habían entregado a un descarado coqueteo durante todo el trayecto. Cuando podían ser oídos por los demás se mostraban en extremo formales pero, en cuanto sabían que nadie los escuchaba, bromeaban y jugueteaban entre ellos de un modo escandalosamente íntimo. Era un juego, y ellos lo gozaban con duplicado deleite por el hecho de que era un secreto que solo a ellos incumbía.

En la cima del castillo de Wigton, Jory dirigió la mirada en dirección a Carlisle, a doce kilómetros de distancia. Bruce la había llevado hasta la explanada, sabiendo que en ese lugar estarían solos. Robert estaba tan cerca de ella que sus cuerpos casi se tocaban. Jory tenía que echar la cabeza hacia atrás para mirarlo. Los ojos oscuros del hombre la quemaban como la llama de una vela.

–Conozco Wigton a fondo. Fue uno de los castillos que tomamos cuando Baliol subió al trono y nosotros estábamos en pugna con los ingleses.

Jory levantó la vista hacia él.

–Puedo imaginarte derribando su defensa, doblegándola a tu voluntad, sometiéndola.

Él apartó un mechón de pelo platinado que la brisa revolvía.

–Llevo la conquista en la sangre.

Jory lo contempló y se imaginó a un conquistador, con su espada escocesa de dos filos y su hacha de guerra goteando sangre. Un peto cubría su pecho macizo, pero llevaba desnudos los hombros y los brazos, ahora cubiertos con el polvo y el sudor del camino.

Marjory sintió que se le aflojaban las piernas y que su cuerpo temblaba de manera incontrolable al ver que la mirada intensa de él la recorría entera. Se le cortó el aliento.

–¡Robert!

Él la alzó sin esfuerzo y la llevó en brazos hasta la escalera. ¿Cómo sabía que sus piernas se habían debilitado y necesitaba que la llevara en brazos a su habitación? Jory no podía apartar su mirada de él. Relucía de suciedad y de sudor y el duro metal que le cubría el torso la lastimaba en el pecho, apretado contra el de él. Recibió con agrado ese dolor. Con cada paso que él daba, el mundo y sus habitantes se alejaban más y más.

En lo más profundo de su ser, Marjory sintió crecer el deseo que le atravesaba el corazón y le subía por su garganta. Su piel se sensibilizó hasta tal punto que el roce de la tela de lana en su cuerpo hacía que tuviera ganas de gritar. Los brazos de él eran tan fuertes, le brindaban tal sensación de seguridad, que deseó quedarse en ellos para siempre.

Jory estaba perdida, completamente perdida. Él la colmaba de energía, de lujuria. Ella no había experimentado antes ese puro deseo animal; su repentina excitación la sacudió. Sabía que él también estaba excitado. ¡No! No eran deseos contrarios: ambos compartían la misma pasión. La misma. Algo los unía de manera inextricable.

Jory extendió el brazo señalando su habitación y él entendió el gesto sin necesidad de hablar. Con ella en brazos, entró en la estancia, cerró la puerta con el pie y la depositó sobre el lecho mientras él se soltaba las hebillas del peto. Jory se aferró a él para no caer, asombrada de su anhelo por poseerlo y por ser poseída.

Él tenía el pecho más musculoso que ella hubiera visto jamás.

No podía arrancar su mirada de él. Parecía esculpido en bronce y, al tacto, su dureza se asemejaba al metal. Jory alzó las manos y las deslizó por su soberbia musculatura.

–¡Robert!

Él posó su boca sobre la de ella para saborear su nombre. No hubo vacilación en el beso. Fue un beso duro, salvaje, egoísta. Jory se percató que era un incivilizado y, gracias al cielo, ella también. Juntos se arrancaron la ropa. Antes de que cayese la última prenda, Jory trepaba encima de él como si se tratase de un roble. Ella siempre era bañada y perfumada antes de tener contacto íntimo con su esposo. Ahora, olía como una mujer. Y él, como un hombre desbordado por la lujuria.

Robert la asió por las nalgas, sujetándola mientras la empalaba con su miembro erecto. Gritaron al unísono la gloria de esa penetración. Jory jadeaba de deseo, gemía, arañaba y gritaba como una gata en celo. Así unidos, cayeron sobre la cama y el peso de él la aplastó. Él le infundía tal grado de energía sexual que ella se arqueaba debajo de Robert, levantando su magnífico cuerpo a impulsos del puro deleite sensual que le brindaba su penetración, cada vez más profunda.

Era como si él estuviese echando abajo sus defensas con un ariete. Jory echó la cabeza hacia atrás y rió locamente. Sus defensas habían caído antes de que él la tocase siquiera. La carcajada de Robert también rodó sobre ella al mismo tiempo que su cuerpo sacudía el de ella. Era un acto brutal y elemental; no se asemejaba a nada de lo que ella había experimentado durante su matrimonio.

Jory estaba tan frenética que comenzó a morderlo. Y eso bastó para que la marea cambiase de rumbo para ambos. En un instante, el deseo la ahogaba y, al siguiente, se remontaba sobre la cresta de una ola de placer, su cuerpo se fundía en líquidos temblores, recibiendo a su candente miembro viril, duro como el mármol, que explotaba derramando en el interior de la mujer su esencia masculina, como chispas de fuego.

Cuando los dos quedaron plenamente saciados, él rodó hasta quedar de espaldas, atrayéndola consigo. Los ojos de Jory se clavaron en los de Robert y lo devoraron. Esa unión tormentosa la había sacudido, transformándola. Ella siempre supo que era sensual y femenina. Pero ahora comprendía que su sensualidad palidecía en comparación con lo experimentado junto a este hombre. Cualquier cosa que él pudiera hacerle ella la recibiría con placer, hasta con avidez. Ese descubrimiento elevó su corazón a nuevas alturas. ¡Él era el magnífico Robert de Bruce y ella era la pareja perfecta para él!

Los ojos de Robert la recorrieron como si le perteneciera y luego se posaron en su rostro en forma de corazón. El olor de los cuerpos dilató sus fosas nasales. Ella era tan frágil, etérea, que él se asombró de no haberla destrozado. Había deseado tenerla bajo su cuerpo desde que la vio en Newcastle. No, había querido penetrarla con su miembro hacía cinco años, cuando ella era una adolescente.

–Lo lamento, muchacha.

Por un instante, los ojos de Jory se enturbiaron, pero luego una sonrisa iluminó su rostro.

–¡Eres un canalla mentiroso!

Entonces, él se echó a reír.

–No, no lo lamento. Me siento triunfal.

Ella tocó con sus labios el pecho de Robert, lamiendo el sudor que cubría su tórax.

Robert la apartó de su cuerpo y la tendió de espaldas, junto a él. Se arrodilló, se puso a horcajadas, y sus ojos ardieron mientras sus dedos comenzaban a explorar el botín del que se había apoderado.

–¡Robert, otra vez no! –jadeó ella.

–Jory no hemos hecho más que aparearnos. Ahora, voy a hacerte el amor.

Ella sintió que se le derretían los huesos.

La apariencia de la pareja era completamente opuesta: uno, tan fuerte, la otra tan frágil. Uno tan grande, la otra tan menuda. Uno, moreno y fornido, la otra, rubia como un ser de otro planeta. Sin embargo, la armonía era perfecta bajo la piel, no solo en el aspecto sexual sino también en el temperamento.

De Bruce le hizo el amor lentamente, sin prisa, de manera exhaustiva pero, en cuanto se saciaron el apetito y estuvieron satisfechos, él se levantó y comenzó a vestirse.

–Llévame a Carlisle –susurró ella.

–No me tientes.

–Llevo la tentación en mi sangre –dijo ella y, por un fugaz instante, ella creyó que así lo haría, pero luego se concienció de la realidad de la situación–. Tú no te quedarás en Carlisle, ¿no es así, Robert? –preguntó con tristeza.

Él la alzó y la envolvió en sus brazos poderosos.

–Debo destronar un rey y recuperar mis castillos; después, iré a Annandale.

La decisión y la ambición de Robert de Bruce abrumaron a Jory.

–¿Y te adueñarás de Escocia? –preguntó, sin aliento.

Robert le escudriñó el rostro con sus ojos oscuros y brillantes.

–Has visto el interior de mi corazón y has adivinado mis secretos –dijo, besándola. Luego, la hizo girar y le dio una palmada en una nalga–. Debo de estar loco para permitir que una mujer sepa tanto de mí. Vamos, vístete, deprisa.

Una semana después, Jory supo que ya no podría quedarse más tiempo bajo techo. Las colinas y los valles estaban sembrados de corderillos, la primavera temprana había hecho florecer los árboles y los gamos habían perdido su timidez. Decidió salir a cabalgar, tal vez hasta organizara una cacería. Se recogió la falda y fue en busca de Alicia, pensando que quizás estuviese tan dispuesta a divertirse como ella.

Alicia había elegido unas bellas estancias del ala delantera, hacia las montañas Cumbrian. El imponente Skiddaw, cuyo pico desaparecía entre las nubes, daba la impresión de estar tan cerca que hubiese podido tocarlo desde la ventana de su habitación. Marjory dio un leve golpe en la puerta de Alicia y aguardó. Nadie respondió a su llamada y supuso que Alicia debía de estar abajo, entonces oyó un gemido quedo.

Jory se acercó aún más a la puerta y pronunció con suavidad su nombre. Oyó, una vez más, un gemido de angustia e hizo girar el tirador de la puerta. En ocasiones, Jory encontraba a Alicia extremadamente fastidiosa, pero en esta ocasión sintió una gran preocupación al verla doblada de dolor.

–Oh, querida, ¿qué te pasa? –preguntó Jory, corriendo a su lado.

–No es nada. ¡Déjame en paz!

–¿Nada? Pero estás sufriendo... ¿has sido envenenada?

Jory levantó una copa que contenía un líquido oscuro en el fondo y lo olió.

–¡Deja de espiarme! –gritó Alicia, sujetándose el vientre como si sufriera dolores de parto.

Jory vio que la muchacha tenía la falda empapada de sangre.

–¡Dios mío, tienes una hemorragia... deja que te ayude!

Alicia se echó a llorar.

–No se lo digas a Lynx, ¿me prometes que no se lo dirás?

Marjory de Warenne empezó a comprender y sus ojos se dilataron: ¡Alicia Bolton estaba abortando! El líquido de color pardusco que había en la copa era poleo, un fuerte abortivo de olor muy característico.

Jory corrió hacia la cama, arrancó una sábana y la desgarró formando jirones de tela.

–¡Tenemos que detener la hemorragia!

Le latía el corazón en los oídos. Por las lágrimas de Dios, ¿acaso esta mujer no comprendía que podía morir?

–Se detendrá –aseguró Alicia, hablando entre dientes–. El dolor es terrible, pero el poleo no es vomitivo ni purgante.

–¿Ya has hecho antes algo semejante? –preguntó Jory, horrorizada.

Sufrió una sacudida al saber lo que Alicia había estado haciendo. También fue una revelación descubrir que su hermano era capaz de concebir hijos. Qué egoísta había sido Alicia al negar a Lynx lo que más deseaba su corazón; él ansiaba desesperadamente un hijo.

–Ven, permíteme que te ayude a meterte en la cama –dijo Jory a Alicia, pensando que esa mujer era el peor enemigo de sí misma.

¿No comprendía, acaso, que Lynx se casaría con ella de inmediato si le daba un hijo? Jory estaba a punto de decírselo pero lo pensó mejor:

«¡Ella no es digna de él!»

–Jory, por favor, júrame que no me traicionarás –rogó Alicia, desesperada–. ¡Con esto tengo suficiente castigo!

Jory sentía repugnancia por lo que había hecho Alicia Bolton pero también compasión por esa mujer que sufría.

–No te traicionaré, Alicia, pero te aconsejo, de todo corazón, que se lo digas a mi hermano.

CAPÍTULO 5

En Dumfries, todos los soldados de Comyn junto con su comandante habían sido convocados para marchar al norte, a la ciudad escocesa de Scone. John Comyn, condestable de Escocia, estaba reclutando un ejército a la mayor velocidad posible. Él constituía el poder que sostenía a su pariente, el rey Baliol, pero lo apoyaba solo porque quería ver sobre su cabeza la corona de Escocia. Ahora, al frente del ejército escocés, Comyn atravesaba Annandale en su marcha hacia Inglaterra.

Jock Leslie, el mayordomo de Dumfries, se enfadó cuando los hombres de Comyn cruzaron sus terrenos confiscando el ganado y las provisiones para alimentar al ejército. Jock y sus hijos, junto con otros servidores del castillo, estaban reunidos en el patio de Dumfries para evaluar la situación.

–Dumfries es propiedad de la corona; cuando el rey Alexander gobernaba Escocia y los de Bruce eran guardianes de Annandale, a nosotros nos pagaban por nuestros servicios. Pero, desde que los miembros del clan Comyn han ocupado Dumfries, no hemos visto muchas monedas que digamos aunque, al menos, ahora teníamos los rebaños y hatos más numerosos de ganado para alimentarnos –dijo Jock, disgustado–. ¡Malditos sean los Comyn!

–Debería daros vergüenza –los regañó Megotta–. Ellos han ido a combatir contra los ingleses; no pueden hacerlo con el estómago vacío.

–Cristo, mujer, hace solo una semana los Comyn estaban aliados con los ingleses. Y ahora, se han cambiado de bando. Ruego a Dios que los Bruce derroten a los Comyn y recuperen

Annandale con todos sus castillos. ¡Cuando los de Bruce tenían el control de las marchas hacia el oeste nos pagaban nuestro salario!

–Los Bruce son los que más cambian de bando en Escocia –afirmó Megotta–. Es a causa de su sangre normanda.

A Jock le temblaron los labios. Sabía que la anciana trataba de provocarlo; a los ojos de Megotta, era imposible que un celta hiciera nada malo y, del mismo modo, un normando no podía hacer nada bueno.

Intervino Alex Leslie:

–En la herrería, donde ponían herraduras nuevas a sus caballos, los soldados se quejaban de que los condes de Angus y de Dunbar desobedecieron el llamamiento a las armas.

–Ellos no son los únicos, te lo aseguro. Todos los clanes que hay de este lado del Forth prefieren a Bruce en vez de a Comyn.

–El conde Patrick de Dunbar era carne y uña con Bruce. La sangre de todos los clanes de las tierras bajas ha quedado aguada al mezclarse con la sucia sangre inglesa. Es una lástima que nuestra familia no se haya quedado en las Highlands. ¡Escupo en los Bruce y en los ingleses! –maldijo Megotta.

–Sería conveniente habituarse a ellos –dijo Keith, mirando a su abuela con tierna preocupación–. Los ingleses se aproximan; estarán aquí antes de lo que tú crees.

–¡Ja! Si ellos vienen a Dumfries a aplastarnos bajo su bota, envenenaremos a esos canallas. ¡Jane y yo no solo conocemos hierbas y cocciones que curan; también distinguimos las otras!

–¡No! –gritó Jane–. Jamás usaría mis poderes para hacer el mal.

Jock vio que los ojos de su hija estaban dilatados de angustia y temor.

–Ven aquí, hija. No tienes nada que temer. Los Leslie somos los guardianes del castillo, y servimos a cualquiera que habite Dumfries. Una mitad mía es anglonormanda y sé que los ingleses no son peores que los escoceses. –Extendió sus manos–. Son como todos los demás.

Jock cayó en la cuenta de que hacía ya mucho tiempo que debería haber apartado a su hija menor de la anciana. Jane debería tener esposo e hijos que llenaran su vida.

Jane tragó con dificultad: «¡Solo hombres!». Eso era lo que temía. Tocó su talismán y recordó que, en los últimos días, había recibido infinidad de pedidos de piedras protectoras. Tanto los hombres como las mujeres se las pedían. Si no había nada que temer, ¿por qué, de pronto, el pueblo de Dumfries recurría a los poderes mágicos para protegerse?

En Berwick, la locura había cesado, los muertos habían sido sepultados y, de inmediato, Eduardo Plantagenet había ordenado que se reconstruyese cuanto se hubiese destruido en la ciudad. Se erigieron muros más altos en la fortificación y se profundizó la zanja. Para dar ejemplo, el rey llevó la primera carretilla cargada de piedras y argamasa.

En el término de una semana, Eduardo Plantagenet mejoró las leyes y designó a hombres capaces para que las hicieran cumplir. Además, abolió el odiado impuesto sobre la lana llamado *maltote*. En parte, hizo esto en un esfuerzo por compensar la carnicería que había ordenado, pero la noticia de lo que los ingleses habían hecho en Berwick se extendió por toda Escocia como un incendio en un pajar, ahogando a los escoceses y llenándolos de odio por los conquistadores.

Cuando el rey Eduardo recibió el mensaje por medio del cual el rey Baliol renunciaba a su voto de lealtad, una vez más se despertó la cólera real de Plantagenet.

–¡Ese tonto falso! ¡De Warenne, encárgate de que sea arrancado de su maldito trono y tráelo de rodillas ante mí, suplicando piedad! ¡En un mes, a más tardar, quiero a Baliol en la torre de Londres!

John de Warenne tenía tantos soldados entre quienes elegir que escogió a algunos de los infantes de Lynx, además de batallones que pertenecían a Percy y Bohun, para que se quedaran en Berwick ayudando a reconstruir y a conservar el puerto en manos de los ingleses. Ordenó a Anthony Bek, el militar obispo de Durham, que comandaba soldados reclutados por él mismo, que capturase al rey Baliol y, por fin, De Warenne condujo al cuerpo principal del ejército a la costa, a Dunbar, pues sabía que, allí, el conde Patrick permanecería fiel a los ingleses. Eduardo Plantagenet pensaba reunirse otra vez con su ejército en Dunbar, mientras cruzaba las colinas de Lammermuir y despejaba el camino hacia la capital, Edimburgo.

Robert de Bruce comenzó a reclutar soldados en Northumberland. A Carlisle llegaban todos los días más tropas irlandesas y escocesas junto con suministros y, al terminar la semana, Bruce estaba listo para marchar hacia Escocia a recuperar lo que había sido suyo.

Cuando le llegó la noticia de la masacre en Berwick supo que Comyn, comandante del ejército escocés, se tomaría revancha. Robert de Bruce supuso que Comyn haría marchar el cuerpo principal de su ejército contra los ingleses. Se quedó atónito al saber que su más acérrimo enemigo eludía a los ingleses en el este y, en cambio, estaba destruyendo ciudades en el oeste. Las fuerzas de Comyn estaban realizando allí la misma inconsciente destrucción que Eduardo había hecho en Berwick. Lanzó a su ejército de escoceses a asolar la campiña inglesa en cuanto cruzaron la frontera, destruyendo primero el monasterio de Hexham, devastando luego el valle de Redesdale y otros, acercándose cada vez más a su objetivo, que era Carlisle. Cada uno de los pueblos y aldeas ingleses que los escoceses encontraban en su avance era saqueado, después incendiado, asesinados sus habitantes, confiscado el ganado y destruidas sus iglesias.

En el interior de las murallas de Carlisle, Robert de Bruce aguardaba, ya preparado, dispuesto, y perfectamente capaz de derrotar a su enemigo Comyn, el odiado conde de Buchan.

Comyn había elegido tres mil de sus mejores hombres. Los escoceses se regocijaban ante la perspectiva del ataque por sorpresa, ¡pero hasta que no estuvieron mil de ellos entre las murallas de la ciudad, no imaginaron que serían ellos los sorprendidos!

Robert de Bruce dejó a uno de sus hermanos encargado de la defensa del castillo, por la remota probabilidad de que sufriese un ataque, y él, con sus otros hermanos, cayeron sobre los escoceses desde los cuatro puntos cardinales. El enemigo intentó huir, pero los muros que los rodeaban los retuvieron cautivos, como peces en un barril. La matanza fue fácil y, a la vez, terrible por su magnitud. Antes de que la luz del atardecer comenzara a desvanecerse en el cielo, casi un millar de escoceses yacían muertos en las calles de Carlisle.

Comyn, junto con un puñado de sus comandantes, huyeron cruzando el umbral de las puertas para unirse a los dos mil que aún quedaban fuera de las murallas. Les ordenó que resistieran y lucharan, pero los jefes de clanes habían visto la carnicería y se negaron. Y cuando el ejército de Bruce marchó fuera de la ciudad, ebrio de victoria y dispuesto a aniquilar a cualquiera que se interpusiese en su camino, los jefes reunieron a sus hombres y huyeron hacia la frontera escocesa.

Por la noche, Robert de Bruce y su ejército ya habían derrotado al enemigo. Volvieron a entrar en el recinto de Carlisle para ayudar a los habitantes a apagar los incendios que había provocado el enemigo. Solo cuando Robert se bebió una jarra de cerveza para aliviar la sequedad de su garganta apareció en su mente la imagen de Marjory de Warenne. Wigton no era seguro. Supo que debía ir allí de inmediato y traerla a Carlisle.

En cuanto Robert de Bruce dejó a Jory de Warenne y a Alicia Bolton, sanas y salvas, en el castillo de Carlisle, partió de inmediato en persecución de los invasores escoceses desperdigados por los valles ingleses y los persiguió hasta más allá de la frontera. Tantos fueron los que se congregaron tras las banderas de Bruce que, pronto, Robert pudo recuperar el control sobre sus antiguos territorios.

Mandó a su hermano Nigel a localizar el cuerpo principal del ejército inglés y entregó un mensaje redactado en tono arrogante donde decía que los De Bruce mantendrían a salvo para Eduardo Plantagenet las tierras de Annandale, Dumfries, Galway y Carrick.

Lynx de Warenne, encargado de la patrulla nocturna, recorría a caballo el perímetro del extenso campamento inglés, orgulloso de la vigilancia de sus arqueros galeses. Estos tenían una visión nocturna y un oído superior a los soldados ingleses; Lynx estaba convencido de que eso no se obtenía por medio del entrenamiento. Creía que sus galeses tenían un sexto sentido que les alertaba del peligro. Cuando oyó el grito del búho, la señal convenida, permaneció alerta y atrapó a Nigel de Bruce en cuanto se escabulló en el campamento.

Al sentir la hoja de un cuchillo en su garganta y su corazón latiendo desbocado, Nigel gritó:

–¡Soy un Bruce, un Bruce!

Lynx bajó su cuchillo pero retuvo al intruso con una llave hasta que pudo verlo bien. Los dos hombres se reconocieron al mismo tiempo y el gesto se convirtió en un abrazo de hermanos.

En la tienda de campaña de John de Warenne, Nigel de Bruce relató lo sucedido en Carlisle. Les aseguró que tanto Marjory como Alicia estaban a salvo y que el ejército de Bruce había obtenido una gran victoria sobre la mitad de las fuerzas escocesas y lanzado una denodada persecución tras la otra mitad que, con Comyn a la cabeza, se retiraba hacia Escocia.

Los espías de De Warenne le informaron que otra fuerza de escoceses se había apoderado del castillo del conde Patrick, en Dunbar y, mientras escuchaba a Nigel de Bruce, supo con exactitud hacia dónde se dirigía Comyn. En cuanto los ejércitos escoceses se uniesen constituirían una fuerza formidable; era evidente que esa fuerza los aguardaría en Dunbar.

Lynx pidió a Nigel de Bruce que dibujara un mapa detallado del territorio escocés, desde la frontera hasta el Firth of Forth, y lo estudió durante horas. Al llegar el amanecer, John de Warenne ya tenía un plan, si bien sabía que su éxito dependía de la colaboración de Robert de Bruce y del ejército que él comandaba ahora.

Nigel negó con la cabeza.

–Para mi hermano, prevalecen los intereses de los De Bruce.

Lo dejé en nuestro fuerte de Lochmaben, en la cabecera del valle de Annandale. Cuando los hombres veían las banderas de Bruce, se unían a nosotros; no encontramos oposición. Robert está otra vez en el lugar al que pertenece, cuidando las fronteras occidentales. Harían falta caballos salvajes para arrancarlo de su propio territorio.

Lynx recibió todo el impacto de una prolongada mirada de John de Warenne. No tenía demasiado sentido discutir con su tío, puesto que estaba en lo cierto. Se rumoreaba que los De Bruce habían firmado pactos con la mayoría de los condes del sur de Escocia y que, por lo tanto, sin la ayuda de Robert de Bruce, la victoria no era segura. Existía la posibilidad de que la lucha se prolongase durante años, que se ganara y se perdiera el mismo territorio una y otra vez. Se hacía necesario una batalla decisiva que inclinase la balanza y que se divulgara por toda Escocia que Baliol había sido depuesto para siempre.

–Está bien –accedió Lynx–. Regresaré con Nigel y convenceré a De Bruce, pero con una condición –dijo, y sus ojos verdes se posaron en John de Warenne con una expresión de absoluta gravedad–. Quiero tu palabra, no la de Eduardo Plantagenet, de que serán confirmados los derechos de Robert sobre sus tierras y sus castillos, y que todo lo que fue a parar a manos de Comyn será recuperado por los De Bruce de inmediato, sin discusión.

Un día después de la llegada de Lynx a Lochmaben, él y su amigo Robert de Bruce salieron a caballo, cruzaron Annandale y visitaron todos los castillos de los De Bruce, desde Caerlaverock hasta Lockryan. A medida que se internaban en el valle, el paisaje se volvía más espectacular.

–¿Quién fue el primer titular de la propiedad? –preguntó Lynx.

–Adam de Brus, un antepasado mío que llegó con el Conquistador; él recibió el título de la señoría de Annandale y más de ochenta mil hectáreas a ambos lados de la importante carretera occidental que une Inglaterra y Escocia.

–El apetito de tierras característico de los normandos sigue perdurando con fuerza en nuestra sangre –admitió Lynx–. Todos nosotros somos conquistadores.

Robert se echó a reír.

–Yo, además de ser normando, tengo sangre celta por parte de madre. ¿No es comprensible que quiera gobernarlo todo?

Mientras recorrían a caballo la próspera ciudad de Dumfries, con su monasterio franciscano y su puente de piedra, cuyos nueve arcos se tendían sobre el río Nith, Lynx no pudo evitar un sentimiento de codicia.

–Puedo entender que no quieras dejar estas tierras. Annandale es la región más encantadora que he visto. No me entiendas mal, Essex y Surrey son bellas y están bien cultivadas, además de ser las tierras que más provecho dan a sus propietarios, pero los paisajes de aquí son tan majestuosos que conmueven el corazón y el alma. ¿Podemos echar un vistazo al castillo?

Robert sonrió.

–Dumfries no me pertenece; es un castillo real. Está en mi territorio solo por casualidad. ¡Tengo una idea! Cuando derrotemos a Comyn, pide al rey que te nombre gobernador de Dumfries; de ese modo podremos ser vecinos.

Lynx clavó su mirada en los ojos de Robert.

–¿Y entonces tú te unirás a la lucha?

Lynx ya había abandonado casi toda esperanza. Había hablado hasta enronquecer sin que Robert mostrara la menor disposición a prestar su apoyo. Señalaba que Robert debía haber esperado a que el rey Eduardo volviera a confirmarle la posesión de sus tierras y castillos antes de reclamarlas. El monarca inglés no soportaba la arrogancia, a menos que fuera la suya. Pero Lynx tenía la impresión de que a Robert Bruce la cólera de Plantagenet lo tenía sin cuidado.

Y ahora, de pronto, Robert capitulaba. Lynx no creía que aquello se debiese solo a la amistad. Llegó a la conclusión de que se debería, más bien, al desafío que él había lanzado. Lo que no pasó por su cabeza mientras cabalgaban juntos bajo el sol primaveral era que, cada vez que Robert miraba a Lynx, veía a su hermana Jory.

–¡Es De Bruce!

La noticia corrió como el fuego en la paja a través de todo el pueblo de Dumfries y, antes de que Robert y Lynx llegaran al castillo, todos aquellos que moraban dentro o fuera de él estaban enterados de que se acercaba el conde de Carrick, señor de Annandale. Dumfries había servido a los Comyn en los últimos tres años; todos, excepto el mayordomo, esperaban con recelo a ver cuál era la disposición de De Bruce.

Jock Leslie se había apostado ante las macizas puertas del castillo para dar la bienvenida al poderoso conde y ofrecerle un refrigerio y cualquier otro servicio que pudiese necesitar.

–Lo recuerdo –dijo Robert, complacido con lo que veía en Dumfries–. ¿Cuánto hace que es mayordomo aquí?

–Más de veinte años, milord.

Robert le presentó a Lynx de Warenne, y este lo acribilló a preguntas, todas relacionadas con Dumfries.

–Tengo entendido que las ovejas constituyen la riqueza de los valles. ¿Es grande su rebaño?

–Sí, milord. Dumfries tenía mil ovejas. El precio obtenido por la venta de la lana nos hubiese mantenido todo el año pero, desgraciadamente, el ejército de Comyn se llevó las ovejas antes de que comenzara la esquila.

Lynx captó la expresión de ira en el semblante de Bruce.

–¿Tiene Dumfries su propia herrería?

–Sí, milord; también tenemos un molino harinero y una fábrica de cerveza. Por lo general, somos autosuficientes.

Jock Leslie se sentía tan honrado como orgulloso de responder a las preguntas; mostró el castillo a los visitantes. Cuando ellos elogiaron su modo de administrarlo, se sintió muy gratificado. Estos hombres eran inteligentes y comprendían a fondo el concepto de que los castellanos eran los cuidadores del castillo y debían servir a cualquiera que se alojase en Dumfries.

–Sería un honor para nosotros que os quedarais a cenar, milord.

Robert de Bruce arqueó una ceja mirando a Lynx, y este asintió con vehemencia.

–Gracias, será un placer para nosotros cenar en Dumfries.

Las hermanas de Jane llegaron a la cabaña sumamente excitadas.

–¡Venid, venid pronto! ¡Es De Bruce en persona! Tiene fama de ser el hombre más apuesto de Escocia –exclamó Mary.

–Y el más fuerte –añadió Kate–. ¡Las mujeres se desmayan al verlo!

Jane vio que la ávida adoración que sus hermanas demostraban por el héroe escandalizaba a Megotta y oyó, en silencio, que su abuela las regañaba con severidad. Sin embargo, notó que la regañina apenas surtía efecto sobre sus hermanas y sintió gran curiosidad.

–Ven, vamos a ver qué aspecto tiene ese malicioso demonio –instó Jane a Megotta.

Se unieron a la muchedumbre que llenaba el patio para ver con sus propios ojos a los dos poderosos señores que visitaban el castillo de Dumfries. Sus miradas se posaron sobre los dos hombres, uno rubio, el otro moreno; no tuvieron dudas en identificar a Robert de Bruce.

–¿Quién es el que va con él? Me parece que es un normando –dijo Megotta, suspicaz.

–Se dice que es inglés; amigo personal de De Bruce –respondió una mujer entre la multitud.

Megotta se sintió indignada. ¿Cómo se atrevía De Bruce a llevar a un malvado anglonormando a Dumfries? La única persona que no contemplaba a Robert de Bruce era Jane. Su mirada se había posado en el individuo de melena tostada y brillantes ojos verdes que permanecía junto a Bruce. Contuvo una exclamación de incredulidad: ¡era la viva encarnación de su lince!

Cuando sus dedos aferraron la piedra que llevaba al cuello, advirtió que el pulso de su garganta latía aceleradamente. Jane parpadeó, segura de que esa imagen no podía ser real, pero no pudo disiparla. Las voces excitadas de sus hermanas y la ruidosa multitud se alejaron súbitamente y solo pudo oír el enloquecido palpitar de su corazón. Jane no veía nada ni a nadie, salvo al poderoso varón que, con su melena dorada, tenía el aspecto felino de un lince.

Por un instante, Jane tuvo la sensación de que esos ojos verdes la miraban y le llegaban al alma. En un relámpago de lucidez, supo que ella conocía a este hombre; ya lo había visto antes. En un abrir y cerrar de ojos, recordó su sueño. Volvió flotando a ella con todos sus vergonzosos detalles.

El recuerdo le cortó el aliento. Con los ojos de su imaginación veía al el lince transformarse en humano; en ese hombre que ahora estaba ante ella en carne y hueso. A Jane le ardieron las mejillas al recordar que se movía con la flexibilidad de un lince y que, antes de que ella tuviese tiempo de gritar o huir, él la había sujetado con sus manos fuertes. ¡Él era el enemigo! Era un normando cuyos poderes oscuros la controlaban... controlaban a todos.

–Megotta, nosotros no lo queremos aquí –susurró Jane, en tono apremiante–. ¡Tenemos que deshacernos de él!

Pero Jock Leslie llevó a los visitantes al interior del castillo, y Jane y Megotta comprendieron que iba a ofrecerles la hospitalidad de Dumfries invitándolos a cenar con ellos.

–Iremos a la cocina –decidió Megotta–. Nos desharemos de ellos de un modo u otro.

Cuando Jane y su abuela entraron en la cocina por la puerta trasera, las cocineras corrían de un lado a otro revolviendo el caldero con la sopa, comprobando si estaba tierno un cuarto trasero de venado que se asaba ensartado en un inmenso espetón, metiendo en un gran horno redondas hogazas y echando verduras en el agua hirviendo.

–Yo haré la salsa –declaró Megotta, en el preciso momento en que Jock Leslie llegaba al amplio recinto de las cocinas.

Echó un vistazo a Megotta y se acercó a ella a grandes pasos.

–¡Fuera de esta cocina ahora mismo, mujer! Hoy no quiero

ninguna de tus maliciosas triquiñuelas. ¿Acaso quieres atraer la vergüenza sobre nuestras cabezas? –preguntó. Las protestas de inocencia de Megotta cayeron en oídos sordos. Jock conocía la profundidad del odio de su suegra por los extranjeros–. Andrew –advirtió a su hijo, que era aprendiz de mayordomo–. Tú quedas a cargo de la cocina. ¡No permitas que Megotta vuelva a entrar aquí bajo ningún concepto!

Después de que su abuela se marchara, Jane se retiró a un rincón, donde esperó pacientemente a que la comida estuviese lista para ser servida. El miedo se mezclaba con el odio, pero de una cosa estaba segura: de los dos visitantes, el más peligroso era el normando.

Jane se acercó cuando una de las cocineras llenó con sopa una gran sopera y la roció con crema y vino.

–Andrew, ¿puedo servir la sopa? –preguntó ella con dulzura.

Su hermano le sonrió:

–Muy bien, Jane, pero no tardes pues se enfría rápidamente.

Cuando Jane entró en el comedor sentía el corazón en la boca, latiendo con más fuerza a cada paso que daba hacia los honorables huéspedes de Dumfries. Estaba maravillada de su propia audacia. ¿Realmente tendría el coraje de llevar adelante su plan? Se estremeció mientras levantaba el cucharón para servir a Robert de Bruce. Le faltó valor y, mordiéndose el labio, le sirvió la sopa sin derramar una gota. Echó una mirada furtiva al hombre de cabellera rubia leonada que estaba sentado junto al otro caballero y enfocó su mirada en los labios de él. Tembló al recordar las cosas que esa boca perversa le había hecho en su sueño. Contuvo el aliento cuando vio que la mirada de él la recorría desde los pechos a la cabeza y captó la veloz apreciación que él hacía y la expresión de intenso deseo que endurecía su semblante. Cuando su boca sensual se curvó en una sonrisa seductora, la resolución de la muchacha se fortaleció. Jane inclinó la sopera y una cascada de sopa cayó sobre las piernas del hombre.

Lynx de Warenne se levantó de un salto, agradeciendo que su túnica y sus pantalones de cuero lo hubiesen protegido de las quemaduras. Su mano, rápida como el rayo, apresó la muñeca de la muchacha sin darle tiempo a escapar. La mirada colérica de sus ojos verdes se paseó sobre la joven del cabello flamígero.

–¿Quién diablos eres tú?

–¡Una celta! –replicó ella, desafiante.

–En mi opinión, eres una arpía que necesita ser amansada.

–¡Soy enemiga implacable del malvado inglés!

Jock Leslie, que había ido a buscar el mejor vino que había en Dumfries con que agasajar a sus invitados, se apresuró a tratar de reparar el daño que había causado su hija.

–¿Quién es esta muchacha? –preguntó De Warenne.

–Una torpe moza de servicio, milord.

Jock estaba demasiado avergonzado para reconocer que Jane era su hija.

–Ella no es torpe, de ninguna manera. Eso no fue un accidente: lo ha hecho de forma deliberada.

De Warenne entornó los ojos y soltó la muñeca de la muchacha. Estaba seguro de que nada le hubiese gustado más a ella que abalanzarse sobre él y arañarle el rostro, pero no se había atrevido.

–Me gustaría enseñarte buenos modales –le dijo él en voz baja y áspera.

Esa voz indicaba a las claras que también le gustaría hacerle otras cosas.

–¡Sal de inmediato del salón! –ordenó Jock–. Será castigada, milord.

Mientras la doncella de rojos cabellos se marchaba, Robert de Bruce se apresuró a decir:

–Permítame disculparme en nombre de todos los celtas. A veces, nuestro carácter apasionado nos impide conducirnos de manera racional.

Lynx de Warenne no pudo contener la risa. No le disgustaría confrontar su propio carácter apasionado con el de la doncella de rojos cabellos.

–No castigue a la muchacha, Jock Leslie –dijo–. Sé que en Escocia el odio hacia los ingleses es muy profundo y la criada no es más que una muchacha impetuosa.

Jock llamó a Kate, con sus cabellos renegridos, con un gesto imperioso de su dedo.

–Mi propia hija les servirá el resto de la comida, mis señores. Les doy mi promesa de que nada más turbará vuestra visita.

Jane corrió hacia la caballeriza como si la persiguiera el propio diablo. Su hermano Keith había encerrado los caballos de los señores en los mejores pesebres y conseguido avena para ellos. Se acercó a los hermosos potros y comenzó a hablarles en voz baja. Aunque detestara con vehemencia a sus dueños, esos caballos eran los más espléndidos que hubiese visto. Enredó sus dedos en las crines del poderoso tordo y su relincho la deleitó.

Después de hablarle durante un rato, la asaltó la tentación de abrir las alforjas y ver su contenido. Quizá pudiese averiguar la identidad de ese individuo perturbador que había llegado a Dumfries junto con Robert de Bruce. Tal vez pudiese descubrir una clave que le dijera por qué había ido y qué estaba haciendo allí.

Mientras examinaba el contenido de las alforjas del caballo tordo, dedujo que ese debía de ser el caballo de De Bruce. Lo único que había allí era agua, tortas de avena y una manta enrollada. Jane guardó los objetos tal como los había hallado y pasó al pesebre vecino. Frotó el terso cuello negro del potro, murmurando palabras cariñosas durante largo rato hasta que, al fin, desató las alforjas para mirar dentro.

Una vez más, el contenido la decepcionó. Solo encontró manzanas, un par de guantes de montar de cuero negro y un pergamino que, para su mirada inexperta, era un mapa de Annandale. Como no sabía leer, Jane volvió a enrollarlo y lo guardó todo del mismo modo en que lo había encontrado; menos una manzana.

Con una mano, ofreció la manzana al caballo negro mientras, con la otra, le acariciaba el cuello. Jane casi se desmayó al escuchar una voz airada que preguntaba:

–¿Qué diablos estás haciendo con mi caballo?

Jane trató de correr, pero las largas piernas de él devoraron la distancia que los separaba y su mano callosa le aferró el brazo con la fuerza de una mordaza.

–¡Ten cuidado, normando: yo soy bruja y uso mis poderes con los enemigos de Escocia!

–Tus afirmaciones supersticiosas no me interesan. Solo quiero saber qué diste de comer a mi caballo.

Jane olvidó su miedo y se indignó.

–Jamás haría daño a un animal. Le he dado una manzana. ¡Suéltame, me haces daño!

–Debería hacerte daño; debería darte una paliza, pequeña mozuela caprichosa.

–Vaya, ¿qué pasa aquí? ¿Acaso interrumpo el preludio de un revolcón sobre el heno? –preguntó Robert, sonriendo.

–Muy divertido –dijo Lynx con sequedad, aflojando la mano con que sujetaba a la muchacha–. ¿Cómo es posible que una mujer pueda causar tantos estragos en tan poco tiempo?

Robert guiñó un ojo.

–Ya sabes lo que se dice de las pelirrojas: ¡evítalas como a la peste!

Jane se quedó temblando mientras los veía montar y alejarse del establo. Sintió un inmenso alivio al ver que el anglonormando se marchaba. Pero, del mismo modo que sintió que ese no había sido su primer encuentro, Jane estaba segura de que no sería el último. El lince regresaría. Era inevitable.

CAPÍTULO 6

El plan de John de Warenne funcionó como un encantamiento. Cuando el ejército escocés llegó a las primeras cuestas de las colinas de Lammermuir, fatigado tras invadir Cumberland, las fuerzas inglesas se abalanzaron sobre él. Los escoceses trataron de retirarse, pero se toparon con el ejército de Bruce, que los esperaba en la retaguardia y quedaron atrapados entre dos fuerzas enemigas.

En la feroz batalla que tuvo lugar en Spottsmuir, cerca de Dunbar, los escoceses sufrieron una cruenta derrota. Los comandantes de Eduardo eran veteranos endurecidos en la batalla y sus soldados, mucho mejor disciplinados y equipados que los escoceses. Al terminar el día, no solo había sido capturado Comyn sino también ciento treinta importantes caballeros escoceses, además de los condes de Monteith, Atholl y Ross. Al día siguiente, el castillo de Dunbar se rindió.

La noche siguiente a la victoria siempre se dedicaba a la celebración y a los banquetes. En los salones del castillo de Dunbar resonaban los ecos del jolgorio; los barriles y frascos de güisqui de malta subían rodando desde el sótano, que desbordaba de prisioneros. Lynx de Warenne, en su tienda de campaña, sentía más fatiga y hastío que la euforia que sucede a las victorias.

«¿Qué demonios me pasa?», se preguntó. Recordó las palabras de Alicia: «La guerra es tu vida», le había dicho ella sin dudarlo, y Lynx no había podido desmentirla. Trató de imaginar su futuro, lo que tenía por delante. Una vez que Escocia estuviese sometida, el siguiente desafío militar sería Francia.

De repente, se le ocurrió que no le bastaba. Lynx quería más.

Ansiaba algo. No sabía qué, pero sí que no lo encontraría guerreando en Francia. Lynx cerró los ojos para alejar de sí el pensamiento de la guerra, pero las imágenes de las atrocidades que había presenciado en las calles de Berwick se alzaron ante él, acosándolo. Habían despreciado la vida de los niños, apagándola como si fuesen las llamas de las velas. No había nada en el mundo más precioso que un crío; sería capaz de vender su alma por tener uno a quien pudiera llamar hijo.

Eduardo Plantagenet partió de Berwick cabalgando a toda prisa, lamentando perderse la batalla decisiva que, como consecuencia, dejaría a Escocia, por fin, en sus manos. Hizo que llevaran al gran salón de Dunbar a los prisioneros de los calabozos para poder echarles un vistazo uno por uno. Lo más importante era presenciar su sometimiento, que doblasen sus rodillas ante él y le juraran fidelidad.

Como era costumbre, Eduardo envió a los prisioneros a Inglaterra para que los encerrasen en Hereford. Hasta hacía poco tiempo, los ricos y poderosos de Clare habían alojado a los prisioneros. Ahora, haría responsable de su seguridad a su nuevo yerno, Monthermer, con el propósito de probar el temple del hombre.

El conde Patrick, que había recuperado su castillo de Dunbar, organizó un gran banquete para celebrar la victoria. Eduardo Plantagenet brindó en honor de su comandante supremo, John de Warenne.

–Lo has hecho bien, John. Cuando te elegí para ser el jefe del ejército, sabía que había escogido al mejor para esa tarea. Tú y yo aprendimos del maestro, Simon de Montfort. Un general cauto se demora en perseguir al enemigo que se retira; un gran general es el que golpea con la misma dureza cuando su enemigo está derrotado que cuando la batalla aún no está decidida.

–Majestad, no podríamos haber atrapado al ejército escocés sin la rápida y decidida participación de Robert de Bruce –dijo John de Warenne, alzando su copa por Robert, que estaba junto a él–. Propongo que le confirméis de inmediato la propiedad de Annandale.

–Si recuerdo bien, dije que lo consideraría después de que Baliol hubiese sido capturado y depuesto –dijo Eduardo con frialdad.

Robert de Bruce miró al rey de Inglaterra a los ojos.

–Cuando Baliol sea depuesto, reclamaré el trono de Escocia; no me conformaré con Annandale.

El silencio reinó en la estancia mientras los ojos negros celtas clavaban su mirada en los ojos azules de Plantagenet.

–¿Crees que no tengo otra cosa que hacer que conquistar reinos para ti? –preguntó el rey.

Lynx percibió el ambiente de hostilidad y se acercó a su amigo Robert, mientras John de Warenne se dirigía al rey haciendo gala de su talento diplomático.

–Majestad, vuestro próximo objetivo estratégico es la ciudad de Edimburgo. Debemos conseguir la rendición de los castillos que tenemos ante nosotros, como Roxburgh, Jedburgh, Dumbarton y, luego, Edimburgo. Desde allí, hay una breve distancia hasta Stirling. Predigo que vuestro avance triunfal a través de Aberdeen y Banff, hasta llegar a Elgin, estará atestado de nobles escoceses que se apresurarán a ofreceros su alianza con ellos. El único peligro sería que el ejército disperso se reagrupase detrás de nosotros y recuperase las zonas sur y oeste de la frontera mientras avanzamos hacia el norte.

Eduardo Plantagenet comprendió con claridad que no podía permitirse ofender a Robert de Bruce. Necesitaba al poderoso conde para que protegiese su retaguardia.

–Eres un gran estratega, John; por lo tanto, dejaré la cuestión por entero en tus manos. Tal como propones, volveremos a confirmar de inmediato la posesión de los castillos de De Bruce. La ruta oeste entre Escocia e Inglaterra debe mantenerse abierta para aprovisionar nuestros ejércitos.

Cuando el rey se alejó llevándose consigo a John de Warenne, Robert de Bruce miró a Lynx y a los dos les costó un gran esfuerzo reprimir la risa.

–¡Por Cristo, no hay nada como ir al grano y pedir lo que se quiere!

Robert dio un empujón a Lynx con su hombro macizo. Señaló con un gesto en dirección a John.

–¿Por qué no lo intentas?

De súbito, Lynx supo lo que deseaba. Irguió la cabeza y buscó a John entre la multitud. Cuando lo localizó, fue hacia él con pasos decididos. En el preciso momento en que abría la boca para hablar, John de Warenne dijo:

–Lo siento, Lynx, pero me temo que tendrás que olvidarte del resto de la campaña de Escocia. El rey no confía por completo en Robert de Bruce, y quiere que alguien lo vigile. Tú eres el único que no despertaría las sospechas de Bruce. Hay un castillo real en Dumfries que necesita tener una guarnición permanente. ¿Te harías cargo de una tarea tan poco grata?

Su sobrino respondió con una gran sonrisa.

A la mañana siguiente, Lynx de Warenne cabalgó hacia el sur, con veinte de sus caballeros más jóvenes y setenta soldados. El resto de sus hombres habían quedado al mando de su primo Fitz-Waren. Lynx había resuelto la cuestión de manera franca, presentándose ante sus hombres y pidiendo voluntarios, sin ignorar que la mayoría preferirían estar entre los primeros que someterían a Escocia.

Cuando sugirió que quienes lo desearan podrían seguir al mando de su primo Fitz-Waren, se generó cierto disenso en las filas; Lynx comprendió, consternado, que a sus galeses no les agradaba Roger Fitz-Waren ni lo respetaban. Planteó el tema a los veinticuatro caballeros veteranos que habían escogido quedarse a luchar por el rey; ellos le aseguraron que John de Warenne controlaba a su hijo bastardo con mano de hierro y que todo iría bien. Los caballeros más jóvenes que Lynx llevaría consigo podrían servir como correos entre Dumfries y el comandante de los ejércitos para mantenerlo informado de su avance.

La noche antes de su llegada a Dumfries, después de instalado el campamento, Lynx reunió a sus hombres. No quería que surgieran problemas cuando hubiesen arribado; con ese fin, estableció algunas reglas, poniendo bien en claro qué esperaba de ellos.

–Los pobladores de Dumfries no son soldados sino cuidadores del castillo. No vamos a Dumfries como conquistadores, para tenerlos bajo nuestra bota, sino en son de paz. No acampéis fuera de las murallas sino que os alojaréis en el castillo. Todos cenaremos en el gran salón y, por la noche, aquellos que no estén de guardia en el castillo ni en la ciudad, dormirán allí. Los caballeros podrán disponer de habitaciones, que compartirán entre dos.

»Somos una guarnición, una fuerza destinada a mantener la paz y a colaborar con De Bruce en la vigilancia de la frontera occidental y de la principal ruta de abastecimiento entre Inglaterra y Escocia o, para decirlo con más precisión, entre Carlisle y Edimburgo.

»No olviden que si bien los pobladores de Dumfries son escoceses no deberán ser considerados enemigos. Lo que queremos de ellos es su cooperación, no su hostilidad.

Lynx ahuecó la voz para dar énfasis a sus palabras:

–Yo seré informado de cualquier problema que surja. Si descubrís alguna traición, como sin duda sucederá, no será castigada con la muerte. Una vez por semana, celebraré una audiencia legal en la cual se decidirán los castigos. Recordad siempre que sois hombres de De Warenne. No toleraré ninguna acción incivilizada. Tendréis libertad para confraternizar y relacionaros con las mujeres de Dumfries, pero ninguna deberá hacer nada contra su voluntad.

Cuando Lynx de Warenne llegó al castillo de Dumfries, ordenó a sus hombres y a las carretas con el equipaje que aguardasen en el patio hasta que él hubiese hablado a solas con el mayordomo de Dumfries. Ni un solo caballo debía ser llevado al establo ni ninguna carreta descargada hasta que no se hubiese cumplido el debido protocolo.

Para De Warenne fue una grata sorpresa comprobar que el mayordomo lo reconocía y se dirigía a él por su nombre. Lynx se quitó su guantelete de cuero y le tendió la mano.

–Jock Leslie, ha sido usted mayordomo durante veinte años; le pido que permanezca en ese puesto.

Lynx escudriñó el rostro del mayordomo con su mirada perspicaz y, al no descubrir traza alguna de hostilidad, adoptó una actitud más amistosa.

–Como puede ver, mis hombres y yo hemos sido enviados para guarnecer Dumfries. Quisiera que la integración fuese lo menos traumática posible; sé que, en su mayor parte, eso dependerá de cómo nos entendamos usted y yo.

Lynx esperaba que al tener a Jock Leslie de su parte desde el principio el resentimiento contra él y sus hombres se reduciría.

–Estoy a su servicio, lord De Warenne.

–A juzgar por lo que he visto aquí, no tengo mucho que criticar. Es evidente que desempeña usted un trabajo excelente con las personas que tiene a sus órdenes. Yo me jacto de hacer lo mismo. Con todo, deberemos establecer un compromiso. Si encuentro algo que no me agrada y que deseo cambiar, me dirigiré a usted, Jock. Y, del mismo modo, si hay algo que a usted le disgusta, espero que acuda directamente a mí –dijo, esbozando una sonrisa–. No le aseguro que lo cambiaré; tengo fama de ser bastante rígido. Pero quiero que se sienta libre para hablar conmigo de cualquier cosa.

Lynx siguió adelante sin demoras.

–Tengo conmigo a veinte caballeros, todos ellos jóvenes y arrogantes, pero ellos no tendrán ninguna autoridad en el funcionamiento del castillo. Quien está al frente es usted, Jock Leslie; solo deberá responder ante mí.

Una vez más, su boca dibujó una sonrisa.

–Ya puede empezar la matanza de ratas.

Al ver que Jock no comprendía lo que él había dicho, Lynx indicó con un gesto el patio.

–Comience ya mismo a dar sus órdenes. Diga a mis hombres dónde quiere que lleven sus caballos y las provisiones de las carretas. Mañana habrá tiempo de que me muestre Dumfries.

Durante un par de días, los hombres, mujeres y niños de Dumfries dieron rienda suelta a su curiosidad, observando abiertamente a los hombres que habían sido enviados a instalarse en el castillo. Al principio, tenían gran temor. Después de todo, eran ingleses, y a Dumfries había llegado el relato de las crueldades que ellos habían cometido en Berwick. Pero, cuando vieron que el comandante era el hombre que había acompañado a Robert de Bruce, buena parte de esos temores se disipó.

Rápidamente, corrió la voz de que Jock Leslie seguiría siendo mayordomo, con plena autoridad para administrar el castillo como lo había hecho siempre; el pueblo de Dumfries exhaló un suspiro colectivo de alivio al comprender su buena suerte.

Jane Leslie fue una de las pocas excepciones. No pisó el castillo ni el recinto rodeado por las murallas. Los dos últimos días los había pasado con la esposa de su hermano Ben, que había dado a luz a su cuarto hijo. Judith siempre había tenido partos largos y difíciles, pero la voz y las manos de Jane la tranquilizaban, mitigaban sus temores y aliviaban buena parte de sus dolores. La delicadeza de las manos de Jane obraba como una magia, y las suaves canciones que ella canturreaba la arrullaban, haciéndola dormir mientras duraban las contracciones del parto.

Ben había tenido buen cuidado de que su esposa no se enterase de que Dumfries tenía un nuevo señor y una guarnición; sabiendo que ya tenía suficientes temores, no quería que tuviera uno más. En consecuencia, Jane también ignoraba que ahora el castillo estaba ocupado por los ingleses.

El recién nacido hizo su aparición en el mundo en el mismo momento en que el sol comenzaba a ascender en el cielo. Jane bañó al niño y lo puso sobre el pecho de su madre para que mamara. Judith cerró los ojos para disfrutar de un merecido reposo, justo cuando llegaba Megotta a conocer a su nuevo biznieto.

Jane se escabulló de la casa de piedra y alzó el rostro para recibir el tibio sol de primavera. Casi no había descansado durante los dos últimos días, pero el milagro del nacimiento era una experiencia tan estimulante que lo último que se le hubiese ocurrido era dormir. Echó a andar por el sendero que atravesaba el prado y se internaba entre los árboles. El estanque del bosque estaba a más de tres kilómetros de la casa de Ben, pero Jane andaba con paso ligero, colmada de pensamientos dichosos, escuchando el canto de los pájaros y observando con mirada vigilante a las criaturas que moraban entre las profundas sombras verdes. Era muy temprano; tenía bastantes posibilidades de ver a su magnífico lince.

Al tiempo que Jane se abría camino hacia los árboles del claro, un pequeño búho se posó en su hombro y se acicaló las plumas, rozando con el borde del ala la mejilla de la muchacha. Su silenciosa llegada siempre le brindaba un indecible placer.

También avistó a su pequeña garza verde preferida, la más tímida de las aves acuáticas. El pájaro voló hasta una rama baja y estiró el cuello hacia abajo, en busca de un pececillo.

–Te he visto, *Crabby Bill* –dijo Jane en voz alta.

El ave ladeó la cabeza cuando oyó su nombre. La primera vez que la vio estaba en un terreno bajo inundable, donde el río Nith desaguaba en el mar. La pequeña garza verde cazaba crustáceos y Jane la bautizó de inmediato *Crabby Bill*. Jane se sentó junto al estanque y cerró los ojos, contenta.

Lynx de Warenne quiso aprovechar la hora temprana y, tras elegir un pequeño halcón entre los de una jaula, ensilló su caballo para poder cabalgar solo por el territorio asignado. Sabía que, más tarde, Jock Leslie lo llevaría a realizar una inspección completa, pero antes quería conocer por su cuenta cada hectárea de las tierras de Dumfries.

Mientras cruzaba prados, colinas y valles, Lynx notaba la escasez de ovejas y corderos, y la falta de ganado de carne y leche, y se dio cuenta de que no había caballos pastando en los campos. Maldijo a Comyn por haberse llevado el ganado de Dumfries. Lynx no ignoraba que un ejército debía ser alimentado, pero era una locura y una imprevisión sacrificar un rebaño entero.

Se preguntó si en Dumfries se criaría a los cerdos en el bosque como se hacía en Inglaterra y espoleó a su caballo internándose en la densa foresta. Lynx no halló señales de marranos, pero comprobó que el bosque hervía de gamos grandes y pequeños, y sintió cierta satisfacción de que no se hubiese despojado a Dumfries de su caza. Cuando llegó a un claro, desmontó y soltó al pequeño halcón, viéndolo remontarse en lo alto y disponiéndose para un veloz descenso.

Un grito penetrante rasgó el aire, y un cuerpo se abalanzó sobre De Warenne derribándolo en un ataque inesperado. En un abrir y cerrar de ojos, Lynx tenía a su atacante aferrado por el cuello y había rodado para inmovilizarlo. El cuerpo suave que sentía debajo de él le hizo saber, de inmediato, que su cautiva era una mujer, y su largo pelo flamígero lo ayudó a identificarla como la muchacha que tanto lo había exasperado en su primera visita a Dumfries.

Jane arqueó las cejas en expresión de sorpresa al reconocer al hombre que tenía sobre ella. Clavó su vista en esos fieros ojos verdes y se estremeció, percibiendo el fuego de su salvaje virilidad, imaginando que, de un momento a otro, él comenzaría a lamerla. Aunque estaba convencida de que él no haría nada tan dulce como lamerla. Estaba enfadado y eso le asustaba.

–Yo... yo lo empujé para que el halcón no matara a los pájaros.

–¿Que me empujaste? –repitió él, sin poder creerlo–. ¡Te abalanzaste sobre mí como un animal salvaje!

–Los animales que vienen a este estanque son mis amigos. Es un santuario; yo no permito que aquí se cace.

–¿Que tú no lo permites? ¿Quién diablos crees que eres?

Ella no quería darle su nombre y forcejeó para soltarse. Pero estaba apresada entre sus muslos musculosos. Apoyó las manos en el pecho de él y, cuando empujó, sintió bajo sus dedos esbeltos músculos protuberantes. Estaba segura de que era el hombre más grande que había visto; mientras yacía debajo de él, le abrumó pensar en su tamaño y su poder. Él hubiese podido romperle el cuello con las manos. Sus pechos subían y bajaban, y ella intentaba disimular su temor.

–¿Qué haces aquí? –jadeó ella.

Sus pechos voluptuosos eran tan tentadores que a Lynx le escocían las manos de ganas de acariciarlos. Su ira se desvaneció y fue reemplazada por un ardiente deseo. Sonrió.

–Cualquier cosa que se me antoje. Soy el nuevo amo de Dumfries.

Eran infinitas las posibilidades eróticas que podría practicar con ella. Al imaginar el suave cuerpo de ella apresado debajo del suyo, su miembro viril se agrandó y se endureció, demostrando a las claras su deseo.

–¡Es imposible... tú eres inglés!

Pronunció esa última palabra como si fuera un insulto.

–Y tú eres celta, según recuerdo de la última vez que nos hemos visto. ¿Cuál es tu nombre?

–Sirono –dijo ella, desafiante, empleando el nombre céltico de una diosa con que, a veces, la llamaba Megotta. Entonces, recordó que le había dicho que ella era bruja y que tenía poderes sobre los enemigos de Escocia. Hizo acopio de todo su valor y le advirtió–: No eres bien recibido en este castillo. Si no te marchas, grandes daños se abatirán sobre ti y todos los que aquí moren.

–Tus profecías célticas me hacen temblar de miedo –dijo él, burlón–. No soy dado a supersticiones. Olvidas que soy normando.

Él inclinó la cabeza para inhalar la fragancia del pelo de ella y su erguido miembro presionó contra el estómago de Jane.

Al advertir que lo había excitado, su temor se duplicó. Lo detestaba por su lascivia y se odiaba a sí misma por el modo en que él la hacía sentirse.

–¡No, no olvido que eres normando! –escupió.

Lynx vio que el temor nublaba los ojos de la muchacha y eso

lo frenó. Si no dejaba de provocarla, su propio cuerpo perdería el control y la poseería allí, sobre la hierba. Y él jamás había forzado a una doncella.

–Mozuela tonta, debería calentarte el trasero –dijo, poniéndose de pie mientras miraba cómo ella hacía lo mismo con dificultad–. Estoy seguro de que tus talentos están más cerca de la picardía que de los poderes mágicos.

A pesar de la amenaza que él representaba para Jane, sus palabras la molestaron. Se convenció de que necesitaba demostrarle su poder. Levantó la vista hacia el árbol donde se había posado el halcón y alzó su brazo para transmitirle una orden.

–¡Ven a mí, *Talon*!

La pequeña ave rapaz voló y se posó sobre la muñeca de Jane. Ella acarició con un dedo el plumaje azul grisáceo y le habló como si fuese una querida mascota en lugar de un depredador.

–Ya ves: puedo controlarlo.

Lynx de Warenne tomó al pájaro por la pihuela y lo apoyó sobre el guante que llevaba.

–Será mejor que te controles a ti misma, señorita, ahora que yo soy quien manda aquí –le aconsejó, mirándola a lo más profundo de los ojos.

A continuación, montó y se alejó sin volver la vista atrás.

Capítulo 7

–Lord De Warenne, este es mi hijo Andrew, aprendiz de mayordomo de Dumfries.

Lynx advirtió la semejanza entre padre e hijo, e invitó a este último a reunirse con ellos.

–Estoy seguro de que ahora no me necesitaréis. Por otra parte, hay un gran caos en las cocinas. No hay bastantes cocineros ni sirvientes en el castillo; debo ir a resolver varios problemas.

–Ponga a trabajar a mis galeses. Algunos de ellos son excelentes cocineros –le aconsejó Lynx.

Más tarde, Jock Leslie llevó a Lynx a la herrería del castillo y le presentó a los herreros.

–Estos son mis hijos, James y Alex.

Lynx miró a Jock arqueando una ceja pero se abstuvo de hacer comentarios. Le alegró el tamaño de la herrería.

–Voy a dar bastante trabajo a vuestros hombres. Muchos de nuestros caballos necesitan cambio de herraduras, también tenemos que reparar las armas y las armaduras. Yo tengo armeros; tendrán que trabajar juntos. Si surgieran problemas, decídmelo.

Después de la herrería, Jock llevó a Lynx a inspeccionar los almacenes del castillo. Al caminar, ahuyentaban a gallinas y pollos que andaban por los alrededores.

–¿Tenemos gansos? –preguntó Lynx.

–Muy pocos, milord.

–Tome nota de comprar una bandada grande. Mis arqueros prefieren las plumas de los gansos grises ingleses.

Mientras caminaban, Lynx notó la presencia de los niños. Siempre notaba su presencia. Parecían felices y saludables, tenían piernas robustas y mejillas encendidas. Jock les dirigió la palabra a todos, revolvía el pelo de una niña o daba un pescozón a un niño. A Lynx le sorprendió que los pequeños llamaran abuelo a Jock, puesto que era un hombre relativamente joven.

Cuando llegaron a los almacenes, David Leslie expresó sus problemas sin vacilar:

–Los hombres de Comyn se llevaron todo. Como había escasez de heno, esos sinvergüenzas y desconsiderados alimentaron a sus caballos con mi provisión de cereales.

Lynx asintió y, mientras recorría los cobertizos de almacenamiento, comprobó que, en efecto, la provisión de alimento era escasa.

–Compre avena para los caballos. Compre habas, guisantes, lentejas, cebada; todo lo que necesite.

–Necesito plata –dijo David, sin rodeos.

–Entonces compre un poco de... ¡ah, claro, plata significa dinero! –Lynx cayó en la cuenta, echándose a reír y lanzando a Jock una mirada de reproche–. No me ha dicho usted que las reservas escaseaban.

–Las arcas están vacías –repuso Jock, sin alterarse.

–No ponga esa cara, hombre: eso es fácil de solucionar. Compraremos lo que haga falta pero, además, tenemos que reponer los rebaños de Dumfries para atender a las necesidades futuras.

Ambos Leslie expresaron su alivio.

–Compraremos rebaños... sé que, en los valles, las ovejas significan riqueza. Es preciso que hable con los pastores –decidió Lynx.

–Esta noche me ocuparé de eso. Mis hijos Ben y Sim son jefes de pastores de ovejas y los de vacunos están casados con mis hijas.

Lynx lo miró, asombrado.

–Por Dios, hombre, ¿cuántos hijos tiene usted?

–Solo diez, mi señor.

–¿Solo? –exclamó Lynx, ahogándose, casi–. Para un hombre como yo, que no tiene ninguno, un hombre con diez hijos es un padre muy prolífico –dijo, y alzó las cejas pues había comprendido algo más–. ¡Los niños lo llaman abuelo porque usted es su abuelo!

Jock asintió, dichoso.

–Tengo treinta nietos. No, miento, tengo treinta y uno: la esposa de mi hijo Ben parió anoche.

Lynx volvió a mirarlo, maravillado; le parecía una hazaña increíble.

–Lo envidio, Jock Leslie.

Mientras se dirigían hacia la cervecería, el mayordomo de Lynx dijo:

–¿Me permite el atrevimiento de sugerirle un matrimonio a prueba, si es que desea ser padre?

–Explíqueme cómo es esa costumbre del matrimonio a prueba –propuso Lynx.

Jock se dio tiempo para pensarlo, para encontrar una analogía que permitiera que un señor normando comprendiera la cuestión.

–El matrimonio a prueba diferencia a las mujeres decentes de las prostitutas. Da un sello de aprobación a la mujer que se acuesta con un hombre. En los valles es costumbre que se acuerde tal unión como paso previo del matrimonio formal. Por lo general, ese período abarca un año y un día. Al finalizar, la pareja decide si se casa o se separa. Pero, si de la unión naciera un niño, ese hijo sería legítimo aunque no se legalizara el matrimonio.

–Esa costumbre ampara a las mujeres y a los niños –comentó Lynx, pensativo.

–Sí, milord; aquí no aprobamos la existencia de hijos ilegítimos.

Lynx de Warenne se preguntó si Jock Leslie estaría haciéndole una advertencia.

–He dado órdenes a mis hombres: en Dumfries no se forzará a las mujeres.

A última hora de la tarde, el mayordomo llevó a De Warenne a conocer todas las estancias del castillo. No habían dejado de conversar y de trazar planes desde las primeras horas de la mañana. Dentro de la fortificación, a Lynx le costó trabajo hacer indicaciones para introducir mejoras. Habían limpiado los desagües, fregado los suelos, los hogares no humeaban, y hasta habían encerrado a los perros en sus corrales y no se les permitía andar correteando entre los pies de las personas.

Los muebles de Dumfries eran casi lujosos. En la mayoría de las habitaciones había tapices colgados de las paredes de piedra cuya función consistía en mantener a raya el frío; en muchos de los dormitorios de la planta alta había gruesas alfombras en los suelos, y las amplias camas tenían doseles con cortinas, mantas de lana tejida y sábanas inmaculadas.

El castillo había sido construido al estilo normando y en cada una de sus esquinas se erguía una torre cuadrada.

–Esta es la torre principal –dijo Jock, precediendo el ascenso por los peldaños de piedra hasta el primer nivel, donde había dos habitaciones comunicadas por una arcada–. Aquí siempre se ha alojado el gobernador de Dumfries.

Lynx vio que todas las sillas tenían asientos mullidos, al igual que los bancos. Los muebles eran de roble negro lustrados con cera de abejas. Sobre una mesa de juego se veían piezas de ajedrez, de las paredes colgaban instrumentos musicales y abundaban los espejos de plata pulida. Lynx oyó las voces de sus escuderos mezcladas con risas femeninas, y subió al nivel superior, donde también había dos estancias comunicadas entre sí por una arcada.

Sus escuderos habían instalado su cama, subido sus baúles, incluyendo el arcón de las armas, y estaban muy atareados colgando sus ropas en el armario. Sin embargo, quien atrajo y retuvo la atención de Lynx fue una mujer que extendía sábanas limpias sobre la cama. Era una bonita moza de cabello oscuro, boca generosa y caderas redondeadas. La curva de su vientre anunciaba que estaba preñada.

–¿No hay inconveniente en que hagas esto? –le preguntó él, preocupado por lo avanzado de su preñez.

Jock rió entre dientes.

–Esta es mi hija Mary. No tiene por qué preocuparse, milord: este es su sexto descendiente.

La muchacha hizo una reverencia y le dirigió una mirada atrevida.

–Bienvenido a Dumfries, lord De Warenne.

–Gracias, Mary –respondió Lynx, reprimiendo el sentimiento de codicia que le provocaba el hijo, más que la mujer.

–Será mejor preparar un fuego que contrarreste la humedad. Mary, muestra a los escuderos dónde se guarda la madera –ordenó Jock.

Lynx fijó su vista en la fecunda joven y sacudió la cabeza, maravillado.

–¿Tiene alguna hija soltera, Jock Leslie?

El aludido se echó a reír y secundó la broma.

–Tengo una hija que aún es soltera. ¡Será preciso que se dé prisa, si está interesado, milord!

Jane estaba tan convencida de que el lince regresaría a Dumfries como de que regresaría la primavera. Para sus adentros, lo llamaba «el lince», porque era la encarnación del magnífico animal con el que había tenido un encuentro tan fuera de lo común. Recordó el nombre del individuo que había acompañado a Robert de Bruce.

–Lord De Warenne –susurró Jane, y sintió que su corazón se agitaba temeroso.

Si bien el incidente del estanque había sido desgraciado y perturbador, en cierto modo, lo percibía como algo inevitable, como si hubiese estado predestinado. Sus emociones habían sido turbulentas, pero pudo disimular el miedo y la fascinación que sentía por él.

Jane alzó la piedra que llevaba colgada del cuello y contempló al lince pintado. La melena leonada, los ojos verdes, los hombros macizos, todo exhibía una increíble semejanza con De Warenne; no pudo evitar pensar que ese hombre representaba una amenaza para ella.

En lugar de regresar a casa, Jane fue al establo en busca de su hermano Keith. Al parecer, él era el único que comprendía lo que ella sentía y hacía sin considerarlo extraño ni reírse de ella. A Jane le agradaba el olor del establo. En ese olor se mezclaba el de los caballos, el del heno, el cuero, que contrarrestaban el olor acre del estiércol. Vio a un grupo de soldados desconocidos y sintió aprensión. Jane giró sobre sus talones y ya salía corriendo de las caballerizas cuando Keith la vio.

Dejó caer su cepillo de almohazar y corrió tras ella.

–Jane, no huyas. Ven a ver los caballos: son los mejores que he visto en mi vida, sobre todo el potro negro de lord De Warenne.

Keith la sujetó por el brazo para que no huyese.

–No puedo... esos hombres...

Las palabras se le atragantaban en la boca.

–Acompáñame a las jaulas mientras dejo a *Talon* en su percha –dijo Keith, colocando al halcón en su muñeca y abriendo la marcha hacia el cobertizo donde se guardaban las aves de presa–. Esos soldados son caballeros que pertenecen al nuevo señor.

Los pájaros, con las cabezas cubiertas con caperuzas, reconocieron las voces y chillaron, alarmados. Jane acarició con suavidad el pecho de una hembra de azor, que se apaciguó de inmediato.

–Lo he visto –susurró ella en tono ominoso.

–¿A lord De Warenne?

Jane asintió.

–Lo he visto antes.

–Sí, ha venido con Robert de Bruce, conde de Carrick.

Jane negó con la cabeza.

–Lo he visto antes de esa ocasión.

Keith comprendió que ella estaba tratando de decirle algo y le prestó atención.

–¿Recuerdas cuando vi al lince en el estanque del bosque? Bueno, en otra ocasión, lo vi a él –dijo. Levantó el jade céltico que colgaba de la fina correa de cuero–. Adopté al lince como símbolo mágico. Se me ocurrió que, si podía fundir mi espíritu con el suyo, obtendría poder y fuerza. Como sea, el lince apareció en mis sueños y se convirtió en un hombre... Y ese hombre era lord De Warenne.

Keith asintió lentamente, demostrando haberla comprendido.

–Eso significa que tienes clarividencia... que ves los hechos antes de que sucedan, ¿has tenido visiones?

–Lo he visto en el estanque del bosque, esta mañana, pero no creo que fuese una visión. Me parece que era real.

–Su nombre es Lynx.

–¿Qué?

–Su nombre es Lynx de Warenne.

Jane quedó boquiabierta y consternada, puesto que así lo había llamado ella: «el lince».

–Keith, ¿qué significa eso?

–No lo sé. Pero estoy seguro de que su destino y el de Dumfries están ligados, de alguna manera. Hay un propósito, que quizá sea divino y quizá no. Solo el tiempo dirá si es para bien o para mal.

–¡Creo que mi nuevo amuleto me protegerá de él!

Keith escudriñó el rostro de su hermana.

–Te ha asustado. Jane, yo no creo que él represente una amenaza para ti.

–No le tengo miedo –le aseguró a su hermano alzando la cabeza en un gesto orgulloso, aunque en lo más profundo de su ser le tenía tanto miedo a él como a lo que le hacía sentir.

Esa noche, cuando las mujeres de la familia Leslie se reunieron en la casa de Judith y de Ben, se creó un ambiente de excitación. Toda la conversación giraba en torno de lord De Warenne, de sus jóvenes y apuestos caballeros y de sus fornidos arqueros galeses. Las jóvenes restaron importancia a cualquier recelo que hubiesen podido sentir hacia los recién llegados. Más aún: la pizca de temor que sentían ponía un poco más de emoción a lo que sabían de esos hombres: que eran peligrosos y que no habían sido derrotados en recientes batallas.

–Judith, te estás perdiendo toda la diversión. Los caballeros del señor son tan altos que no podrás dar crédito a tus ojos –informó Kate–. ¡Y si bien los arqueros galeses no son tan altos, lo compensan con su robustez!

Mary, dándose importancia, anunció:

–¡Hoy hice la cama del señor!

Ansiosas, las otras se volvieron hacia ella.

–¿La cama del señor?

–Sí. Él se preocupó mucho al ver que yo trabajaba estando embarazada.

Las muchachas rieron.

–¡Hacer una cama no es un trabajo!

Mary levantó las manos y continuó:

–Estaba así de cerca. Podría haberme tocado si hubiera estirado la mano.

–¿Y lo hizo? –preguntó Kate, con picardía.

–No, porque nuestro padre estaba allí –dijo Mary, guiñando un ojo.

Las jóvenes matronas estallaron en carcajadas.

Mientras acostaba a los hijos de Judith, Jane prestó oídos a lo que decían las mujeres Leslie. Cada vez que se juntaban, su tema preferido de conversación era los hombres; a Jane siempre le había asombrado que ellas no compartieran el temor que ella sentía por ellos. No les contó que, esa mañana, él la había acariciado mientras la sujetaba con firmeza. Jane se estremeció al recordar su salvaje masculinidad; las otras mujeres se sentían atraídas por él mientras ella le temía.

Jane besó a los niños y los arrulló con canciones de suave y apacible melodía para que se durmieran. Sin embargo, dentro de ella bullían numerosas emociones. Temía que, cuando se durmiese, el lince se le apareciera en sueños.

Lynx de Warenne descansaba en su cama, en la torre principal, y repasaba los sucesos de la jornada. Todo había marchado de maravilla, mucho mejor de lo que había imaginado; estaba convencido de que eso se debía, en buena parte, a lo competente que era Jock Leslie como mayordomo de Dumfries.

Lo único que hacía falta para que la heredad floreciera era dinero para comprar nuevos rebaños de ovejas y vacas, y las arcas de Warenne estaban desbordantes. No consideraba un derroche invertir su dinero, por más que Dumfries perteneciera a la corona. En el fondo, Lynx pensaba que se quedaría en Escocia bastante tiempo.

Si bien el sometimiento de Gales había tenido lugar hacía más de una década y media, todavía fue necesario que los ejércitos de Eduardo Plantagenet empleasen la mayor parte de los últimos diez años en construir castillos a lo largo de las fronteras para contener a las tribus salvajes y mantenerlas a raya. A juicio de Lynx, los escoceses no debían de ser mucho más fáciles de someter.

Sus pensamientos avanzaron rápidamente, concentrándose en las necesidades inmediatas de Dumfries. Bastaría con unas pocas cacerías para abastecerlos de venados, jabalíes y ciervos, y en el río Nith y el Solway Firth obtendrían peces y mariscos en abundancia. Lynx sabía que, si instalaba un mercado en la aldea de Dumfries, atraería productos y mercaderías provenientes de kilómetros a la redonda y hasta, quizá, de Inglaterra. Además, alentaría a los buques a que trajesen mercancías desde Gales e Irlanda.

Se recordó a sí mismo que, a la mañana siguiente, debía visitar el monasterio franciscano y averiguar si se podía producir allí algo más útil que plegarias y, por enésima vez, hizo a un lado un pensamiento que jamás abandonaba del todo su mente.

Una vez que hubo terminado de repasar los acontecimientos del día y sus planes para el siguiente, Lynx se permitió examinar con cuidado ese pensamiento. Jock Leslie tenía una hija que aún no había sido pedida en matrimonio. ¿Sería cosa de la Providencia? ¿Sería su oportunidad de tener un heredero? En apariencia, los Leslie no tenían problema alguno con la reproducción.

Lo asaltó un instante de duda. ¿El defecto estaría en él? Los De Warenne no eran prolíficos; ni él ni Jory habían tenido hijos.

Y sin embargo, pensó, debatiéndose consigo mismo, su padre había tenido no un hijo sino dos. ¡Tal vez, si él se unía con una Leslie, la suerte se volcara a su favor!

Lynx imaginó que la nobleza se escandalizaría si él se casaba con una plebeya. John de Warenne no aprobaría una unión de ese tipo, pero eso a Lynx le importaba un comino. Era de esos hombres que tomaban sus propias decisiones en lo que se refería a su vida personal. El rey tampoco se mostraría muy complacido, pero ¿acaso la princesa Joanna no se acababa de casar con el escudero de su difunto esposo?

Sus pensamientos volvieron a la joven Leslie. Para Lynx de Warenne, ni el aspecto, ni la edad o el carácter de la muchacha tenían mucha importancia. Si ella podía darle un hijo, lo demás carecía de importancia. Lo único que importaba era que estuviese dispuesta. En cierto modo, la costumbre del matrimonio a prueba lo hacía más plausible. Si, después de un año y un día de unión, no concebían un niño, podrían disolverlo. Por otra parte, si la joven quedaba embarazada, él se casaría de inmediato con ella.

Lynx dejó de pensar con claridad al evocar sus sentimientos de pérdida tras la muerte de su esposa Sylvia. Como no le había prestado la debida atención, aún se sentía culpable. Se tranquilizó pensando que eso no sucedería si se casaba con una muchacha de humilde condición. Tampoco habría ningún lazo sentimental entre ellos. La relación sería muy sencilla. Ella sería la madre de su hijo. A cambio, él la trataría con el respeto y el honor que corresponden a una esposa.

Por mucho que se esforzase, Lynx no encontraba peros en la idea. Claro que Alicia se pondría hecha una furia pero, cuando él le informase que la relación entre ellos no sufriría cambios, ¿qué objeción podría tener? De todos modos, Alicia no tenía voz en esa cuestión y, además, estaría a kilómetros de allí, en Carlisle, en los próximos meses.

Los pensamientos de Lynx volvieron a Jock Leslie. Su mayordomo era la clave para desarrollar cualquier plan como ese. Por la mañana, hablaría con Jock. Si él y su mayordomo podían coincidir en los términos de un acuerdo de ese tipo, con eso bastaría y sobraría.

Una vez resuelto a poner a prueba ese matrimonio, Lynx se sintió más en paz consigo mismo de lo que se había sentido en mucho tiempo. Se quedó dormido imaginándose con su hijo en brazos. Cuando comenzó el sueño, estaba rodeado de pequeñuelos que se le asemejaban.

CAPÍTULO 8

A la mañana siguiente, Lynx de Warenne decidió ir a la feria de Lochmaben para comprar ganado. Los Bruce extraían buena parte de sus riquezas de las vacas y ovejas de casi todo Annandale. Lynx pidió a Ben y a Sim Leslie que lo acompañasen, teniendo en cuenta que ellos sabían de ovejas mucho más de lo que él sabría nunca. Además, Lynx invitó al padre, Jock Leslie, a que los acompañase. Durante el trayecto hasta el castillo de Lochmaben, Lynx tendría oportunidad de presentar a su mayordomo la propuesta de matrimonio a prueba.

Lynx dejó a sus escuderos en Dumfries, confiando en que su innato sentido común les serviría para resolver cualquier problema que se pudiera presentar durante su ausencia. Si bien eran de un rango menor que los jóvenes caballeros de De Warenne, Thomas y Taffy contaban con la plena autoridad de su señor en caso de que fuese necesario emplearla.

A media mañana, Jane se sobresaltó cuando su hermano James irrumpió por la puerta de la casa de piedra, con los brazos y la cara manchados de hollín y sudor. Jane retrocedió al ver que un extraño alto y rubio lo acompañaba.

James dijo a Megotta:

–¡Ha habido un accidente en la herrería! ¡Un caballero se ha quemado! ¡Trae un ungüento!

El rostro de Megotta pareció petrificarse.

–¡Mi ungüento curativo es para los escoceses, no para los sucios ingleses!

James se quedó boquiabierto.

–¿Estás lela, mujer? ¡Necesitamos tu ayuda!

Megotta cruzó los brazos sobre el pecho, apretó los labios y repuso, firme:

–¡Ni hablar!

Se adelantó Taffy:

–Señora, yo soy galés, no inglés. Algunos de nuestros galeses son sanadores como usted pero no conocen las plantas y las hierbas que crecen en esta región. ¿Podría usted informarles sobre las propiedades de las plantas de aquí?

–Podría, pero no quiero.

Cuando James vio a Jane, furioso y frustrado, dio la espalda a Megotta.

–Jane, ¿quieres venir?

Jane echó una mirada recelosa hacia Taffy, asintió y corrió en busca de su caja de medicinas.

En el trayecto hacia la herrería, Taffy dijo:

–Lord De Warenne le quedará muy agradecido, señora.

Jane vio con claridad el alivio y la gratitud reflejados en el rostro del escudero, aunque también distinguió algo más. El musculoso joven tenía las mejillas sonrosadas. Para ella resultaba desconcertante descubrir que la hallaba atractiva.

Cuando llegaron a la herrería, se había formado un círculo de hombres alrededor de un joven sentado en un taburete. Otro caballero que, sin duda, era amigo del primero y que parecía preocupado, estaba de rodillas. Thomas, escudero de lord De Warenne, estaba de pie junto a él, con expresión de impotencia, lo mismo que Alex, el hermano de Jane, mientras dos morenos arqueros galeses conversaban en celta.

Al ver a los hombres, Jane vaciló, pero sintió que la mano de James, apoyada en la parte baja de su espalda, la empujaba hacia delante. Percibió el calor de la fragua y comprendió que ese aire caliente debía de incrementar el dolor del caballero.

–Por favor –pidió Jane a su hermano Alex–, llévalo fuera pues ahí estará más fresco; haz que se siente sobre la hierba.

Al joven le habían quitado la chaqueta, y Jane vio que su quemadura se extendía desde el codo izquierdo, subía por el brazo y llegaba hasta el hombro. Parecía sufrir mucho. Se arrodilló junto a él para examinar la herida y siete hombres se apiñaron a su alrededor, hablando al mismo tiempo.

Thomas, furioso, le contó que los dos jóvenes sin seso habían estado jugando a la lucha, y que cuando regresara lord De Warenne recibirían un duro castigo. Sir Harry, amigo del herido, con quien este había estado forcejeando, afirmó que todo era culpa de él y que no debían acusar a sir Giles. Los dos morenos galeses comenzaron a hacer preguntas a Jane respecto del contenido de su botiquín, insistiendo en que les dijese qué hierbas empleaba en la curación de las quemaduras.

Jane, consternada por la presencia de los hombres que se agolpaban a su alrededor, echó a su hermano una mirada suplicante.

–James, por favor, haz que retrocedan.

Cuando él comprendió que a Jane la perturbaba la simple cercanía de esos desconocidos, les pidió que le dejaran sitio.

–Mi hermana es muy tímida con los hombres. Si quieren que los ayude, tendrán que alejarse un poco y dejar de parlotear.

–Alex, necesito un cubo de agua fría –indicó Jane, y vio que tres hombres se precipitaban a cumplir su pedido. Tomó un paño limpio de su caja y miró a su paciente a los ojos–. ¿Sir Giles? –tras la confirmación, agregó en voz suave–: Esto aliviará el ardor de la quemadura.

Jane notó que el rostro del muchacho estaba exangüe y sus ojos, rebosantes de lágrimas que él se empecinaba en contener. Mojó el paño en el agua fría y lo retorció sobre el hombro y el brazo del joven repetidas veces. Esa acción adquirió un ritmo que, al parecer, tuvo un efecto hipnótico sobre el enfermo. El paño jamás entró en contacto directo con la quemadura, pues ella solo lo usó para derramar agua fría sobre la herida.

Tras haber vaciado dos cubos, se arrodilló delante de sir Giles y aguardó, paciente, a que la brisa secara el brazo y el hombro. Jane sacó de su botiquín un pote que contenía un aromático ungüento verdoso y esparció una gruesa capa cubriendo toda la zona, que ya había comenzado a ampollarse.

Cuando el aire ya no tocaba la piel de Giles, este cerró los ojos y una lágrima resbaló por su mejilla.

–Tiene usted la mano más suave que he conocido jamás, señorita –dijo él en un susurro ronco.

Se acercó su amigo, sir Harry Eltham.

–¿Necesita vendas, señorita?

Jane alzó la vista hacia él con expresión de alarma; al ver su juventud y la aflicción que sentía por su amigo, parte de su aprensión se desvaneció.

–No, es mejor no vendarlo. Es preciso aplicar el ungüento a intervalos regulares.

Sir Harry tomó su mano y, cediendo a un impulso, se la llevó a los labios.

–Gracias, señorita.

Avergonzada, Jane retiró la mano con brusquedad y concentró toda su atención en el paciente. Ella sabía que el organismo del herido había recibido un fuerte impacto, puesto que una quemadura causaba un dolor mucho más intenso que cualquier otro tipo de herida. Pero ella tenía el poder de aliviar y disminuir ese dolor y, tal vez, hasta de eliminarlo.

–Por favor, acuéstese boca abajo –le pidió con timidez.

Sir Giles obedeció de inmediato: ella era la única que podía ayudarlo.

–Quiero que tome distancia del dolor. Hágalo; yo le ayudaré.

Jane rozó con sus dedos los largos cabellos de la nuca de Giles y luego ejerció una firme presión en la base del cráneo. Después de unos dos minutos, pasó las yemas de los dedos por la espalda del herido, a ambos lados de la columna vertebral, y repitió esas pasadas una docena de veces.

–¡Ha desaparecido! –exclamó Giles con una expresión entre aturdida e incrédula en su semblante.

Al ver que sir Harry y Taffy se adelantaban a ayudar a sir Giles a levantarse, Jane los contuvo con un gesto.

–Necesita descansar –dijo en tono firme.

Entregó a sir Harry el pote con el ungüento y le indicó que volviese a poner un poco cuando anocheciera.

–Gracias, señorita. Estamos en deuda con usted.

–Es usted un ángel de piedad, señora –dijo Taffy.

Los rostros de los jóvenes exhibían una expresión cercana a la adoración.

Thomas se acercó, seguido por los dos morenos galeses.

–Señora, estos son Rhys y Gowan, nuestros sanadores galeses. ¿Les mostrará usted dónde recoger las hierbas necesarias para preparar ese ungüento verde? Las plantas de aquí son desconocidas para nosotros y es imprescindible que ellos conozcan las propiedades de las hierbas de esta región.

Jane titubeó.

–Mi abuela me ha enseñado que no debo divulgar nuestros conocimientos sobre las plantas curativas.

Astuto, Thomas dijo:

–Si no transmite sus conocimientos a nuestros galeses, lord De Warenne le ordenará que cure a sus soldados cada vez que sea necesario.

La amenaza la intimidó, tal como él esperaba que sucediera.

–Les enseñaré lo que sé acerca de nuestras plantas –accedió Jane, a desgana–, pero no entraré en el bosque con hombres que no conozco a menos que mi hermano James nos acompañe.

Al caer la tarde, habían recogido una docena de plantas diferentes con las que llenaron grandes sacos de tela; entre ellas había cardo borriquero, lengua de buey, nueza y cicuta. Jane los oía conversar con James y cayó en la cuenta de que no eran muy diferentes de su hermano. Su habla estaba salpicada de palabras celtas; su aspecto también era similar, con sus cabellos oscuros y sus cuerpos fornidos y musculosos.

A medida que Rhys y Gowan comenzaban a intercambiar con ella sus conocimientos sobre las propiedades medicinales de las plantas, Jane perdía el miedo que le inspiraban los galeses. En tanto recogían y observaban las plantas que Jane señalaba, comprendían que había grandes semejanzas entre las plantas que había en Escocia y las de Gales.

Jane señaló una planta que brotaba por doquier.

–Esa es melisa, una de las dos hierbas que se utilizan para preparar el ungüento verde para las quemaduras.

–¿Y cuál es la otra, señora? –preguntó Rhys.

–El cardo borriquero, que aquí hay en abundancia.

–Los cardos son instrumentos del demonio, con sus cabezas erizadas de espinas. ¿Cómo los recoge?

–¡Ah!, hay un truco para hacerlo. Si los arranca con brusquedad, le dolerán los dedos pero, si se arrancan con decisión y asiendo con firmeza toda la cabeza, las espinas se aplastan y caen como vilanos. Le haré una demostración.

Cuando Rhys lo intentó y se pinchó los dedos, Gowan se rió de él, pero aquel no se dio por vencido y tuvo éxito en su segundo intento.

Se sentaron en un claro para compartir pan y queso, y la conversación se hizo más animada. Ellos se asombraron al comprobar todo lo que sabía Jane acerca de las hierbas; algo que jamás habrían imaginado. De su saco de tela, ella sacó una rama de betónica.

–Esta es buena para los eructos.

–¿Para provocarlos o para detenerlos?

Jane se echó a reír.

–Para detenerlos, claro. ¿Quién querría provocarlos? –se asombró, sacando de su bolso una rama cubierta de hojas–. Esto es aliso negro, que combate las liendres.

Ellos estaban pendientes de cada una de sus palabras; cuando regresaron a Dumfries y acompañaron a Jane a la cervecería del castillo, su admiración por esa joven era evidente para cualquiera que los mirase.

La noticia de que Jane Leslie había curado al caballero herido corrió como la pólvora por el castillo de Dumfries, y sus hermanas se pusieron verdes de envidia.

Cuando Lynx llegó a Lochmaben, lo tomó por sorpresa la noticia de que Robert de Bruce había regresado a Carlisle para pasar allí un par de días. Nigel de Bruce llevó a De Warenne a la granja de uno de sus arrendatarios criadores de ovejas; allí Lynx compró un rebaño de doscientos ovinos de cara negra escogidos por sus pastores.

Interesado, observó a Ben y Sim mientras seleccionaban los animales que querían en el enorme rebaño, luego los dejaban a cargo de sus perros de pelo blanco y negro, que los arrearían hasta el corral.

–Será conveniente que marquen a los corderos cuando lleguen a Dumfries pues, en esta región, se producen frecuentes ataques –aconsejó Nigel.

–¿Acaso los ingleses? –preguntó Lynx.

–¡Ingleses, ja...! Los que cometen tales estragos son los malditos escoceses –le informó Nigel.

Lynx de Warenne clavó en sus pastores la mirada helada de sus ojos verdes.

–Haré colgar a cualquier hombre que sorprenda robando ovejas en Dumfries y, por el mismo principio, a cualquier hombre de Dumfries que participe en robos le aguarda un severo castigo.

Para Lynx fue una desilusión que Robert se hubiese ido. Había tardado en abordar a Jock Leslie, para conocer la reacción de su amigo en cuanto a la propuesta de realizar un matrimonio a prueba con la hija de su mayordomo. Sin embargo, cuando lo pensó de nuevo, supo que ya había llegado a una decisión y, en consecuencia, la opinión de Robert de Bruce carecía de peso.

Lynx de Warenne y Jock Leslie emprendieron el regreso a través del valle de Annandale, seguidos a cierta distancia por los dos pastores que conducían a la majada recién adquirida. Lynx decidió abordar el tema que ocupaba sus pensamientos.

–Jock, con respecto a esa hija suya que aún no ha sido pedida en matrimonio, ¿aceptaría una propuesta de matrimonio a prueba?

–¿Habla usted en serio, milord?

–Jamás he hablado más en serio. Si ella concibiera un hijo, me casaría de inmediato.

–¿En verdad, convertiría usted a mi hija en lady De Warenne? –preguntó Jock, incrédulo.

–Para mí, sería un precio muy bajo por tener un hijo.

–¿Y si el primer hijo resultara ser una niña?

–Hijo o hija, para mí sería lo mismo. Me casaré con ella cuando conciba un hijo, no cuando dé a luz.

–Es una actitud de una generosidad poco común, milord. ¿No es usted, acaso, heredero de un gran condado? –preguntó Jock, suspicaz.

–El condado de Surrey –confirmó Lynx.

–¿Cómo es posible que mi hija se convierta en la condesa de Surrey? –preguntó Jock, abrumado ante la idea.

–Dándome un hijo –dijo Lynx con sencillez.

–¿Cuándo quiere concretar el matrimonio a prueba?

–De inmediato. El rey podría llamarme en cualquier momento. ¿Estamos de acuerdo?

–Lo estamos, lord De Warenne.

–Bien –se alegró Lynx; una carcajada escapó de sus labios–. Lo único que falta es que su hija acepte.

–No, milord. Cuando yo acepté, hablé por ella: ese es mi derecho. Para mi hija Jane será un honor difícil de creer. Claro que usted querrá conocerla, interrogarla, comprobar si es de su agrado.

–¿Jane? –pronunció Lynx, como probando el sabor del nombre–. No quiero forzarla.

–¿Forzarla? –preguntó Jock, ahogándose–. ¿Forzada a casarse con un noble y llegar a ser condesa, algún día? ¡Dirá que sí y no tendrá por qué añadir nada más sobre el tema!

–¡No! ¡No! ¡No! ¿Cómo es posible que padre haya pensado que yo aceptaría algo semejante?

Una vez más, las mujeres de la familia Leslie se habían reunido en la casa de Judith.

–No seas imbécil, Jane. Yo he oído con claridad la expresión: «matrimonio a prueba». Cualquiera de los hombres de lord De

Warenne podría tomarte sin pensar en un matrimonio a prueba legal –señaló Kate.

–Apuesto a que el que te quiere es uno de esos arqueros galeses, ¿o crees que podría ser alguno de los escuderos del señor? –la importunó Mary.

Las dos hermanas habían oído a su padre contárselo a su abuela Megotta y estaban muy excitadas.

En la imaginación de Jane apareció la figura de Taffy y recordó que él se había ruborizado cuando le dirigió la palabra.

–Oh, Señor, ojalá que no. Megotta me había prometido que jamás tendría que casarme –dijo Jane, atribulada.

–Esto no tiene nada que ver con Megotta. Lo que cuenta es lo que diga nuestro padre –aseguró Mary.

–Hubo una discusión terrible, y Megotta se quedó sin argumentos. Papá se puso furioso al saber que ella se había negado a atender al caballero herido. Él le dijo de un modo terminante que ahora De Warenne es el amo de Dumfries y que su palabra es ley.

Acongojada, Jane se retorció las manos.

–¡Oh, que la diosa Brigantia me proteja! ¿Y si fuese sir Giles? Como yo he curado su quemadura y le quité el dolor, tal vez, en gesto de gratitud, se le haya ocurrido pedir mi mano a modo de compensación.

–Pero sir Giles es un caballero –señaló Kate–. No me cabe duda de que no querrá unirse con alguien tan por debajo de su categoría.

Jane se mordió los labios.

–Claro que no, qué tonta he sido.

–Y, sin embargo, podría ser que haya caído bajo su hechizo. Jane tiene poderes extraños –insistió Mary, sin poder ocultar los celos que manifestaban su voz.

El recién nacido de Judith se quedó dormido mientras mamaba. Lo depositó en la cuna y se reunió con las otras mujeres.

–Esta es una oportunidad única en la vida, Jane. Todos estábamos preocupados porque ningún hombre te pedía en matrimonio.

–¡Yo no quiero a ningún hombre! –estalló Jane, desesperada.

–Es que no tiene importancia lo que tú quieras, sino lo que quiera lord De Warenne. Si él te entrega a uno de sus caballeros en matrimonio a prueba, tú serás lady Jane –apostilló Judith.

Kate y Mary se miraron entre sí con expresión de alarma.

–Quizá, cuando el caballero la vea, cambie de opinión –dijo Mary, esperanzada, y arrepentida de haber instado a su padre a buscar un marido para Jane.

–Trénzate pulcramente el pelo cuando mande a buscarte –aconsejó Kate.

–Y ponte tu vestido de lana marrón –insistió Mary.

–Oh, no, con ese estará muy poco atractiva –protestó Judith.

Kate y Mary no tuvieron dificultad en imponerse a Judith: ¡era muchísimo mejor que su hermana pequeña fuese una poco atractiva Jane que una lady Jane!

Cuando Jane llegó a casa, su padre estaba aguardándola. Megotta parecía atormentada y era evidente que no quería hablar. Para manifestar su protesta, se fue de la habitación dando un fuerte portazo.

Jock no hizo el menor caso de su suegra e indicó a Jane que se sentara con él ante el fuego.

–Hoy has hecho algo bueno, Jane: curar las quemaduras de ese caballero. Lord De Warenne quiere hablar contigo.

–¿Esta noche? –preguntó ella, asustada.

–No –dijo Jock, riendo–. Esta noche, él está ocupado riñendo a sus caballeros por lo irresponsable de su comportamiento durante su ausencia. Nunca había visto a un hombre con un semblante tan adusto.

Jane se sintió aliviada. Si el señor estaba enfadado con sus caballeros era poco probable que prestara atención a una solicitud de matrimonio a prueba.

–He oído decir que lord De Warenne quería verme para hablar conmigo acerca de un matrimonio a prueba –dijo Jane de forma cauta.

–¡Cristo! Los rumores crecen más rápido que las garrapatas. Seguramente, tus hermanas me han oído decírselo a Megotta –dedujo Jock. En realidad, no estaba enfadado puesto que él también estaba entusiasmado. Revolvió el pelo de Jane–. Esto significa un golpe de buena suerte para nuestra familia. Es una oportunidad inaudita, que se da una sola vez en la vida –dijo, reservando la noticia para no aguarle la sorpresa a su hija–. Por la mañana, ve al castillo. Lord De Warenne quiere comunicarte él mismo lo que hemos acordado él y yo.

A Jane se le cayó el corazón a los pies.

–¿Ya lo has acordado? ¡Padre, no quiero un matrimonio a prueba! Quiero utilizar mis poderes curativos como lo hacían las antiguas sacerdotisas célticas.

–¡Hablas igual que Megotta! Estoy harto de que meta en tu cabeza esas ideas ridículas. Tienes la obligación de obedecerme a mí, no a ella. ¡Vete a la cama!

Jane no se atrevió a discutir más con su padre. Sin duda, Megotta había rechazado el matrimonio a prueba y, ¿para qué había servido? Se convenció de que tendría que armarse de valor, enfrentarse a lord De Warenne y hacerle comprender su rechazo.

Después de desvestirse, Jane contempló al lince pintado en el talismán que colgaba en su pecho. Se le aceleró el pulso al pensar en el encuentro de la mañana siguiente con lord De Warenne. Un extraño hilo unía los destinos de ambos, y eso la afligía y la excitaba sobremanera. No cabía duda de que él era el hombre más poderoso que ella había conocido jamás. Su recuerdo agitaba emociones apasionadas en ella; pero, sobre todo, lo que sentía era miedo.

Jane supo que, de algún modo, a la mañana siguiente hallaría el coraje de desafiarlo. ¡Rechazaría el matrimonio a prueba y expresaría con claridad que no quería a ningún hombre, ni entonces ni nunca! La perspectiva de enfrentar su voluntad a la de él la hacía sentirse débil. ¡Aun así, diría no a Lynx de Warenne; y disfrutaría con ello!

Sin embargo, a la mañana siguiente, Jane había perdido parte de su jactancia. No podía librarse de una sensación de pavor ante la perspectiva de encontrarse con lord De Warenne, porque en todas las ocasiones anteriores en que se habían visto él se había enfadado con ella. Por suerte, se le ocurrió una idea. Además de mostrarse poco atractiva como candidata para un matrimonio a prueba con uno de los hombres de De Warenne, se disfrazaría para que él no la reconociera.

Con ayuda de Megotta, se vendó los senos, apretándolos tanto que su pecho quedó casi plano.

–Aprieta más; quiero parecer flaca y huesuda.

–Niña, ¿estás segura de que podrás respirar?

–Sí, estaré bien. Oh, ¿qué podríamos hacer con el pelo?

–Lo recogeremos detrás y lo cubriremos con un pañuelo de lino.

Enfundada en su vestido marrón de lana, Jane entró en el castillo de Dumfries y fue recibida por Thomas, escudero del señor. Él la observó con curiosidad pero se abstuvo de hacer comentarios sobre su apariencia. La condujo hasta una pequeña estancia donde lord De Warenne dirigía los asuntos del castillo. Le indicó que esperase, desapareció un instante en el interior, luego salió y, con un gesto, le indicó que entrase. Jane levantó el mentón, entró en la estancia y oyó que la puerta se cerraba tras ella.

Lynx de Warenne, con la espalda apoyada en la repisa de la chimenea, miraba hacia la puerta. Cuando la joven entró, la decepción se reflejó en su semblante.

–¿Tú eres Jane Leslie? –preguntó.

–Sí, milord –respondió ella en voz baja, abrumada por su imponente presencia.

«¡Por la gracia de Dios! (pensó Lynx), esta no es como las otras hijas de Jock, que son tan exuberantes.»

–¿Cuántos años tienes? –preguntó él con brusquedad.

–Dieciocho, milord –contestó Jane, bajando la vista.

–Yo tengo casi treinta –afirmó él en tono cortante.

Jane alzó las cejas, sorprendida. «Es demasiado joven e

inocente (pensó él), y carece de experiencia.» Pero luego se hizo un reproche: «¿Acaso no son estas las cualidades que uno busca para la madre de su hijo? ¿No es preferible que tenga estas virtudes a que sea astuta, mañosa y caprichosa?». Aun así, él había esperado a una yegua de cría, y no a la potranca indómita que estaba ante él, una potranca que, sin duda, nadie había montado jamás.

La experiencia había enseñado a Lynx de Warenne que las mujeres eran calculadoras y manipuladoras. ¿Sería posible que esta muchacha hubiese vivido una vida tan ajena al mundo que no se hubiese contaminado? Parecía a la vez admirada y asustada ante él; supuso que se debería a que él era de origen noble y ella no. Era una ventaja que quizá le aseguraría la preeminencia. Ella debería inclinarse ante él en todas las cuestiones. Lynx podría controlarla con una mirada o una palabra.

La observó de la cabeza a los pies: por cierto, era una pequeña sin gracia. Pero no buscaba a una compañera para tener un revolcón en el granero, sino una mujer con quien concebir un hijo. Se decidió a hablar.

–Tu padre y yo hemos acordado un matrimonio a prueba.

Jane hizo acopio de todo su valor.

–Milord, ¿me permite hablar con franqueza?

–Por supuesto.

–Yo no sé quién me ha pedido. Tal vez haya sido alguno de sus arqueros galeses conmovido por mis poderes curativos, o quizá su escudero Taffy, que me ha tomado por un ángel de piedad, o hasta sir Giles, porque le he quitado el dolor y tal vez quiera recompensarme. Pero, sea quien sea, mi respuesta es no. No quiero unirme a ninguno de ellos –dijo, y aspiró una profunda bocanada de aire procurando que dejaran de temblarle las rodillas–. Milord, no me obligará a hacer algo que no quiero, ¿verdad?

–Jane, tu padre ha accedido a que tú y yo nos unamos en un matrimonio a prueba.

Jane arqueó las cejas, sin poder creer lo que oía.

–¿Usted?

Ella sondeó con su mirada aquellos ojos verdes y luego la dejó vagar por su melena leonada, sus hombros tan anchos que costaba creerlo, su fuerte pecho musculoso y bajó por sus largas piernas. Después, su mirada ascendió de nuevo por el cuerpo de él, se posó durante largo rato en su firme boca seria y en sus verdes ojos felinos.

Jane apretó el amuleto entre sus dedos. ¿La habría abandonado la diosa Brigantia? La noticia la había dejado atónita; de súbito, todo el miedo que ella sentía por ese hombre comenzó a crecer dentro de ella. Corrió por sus venas, le atravesó el corazón y ascendió por su garganta, cortándole la respiración. La indignación la dominó, la aturdió; se llevó las manos a la cabeza. La imponente figura de Lynx de Warenne se difuminó, y Jane se tambaleó hacia él como si de repente la mano invisible del destino le hubiese arrebatado la voluntad.

Capítulo 9

Cuando Jane se desvaneció, Lynx la sujetó. La miró consternado y añadió a la lista de defectos de Jane el de ser «delicada». Luego, la observó con más atención. En su rostro había algo familiar. Le quitó el pañuelo de lino que le cubría la cabeza y el color intenso de sus largos cabellos le permitió identificarla de inmediato. ¡Por la gracia de Dios, era la voluntariosa joven que le había causado tantos problemas! Pero ¿qué diablos había sucedido con sus pechos?, se preguntó, mirándole el torso. Lynx pasó sus manos sobre el cuerpo y sintió algo rígido y apretado bajo el vestido, en lugar de la carne tierna. Consternado, supuso que había vendado sus hermosos pechos en su afán por disimular su adorable figura.

Metió la mano en el suelto vestido para librarla de las apretadas vendas. Cuando le quitó las bandas de lino, uno de sus voluptuosos pechos saltó de su confinamiento y Lynx no pudo resistir la tentación de cubrirlo con su mano y de rozar el pezón con el pulgar hasta hacerlo erguirse. Luego, su mano buscó el otro pecho y lo masajeó hasta que su pico también se irguió como una pequeña gema.

En cuanto Jane pudo respirar, abrió los ojos y lo miró indignada. Lynx retiró sus manos del vestido de lana y se sorprendió de las pocas ganas con que las apartaba.

–¿Por qué diablos te has disfrazado? –preguntó él.

–Milord, tiene usted un carácter terrible, que explota cada vez que me ve. Por eso me cubrí el pelo y me ceñí los pechos, con la esperanza de que así no me reconociera.

El temor hacía subir y bajar sus pechos.

La mirada de él, apreciativa, se posó sobre ellos: eran lozanos y adorables.

–¡Puedes enfermar con algo tan estúpido!

–Nunca estoy enferma, milord –replicó Jane con orgullo.

Entonces comprendió su error: si ella afirmaba tener una salud quebradiza era más probable que él no la quisiera.

–¿Por qué no me dijiste desde el comienzo que eras la hija del mayordomo? ¿Por qué me has mentido diciéndome que tu nombre era Sironi?

Él mismo se sorprendió por haber recordado su nombre.

–Yo no he mentido, lord De Warenne: Sironi es mi nombre céltico.

Lynx se puso de espaldas al fuego y la miró. ¿En qué lío se estaba metiendo?

–Ahora me toca a mí hablar con franqueza –dijo De Warenne con su voz de bajo, interrumpiendo los pensamientos de Jane–. Estuve casado pero no tuve hijos de esa unión. Poseo vastas extensiones de tierra y heredaré un condado. Necesito un heredero; por eso propongo un matrimonio a prueba. Si tú concibes un hijo, nos casaremos inmediatamente. Si no, el matrimonio a prueba se disolverá después de un año y un día, y tu padre recibirá una suma de dinero en compensación.

A partir de ese momento, el enfado comenzó a mezclarse con el miedo.

–¿Por qué me ha elegido a mí, lord De Warenne?

Se deshizo de la sensación de que de algún modo los destinos de ambos estaban entrelazados.

–Tu padre ha engendrado diez hijos, muchos de los cuales han tenido descendientes. Todas las posibilidades se vuelcan en favor de que puedas tener hijos –explicó él, mirándola con seriedad–. ¿Qué dices, Jane? ¿Intentarás darme un hijo?

Lo dijo de modo que quedara claro el propósito del arreglo: un acuerdo comercial.

A Jane le temblaban las rodillas pero, de todos modos, levantó el mentón y se atrevió a rechazarlo.

–Lo siento, lord De Warenne. Para muchas mujeres, su

propuesta sería un gran honor, pero yo soy diferente de las otras. Yo no quiero un matrimonio a prueba ni uno definitivo. No anhelo ser una esposa. He recibido el poder de curar, y lo que más deseo es seguir el impulso de ese poder, como lo hacían las antiguas sacerdotisas célticas.

Lynx se quedó estupefacto al oír su rechazo. Si era una plebeya, ¿cómo se atrevía a decirle que no?

–Tu padre no aprueba toda esa farsa céltica.

–Eso se debe a que él tiene sangre normanda. Mi abuela Megotta me ha enseñado las antiguas tradiciones célticas y las mágicas propiedades curativas de las hierbas. Me prometió que no sería ofrecida en matrimonio a prueba.

A medida que la observaba, él comprendía que esa joven era una mujer completamente distinta a su difunta esposa, de tan rancio abolengo; sin embargo, había en ella algo que lo atraía. Representaba un desafío para él, ¡y Lynx de Warenne decidió aceptarlo! Fue hasta la puerta y llamó a Thomas.

–Ve a buscar a la vieja –ordenó.

Cuando Thomas salió, Lynx se dirigió a Jane:

–Tengo entendido que te desagradan los niños.

–No sé quién puede haber dicho algo tan horrible: adoro a los niños. Mis hermanos y hermanas tienen muchos hijos y yo los amo, ¡adoro a cada uno de ellos!

Si bien él se sintió aliviado, no sonrió. Más bien, su semblante siguió mostrándose grave. Cuando se oyó golpear la puerta, dijo:

–Por favor, discúlpame. Volveré en un instante.

De Warenne no mostró la misma cortesía con la vieja, que miraba a su escudero, Thomas, con expresión hosca.

–Jock Leslie ha aceptado entregarme a su hija en matrimonio a prueba, pero parece ser que usted es un obstáculo, señora.

–Mi nieta es celta. ¡Y no quiero que se una con el enemigo! –replicó ella, enfadada.

Los ojos verdes del hombre adquirieron una expresión glacial.

–Yo soy el amo, y exijo obediencia. Si se opone a esta unión, la enviaré de regreso a las Highlands y no volverá a ver a su familia.

La desconsiderada actitud prepotente de Lynx hizo estallar la cólera de Megotta, quien siguió desafiándolo:

–¡Prefiero regresar a las Highlands que vivir bajo la bota inglesa!

Lynx dejó resbalar su mirada sobre la anciana. Si ella tenía la audacia de enfrentarse a su voluntad, perdería la batalla.

–¿Y no volver a ver jamás a su nieta? –preguntó.

Captó el dolor y la tristeza que emanaban los ojos de la mujer. Lamentaba haberse visto obligado a ser duro con la anciana, por lo que se apresuró a agregar:

–Por el contrario, si convence a Jane de que acepte el matrimonio a prueba, yo no seré mezquino con usted ni con su familia. Cuento con el permiso del padre y no necesito el suyo, pero preferiría que le diese su bendición.

Abrió la puerta e hizo pasar a la anciana.

–Jane, tu abuela quiere decirte algo a solas. Aguardaré fuera.

Cuando la puerta se cerró, Jane exclamó:

–Megotta, el que quiere unirse a mí en matrimonio a prueba es el propio lord De Warenne. Lo he rechazado, pero sé que padre se pondrá furioso conmigo. Gracias al cielo, estás aquí para brindarme tu apoyo.

–Jane, he cambiado de idea. Quiero que sometas a Lynx de Warenne. Si le das un hijo, te convertirá en condesa y tú y el niño tendréis más riqueza de la que hayas imaginado nunca.

Jane se mostró confundida.

–¿Acaso te ha amenazado?

–No, no, niña. Lo que sucede es que tu padre ya lo ha aceptado y yo no tengo autoridad sobre ti, de modo que debes aprovechar esta oportunidad.

La esperanza de Jane se disolvió como nieve en verano cuando se abrió la puerta y De Warenne volvió a entrar en la habitación. Ella sintió como si una mano, dentro de su pecho, le estrujara el corazón. Ordenó uno a uno sus sentimientos, los sometió a su control y los sepultó en el interior de su ser. Si ni siquiera contaba con el apoyo de su abuela, no le quedaban muchas alternativas. Murmuró, con labios exangües:

–Si mi padre y vos habéis llegado a un acuerdo, yo lo cumpliré, milord.

Lynx de Warenne se sintió muy satisfecho, pero se cuidó de no jactarse de su victoria. Hizo una reverencia formal.

–Redactaré el documento formal para que lo firmemos. Puedes ir a buscar tus cosas.

–¿Ahora? –preguntó ella, atónita.

–Sí, ahora. No veo motivos para esperar a mañana.

Lynx se preciaba de ser un hombre que afrontaba las situaciones desagradables. Pero, al ver alejarse a Jane Leslie, comprendió apesadumbrado que sería una unión bastante inusual.

–¿Y bien? –quisieron saber las hermanas de Jane en cuanto ella abrió la puerta–. ¡Hace siglos que esperamos!

–Dije que sí; acepté el matrimonio a prueba –contestó Jane, como si estuviese en trance.

–Ya sabemos que has dicho que sí, muchacha torpe –replicó Kate, impaciente–. Pero queremos saber con quién.

–Con lord De Warenne.

–¡Ya, y yo seré coronada reina de Escocia! –se burló Kate.

–¡Eres una pequeña mentirosa! –dijo Mary.

Megotta entró en la habitación.

–Dice la verdad. ¡Su padre la ha vendido al poderoso heredero del condado de Warenne!

Los ojos de Jane desbordaron de lágrimas y corrió a refugiarse en su pequeño cuarto para que no la viesen llorar.

–¿Para qué quiere a Jane? –le preguntó Kate, perpleja, a Megotta.

–Ella es celta y es virgen. ¿Acaso no comprenden que es para humillarnos a todos? Los ingleses son nuestros amos y nos aplastarán bajo su bota, arrastrarán nuestro orgullo por el polvo. Jane tiene poderes especiales y De Warenne quiere poner su marca sobre ella.

–¡Entonces, es verdad cuando dicen que ella es bruja! –dedujo Mary, sin hacer el menor caso de las afirmaciones de Megotta.

–Debe de haber ejercido un hechizo sobre él. De lo contrario, ¿por qué querría el señor llevarla a su cama? –gritó Kate, con envidia.

Las hermanas fueron a la habitación donde Jane tenía su jergón. Mientras ella recogía dos vestidos de lana y una capa colgados de unos ganchos y los doblaba con cuidado, Mary dijo:

–¿Ahora? ¿Vas a instalarte en el castillo? ¿El matrimonio a prueba empieza hoy?

–Sí; debo darme prisa.

Mary miró a Kate y, sin pronunciar palabra, ambas se marcharon y enfilaron hacia el castillo, donde se celebraría el matrimonio a prueba.

Cuando añadía a la pila sus medias y delantales, a Jane se le ocurrió una idea desesperada. Hizo un lío con sus cosas y buscó a Megotta.

–¡Huiré!

Su abuela se alarmó.

–¿Adónde irías, niña?

A Jane no se le ocurrió una respuesta razonable. En ese momento, cualquier lugar le parecía mejor que el castillo de Dumfries.

–Me ocultaré en el bosque de Selkirk. Allí hay zonas solitarias; se dice que sirven de refugio a personas que han perdido su casa en disputas con su amo.

–Jane, no puedes huir. ¡Me echarían la culpa a mí! De Warenne es un hombre duro, y me castigará.

Jane decidió llevar a su abuela consigo, luego cambió de idea. ¿Cómo podría pedir a la anciana Megotta que abandonase su hogar y fuese a vivir al bosque? En ese preciso instante llamaron a la puerta; se trataba de Taffy.

–He venido a buscar el equipaje de mi señora.

–¡No ponga un pie en mi casa! –gritó Megotta, impidiendo la entrada del escudero.

El corazón de Jane dio un vuelco: ya era demasiado tarde

para escabullirse; de cualquier manera, no tenía adónde ir. Supo que tendría que obedecer los deseos de su padre y aceptar el matrimonio a prueba, pero su resolución se fortaleció. Cuando hubiese transcurrido un año y un día, sería libre para marcharse. No permanecería un segundo más junto a De Warenne. Jane fue hasta la puerta con las mejillas sonrosadas y avergonzada por la grosería de su abuela.

–Te traeré mi caja de medicinas, Taffy. Puedo arreglármelas con el resto.

Jane recogió sus frascos de pintura y sus pinceles. Ya no le quedaban piedras. Tendría que recoger más en la playa; allí abundaban las pulidas piedras de extrañas formas. Regresó a la puerta y entregó a Taffy la caja de medicinas, que él cargó sobre el hombro.

–Puedo llevar más cosas, milady.

Jane echó una mirada a las cosas que llevaba en sus brazos.

–No hay nada más.

Taffy recordó las veces que se había tambaleado llevando el equipaje de lady Alicia; al recordarlo, su corazón se entregó un poco más a lady Jane.

En el interior del castillo, Taffy la guió hasta la torre principal y ambos subieron los peldaños de piedra que conducían a las dos primeras habitaciones.

–Estas serán sus habitaciones, lady Jane; las de lord De Warenne están más arriba –agregó, al tiempo que bajaba la caja del hombro–. Volveré en un momento, milady.

Jane contempló la habitación y su lujo la intimidó. Tuvo la impresión de que sus pies habían echado raíces en la alfombra, mientras sus ojos absorbían las imágenes. Había estado muchas veces en el gran salón y ese mismo día había hablado con el señor en el pequeño salón contiguo al vestíbulo, pero esta era la primera vez que se hallaba en el interior de una de las torres, donde se encontraban las habitaciones privadas.

Jane observó los lujosos tapices, los muebles con cojines, los instrumentos musicales y las mesas de juego con sus piezas talladas distribuidas sobre el tablero. Por último, ahí estaba el hogar con su fuego danzarín. Se acercó, y el calor de las llamas la reconfortó. Era una estancia tan amplia que jamás se acostumbraría a ella. Alzó la vista hacia la arcada y descubrió, consternada, que había otra habitación. Jane se armó de coraje y la traspuso.

Al ver la cama, se detuvo en seco. Hasta ese momento, nunca había visto una semejante. Ella dormía en un pequeño jergón, cerca del suelo. El lecho en el que dormían su hermano Ben y Judith era lo bastante ancho para dar cabida a dos personas, pero también se sustentaba sobre un marco de madera bajo. Esta cama era amplia y tan alejada del suelo que había varios escalones de madera a un costado. De los altos postes que había en cada esquina colgaban cortinas de terciopelo y la suntuosa tela estaba sujeta con unos anillos que permitían correrlas para que protegiesen de las corrientes de aire y aseguraran la intimidad de los que dormían allí. Jane imaginó una audaz fantasía de ella junto al lord De Warenne en la intimidad que creaban esas cortinas y se le aflojaron las rodillas.

Ahuyentó de inmediato esa perversa escena y abrió el armario. Entonces, comprendió por qué no había ganchos para la ropa en las paredes; estaban dentro del mueble. Jane colgó la capa y los dos vestidos de lana: uno negro y otro gris. Guardó las camisas y las medias en un cajón y los utensilios de pintura en otro. Cuando se volvió, vio su imagen en un espejo.

Se sobresaltó, creyendo que había alguien en la habitación. Pero luego comprendió que no había nadie, que era solo un óvalo de plata muy pulida, con un marco de madera, y se acercó para ver más de cerca.

Contempló la imagen de la mujer que tenía delante y supo que se trataba de ella misma. Hasta ese momento, Jane nunca se había mirado en un espejo y le resultó una experiencia inquietante. Se había visto en el estanque del bosque, que solo le había devuelto una imagen movida de sí misma. En el espejo, en cambio, se veía reflejada con claridad y nitidez.

Jane contuvo el aliento y pasó las yemas de los dedos sobre la bruñida superficie, recorriendo la línea de sus cejas y de sus altos pómulos. Vio, con desagrado, que sus ojos eran almendrados, de un castaño intenso, como los de una gama. ¡Sus labios eran demasiado llenos, su pelo, de un color demasiado fuerte! ¿Por qué tenía que ser rojo; por qué no podía tener una cabellera renegrida como sus hermanas? Con el corazón acongojado, Jane dio la espalda al espejo.

Oyó un golpe en la puerta exterior y corrió hacia la arcada para abrir. Taffy dirigía a algunos criados del castillo. Una criada traía jabón y toallas; otro, sábanas limpias; un niño llevaba un cesto de carbón para el fuego, y dos criados entraron con una bañera en forma de sandalia. El último entró con una jofaina y una jarra llena de agua que hacían juego con la bañera, y el propio Taffy le alcanzó una bandeja donde había vino mezclado con agua, copas y confituras. Jane vio que colocaban antorchas nuevas en los soportes adosados a la pared, listas para ser encendidas, y entraban un gran candelabro cuadrado con base de bronce.

Cuando los criados se retiraron, Taffy dijo:

–Señora, cualquier cosa que desee, dígamelo. Tengo la obligación de ocuparme de su alcoba.

Antes de que ella pudiese darle las gracias, alguien llamó a la puerta. Taffy abrió; era Thomas.

–Lord De Warenne ya ha preparado los documentos... –se interrumpió en mitad de la frase–. No puede bajar así... –dijo, en voz baja.

Taffy se inclinó hacia él y murmuró:

–No tiene vestidos, ni joyas... ni nada.

Thomas contempló a Jane de pies a cabeza.

–Espera aquí –ordenó a Taffy.

Thomas buscó a lord De Warenne en la pequeña sala junto al gran salón. Allí se hallaban Jock Leslie acompañado de su hijo mayor, Andrew; ambos serían los testigos legales del matrimonio a prueba.

Cuando Lynx levantó la vista de los papeles que había sobre la mesa, Thomas dijo:

–La señora no tiene ropas decentes, milord.

Jock Leslie se ofendió:

–Hasta ahora, ha llevado una vida sencilla.

Lynx ordenó a su escudero:

–Trae a la señora como esté. Su ropa no importa; lo único importante es su firma.

Jane entró en la pequeña habitación enfundada en su vestido marrón de lana y sus sólidos zapatos de cuero. A ambos lados iban los escuderos del señor que actuarían como testigos.

Lynx sufrió un fugaz ramalazo de arrepentimiento. Thomas estaba en lo cierto: tenía el aspecto de una campesina. Le dirigió una reverencia formal.

–¿No has cambiado de idea?

De inmediato, entornó los párpados para esconder el temor y la indignación que sentía. ¿Cómo hubiese podido cambiar de idea, sabiendo que él había amenazado a su abuela? ¿Cómo podía rechazar el matrimonio a prueba teniendo sobre sí la severa mirada de su padre? Y la intimidaba todavía más el hecho de compartir una sala pequeña con cinco hombres que oirían cómo ella pronunciaba su promesa. Lanzó a De Warenne una mirada cargada de odio y negó con la cabeza.

Su padre le dictó las palabras, que eran bastante simples. Lynx de Warenne se acercó a ella, le tomó la mano y esperó a que ella pronunciara su promesa.

–Yo, Jane Leslie, te ofrezco mi lealtad en este matrimonio a prueba durante un año y un día.

Habló con claridad, sin titubeos, cosa que la sorprendió incluso a ella misma, y añadió para sus adentros: «¡Y ni un minuto más!».

–Yo, Lynx de Warenne, te ofrezco mi lealtad en este matrimonio a prueba por un año y un día.

Su voz profunda y solemne se derramó sobre ella, llenando la habitación, colmando el aire que respiraban.

En realidad, la promesa verbal bastaba para dar fuerza al acuerdo, aunque Lynx quiso que todo fuese legal, para el bien de ambos. Él era quien ostentaba el poder. Lynx quería que, si ella concebía y le sucedía una desgracia antes de casarse, su hijo fuese legítimo y considerado su heredero indiscutible; por eso no dejó nada al azar.

Lord De Warenne entregó la pluma a Jane, que se alegró de saber firmar con su nombre. Cuando hubo terminado, él tomó la pluma y firmó «Lynx de Warenne», añadiendo una rúbrica. Si bien Jane no sabía leer, había aprendido a hacer su firma con el fin de reconocerla en el futuro. Estaba sorprendida porque no le había temblado la mano. «¡Así que, ya está hecho! (pensó, desesperada). El lince es dueño de mi cuerpo y de mi alma durante un año a partir de ahora.»

Una vez que los testigos hubieron puesto su firma en el documento, Lynx lo espolvoreó con arenilla y lo enrolló. Luego dijo a Jock:

–Esta noche, celebraremos un pequeño festejo en el salón. Gracias a todos por asistir.

Lynx ofreció su brazo a Jane en gesto de formal cortesía y ella sintió que el pánico crecía dentro de sí. ¿Adónde la llevaba? ¿Qué haría? Aún no había caído el sol; seguramente, esperaría a que llegara la noche para consumar la unión entre ambos, ¿no?

Se le aceleró el pulso y su corazón empezó a latir con fuerza mientras intentaba recordar qué había sucedido en los matrimonios a prueba de sus hermanas. ¡Tragó con dificultad al recordar que sus esposos no habían esperado ni cinco minutos para llevárselas a la cama! Con gran temor, Jane apoyó la mano en el brazo de Lynx de Warenne. Mientras él la conducía por el pasillo hacia la torre principal, los pensamientos de Jane se repetían una y otra vez: «Está hecho... no hay vuelta atrás».

Thomas y Taffy los siguieron, conversando animadamente en voz baja.

–Esta noche, el salón estará atestado. Todos los hombres, sin excepción, querrán ver a la muchacha –dijo Taffy con sigilo.

–Él finge que el aspecto de ella no le importa, pero yo sé que no es así –afirmó Thomas–. El orgullo de lord De Warenne puede rivalizar con el de Eduardo Plantagenet. Tenemos que hacer algo; faltan menos de dos horas para la cena.

–Registraré todos los armarios de Dumfries. Quizás haya algún vestido abandonado –se ofreció Taffy.

–Yo registraré el de milord y el mío –dijo Thomas–. Es preciso que encontremos algo.

Lynx abrió la puerta de la habitación de Jane y la hizo entrar. De pronto, él cayó en la cuenta de que ella no tenía ninguna doncella que la atendiese, que la bañara y que la vistiera.

–¿Te gustaría traer a tus hermanas para que te atiendan? –preguntó, amable.

En el rostro de Jane se reflejó el alivio que sentía aunque la propuesta fuese ridícula. Ni Kate ni Mary la servirían, jamás. Ella era la menor y siempre había servido a sus hermanas.

–Gracias, pero, aunque me agradaría contar con la compañía de ellas, estoy habituada a hacerlo sola.

Él frunció el entrecejo. ¿Acaso no comprendía ella que ahora su condición era más elevada que la de cualquier otra mujer que hubiese vivido en el castillo de Dumfries?

–Espero que te encuentres cómoda aquí. Esta torre nos vendrá bien. Mis habitaciones están arriba, subiendo esa escalera, pero no es necesario que te moleste cada vez que entro y salgo. Mi cuarto tiene salida al paseo de la muralla y hay otra escalera que baja desde aquí. De ese modo, contarás con cierta intimidad.

«Y yo también», pensó Lynx. De ningún modo iba a permitir que esa muchacha irrumpiese en su vida.

Al ver que Thomas vacilaba en el vano de la puerta, Lynx se alegró de la interrupción.

–Ahora tomaré mi baño, Thomas.

–Los criados se disponen a traer el agua para el baño de lady Jane, milord.

–Bueno, yo también lo tomaré al mismo tiempo.

Jane se puso rígida al imaginarse desnuda, bañándose junto

con él. Y la invadió el alivio al ver que los dos hombres desaparecían escalera arriba; comprendió que había interpretado equivocadamente las palabras de su señor.

Lynx estaba sumergido hasta las caderas, con las largas piernas flexionadas para que cupiesen en la bañera. Se frotó los duros callos de las manos con una esponja, y, luego, las uñas.

–Milord, ¿se pondrá la verde? –preguntó Thomas, sacando del armario la túnica de color verde oscuro.

Lynx frunció el entrecejo.

–Para una ocasión especial como esta, es demasiado sencilla, ¿no crees?

–Aun así, en comparación con lady Jane, parecerá usted un pavo real.

–Ah –murmuró Lynx, enjabonándose el pelo–. ¿No tiene ni un vestido apropiado?

Thomas dejó la túnica sobre la cama y levantó el cubo de agua que había junto a la bañera. Sin ceremonias, la derramó sobre Lynx.

–No tiene nada: ni camisones, ni joyas, ni cintas; ni siquiera un cepillo para el pelo. Usa un cepillo de almohazar que, al parecer, encontró en el establo.

–Si es así, por el amor de Dios, toma algunos cepillos y peines hasta que podamos corregir la situación. Consigue tela en los almacenes y ordena que hagan algunos vestidos para ella. Debe de haber alguna costurera y mujeres que puedan ayudarla, ya sea en el castillo o en el pueblo; también habrá quienes carden y tejan lana. Pregunta a Jock; él debe de saberlo.

–Sí, milord, pero eso no resuelve el problema de esta noche, ¿no?

El problema de esta noche: ¡Thomas no conocía ni la mitad del problema!

El escudero abrió y cerró cajones y arcones hasta que su mirada cayó sobre los jubones de tela que lord De Warenne usaba sobre la cota de malla. Los de seda estaban reservados para los torneos. A Thomas se le ocurrió que uno podía servir como camisón, aunque estuviese abierto a los costados. Sintió que se excitaba y sonrió, sabiendo que el jubón cumpliría sobradamente sus propósitos. Acercó la mano, vacilante, a uno de seda negra que llevaba la imagen de un lince plateado y por fin escogió uno de seda blanca, mucho más adecuado.

Entretanto, Taffy no había tenido mucha suerte en su empeño por encontrar algún vestido. Las mujeres eran demasiado avaras para dejar sus prendas cuando se marchaban. Consultó con sir Giles Bernard, que era el caballero más elegante entre los que servían a su señor. Cuando supo del aprieto en que se hallaba lady Jane, sir Giles abrió generosamente su armario. Giles eligió una túnica de color púrpura intenso, larga hasta la pantorrilla. A Jane le llegaría a los tobillos. Y tuvo el gesto de añadir una pesada cadena de plata que ella podría usar a modo de cinturón.

Como no pudieron encontrar un poco de cinta en Dumfries, Taffy fue al jardín del castillo y cortó flores para el pelo de Jane. Cortó una rama de espino cubierta de flores, le quitó las espinas con el cuchillo y formó con ella una pequeña corona. Se encaminó hacia la torre principal, contento al ver que la hermanas de Jane habían acudido para vestirla para la celebración.

Capítulo 10

Jane se alegró de que su cuñada preferida, Judith Leslie, hubiese llegado con Mary y Kate a sus nuevos aposentos. Sus hermanas no cesaban de decirle lo afortunada que era de que lord De Warenne la hubiese elegido como compañera; en cambio Judith, mientras la ayudaba a meterse en la enorme bañera, la miró a los ojos con tierna preocupación.

–¿Estás asustada?

Jane se sumergió en el agua tibia. Estuvo tentada de negar con vehemencia sus temores, pero la delicadeza de Judith la animó a responder con franqueza:

–Sí, estoy asustada... no sé qué esperar de él.

Kate rió intencionadamente.

–Espera lo peor.

–Así no te decepcionarás –añadió Mary.

Judith regañó a ambas.

–Jane no tiene experiencia con los hombres. ¡Ella necesita consejos, no advertencias sombrías!

–Tú limítate a mantener la boca cerrada y las piernas abiertas –aconsejó Kate–. Los hombres no quieren conversación sino acción.

–Cuanto más corpulento es el hombre, tanto mayor es su apetito, si entiendes a qué me refiero –informó Mary, separando las manos para indicar el tamaño de los atributos masculinos–. ¡No por nada la llaman verga!

El grosero gesto de Mary hizo reír a Kate.

–Están bromeando, Jane, no les hagas caso –dijo Judith.

–Oh, ya sé que se divierten a mis expensas.

Kate dejó de reír.

–Muy bien, aquí tienes un consejo verdadero: no llores, por mucho que te duela. Los hombres odian las lágrimas.

–Es hora de vestirte, Jane. Sal de la bañera.

Judith sostuvo una gran toalla para ella.

–No, voy a ahogarme –dijo Jane, medio en broma.

–Deja de sentir pena por ti misma; cualquier mujer de Dumfries vendería su alma con tal de estar unida a lord De Warenne –afirmó Mary.

–Está en lo cierto –admitió Judith–. Es una bendición, no una maldición. Trata de complacerlo y obedecerlo y no tendrás problemas, Jane.

Cuando Jane estuvo vestida, Judith le cepilló el cabello hasta hacerlo brillar y lo dejó suelto, cayendo hasta las caderas. En contraste con el terciopelo púrpura de la túnica de sencillo corte, se destacaba el encantador rojo dorado de su cabellera.

Cuando Lynx de Warenne llegó para acompañarla al salón, se quedó boquiabierto al ver la transformación que había acontecido en ella. En lugar de una campesina, se encontró con una bella joven. Lo impresionaron los esfuerzos de sus escuderos en provecho de su dama. La simple guirnalda de flores que coronaba su gloriosa cabellera roja era más exquisita que la más costosa de las joyas. Para él, ella era más deseable que ninguna otra mujer que hubiese visto en mucho tiempo.

Al entrar en el bullicioso salón, abarrotado por los hombres de Lynx y los habitantes del castillo, incluyendo a la familia Leslie en pleno, Jane se aferró con tanta fuerza al brazo de él que le hizo entender al instante que estaba aterrada. A diferencia de la mayoría de las mujeres que había conocido, a ella la aterraba ser el centro de atención.

–Lo lamento, Jane. Todos sienten curiosidad por nosotros. En cuanto te hayan mirado bien, la novedad se habrá acabado, estoy seguro –la tranquilizó, poniendo su mano sobre la de ella y oprimiéndola para darle ánimos. Tras subir a la plataforma,

Lynx levantó las manos pidiendo silencio. En consideración a la timidez de ella, su discurso fue breve y dulce–. Os presento a lady Jane. Os pido que os unáis a mí en un brindis de bienvenida en su honor.

Lynx alzó la copa y los presentes en el salón brindaron por Jane.

Un tumultuoso clamor seguido de aplausos inundó el salón. Jane bajó la mirada. No se atrevió a mirar el mar de rostros masculinos que la rodeaban ni a levantar la vista para reconocer a su familia. Tampoco se atrevió a echar un vistazo furtivo a lord De Warenne, aunque tuviese conciencia de su cercanía. Cuando se sentaron, comprobó que la silla de él era más alta que la suya, símbolo de sus respectivas condiciones, y que sus dos escuderos permanecieron detrás de las sillas para servirlos.

–La costumbre indica que debes agradecer el brindis.

Ella alzó los párpados, lo miró un instante y luego levantó su copa de vino y la vació.

Divertido, Lynx arqueó una ceja.

–Un simple «gracias» sería una respuesta más digna de una dama.

De inmediato, el vino calentó las mejillas de Jane como si una brillante rosa roja floreciera en su pecho y le diese audacia.

–Si querías una dama, milord, no deberías haberme elegido.

–¿Acaso tratas de provocarme, *chérie*?

Thomas volvió a llenar la copa de Jane, y ella la observó vacilante. Lynx sorprendió su expresión dubitativa y recordó la ocasión en que ella había volcado la sopa caliente en sus piernas. Antes de que ella pudiese asir la copa, él le tomó la mano y le dirigió una mirada de advertencia.

Jane le leyó el pensamiento y asomó a sus labios una sonrisa divertida.

–No tengas miedo, este vino es demasiado bueno para desperdiciarlo.

Retiró su mano de la de él, como si su contacto la ofendiese.

–Tu insolencia acabará por hacerme perder la paciencia –dijo él con dulzura.

–Es un alivio saber que no necesitarás un año y un día.

Lynx disimuló cuánto lo divertía. No esperaba ningún viso de ingenio por su parte y le brindó un secreto regocijo. Disfrutaba contendiendo con ella. Era mucho mejor que el miedo que demostró sentir al principio.

Jane solía tener buen apetito y la comida que le servían tenía un aspecto y un olor deliciosos, pero su garganta parecía estar cerrada a cal y canto; estaba segura de que no podría ingerir un solo bocado, con las miradas de todos clavadas en ella.

Lynx la vio juguetear con la comida y eso le irritó. ¿Por qué las mujeres comían como pajarillos, solo por vanidad? Su hermana Jory era la única mujer que él conocía que disfrutaba comiendo, y existían pocos hombres que no la encontrasen atractiva.

Los arpistas galeses se paseaban por el salón, deleitando con su música a todos los comensales. La comida ya casi había terminado cuando un juglar se adelantó al centro del salón y cantó un épico cuento de amor acompañado de música. Nunca, en su vida, Jane se había sentido tan incómoda. Las mejillas le ardían y sus manos estaban heladas. También sus pies estaban fríos porque llevaba medias. Sus sólidos zapatones no parecían apropiados para acompañar una túnica tan elegante y, además, ella no tenía zapatillas. Por el rabillo del ojo vio que lord De Warenne llamaba a Thomas, pero no pudo oír qué decía.

–Por Cristo, basta de canciones de amor. Trae a un gaitero y que toque algo escocés.

Todos los presentes, menos Jane, parecían disfrutar de lo lindo. Tenía la impresión de que la observaban, especulativos, a medida que avanzaba la jornada. Echó una mirada a lo largo de la mesa donde estaba congregada su familia. Megotta no había acudido, pero sus hermanos y hermanas se divertían como nunca. Jane deseaba permanecer junto a sus hermanos en lugar de estar sobre la plataforma, junto al perspicaz De Warenne.

Lynx siguió el rumbo de su mirada.

–Al parecer, tus hermanos se divierten bastante.

Se preguntó, fastidiada, si, acaso, él tampoco aprobaría el comportamiento de ellos.

–Les encanta reír; son muy ingeniosos. Tengo la impresión de que tú no tienes gran sentido del humor... ni ingenio. ¿No serás tonto?

Su audacia llenó de estupefacción a la propia Jane.

Él entornó los ojos.

–Veo que te gusta pincharme con tus palabras. Aunque, pronto me llegará el turno.

El miedo tensó a Jane y se levantó en ademán de emprender la huida, pero la mano de él la sujetó por la muñeca y la obligó a sentarse de nuevo.

–No te atrevas a marcharte delante de mis hombres. No tienes la menor idea de cómo debe actuar una dama. Debes ser graciosa. Sonríeme. Al menos, ten la cortesía de fingir que este matrimonio te hace feliz.

–Eso es, exactamente: una ficción –remarcó Jane, pero él acentuó la presión en su muñeca y la obligó a sonreír. Dijo entre dientes–: ¡Ojalá sea estéril!

Lynx se puso de pie al instante, la alzó en los brazos y levantó la voz:

–Quedaos donde estáis. Nuestro mayordomo cuidará de que siga corriendo el vino.

Se elevó un alegre clamor al ver que su señor se llevaría en brazos a su mujer, fuera del salón.

Taffy se acercó a Lynx de Warenne y murmuró:

–Su dama es muy joven, milord.

Lynx quedó azorado. ¿Acaso ese joven diablo temería por ella? Sin hacer caso del comentario, salió del salón. Sus dos escuderos lo siguieron, mientras que los demás hombres se disponían a jugar a los dados o se desafiaban unos a otros a rondas de lucha. Él sintió que Jane se aferraba a su hombro y la miró. El rostro de ella estaba más blanco que las flores de espino que llevaba en el pelo.

Lynx la llevó escalera arriba hasta la primera planta de la torre principal y abrió la puerta de la habitación de Jane. No pudo creer a sus oídos cuando oyó la voz de Thomas que le advertía:

–Es muy joven, milord.

Entró en la habitación, dejó a Jane sobre sus pies y se volvió hacia los escuderos:

–Por Cristo, ¿acaso pretendéis enseñarme?

A continuación, les cerró la puerta en las narices.

Ahora, ya sola con él, el valor abandonó a Jane.

–Milord, lo siento. No quise decir lo que he dicho. Solo estaba jugando a ver quién podía hacer el comentario más cruel.

Lynx percibió el temor en su mirada. Esos ojos eran del mismo adorable tono castaño que los de una cierva. De ningún modo deseaba que se sintiera atrapada. Su semblante se suavizó cuando la miró.

–¿Crees que podríamos comenzar de nuevo? Esta noche ha sido una dura prueba para ti, con las miradas de todos sobre tu persona. Olvidemos cuanto nos hemos dicho.

–Sí, eso será lo mejor –murmuró ella.

Lynx se sintió incómodo, sin saber cómo emprender la tarea de dejarla embarazada. Para él era una situación nueva. Si la mujer que tenía ante él hubiese sido una ramera, ella sabría qué hacer si él la animaba. Si, en cambio, la mujer a la que se aprestaba a seducir hubiese sido una dama, ella aguardaría y desearía sus avances en cuanto se hubiese cerrado la puerta.

Su mente evocó su noche de bodas, procurando encontrar la clave en ella. Recordó que esa defloración había sido bastante fácil. Lady Sylvia Bigod se había unido a él con avidez, y esa unión había durado cinco años. Pensó que esta situación era diferente y desechó todo pensamiento relacionado con su difunta esposa. Lynx resolvió que sería cortés a cualquier precio; no podía permitir que todo degenerase, otra vez, en un duelo de palabras.

–¿Te ha gustado la música, milady? –preguntó amablemente.

Jane decidió hablar lo menos posible, consciente de que se dejaba llevar por la lengua cuando estaba nerviosa. Permaneció de pie, titubeando, contemplando el fuego al otro lado de la habitación.

–Sí, milord.

Se hizo el silencio.

Lynx avanzó por la habitación, vio un laúd colgado en la pared y preguntó:

–¿Sabes tocar?

Jane alzó la vista. ¿Estaría preguntándole si sabía jugar a una especie de juego erótico? Pero cuando vio que él estaba miraba un instrumento musical, respondió:

—No, milord.

Otra vez se hizo el silencio.

Lynx avanzó unos pasos más y notó que Jane continuaba cerca de la puerta, donde él la había dejado. Su mirada cayó sobre el tablero y sus piezas talladas.

—¿Sabes jugar al ajedrez, milady?

¿Era desesperación lo que él detectaba en su propia voz?

–No, milord.

Jane tuvo deseos de morderse la lengua en cuanto lo dijo. Si pudieran jugar a un juego de mesa, postergarían la consumación.

–No... sí... no, milord.

Lynx rompió a reír y al instante se sintió mejor.

–Bueno, ¿sí o no?

–Tengo los pies fríos –barbotó Jane.

Lynx se echó a reír otra vez. ¡Los pies fríos era algo que tenían en común! Le tendió una mano.

–Ven a calentarte.

Jane se acercó lentamente hacia una silla con cojín, cerca del fuego. Se sentó con recato, las manos unidas, los ojos bajos. Lynx se puso de rodillas, alzó el dobladillo de la túnica de terciopelo y vio que estaba descalza.

No tenía calzado, descubrimiento que le hizo contener una exclamación de sorpresa. Tomó un pie de Jane en sus manos y empezó a masajearlo. Estaba helado al tacto y, por el contrario, sus mejillas estaban encendidas. Le masajeó el otro pie y percibió que la respiración de la muchacha comenzaba a acelerarse.

Jane sentía las manos de él fuertes y cálidas. A medida que le frotaba los pies, sentía que su calor iba penetrando en ella. Era una sensación maravillosa, aunque su proximidad le cortaba el aliento. La mirada de Lynx se posó en sus pechos, que ascendían y descendían. Sus pezones se irguieron, por propia voluntad, y Jane temió que él no tardara en desnudarla.

–¿Me tienes miedo, milady? –preguntó él, con el mismo tono formal y cortés de antes.

–No... sí... no, milord.

En esta ocasión, él procuró no reírse.

—Bueno, ¿sí o no?

–No lo sé, milord –murmuró ella, palpando el suave terciopelo de la túnica que llevaba puesta.

Lynx comprendió que debía atravesar la barrera de la formalidad que existía entre ellos.

–Jane –dijo, usando deliberadamente su nombre de pila–, tratemos de sentirnos cómodos el uno con el otro. Mostrándonos tan formales, no llegaremos a ninguna parte.

Se puso de pie y atravesó la habitación para servir vino. El color pálido del vino le indicó que estaba aguado, demasiado diluido para entibiar la sangre. Lynx se dirigió hacia la escalera que llevaba a sus propias habitaciones.

–Traeré vino para nosotros.

Ya en su alcoba, él aprovechó para quitarse la ropa. Se puso una bata de terciopelo negro y tomó una botella de vino. Esperaba que bastara con una, como también esperaba que Jane hubiese aprovechado la oportunidad para desvestirse y ponerse una bata, pero cuando bajó la escalera la encontró tal como la había dejado.

En tanto sirvió una copa de vino para cada uno, comprendió que ella no iba a facilitarle las cosas. Toda la responsabilidad recaería sobre sus hombros. Tal vez, no fuese solo inocente sino, además, ignorante. Llevó el vino hasta el hogar y le ofreció una copa. La observó, con disimulo, beber un sorbo. Era evidente que tenía tan escasa experiencia con el vino como con los hombres. Al parecer, era mucho lo que debía enseñarle.

–Bebe un sorbo y hazlo rodar en la lengua para percibir el sabor.

Él tragó y observó cómo ella lo imitaba. Jane repitió la acción y luego bebió atragantándose, casi vaciando la copa. A Jane se le ocurrió una idea que le iluminó los ojos: tenía que pedirle que le enseñara a jugar al ajedrez. Seguiría llenándole la copa hasta que él perdiera la conciencia, como había visto que sucedía con sus hermanos en ocasiones festivas.

–Ahora tengo calor –informó ella.

Lynx asintió.

–El vino entibia la sangre por dentro, del mismo modo que el fuego calienta por fuera.

Ella se levantó y se alejó del fuego.

–Milord, ¿me enseñarías a jugar al ajedrez?

Él comprendió que ella intentaba evitar una intimidad inevitable entre ambos y, aunque no con muchas ganas, decidió concederle un poco más de tiempo.

–No puedes aprender un juego tan complicado en una sola noche, pero podemos empezar con una primera lección.

Lynx de Warenne contuvo la impaciencia que comenzaba a bullir dentro de él. Puesto que, aunque quería darle una lección, esta no guardaba relación alguna con el ajedrez.

Se sentaron frente a frente, a ambos lados de la pequeña mesa de juego. Las piezas de ajedrez eran altas y estaban bellamente talladas en marfil. Él tomó una y se la dio a Jane. Los dedos de ambos se tocaron y ella retiró los suyos como si se hubiese quemado.

–Este es el rey, la pieza más importante del tablero. Él es superior a todos los demás.

Jane contempló la alta figura que tenía en su mano y pensó que bien podría estar refiriéndose a su propia posición en Dumfries.

–Cada jugador tiene dieciséis piezas para jugar: ocho principales, que son el rey, la reina, dos alfiles, dos caballos y dos...

–Castillos –dijo Jane, recorriendo con un dedo el contorno de las torres talladas.

–A los castillos se les llama torres. Las otras ocho piezas son peones.

«¡Eso es lo que soy yo: un peón!» Nerviosa, hizo rodar al rey entre sus manos.

Lynx contempló esas manos que manipulaban al rey y sintió que le sobrevenía una erección. Carraspeó.

–Bueno... gana el que hace jaque mate al rey contrario.

Levantó la copa y la vació de un trago.

–Permíteme que te sirva más vino, milord —dijo Jane, conteniendo el aliento.

–Gracias.

Lynx extendió la mano y sacó al rey con el que los dedos de ella jugueteaban, pues, si seguía haciéndolo, él se excitaría aún más. La miró, ya olvidada la lección de ajedrez, y comprendió que necesitaba algunas respuestas antes de proseguir, y que las preguntas no podían ser formales y corteses: por fuerza, debían ser claras.

–Jane, ¿tú sabes lo que sucede entre un varón y una mujer?

–Sí. He visto a los animales.

–¿Animales? –repitió él.

–He visto acoplarse a los animales.

Por la gracia de Dios, ¿acaso ella se refería a un carnero en celo o a un semental desenfrenado? Él admitía que, en ocasiones, el sexo era así entre un hombre y una mujer, si uno era afortunado, pero, por cierto, no era lo que él tenía en mente para esa noche. Se pasó la mano por los ojos, pues necesitaba un momento para ordenar sus ideas.

–Ve a ponerte el camisón; después hablaremos.

Jane miró la copa de él, deseando que volviese a vaciarla. ¿Cuánto vino haría falta para hacerlo quedar dormido? Él estaba, ahora, menos formal y rígido que antes. Tal vez ella hubiese cometido un error. Quizás el vino lo empujara a acometer antes la consumación. Su actitud era mucho menos correcta. Jane necesitaba poner distancia entre ellos. Fue al dormitorio.

Contempló el jubón de seda blanca extendido sobre su almohada. Sin duda, a eso debió haberse referido él cuando mencionó su camisón, pero Jane no imaginaba cómo iba a atreverse a dejar que él la viese con una prenda tan escandalosa. Intentó reprimir su consternación. Ella había prometido entregarse al lince y si, siendo la dama elegida por él, se esperaba que ella lo usara, no tenía más remedio que hacerlo. Hizo caso omiso de una vocecilla en su interior que le decía que jamás había usado nada tan fino como la seda. ¿La sensación en la piel sería tan bella como era a los ojos?

Se quitó la guirnalda de flores de la cabeza, desabrochó la pesada cadena y se desprendió de la túnica de terciopelo púrpura. Sin demora, se pasó el jubón de seda blanca por la cabeza para cubrir sus pechos desnudos y lo hizo bajar hasta su trasero. Con timidez, se miró en el espejo. Por las aberturas de los costados del jubón se veían sus oscuras medias de lana... ¡y parecían espantosas!

Sus esperanzas se fueron a pique. No quería tener mal aspecto ante la mirada de ese lord arrogante y poderoso; Jane sentía desesperados deseos de estar atractiva, si bien no entendía por qué lo deseaba. Se quitó las medias de lana, las dobló, las dejó encima de la túnica de terciopelo y tomó la guirnalda. Las flores de espino estaban algo marchitas pero, de todos modos, Jane la colocó sobre su coronilla. Permaneció allí un momento, renuente a abandonar la intimidad de su dormitorio, hasta que su mirada cayó sobre el alto y ancho lecho. Le transmitía tal sensación de amenaza que sintió la necesidad de poner la mayor distancia posible entre ella y la cama.

Lynx no pudo creer lo que veían sus ojos cuando la pequeña figura apareció en la arcada. En el nombre de Dios, ¿qué se había puesto esa muchacha? Si no se equivocaba, era uno de sus jubones de seda. En ese momento, cayó en la cuenta de que ella no tenía camisón y que esa solución debía de ser obra de Thomas, que lo había hecho de manera improvisada.

Se le secó la boca al verla caminar a través de la habitación, en dirección a él. Cuando pasó ante el fuego, su silueta se transparentó a través de la fina seda, exhibiendo sus largas piernas y sus pechos voluptuosos. Lynx levantó la copa de vino, la vació y luego le entregó a Jane una copa, medio vacía y observó cómo ella hacía lo mismo que él. ¡Que el Señor tuviera piedad de él!

¿Qué haría para contener el flagrante deseo que empezaba a sentir?

Lynx de Warenne se puso de pie y se irguió ante ella, empequeñeciéndola.

–Jane, ¿tú sabes qué aspecto tiene un hombre, cómo está conformado?

–Un hombre desnudo, no, milord.

Jane no pudo explicarse por qué, de pronto, sentía una irreprimible curiosidad.

Él inspiró una profunda bocanada de aire.

–En ese caso, ya es tiempo de que lo sepas.

Se sentó en la silla e hizo que ella se sentara sobre sus piernas.

Jane se instaló sobre las rodillas de él, cubiertas por la bata de terciopelo negro. Lo miró, expectante, temiendo y deseando, al mismo tiempo, que él hiciera el primer movimiento. Él le quitó la guirnalda de la cabeza y pasó la mano por sus largos cabellos rojos. Al ver que él se llevaba un puñado de pelo a la cara e inhalaba su perfume, ella contuvo una exclamación esperando que sacara la lengua y le lamiera la mejilla, tal como había hecho el lince en el bosque. Como esto no sucedió, escudriñó con su mirada los ojos verdes del hombre y luego su bella boca. Sin duda, sentía más alivio que deseo.

Al ver que Jane permanecía inmóvil, Lynx la animó, preguntándole:

–¿No sientes curiosidad?

–Sí, milord –admitió con inocencia.

–Entonces, te sugiero que me explores.

Ella lo miró a los ojos para comprobar si hablaba en serio: así era. Lentamente, alzó la mano hacia el pecho de él para retirar el terciopelo negro. El pecho estaba cubierto con un espeso vello, del mismo tono leonado que el pelo. Jane se preguntó si él sería consciente del agudo contraste que formaba el terciopelo negro contra su piel bronceada y su cabello rubio oscuro, y comprendió que sí. Que él lo había elegido, precisamente, por eso.

Con delicadeza, ella levantó las nalgas y apartó la bata. Así, quedó dividido en dos mitades, desde el centro del cuerpo. Una mitad era de suave terciopelo negro, la otra, de tersa piel bronceada. Una mitad, sobria y vestida, la otra, escandalosamente desnuda. Sin embargo, lo más impactante era la sensación del muslo de él bajo su trasero desnudo, del que solo la separaba una fina capa de seda.

Jane trató de contener la excitación que crecía en ella, pero era tan fuerte que parecía arrastrarla como la marea. Al mismo tiempo que sus dedos, sin titubeos, separaban la otra mitad de la bata, Lynx comenzó a sentir otra vez una erección. Ella bajó la vista hacia el miembro, que se erguía en toda su extensión, y lo observó con los ojos agrandados de curiosidad.

Jane conocía bastante acerca de los animales como para saber que esto sucedía antes del acoplamiento, aunque, de todos modos, el tamaño la asombró.

–¿Todos los hombres se agrandan así? –preguntó, maravillada.

Lynx sintió una presión en los testículos. Jamás se le había ocurrido formularse esa pregunta.

–Supongo que es más o menos así.

Junto a la boca de la muchacha apareció el fantasma de un hoyuelo pero desapareció de inmediato.

–En mi opinión, es más bien más que menos, milord.

Lynx se quitó la bata.

–¿Ya sientes calor?

–Oh, sí; en realidad, siento demasiado calor –admitió ella, agitada.

El miembro del hombre palpitó, y él se advirtió a sí mismo que debía ir despacio. Lynx tomó la mano de ella y la acercó a su sexo. Después, apoyó los dedos de ella en torno a su masculinidad y los hizo moverse con lentitud arriba y abajo.

–Los movimientos rápidos causan fricción –explicó, tragando con dificultad–. Y tanto tu cuerpo como el mío producen una lubricación natural, que facilitará la entrada en tu... –reprimió la palabra que había estado a punto de usar y la sustituyó por otra–: cuerpo.

Ella lo escuchaba con gravedad, y él se sintió complacido al ver que no demostraba repulsión ni temor por el acto físico hacia el cual él estaba conduciéndola. Por un instante, se preguntó si realmente sería virgen, pero se tragó la pregunta; existía un método mucho más seguro que preguntar para averiguar si estaba intacta. Algunas mujeres eran unas mentirosas consumadas.

Lynx metió la mano por el costado abierto del jubón de seda, le acarició la cadera y luego bajó hacia el monte de Venus. Cuando tomó contacto con los suaves rizos, le dijo:

–Abre las piernas, Jane.

«¡No, jamás!», gritó su mente y, sin embargo, sus piernas se rindieron, de manera lenta y sensual, a esa mano exploradora.

Jane se ruborizaba al tiempo que se abría más, y Lynx percibió un breve jadeo cuando deslizó un dedo en su interior. Era increíble lo pequeña y estrecha que resultaba; indudablemente era virgen, lo que le hizo desear que, por el propio bien de Jane, fuese lo contrario. Con la otra mano, acarició el hermoso cabello de la muchacha.

–Jane, ¿sabes que, la primera vez, sentirás dolor?

–Sí, cuando me penetres.

Lynx sintió que su falo se sacudía, luego, que el cuerpo de Jane se contraía alrededor de su dedo, y su miembro reaccionó de manera impúdica.

–Trataré de no hacerte daño –dijo, en voz ronca–. Trataré de ser delicado.

Jane no recordaba haber visto un acoplamiento delicado: el macho atacaba, la hembra se sometía.

–¿Sientes mi dedo?

–¡Oh, sí! –dijo ella, agitada.

–¿Te duele?

–No, milord.

–Tu vagina es muy estrecha... tendrá que estirarse para darme cabida. Y será muchísimo más fácil si tú no te resistes –advirtió–. ¿Me ayudarás, Jane?

Ella se paso la lengua por sus labios resecos y susurró:

–Lo intentaré, milord.

Él retiró el dedo de la vagina y apartó el faldón de seda,

dejándola expuesta de cintura para abajo. La visión de los rizos rojizos y dorados hizo que su miembro se irguiera, recto. Lynx alzó a Jane colocándole las manos en la cintura.

–Ponte a horcajadas sobre mí –susurró.

En el momento en que Jane separó los muslos y deslizó las rodillas a ambos lados de las caderas de Lynx, este olvidó cuanto había pensado acerca de que el matrimonio a prueba era un asunto de negocios. El deseo y los anhelos se remontaron en él, salvajes, y lo empujaron a seducirla, a acabar con su virginidad.

Lynx colocó la punta del falo en la rosada hendedura femenina, sostuvo con la suya la mirada de la muchacha y la penetró lentamente. Se detuvo cuando calculó que estaba a medio camino dentro de ella, a fin de permitirle que tuviera tiempo de acostumbrarse a esa sensación nueva. Con las manos, le acarició la espalda, instando a ese suave y adorable cuerpo a rendirse a él por completo.

Jane se asombró de no sentir dolor. Se sentía colmada por él, a punto de explotar pero, en verdad, no le dolía. Quiso gritar, pero de excitación, por lo que el lince estaba haciéndole.

–Haz una inspiración profunda; trata de relajarte –murmuró él.

Ella creyó que iba a ahogarse en las profundidades de esos ojos verdes.

Las manos del hombre se deslizaron desde la cintura hasta las caderas de Jane, para sujetarla. Entonces, la atrajo hacia abajo con rapidez y firmeza y, al mismo tiempo, se impulsó hacia arriba sin piedad, perforando el obstáculo que custodiaba su inocencia.

De la garganta de Jane escapó un grito que no tuvo tiempo de contener.

Lynx la apretó contra sí.

–Tranquila, ya está –la tranquilizó.

Él no podía soportar la idea de provocarle más dolor y, si bien a desgana, se retiró un momento. Le acarició el pelo con su mano grande y, con delicadeza, la levantó, desembarazándola de su arma letal. La prenda de seda blanca que ella llevaba estaba, ahora, manchada de gotas de sangre.

Le concedió un minuto para que se recuperase.

–Fuiste muy valiente. ¿Cómo te sientes?

–Inflamada... me duele un poco. ¿A ti te duele, milord?

–No.

La preocupación de ella por él lo conmovió.

–Bueno, quizá me duela un poco, también.

Ella bajó su pequeña mano para frotar el miembro de Lynx; él creyó que iba a explotar.

–Yo supuse que llevaría mucho más tiempo –confesó ella, deseando que no hubiese terminado tan pronto.

Él cayó en la cuenta de que ella lo ignoraba todo.

–Todavía no hemos completado el coito –explicó y, por su expresión, comprendió que ella no había entendido. Por eso, agregó–: Creo que estaremos mucho más cómodos en la cama.

Lynx la puso sobre sus pies en el suelo y la tomó de la mano para llevarla consigo. Cuando llegaron a la arcada y el lecho quedó a la vista, se dio cuenta de que Jane titubeaba un poco. Para superar su renuencia, la tomó en brazos y la condujo hasta el tramo que faltaba.

Para sus adentros, Jane se alegró de que él no le diese alternativa. Ella ansiaba probar la experiencia que brindaría esa enorme cama, por más que su contemplación la abrumara. Ahora que iba a suceder, la noción de que el lince compartiría con ella la intimidad del lecho, que se tendería junto a ella, desnudo, le provocó un estremecimiento que la recorrió toda y que casi no pudo contener. Cuando él retiró el cubrecama y la depositó sobre la nívea sábana, Jane estuvo a punto de gritar de excitación. Recorrió con la mirada la espléndida desnudez del hombre erguido ante ella; luego lo vio trepar hasta la cama y tenderse junto a ella, cuan largo era.

Lynx no se molestó en cubrir a ambos sino que rodó hacia Jane y se apoyó en un codo.

–¿Todavía te duele? –preguntó, preocupado.

Jane asintió, sin poder pronunciar ni una palabra a causa de la proximidad de él. Si bien todavía no la había tocado, ella sabía que lo haría y todos sus sentidos estaban agudizados. Contuvo la respiración cuando él extendió la mano y la deslizó bajo el jubón de seda. Cuando le tocó el monte de Venus, un gran escalofrío le recorrió el cuerpo. Luego, la mano grande del hombre cubrió su hueso púbico y apretó con firmeza. El calor de la mano se filtró en su interior.

–Respira, Jane –murmuró él, y ella aspiró una gran bocanada de aire y luego la dejó escapar, al mismo tiempo que aflojaba su cuerpo, abandonando su rígida resistencia.

Hasta esa noche, jamás había tenido conciencia de su monte de Venus; ahora lo percibía sensible, tibio, vivo. El calor y la presión de esa mano potente eran tan deliciosos que creyó que se derretía por dentro. Jane no creyó que hubiese nada más exquisito, pero se equivocaba. Cuando él empezó a frotar, lentamente, su hueso púbico con la palma de la mano, un puro placer le hizo cerrar los ojos y gemir con suavidad. Abrió los ojos y comprobó que Lynx había llegado a una plena erección en un abrir y cerrar de ojos.

Por el bien de ella, Lynx no quiso dilatarlo esta primera vez. No era necesario que sofocara su deseo para hacerlo durar. Sus manos sabias habían ejercido su magia, y Jane ya no sentía una molestia muy intensa, aunque tal vez la sintiera cuando él acabara. Habría sido desconsiderado pasar una hora estimulando su cuerpo para luego dejarla insatisfecha. Él no creía que una virgen pudiese tener un orgasmo la primera vez.

Deliberadamente, él dejó los pechos de Jane cubiertos con la prenda de seda y jugueteó con ellos a través de esa tela resbaladiza. Se incorporó sobre las rodillas poniéndose a horcajadas sobre los muslos de ella y luego descendió para colocar su gran erección apoyada contra la hendedura femenina. Lynx había empleado una embestida brutal para desgarrar el himen pero, esta vez, en cambio, la penetró con cuidado. Entró en ella con suavidad, poco a poco, hasta que su miembro estuvo dentro de ella y luego se esforzó por permanecer inmóvil para que ella se habituara a esa plenitud. Lynx jamás había sentido a una mujer tan apretada y ardiente en su vida. Cuando comenzó a moverse, supo que no necesitaría muchas embestidas para eyacular.

Cuando Lynx la cubrió, Jane apoyó las manos en el pecho de él como para defenderse, aunque no tardó en comprender que habría sido igual que empujar los muros de piedra del castillo. En el momento en que él se deslizaba lentamente dentro de ella, contuvo el aliento, temerosa de que la estirase hasta un punto que ella no pudiera soportarlo. Cuando, por fin, él se detuvo y permaneció inmóvil, Jane quedó atónita ante lo mucho que disfrutaba sintiéndolo dentro de ella. Hizo una profunda inspiración y se rindió a él, alborozada en la percepción de su gran potencia.

La colmaba de maravillada admiración saber que lord De Warenne estaba dentro de ella. El pecho macizo de él le rozaba la mejilla y ella podía oír el tamborileo de su corazón. Entonces, él empezó a moverse en ella y la envolvió en su aroma masculino. Jane se sintió imbuida de poder. Lynx de Warenne era el hombre más espléndido que ella hubiese conocido, y la había elegido a ella como compañera. Eso le brindaba una nueva sensación de confianza. De súbito, lo sintió ponerse rígido, lo oyó jadear, luego su cuerpo se arqueó, su simiente al rojo blanco se derramó dentro de ella.

Fue el suceso más impresionante de su vida; aun así, ella ansiaba más. Contempló con avidez la boca de él, ansiando que la lamiera desde el cuello hasta las rodillas. Deseó apoyar la boca en el cuerpo de él y conocer su sabor. Le temblaban los pechos, el vientre y los labios, ansiando su contacto. Pasó mucho tiempo hasta que el fuego de su sangre se enfrió. Jane también tardó en dormirse, puesto que no estaba acostumbrada a la cama ni a dormir con otra persona. Y, sin embargo, flotó hasta el límite del sueño, en esa zona donde sus pensamientos se enredaban con sus deseos y sus sueños. Qué extraño que él no la hubiese besado. Las comisuras de su boca se elevaron: era mejor así. Si sus labios la hubiesen tocado, ella lo habría devorado.

Lynx yacía de espaldas, con los brazos cruzados sobre la cabeza. Jane Leslie era increíblemente deseable. Él estaba muy contento con la elección que había hecho, si bien, al mismo tiempo, se reprochó haberse dejado llevar por la pasión. Había creído que le resultaría fácil impedir que sus emociones se mezclaran. Prometió a la muchacha que el matrimonio a prueba no era más que un asunto de negocios, pero ahora se habían traspasado ciertos límites. Se prometió que, desde ese momento en adelante, ejercería más control sobre sí mismo.

Cuando se aseguró de que ella se había dormido, depositó un beso en la frente de la muchacha, bajó hasta el suelo sus largas piernas y se encaminó a su habitación para dormir en su propia cama.

Capítulo 11

En Carlisle, Jory y Robert de Bruce no contaban con el lujo de una cama. Los amantes querían mantener en secreto su unión; con ese fin, habían salido a caballo del castillo de Carlisle para celebrar su encuentro amoroso. Las largas horas que habían transcurrido sin poder mirarse ni tocarse habían hecho llegar su deseo a una cima tan alta que no podían pensar en otra cosa que en hacer el amor.

Jory asistió a su encuentro de última hora de la tarde con una modista de Carlisle y, después, ya no regresó al castillo. Salió a caballo por las puertas de acceso al pueblo y enfiló hacia el lugar donde había convenido encontrarse con Robert. Ya era la mística hora del crepúsculo cuando él la divisó, pero no sofrenó su cabalgadura. Al contrario, siguió galopando y lanzó un grito alocado, desafiándola a alcanzarlo.

A Jory le encantaban los desafíos, y muy pronto estaba en una vertiginosa carrera con él.

–¿Adónde vas, demonio?

Brilló la sonrisa de Robert.

–Quiero mostrarte algo.

La hierba cubría los caballos hasta los jarretes, y un cernícalo solitario pasó sobre sus cabezas volando hacia el refugio donde pasaría la noche. De pronto, traspasaron una loma y ahí, ante ellos, surgió una torre de piedra de más de seis metros de altura. Robert tiró de las riendas, desmontó, y se acercó a Jory para ayudarla a apearse.

–¿Qué es?

–Un puesto de observación construido por los romanos hace unos mil años.

Ella descendió a los brazos de él y su adorable cabello platinado rozó la cara del hombre, haciéndolo estremecerse de deseo. La besó con pasión, aspirando su olor único, gimiendo cuando ella apretó sus pechos contra él y le devolvió el beso con sensual entrega.

Robert la rodeó con un brazo, en gesto posesivo, y la acercó a su costado. Su otra mano esbozó un gesto dramático.

–Este es el muro de Adriano. Fue la primera separación entre Inglaterra y Escocia.

–Fue erigido para separar a los civilizados ingleses de los bárbaros escoceses –bromeó Jory–. ¡Por suerte, porque seguís siendo unos salvajes!

–Solo algunos de nosotros –dijo él, inclinándose para morderle la oreja–. Pero tienes razón, Jory. Lo construyeron para custodiar la frontera entre el mundo civilizado y la oscuridad exterior que está más allá.

La mirada de la mujer recorrió la mampostería de arenisca de la torre, allí donde señalaba el dedo de él, y vio el largo muro con su dragón que serpenteaba atravesando el paisaje.

–Ven –invitó él–. Entra a mi país. ¡Quiero hacerte el amor sobre la tierra que tengo intenciones de gobernar!

Robert de Bruce ayudó a Jory a trepar a lo alto del muro que, otrora, estuviese almenado y coronado de torretas, y se dejó caer del otro lado. Luego, extendió sus brazos y Jory se arrojó en ellos sin vacilar.

–Observa bien –dijo él.

Ella aguzó la vista bajo esa luz crepuscular y vio los símbolos fálicos tallados en la piedra.

–La variedad es gloriosa –se maravilló ella.

Robert se echó a reír.

–Es una superstición... es para contrarrestar el mal de ojo. Puedes elegir: pequeño o grande, curvo o recto; algunos tienen alas o campanillas atadas a ellos.

–Ya sabes cuál elegiré –murmuró Jory moviéndose contra él con intención juguetona.

–¿Has dicho este? –bromeó él, apretando su virilidad en el suave vientre de ella.

–Oh, sí, por favor –susurró ella, jadeando.

Se escurrieron al interior de la torreta, donde Robert extendió su capa sobre las antiguas piedras, y luego se desvistió. Jory contuvo su deseo de desvestirse para poder disfrutar del placer de ser desnudada. A medida que él descubría cada uno de sus deliciosos encantos, sus labios le rendían tributo. Luego, su lengua fue lamiéndola desde el cuello hasta las rodillas, y los gritos de ella fueron llevados por el viento, atravesando el terreno irregular por el que cruzaba el límite de esa zona fronteriza tan agreste.

Pasaron dos horas completas antes de que se permitieran volver a vestirse. Ambos sabían que debían tomar lo que querían mientras estaban juntos. Solo tenían esa noche. Se envolvieron con la capa, desataron sus caballos y Jory sintió un fugaz temor por él.

–¿Traicionarás al rey Eduardo?

Él alzó el mentón:

–¿Me traicionaría él a mí?

–No tengas la menor duda –dijo ella en voz baja–. Temo por ti, Robert.

–Crees que yo soy temerario pero, en este aspecto, soy un escocés cauteloso. Mi abuelo, Robert de Bruce, hizo todo lo que pudo para convertirse en el legítimo rey de Escocia. Cuando murió sin haberlo logrado, le tocó el turno a mi padre. Él pasó su vida tratando de llegar a ese fin y tampoco pudo. Ahora, me toca a mí. Nuestro lema es: «Si en el primer intento no lo logras, vuelve a intentarlo otra vez». Jory, de un modo u otro, me convertiré en el rey de Escocia. Quizá baste con que sobreviva a Eduardo Plantagenet. Él está envejeciendo. Su hijo es un ser débil; jamás podrá retener estas tierras, aunque su padre las conquistara para él.

El temor de Jory pasó. Si había algún hombre que podía llevar ese plan a buen fin, ese era Robert de Bruce. Antes de que llegaran de nuevo al castillo, él le dio un beso de despedida. Ella se aferró a él un segundo y luego le deseó buen viaje y se despidió hasta que pudieran volver a encontrarse.

Las damas del castillo de Carlisle se habían reunido en el solárium de lady Bruce cuando Jory se unió a ellas.

–Nunca te habías demorado tanto con la modista –reprochó Alicia Bolton.

–Es que, después, hice una visita a un astrólogo para que me predijese el futuro.

–¿Y cómo serás cuando hayas crecido? –preguntó Alicia con acritud.

–De rostro bello, irresistible a los hombres, de carácter dulce y bondadoso.

–¡Ya lo eres! –dijo Elizabeth de Burgh, riendo.

Ella había llegado desde Irlanda con su padre, el conde de Ulster, y había quedado al cuidado de lady Marjory de Bruce, en Carlisle, junto con sus dos criadas irlandesas, Maggie y Molly, que no la perdían de vista un instante. Elizabeth, a quien la sofisticada Jory, mayor que ella, le parecía fascinante, ya había entregado su corazón a Robert de Bruce y sentía una desusada nostalgia por Irlanda. Jory y ella se habían hecho amigas de inmediato y se habían aliado contra Alicia, que no tenía demasiada paciencia con una niña de catorce años.

Lady De Bruce sirvió una copa de vino a Jory, su ahijada.

–Pareces helada. Ven a calentarte junto al fuego. Alicia nos ha entretenido contándonos cómo conoció a tu hermano Lynx.

–Es muy romántico –suspiró Elizabeth de Burgh.

Jory se sorprendió: su hermano era el hombre menos romántico que ella conocía.

–Si quieres romance, debes oír la historia de lady Marjory.

–Oh, no querrán volver a oír ese viejo cuento –replicó, modesta, lady Marjory.

–Sí, queremos; permitidme que os cuente la leyenda –insistió Jory–. Ella era la muy bella y muy joven condesa viuda de Carrick cuando conoció al apuesto Robert de Bruce cazando en sus propiedades. Se enamoró de él a primera vista y ordenó a sus hombres que lo secuestrasen. ¡No se los volvió a ver en público hasta que fueron marido y mujer!

–Y ahora, os diré la verdad –dijo lady Marjory, sonrojándose a pesar de sus años–. En efecto, nos enamoramos; debería agregar que nos enamoramos perdidamente, pero yo era pupila del rey Alejandro de Escocia. Robert sabía que el rey no nos permitiría casarnos pues, en ese caso, Robert se convertiría en conde de Carrick. Entonces, me raptó y me obligó a casarme con él. Para salvar su pellejo, inventé la historia de que yo había sido quien lo había secuestrado –lady Bruce miró a Jory–. Los De Bruce siempre han sido unos demonios; subestimarlos es una locura.

Jory comprendió que bien podía Robert engañar a los otros, pero su madrina era demasiado astuta para tragarse una mentira durante mucho tiempo. Le desgarraba el corazón que Robert se marchara pero, tal vez, por el momento fuese lo mejor.

Aunque Jory ejerciera sobre él una atracción irresistible, no era el único motivo que había llevado a Robert a Carlisle. Necesitaba saber dónde estaban sus enemigos y había decidido tender una trampa, empleando como carnada una caravana de carretas de carga con mercancías que había despachado desde Carlisle y que iría por la carretera principal hacia las zonas occidentales fronterizas de Ayr y Glasgow. Galloway era siempre un foco de inquietudes y tenía una constante necesidad de armas y provisiones; Bruce tenía que saber en qué puntos precisos del camino serían atacadas las carretas y los caballos de carga.

Jane Leslie despertó, vio que estaba sola y se preguntó en qué momento habría dejado la cama lord De Warenne. Metió la mano por el cuello del jubón de seda y levantó el talismán, que reposaba entre sus pechos. Mientras contemplaba esos ojos verdes, comprendió con sorpresa que había disfrutado haciendo el amor con el lince y que se sentía decepcionada de que él se hubiese marchado por la mañana.

Echó hacia atrás, con impaciencia, su cabello revuelto, enfadada consigo misma por haber dado rienda suelta a las emociones que él le despertaba. El único motivo que tenía él para quererla era que ella pudiese concebir un heredero para él. Y, por encima de todo, él era inglés, no celta. Volvieron flotando a ella las imágenes de la noche pasada, cuando sus cuerpos se habían convertido en uno. A la luz fría de la mañana, se avergonzó del modo lascivo en que ella había respondido. ¡Se recordó a sí misma que no quería pertenecer a ningún hombre, y menos que a ninguno, a un inglés!

Se oyó un suave golpe en la puerta exterior, y Jane sintió que la invadía el pánico. Salió a gatas de la cama, vio las manchas rojas de sangre en su camisón y se apoderó de la bata negra de Lynx, que él había dejado sobre una silla. Se la puso y el olor de él la envolvió, enfureciéndola y excitándola al mismo tiempo.

Era Taffy que traía el desayuno y, tras él, los criados con el agua para el baño. No se animó a preguntar dónde estaba Lynx, pero el escudero respondió a su pregunta sin saberlo.

–Mi señor ha dado órdenes de que vinieran las costureras a hacerle algunas prendas nuevas. Aguardan el placer de su presencia en el solar, milady. Lord De Warenne está con un mensajero del rey que ha llegado temprano y no podrá desayunar esta mañana con usted.

–Gracias, Taffy –murmuró ella.

Cuando alzó la vista vio, consternada, que sus hermanas Mary y Kate habían entrado en la habitación sin llamar. Cuando el escudero se retiró, sus hermanas intercambiaron intencionadas miradas.

–Hemos venido a ver si sobreviviste a esta noche –anunció Mary.

–He sobrevivido muy bien, gracias –afirmó Jane.

–Me extraña que puedas caminar esta mañana –dijo Kate con avidez.

–¿El apetito de él es tan grande como su verga? –preguntó Mary.

Como Jane no le contestaba, Kate se burló, desdeñosa.

–Es imposible que la insulsa Jane pueda satisfacer el apetito de milord. Apuesto a que él ha abandonado la cama disgustado al ver que lo único que obtenía eran lágrimas.

Mary apretó en un puño una porción de la bata que Jane llevaba puesta.

–¿Esta es su bata?

Envidiosa, frotó la suntuosa tela entre sus dedos. Al tomarla también Kate en su mano, la bata se abrió y dejó al descubierto la seda blanca manchada con la sangre de la virginidad de Jane.

–Bueno, bueno, parece que él le ha roto el himen como es debido –dijo Mary, sin poder disimular la envidia que sentía.

–Ahora, ella se sentirá demasiado importante para estar con personas como nosotras –dijo Kate.

–¡Eso no es verdad!

–Bueno, entonces, desayunaremos contigo –decidió Mary, sirviéndose la comida que Taffy había preparado especialmente para la nueva dama de su señor.

Kate se unió a ella, señalando las desventajas de pertenecer a De Warenne.

–¿Has pensado que, de ahora en adelante, tu vida será por completo diferente? Ya no tendrás libertad para corretear por el bosque y juguetear con los animales salvajes. Además, un normando nunca te permitirá que pierdas el tiempo con el misticismo celta. ¡Él acabará de inmediato con esas pamplinas!

Mary agregó, despechada:

–Si concibes un heredero y él se casa contigo, piensa en todas las obligaciones maritales que recaerán sobre ti. La rígida formalidad de ser la esposa de un lord tan importante limitará tu libertad día y noche. Te compadezco, Jane.

Jane vio que la bandeja con el desayuno había sido completamente vaciada, hasta el último bocado.

–¿Queréis también mi baño? –ironizó.

–¡No, gracias; ya está frío! –dijo Kate con regocijo.

Ella y su hermana llegaron a la conclusión de que ya se habían demorado demasiado en un lugar donde no tenían derecho a estar.

Jane se sumergió en el agua tibia y los comentarios que habían hecho sus hermanas le hicieron desear que Lynx de Warenne se marchara de Dumfries y no regresara nunca más. En ese momento, comprendió el sentido de las palabras de Taffy. Si el rey había enviado a un mensajero, era probable que Lynx la dejase. Levantó el amuleto. Quizá, si ella lo deseaba con suficiente intensidad, él se marcharía y no volvería nunca. Con el talismán en la mano, se cristalizó y se aclaró la potente imagen de él. De pronto, se sintió reconfortada: lord De Warenne se marcharía de Dumfries y pronto se libraría de él. Pero ¿regresaría?, se preguntó.

Lynx de Warenne leyó varias veces el mensaje sin poder creerlo. ¿Cómo era posible que se hubiese desatado semejante caos entre sus arqueros galeses, cuando tan solo habían transcurrido quince días de su partida? La orden del rey estaba redactada con claridad. Él debía regresar de inmediato y volver a disciplinar a sus hombres. En verdad, sus galeses amenazaban con unirse a los escoceses; el rey Eduardo estaba furioso.

Cuando Lynx leyó el mensaje de su tío, John de Warenne, lanzó una sarta de maldiciones comprendiendo que jamás debería haber dejado a sus hombres al mando de su primo Fitz-Waren. ¡Habían sufrido tantas pérdidas que se negaban a obedecer las órdenes de Fitz-Waren y amenazaban con unirse al enemigo!

Lynx llamó al mayordomo de Dumfries.

–He recibido la orden de volver a la frontera, Jock; solo Dios o el diablo saben cuánto tiempo durará esto. Solamente puedo dejar una fuerza formal aquí, para defender Dumfries; pero estáis cerca de Lochmaben y podéis llamar a De Bruce si hubiera algún problema.

–¿Regresará aquí, lord De Warenne?

–A menos que me maten en batalla, le prometo regresar. Lo más probable es que eso no suceda hasta que capturemos a Baliol y los escoceses reconozcan a Eduardo Plantagenet como su rey.

–Bueno, esperemos que pueda concluir su tarea antes de que llegue el invierno –dijo Jock, optimista–. Es una estación tan dura y cruel que sería casi imposible combatir.

–Le dejaré dinero para que compre más ganado. Confío por entero en usted para que dirija Dumfries en mi ausencia.

Ese mediodía, cuando comían en el salón, Lynx informó a sus hombres que se reunirían de nuevo con el ejército en Jedburgh, que se encontraba a solo ochenta kilómetros.

–Aquí, en Dumfries, se quedarán cuatro caballeros y doce arqueros galeses –dijo. Buscó con la vista a sir Giles, que aún se estaba reponiendo de sus quemaduras–. Bernard y Eltham, vosotros permaneceréis aquí, además de Royce y Caverley; los demás, recoged vuestras cosas y preparaos para partir antes de que caiga la noche.

Lynx era consciente de que sir Giles y sir Harry pensarían que estaban pagando por su comportamiento alocado, pero la verdad era que se trataba de los caballeros más jóvenes y él se sentía responsable de ellos.

Una vez terminada la comida, Lynx fue sorprendido por Robert de Bruce quien había llegado a la cabeza de una gran caravana de carretas de carga.

–Estoy probando la ruta que cruza la zona fronteriza occidental. Es el modo más seguro y rápido de saber dónde pueden producirse problemas –dijo Robert, sonriendo.

–Yo me reincorporo al ejército –dijo Lynx.

–¿Hay problemas? –preguntó Robert.

–Nada que no pueda manejar –repuso Lynx, torvo–. ¿Echarás un vistazo a Dumfries mientras yo no esté? Me gustaría encontrar el castillo en pie cuando regrese.

De Bruce sonrió.

–Yo te dije que Annandale se te metería en el corazón.

Los ojos verdes de Lynx sostuvieron la mirada de su amigo.

–He concertado un matrimonio a prueba con la hija de mi mayordomo.

La sonrisa de Bruce se ensanchó.

–¡Eres un perro con suerte! Actuaste rápido, ¿o es que la fruta estaba tan madura que cayó en tu mano?

Lynx retribuyó la sonrisa.

–Créeme que la lujuria no tiene nada que ver con esto. Ella proviene de una familia prolífica; son diez hermanos. La verdad es que deseo un hijo, aunque ahora tenga que esperar.

Robert le guiñó un ojo:

–Siempre hay un mañana.

Lynx se echó a reír: la llegada de Bruce demoraría su partida hasta el día siguiente.

A Robert de Bruce lo consumía la curiosidad por ver a la mujer que había captado la atención de Lynx de Warenne. Ya que la muchacha no pertenecía a la nobleza, él dedujo que debía de ser una seductora nata. No tuvo ocasión de verla hasta la hora de la cena y entonces ella lo tomó por sorpresa. Era la misma beldad de la magnífica cabellera roja que había volcado adrede la sopa sobre las piernas de su amigo. Sin duda, ese recurso provocativo le había permitido conquistar la atención de Lynx de Warenne.

Ella había afirmado que era celta y, al observarla, él supo que era cierto. Sus ojos almendrados y sus pómulos sesgados revelaban su ascendencia. Tenía el aspecto delicado de una cierva; Robert, que se había preparado para burlarse de ella sin piedad, desistió de cumplir ese propósito. Jane Leslie era tan etérea como Jory, tal vez no tan maliciosa como su amada... al menos, aún no. Y, si él no se equivocaba, Jane era algo más. Tenía un halo místico que la distinguía de las demás mujeres.

Robert miró a Lynx. En apariencia, hacían una pareja desigual: un lince y un cordero a punto de ser devorado; sin embargo, nadie conocía el secreto, las corrientes íntimas que unían a dos personas cuando formaban una pareja. De Bruce vio el fino cordón que ella llevaba al cuello.

–¿Llevas un amuleto celta?

Las pestañas de Jane, con sus puntas doradas, se levantaron cuando Robert le mostró su propio amuleto.

–El mío es un caballo celta.

–El emblema del poder y la soberanía –dijo Jane en voz queda.

–¿Puedo ver el tuyo?

El lince era tan bello que le cortó el aliento.

–¿Quién lo ha pintado?

–Yo, milord.

–Tienes un don poco común.

Él estaba seguro de que ella debía de tener otros. Robert era consciente de que Lynx los observaba, aunque permaneciera en silencio. De Bruce elevó su mirada hasta que se encontró con la de su amigo y le sonrió, en señal de aprobación.

Al ver que a Robert le agradaba Jane, Lynx se sintió celoso. Ellos compartían su origen celta y debían de tener mucho en común. La comunicación entre ellos era tan fluida que él se sintió un intruso.

–Tengo entendido que tienes muchos hermanos y hermanas –quiso saber Robert, interesado.

–Sí, somos una familia numerosa. –Jane sabía que sus hermanas y sus cuñadas estaban enamoradas de Robert de Bruce, y que estarían encantadas de conocerlo–. Venga, milord, le presentaré a mi familia. Será un gran honor para ellos.

Robert siguió a Jane hasta donde estaban los Leslie. Él dirigió la palabra a los hombres y sonrió a las mujeres, todas morenas como él.

–¿Respetan ustedes las antiguas tradiciones celtas? –preguntó él, interesado.

–Conocemos la música y las danzas –respondió la joven esposa de Sim Leslie.

–¿Tienen costumbres celtas?

–No, milord, pero llevamos amuletos; Jane tiene un velo púrpura con símbolos místicos. ¿Le gustaría verlo? –propuso ella, ansiosa.

–Sí; también me gustaría verlas bailar una auténtica danza celta.

Las jóvenes consultaron con la mirada a Jock Leslie, que estaba en la cabecera de la mesa.

–En honor a la visita del conde de Carrick, creo que sería de rigor que le dedicarais una danza.

Jane estaba tan sorprendida como encantada. Por lo general, su padre no alentaba el desarrollo de los antiguos ritos de su cultura. Las jóvenes fueron en busca de los amuletos y Jane, sin consultar a lord De Warenne, fue a su habitación a buscar su velo. Desplegó uno de los delantales de lino que usaba para proteger el velo de fino hilado y sacó el anillo de cobre que se ajustaba a la cabeza para sostenerlo. Estaba hecho en forma de serpiente, que era el símbolo de la sanadora de la tierra: Sironi.

Cuando Jane regresó al salón tocada con el velo sagrado, las otras jóvenes la esperaban. Todas llevaban en sus brazos amuletos de cobre con los antiguos símbolos. En algunos se veía la cruz celta, en otros, el Árbol Sagrado de la Vida; otros, mostraban peces o pájaros entrelazados.

–Estos símbolos sagrados representan la unión de las fuerzas celestes y terrestres, como también la danza que vamos a bailar.

Lynx contemplaba a Jane y pensaba que, esa noche, estaba especialmente bella. Ella lo intrigaba, mientras él seguía con sus ojos los movimientos ondulantes de sus manos y las espirales que dibujaban sus dedos. No podía negar la atracción que sentía.

–Los antiguos celtas homenajeaban a las fuerzas de la tierra –explicó Robert a Lynx–. Las espirales son formas naturales que se pueden encontrar en el viento y en las corrientes de agua e, incluso, en los helechos y en las conchas. Representan la continuidad de la vida, que no tiene principio ni fin, y el sendero que nos conduce a la fuente divina.

Al terminar la danza, hubo muchos aplausos. Lynx de Warenne bajó de la plataforma y llevó aparte a Jane.

–Milady... –se interrumpió, notando que sonaba demasiado rígido y formal, y empezó de nuevo–. Jane, he recibido orden del rey de reincorporarme al ejército. Partiré al alba.

La muchacha sintió gran alivio. Para sus adentros, había estado trazando planes que le permitieran postergar el momento de acostarse con Lynx; por eso había continuado la danza. Supuso que él se iría a acostar, sin ella, para descansar toda la noche.

–Te deseo buenas noches, milord.

Lynx la miró, estupefacto, sin poder creer lo que oía.

–Debemos compartir el lecho esta noche. Es posible que esté ausente varios meses. Esta podría ser nuestra última oportunidad para que concibas un hijo.

El alivio de Jane se desvaneció cuando él la tomó de la mano sin titubeos y la condujo de nuevo a la plataforma.

Robert se puso de pie cuando ellos se acercaron.

–Tu danza fue exquisita, milady. Te lo agradezco con todo mi corazón.

–Jane desea darte las buenas noches, Robert.

–Buenas noches, Jane. Mi amigo es el más afortunado de los hombres –dijo, guiñando un ojo a Lynx, y añadió–: Creo que propondré un ejercicio de lucha para que los hombres se entretengan.

De Bruce era campeón de lucha y jamás había sido derrotado. Él y Lynx se habían enfrentado muchas veces a lo largo de los años y, por lo general, terminaban empatados. Robert era más robusto pero Lynx tenía los miembros más largos.

–Yo sería el primero en desafiarte –dijo Lynx, sonriendo–, pero esta noche debo reservar mis fuerzas para otro deporte.

Capítulo 12

Jane subía la escalera hacia su habitación y sentía el calor del brazo de Lynx filtrarse a través de la yema de sus dedos, apoyados en la manga de su marido. Tras ellos, se escuchaba los pasos de los escuderos que los seguían. Sus mejillas ardían y sus cuerpo temblaba de forma incontrolada. Lynx le abrió la puerta, la hizo entrar en la estancia y se detuvo en el umbral para hablar con sus escuderos.

La mirada de Lynx abarcó a los dos jóvenes y después se posó en el más joven.

–Taffy, he decidido que debes quedarte en Dumfries con mi señora. Quiero que la cuides con especial celo, en todos los aspectos –y, aunque no solía dar explicaciones por las decisiones que adoptaba, añadió–: No puedo confiar en ninguna otra persona –y luego, dirigiéndose a Thomas–: Deberás estar listo al amanecer.

Desalentado, Taffy echó una mirada a la puerta cerrada. No entendía cómo lord De Warenne podía dejarlo allí y, al mismo tiempo, una parte de él se alegraba de que le hubiese encomendado la tarea de proteger a su dama.

Thomas le advirtió:

–Cuando el señor dijo que tú debías protegerla en todos los aspectos, habrás entendido qué quiso decir, espero.

Taffy frunció el ceño.

–La cuidaré como si fuese mía.

–Mejor será que no, papanatas. Ya sé que te has prendado de ella, pero te aconsejo que no pongas tu semilla en el surco del señor.

–¡Yo no pienso en ella de esa forma! –protestó Taffy.

–Eres un hombre; no existe otra manera de pensar en una mujer.

Jane caminó lentamente hacia el fuego con la vista fija en las llamas. Una de ellas era azul y, según la superstición, se trataba del demonio bailando. Sus pensamientos giraban en un torbellino. Estaba resuelta a no responderle como lo había hecho la noche anterior; sin embargo, era consciente de que le resultaba difícil controlar el extraño poder que él ejercía sobre ella. Acarició con mano nerviosa el suave terciopelo del nuevo vestido verde que las costureras habían confeccionado para ella. Era la prenda más costosa que hubiese llevado jamás. Se dio la vuelta hacia él cuando entró en la habitación y cerró la puerta. Su ánimo se abatió al ver que Lynx no parecía apreciar sus ropajes.

«¿Por qué debería importarme?», se reprochó. De pronto, las lágrimas contenidas le escocieron los ojos y se apresuró a ocultarlas para no dejar traslucir emoción alguna. Pensó que ojalá él no se sentara otra vez ante el fuego y la sentara sobre sus rodillas, y al ver que él no daba indicios de dirigirse hacia la gran silla, Jane se sintió inundada por una ola de alivio. Deseó que él subiera a la planta alta y la dejara en paz. Ya que debía partir al amanecer, debería descansar, aunque en el fondo era consciente que lo que él deseaba en esos instantes era estar en la cama de Jane, no en la suya. Le hizo una breve reverencia.

–Discúlpame, milord –dijo, y se encaminó hacia el dormitorio contiguo.

Jane se quitó el velo celta y, con cierta renuencia, se sacó el vestido de terciopelo verde y lo colgó con cuidado en el armario. ¿Cómo era posible que él no hubiese puesto su atención en un vestido tan lindo? Jane se puso el crujiente camisón blanco que habían confeccionado para ella las costureras, contenta de que no fuese tan transparente como la prenda que había llevado la noche anterior.

Lynx traspuso la arcada llevando dos copas de vino. Cuando

vio lo que Jane llevaba puesto, la decepción le hizo detenerse. El jubón de seda, con sus costados abiertos que dejaban ver sus piernas, invitaba más a la cópula que la nívea prenda que la envolvía en ese momento.

Él se acercó a la cama y Jane le tendió su bata negra. Por cortesía, él la tomó, aunque no tenía la menor intención de usar la maldita prenda, y bebió de su copa con avidez. Jane se deslizó bajo las mantas, rígida, como si compartir la cama con él fuese un deber que ella hubiese preferido evitar. Lynx le dijo, en tono áspero:

–Ten.

Ella se incorporó, recibió la copa con avidez y bebió un sorbo que hizo rodar por su lengua, como él le había enseñado la noche anterior. ¿También recordaría del mismo modo sus otras lecciones? Lynx sintió que le sobrevenía una erección al recordar el inesperado placer de la noche anterior. Se despojó de las ropas que lo constreñían, se metió en la cama, desnudo, y vació su copa disfrutando de la sensación de calor que se esparcía por su sangre. Satisfecho, vio que ella también apuraba su copa.

Como ella siguiera tendida de espaldas, él se acercó y extendió la mano para desabotonar los minúsculos botones del camisón, bajo el mentón. Sus dedos tocaron el amuleto de Jane y lo alzó para verlo mejor.

–¿Es verdad que tú has pintado esto, Jane?

–Sí, milord.

–Los detalles son asombrosos. ¿Dónde has encontrado este animal?

–En el estanque del bosque –respondió ella.

–¿Sabes lo peligroso que puede llegar a ser un lince?

Ella escudriñó sus anchos ojos verdes y percibió un dejo de humor en su pregunta. Esbozó una media sonrisa.

–¿Te refieres a que podría devorarme en cualquier momento en que se le antojara?

Lynx supo que ella podría estar refiriéndose a él y sintió su miembro latir. Observó que la mirada de la muchacha acariciaba su leonada melena y su amplio pecho.

–Es la bestia más magnífica que he visto jamás.

Aunque parecía tímida, tal vez el peligro la excitara. Él podía comprender cómo se sentía una persona en esa situación, puesto que él coqueteaba con el peligro muy a menudo. Pasó la mano por debajo del voluminoso camisón y sintió que el cuerpo de ella se estremecía cuando sus dedos acertaron a hallar la hendedura femenina. Ella estaba húmeda, lo que le hizo concebir la esperanza de que, esa noche, la unión no le resultaría dolorosa. Con ese propósito, Lynx la estimuló con su contacto y acarició el centro de su femineidad con sus dedos callosos.

Pese a que, antes, ella había resuelto no responder a él, su contacto causó tal placer en ella que tuvo ganas de gritar de excitación. Ansiaba tocarlo y brindarle parte del intenso placer que él le proporcionaba, aunque no se atrevía a hacerlo pues él no se lo había propuesto esa noche.

Escapó de sus labios una exclamación ahogada que ya no pudo contener y arqueó su monte de Venus hacia la mano de él cuando uno de sus potentes dedos se introdujo en ella.

En el mismo instante en que el cuerpo de Jane oprimió el dedo de Lynx, su miembro viril comenzó a encabritarse, anticipándose. Por Cristo, cómo le gustaría prolongar la unión, penetrándola con fuerza y lentitud durante una hora de fluidas embestidas hasta haber agotado su energía sexual; sin embargo, sabía que no podía. Con férrea voluntad, se esforzó por mostrarse delicado, y se permaneció inmóvil dentro de ella dándole tiempo a que se acostumbrara a su plenitud.

–Pon las piernas alrededor de la parte alta de mi espalda –murmuró.

Jane abrió las piernas y sintió que él se introducía más. Adoraba sentir el peso de él, su fragancia y, cuando Lynx empezó a impulsarse dentro de ella, Jane sintió que algo en su interior comenzaba a crecer y a tensarse, como si estuviese empujándola hasta el borde de un gran precipicio. Ella se mantenía en suspenso y no se atrevía a arrojarse desde esa altura. En ese instante, oyó gritar a Lynx y se olvidó de las sensaciones de su propio cuerpo, sintiendo la erupción del hombre derramándose en ella.

Esa sensación fue indudable. Él se dejó caer sobre ella y ella lo ciñó con sus piernas para retenerlo en su centro. Cuando él rodó para apartarse de ella, Jane se dijo que se alegraba de que hubiese terminado. Se alegraba de que él se marchara porque tenía miedo de lo que él la hacía sentir cuando estaban juntos.

¿Y si la separación era permanente?, se preguntó. Jane había hecho votos para que él se marchase y no regresara. ¿Y si, a consecuencia de esos deseos, él moría? Si bien quería verse libre de él, no le deseaba daño alguno. Tendría que haber pintado un amuleto celta para que lo mantuviese a salvo en la batalla, pero ya no había tiempo. Lo miró alarmada.

–¿Te he hecho daño? –preguntó él, interpretando erróneamente su expresión.

–No, milord, no he sentido dolor.

Pero tampoco placer, pensó él, sintiéndose un egoísta. Tal vez, la expresión de alarma de Jane se debiera a que él no le había asegurado que regresaría. Se preguntó cómo podía haber sido tan desconsiderado con una persona tan adorable, y también, tan generosa, lo admitía. Se inclinó hacia ella, apoyándose en el codo:

–Jane, lamento que el tiempo que hemos pasado juntos haya sido tan breve... Es probable que esté ausente varios meses, pero regresaré a Dumfries cuando concluya la lucha.

«Si no caes en batalla», pensó ella, angustiada. Bajó la mirada. No quería que él adivinase sus pensamientos pues eso podría significar que ella no confiaba en su destreza para la lucha. Él era el poderoso Lynx: él triunfaría.

Cuando Lynx se durmió, Jane sacó del cuello la fina correa de cuero y la deslizó con cuidado sobre la cabeza leonada del hombre. El espíritu del lince lo protegería.

Lynx de Warenne se presentó al rey Eduardo antes de hablar con sus arqueros galeses a pesar de que casi una docena de sus caballeros se habían dirigido a él con quejas, al parecer válidas, con respecto a Fitz-Waren.

–Hubiese preferido que permanecieras en Annandale para supervisar las acciones de De Bruce, pero los soldados que has dejado son tan indisciplinados que representan una amenaza para nuestra campaña –dijo Eduardo, y sus ojos azules chispearon–. ¡Si no los controlas, De Warenne, rodarán cabezas!

–Sí, Su Majestad –dijo Lynx, torvo, partiendo de inmediato hacia el lugar donde acampaban sus hombres.

Sus arqueros lo miraron con recelo; comprendía que no debería haberse marchado. Los galeses eran gente reticente, parcos en el habla, al menos con los forasteros, y él no esperaba que se precipitaran hacia él para presentarle sus quejas. Habló con los tenientes galeses, sabiendo que estos transmitirían sus palabras a los soldados.

–Habéis sufrido grandes pérdidas; asumo mi parte de culpa. Jamás debería haberos dejado al mando de otro; prometo no volver a hacerlo. He regresado para quedarme. En este momento, mi escudero está montando mi tienda de campaña. Escucharé a cualquiera que desee hablar.

No entraron muchos galeses en su tienda; en cambio, sí lo hicieron los ingleses. Fitz-Waren había ordenado que saquearan e incendiaran las aldeas, que mataran a los campesinos, incluidos los niños. Las mujeres habían sufrido abusos, saciando la sed de sangre que no conocía freno entre los hombres de Fitz-Waren. Los escoceses se habían vengado con ataques nocturnos e incendiando las tiendas de sus arqueros. La ira de Lynx de Warenne se incrementaba hasta llegar a su cenit con los relatos de horror y convertirse en hielo en sus venas.

La luz empezaba a extinguirse en el cielo cuando Fitz-Waren entró a caballo en el campamento, acompañado por los oficiales de su caballería ligera.

–Bueno, bueno, primo, he sabido que estabas de regreso. Al parecer, no podías desperdiciar la oportunidad de compartir la gloria de la batalla y sus recompensas.

Lynx avanzó hacia él mientras, lentamente, se quitaba el peto y la espada. Se los entregó a Thomas y aguardó, sereno, a que Fitz-Waren desmontara. En cuanto este pisó el suelo, el potente puño de Lynx se disparó y se estrelló contra su mentón, abatiéndolo.

En un abrir y cerrar de ojos, Fitz se puso en pie, enloquecido de furia. Lynx lo arrojó otra vez al suelo y, en actitud fría y calma, esperó a que se pusiera de nuevo de pie. Fitz sacó su cuchillo y se abalanzó contra su atacante. Un dolor horrible le llegó al hombro cuando Lynx, sin alterarse, le rompió un brazo.

Fitz buscó ayuda con la mirada entre sus oficiales, pero estos no se atrevieron a mover un dedo, rodeados como estaban por los semblantes malévolos de los arqueros galeses, que formaban un amplio círculo a su alrededor. Enloquecido de dolor, Fitz-Waren se lanzó al ataque como un toro furioso. Los puños implacables de Lynx de Warenne machacaron su rostro hasta convertirlo en una masa informe. Hasta que no vio a Fitz tendido en el suelo, como un lío de ropa, sin poder moverse, Lynx no decidió terminar la pelea.

Thomas echó una mirada de desprecio al hombre ensangrentado, metió la mano en sus pantalones y orinó junto a Fitz-Waren, dispuesto a que su humillación fuera completa.

A principios de mayo, tanto el castillo de Jedburgh como el de Roxburgh se rindieron a los ingleses. En la costa de enfrente, las fuerzas de John de Warenne se apoderaron de Dumbarton, a pocos kilómetros de Glasgow, y los dos ejércitos convergieron sobre Edimburgo desde direcciones opuestas. La gran ciudad solo podría sostenerse unos días antes de rendirse al ataque despiadado de Eduardo Plantagenet.

Durante todo el mes de mayo, Lynx de Warenne y Fitz-Waren se evitaron cuanto les fue posible; ninguno quería provocar la ira del rey. Cuando Lynx volvió a encontrarse con su tío John, no mencionó el encono que se había despertado entre él y Fitz-Waren, puesto que el comandante del ejército ya tenía bastantes problemas.

El ejército continuó su marcha hacia el norte desde Edimburgo, hacia la ciudad de Stirling; a su llegada, descubrieron que el castillo había sido abandonado por la guarnición escocesa. Todos, hasta el último de los consejeros de Baliol, se habían alejado de él, ahora que no quedaba esperanza alguna de que él retuviese el trono. A comienzos de julio, en Brechin, Baliol renunció a la corona ante Anthony Bek, obispo de Durham, y representante de Eduardo Plantagenet. Se presentó ante Bek vistiendo la sencilla túnica blanca de los penitentes. Depositó el cetro en manos de Bek y renunció, formalmente, a todo derecho al reino de Escocia.

Eduardo Plantagenet, satisfecho, actuó con benevolencia, enviando a Baliol a Hereford en calidad de prisionero solo desde el punto de vista formal. Estaba restringida su libertad a unos treinta y dos kilómetros en torno de Londres; incluso tenía permiso para cazar en los bosques al sur de Trent.

Ahora, el rey Eduardo Plantagenet planeaba un avance triunfal, a través de Aberdeen y Banff, hasta Elgin. Lynx de Warenne contuvo su impaciencia por regresar a Dumfries. En apariencia, la lucha había acabado, pero el rey Eduardo quería hacer una demostración de fuerza en tanto cabalgaba hacia el norte, recibiendo el juramento de alianza de parte de los nobles escoceses.

Jane Leslie sospechó que llevaba en su seno al hijo de Lynx de Warenne cuando, quince días después de su partida, notó una falta en su regla. No dijo nada a nadie de su familia. Era un secreto que compartiría con una sola persona cuando llegase el momento; iba a alegrar a lord De Warenne puesto que ese era el único motivo por el cual se había unido a ella en matrimonio a prueba.

Su primer sentimiento fue de tristeza. Al descubrir que llevaba en su seno al hijo de Lynx de Warenne, supo que había quedado ligada para siempre a un hombre que no la amaba. Él le había prometido casarse con ella y convertirla en condesa si ella concebía un hijo suyo, pero eso era lo que menos importaba a Jane. Nunca más podría ser libre. En todo caso, se resignaría a su preñez porque era incapaz de hacer daño a nadie; mucho menos a su propio hijo. Pero luego, poco a poco, Jane empezó a sentirse dichosa por la nueva vida que albergaba. Quizá no tuviese deseos de convertirse en esposa ni en condesa pero, ahora sí, estaba ansiosa por convertirse en madre.

Tras la partida de su señor, Jane reanudó sus actividades de sanadora de animales, mientras sus hermanas la trataban como lo habían hecho siempre. Sin embargo, cuando le daban órdenes e intentaban aprovecharse de ella por ser la menor, ella no vacilaba en ponerlas en su lugar. Con todo, seguía siendo generosa con ellas, prestándoles de vez en cuando los vestidos nuevos que las costureras le hacían y permitiéndoles entrar y salir de sus habitaciones en la torre.

Jane disfrutaba de las lecciones de equitación de Taffy. Ella había cabalgado en ponis desde niña pero nunca hasta entonces había podido darse el lujo de tener su propio caballo. Lord De Warenne había dejado instrucciones a su escudero de que entregase a Jane una yegua purasangre apropiada para una dama. Jane se enamoró al instante del bello animal blanco, y aceptó la sugerencia de Taffy de llamarla *Blanchette*, el equivalente normando de «blanca».

Keith cuidaba al encantador animal y, además, la acompañaba a dar largos paseos a caballo; él fue el primero en sospechar que ella llevaba en sus entrañas al hijo de Lynx de Warenne y le aconsejó que dejara de cabalgar.

–El señor se volvería loco si perdieses a su hijo por una negligencia.

–Tienes razón, Keith, pero, por favor, no digas a nadie lo de mi hijo. Si lo supieran, me atosigarían noche y día con sus consejos y sus aires de superioridad.

–No diré nada, Jane, pero cuando la masa comience a leudar, caerán en la cuenta de que tienes una hogaza en el horno. Tal vez, lord De Warenne regrese pronto. Baliol ha sido depuesto, y los nobles escoceses corren a jurar lealtad a Eduardo Plantagenet.

–Para mí, es un alivio inmenso que la lucha haya terminado. He rogado a las grandes diosas todas las noches que protegiesen a Lynx.

–Jane, la lucha no ha terminado. Solo habrá una tregua hasta que los escoceses se reorganicen. Un joven jefe ya ha levantado la cabeza; él incitará otra vez a los escoceses a la lucha.

–¡No! –exclamó Jane–. No quiero que nuestros pueblos sean enemigos.

Keith le apoyó una mano en el hombro para tranquilizarla, consciente de que no convenía alterarla, en su delicado estado.

–Jane, no tengas miedo. Lord De Warenne volverá, y todo se arreglará.

Cuando Eduardo Plantagenet llegó a Scone, hizo quitar la Roca del Destino sobre la cual todos los reyes celtas habían sido coronados y la envió a la abadía de Westminster, en Londres. Al regresar a Edimburgo, hizo lo mismo con la Cruz Sagrada, junto con las galas y los documentos oficiales escoceses. Eduardo Plantagenet quería llevar a su patria la certeza de que, ahora, Escocia estaría subordinada a Inglaterra. Convocó a un parlamento en Berwick, para el 28 de agosto de 1296, y ordenó a todos los propietarios de tierras de Escocia que concurriesen allí a jurar fidelidad a Inglaterra.

Robert de Bruce tenía pensado asistir. Quería obtener documentos firmados y sellados que confirmaran oficialmente que las tierras de Annandale habían sido recuperadas de manos de Comyn y devueltas a los De Bruce.

En Carlisle, la madre de Robert de Bruce decidió no ir a Berwick. Su amado esposo, el viejo Robert de Bruce, estaba enfermo, y ella resolvió llevarlo de regreso a sus propiedades inglesas de Essex antes de que llegase el invierno.

Reunió a las damas y les comunicó su decisión.

–Jory, Alicia, ¿vendréis a Inglaterra con nosotros?

Jory respondió de inmediato:

–Oh, no, lady De Bruce. Todo aquel que tenga alguna posesión, ya sea en Inglaterra o en Escocia, estará en Berwick a fin de mes. ¡No me perdería esa ocasión ni por una corona llena de gemas! Al rey Eduardo le bastaron cinco meses para lograr lo que se había propuesto; habrá festejos que pocas veces hemos visto antes.

–¿Solo cinco meses? –ironizó Alicia Bolton con aspereza–. ¡A mí me pareció toda una vida!

La joven Elizabeth de Burgh suplicó:

–Oh, lady De Bruce, ¿podría ir a Berwick con lady Marjory?

–Pero, querida mía, tu padre te ha confiado a mi cuidado. No me agradaría enfadar a un individuo como el conde de Ulster.

–¿Oh, por favor, lady De Bruce! La lucha ha terminado; ansío volver a ver a mi padre.

No se atrevió a agregar que en su pecho anidaba el deseo aún mayor de ver a Robert de Bruce.

Jory se sumó a los intentos de persuasión:

–Yo tomaré a Elizabeth bajo mi protección, madrina, y también apaciguaré a Eduardo de Burgh si acaso se pusiera quisquilloso.

–¿Y qué me dices de Lynx de Warenne? –preguntó lady Marjory de Bruce arqueando las cejas–. Es muy probable que os despache a todas con cajas destempladas.

–Ah, ahí es donde interviene la querida Alicia. Ella será nuestra arma secreta –afirmó Jory, sin permitir que su tono revelara sarcasmo–. ¿Cómo podrá Lynx resistirse a ella?

A Alicia le gustaban los elogios aunque, de todos modos, eso no amortiguó en absoluto su enfado contra Lynx. Él la había hecho caer en una trampa al pedirle que la acompañase al norte, para después marcharse sin echar una mirada atrás. Ese canalla infiel se había ido lejos, disfrutando con sus placeres dondequiera los hallase, un mes tras otro, mientras ella se pudría en Carlisle. Estaba dispuesta a pagarle con la misma moneda siéndole infiel, pero el problema era que los hermanos De Bruce no le habían prestado atención pues se negaban a tocar propiedad ajena, y también se habían marchado al norte, hacia sus castillos escoceses. ¡Alicia maldecía a Escocia y a todos los que en ella habitaban!

Alicia no creía ni un instante que, durante los meses que estuvieron separados, Lynx de Warenne le hubiera sido fiel. Dondequiera que fuese, las mujeres lo seguían con la mirada, lanzándole transparentes insinuaciones. Ella era capaz de tolerar que él estuviese, en ocasiones, con alguna prostituta, pero si cualquier otra clase de mujer se atrevía a poner su vista en él, Alicia había decidido que se vengaría de forma terrible. ¡Cualquier mujer desearía estar muerta antes que tener que vérselas con ella!

Capítulo 13

El castillo de Berwick empezó a llenarse de gente cuando comenzaron a llegar las hordas de nobles escoceses que presentaban sus reclamos por sus tierras. Cuando en el castillo ya no cupo nadie más, la propia ciudad de Berwick quedó atestada de hombres y mujeres ricos, que disputaban el espacio con mendigos, ladrones y prostitutas.

Eduardo Plantagenet llegó a Berwick con tiempo de sobra, dejando a sus ejércitos en marchas forzadas hacia el sur. John de Warenne acompañaba al rey, tranquilo en la seguridad de que Percy, Clifford, Ulster y los demás generales se ocuparían de sus soldados.

Lynx de Warenne imprimió un ritmo tranquilo a la marcha de sus arqueros; trescientos veinte kilómetros no era una empresa insignificante. Fitz-Waren, por su parte, apremió a su caballería ligera y llegó con tiempo de conseguir lugar en el castillo de Berwick. Fitz esperaba, contra toda esperanza, que se presentaría Jory de Warenne y, si lo hacía, él contaba con una habitación contigua a la suya para ofrecerle.

El deseo que sentía por Jory había aumentado después de la pelea con su hermano; él había resuelto acostarse con ella si la encontraba. Su bella prima era una pequeña zorra provocadora que buscaba guerra con su actitud; por lo que, esta vez, ella tendría lo que buscaba. Se estiró en la cama, en su habitación, imaginando que la tenía debajo de sí. Esbozó una media sonrisa; desde luego, Jory acudiría. Le encantaba estar en primera fila en toda reunión importante.

Cuando Jory llegó al castillo de Berwick, el asunto de primordial importancia para ella fue localizar a Eduardo de Burgh, conde de Ulster. Si bien Elizabeth de Burgh adoraba a su padre, todavía era lo bastante joven como para temer su enfado.

–Querida Elizabeth, deja de temblar: yo me cuidaré de que la ira de tu padre no recaiga sobre ti.

–Tú no lo conoces –dijo Elizabeth, con voz desmayada.

–Es un hombre: me basta con eso –aseguró Jory, guiñándole un ojo.

Alicia Bolton entró en el castillo tras ellas, deseando que pudieran desembarazarse pronto de la adolescente.

La vista rápida de Jory descubrió sin demora a un hombre que llevaba la insignia de Ulster en la manga; él les dio indicaciones para encontrar las habitaciones de Burgh.

–¿Qué diablos estás haciendo aquí? –tronó, cuando su mirada cayó sobre la cabeza oscura de su hija.

–Ha venido conmigo, mi señor conde –dijo Jory, haciendo caer hacia atrás su caperuza cuando ejecutó una profunda reverencia, tan profunda que el hombre que gobernaba media Irlanda divisó el valle entre sus pechos.

Jory extendió la mano y De Burgh, galante, la ayudó a incorporarse mientras le besaba los dedos.

–Lady Marjory, ¿está lady De Bruce aquí?

–Caramba, milord, la salud de su esposo estaba tan deteriorada que ella lo llevó a Inglaterra, donde el clima es más benigno. Insistió en que Elizabeth la acompañase, pero, en realidad, la pobre señora tenía tantas obligaciones que me ofrecí a traer a su encantadora hija, bajo mi protección.

De Burgh recordó que Jory era viuda.

–Gracias, señora, fue muy bondadoso de su parte.

–En absoluto, milord. Elizabeth es una compañía deliciosa.

Jory comprendió que el hombre no sabía qué hacer con su hija y se ofreció:

–Tendré mucho gusto en ser su acompañante en Berwick; sus criadas jamás la perderán de vista.

–Le doy las gracias de nuevo. Por fortuna, dispongo de habitaciones para ambas.

Jory sabía qué significaba eso: los escuderos y los criados del conde serían desalojados de inmediato, pero ella lo consideró como un derecho que le correspondía. Miró a Alicia de forma inquisitiva, y esta respondió, petulante:

–No te preocupes por mí: compartiré la habitación con Lynx.

–Claro. Vamos a saludar a mi digno hermano.

Después de una búsqueda prolongada e inútil, Alicia Bolton se puso furiosa cuando llegó a la conclusión de que Lynx de Warenne no se encontraba en Berwick. Tuvo ganas de abofetear el rostro de Jory por haberla arrastrado hasta allí. Hombres con un fuerte acento escocés que hería sus oídos la empujaban y la contemplaban con la boca abierta; deseaba con todo su corazón haber acompañado a lady De Bruce en su regreso a Londres. Uno de los groseros patanes que le dedicaba miradas socarronas llevaba puesta una piel de oso que despedía un olor nauseabundo. Las chispas divertidas que lanzaban los ojos de Jory no hacían más que empeorar la situación.

–Me las pagará por esto –dijo Alicia entre dientes.

–Hola, prima; nunca hubiese imaginado que te encontraría aquí –dijo Fitz-Waren marcando las palabras, con la vista fija en los pechos de Jory.

Ella entrecerró sus ojos.

–Por desgracia, no puedo decir lo mismo con respecto a ti, Fitz.

–Hola, Roger, ¿tienes idea de dónde puede estar Lynx? –preguntó Alicia, esperanzada.

–Yo no soy su guardián. ¿Acaso no contabas con que él reservara habitaciones para ti? Sin duda, a estas alturas deberías saber que sus hombres son lo primero –contestó, y Jory atrajo de nuevo su mirada–. Por el precio de una sonrisa, podrías tener una habitación junto a la mía.

–Es un precio demasiado alto –replicó Jory con dulzura–. El conde De Ulster me ha ofrecido su hospitalidad, pero mi amiga, aquí presente, está en extrema necesidad. Sonríele, Alicia.

Mientras los otros dos veían alejarse a Marjory de Warenne, Alicia dijo:

–No sé qué le sucede: en un instante es toda sonrisas y, al siguiente, su lengua es tan afilada que podría cortar el metal.

–¡Yo sé qué le pasa: necesita un buen revolcón!

Dejó que su vista la siguiera, sintiendo que la odiaba, que la deseaba y que se odiaba a sí mismo por desearla.

Alicia rió entre dientes.

–Nunca se me había ocurrido. La viudez debe de provocar una gran tensión.

De pronto, la mirada de Fitz-Waren se tornó especulativa, viendo que se le presentaba una oportunidad inesperada. La querida de De Warenne también estaría sufriendo privaciones nocturnas; Fitz-Waren llegó a la conclusión de que le brindaría una gran satisfacción usar a la ramera de su primo.

La mirada perspicaz de Alicia captó esa expresión e inspiró algunas ideas en ella. ¡El hecho de que él fuese primo de Lynx hacía aún más dulce la venganza!

Cuando Jory regresó a las habitaciones de De Ulster, lo encontró conversando con Robert de Bruce y, junto con ellos a Elizabeth, que los escuchaba extasiada.

–Lady Marjory, ¿conoce usted a De Bruce? –preguntó De Ulster.

«En sentido bíblico», pensó Jory con picardía aunque, con sonrisa impersonal, respondió:

–Sí, milord, es amigo de mi hermano.

–¿Se encuentra Lynx aquí? –quiso saber De Bruce.

–Lamento decirle que todavía no ha llegado.

–Cuando llegue, hacedle saber que puede encontrarme en la torre del este –dijo De Bruce.

–Lo recordaré, milord –prometió Jory–. Por favor, caballeros, disculpadme; debo ir a buscar nuestro equipaje antes de que algún bribón se lo lleve.

Sin ganas, Elizabeth salió de la habitación tras ella.

–Ojalá hubieses invitado a Robert de Bruce a cenar con nosotras –dijo la niña con aire soñador–. Los hombres no pueden resistirse a tus encantos, Jory. Hasta mi padre come de tu mano.

–Si es así, espero que aprendas –bromeó Jory.

–Oh, ya lo creo que sí –respondió la joven Elizabeth, entusiasmada.

Ya había pasado la medianoche cuando Jory se escabulló sin ser vista hasta la torre del este, disfrazada de paje. Los ojos de Robert desbordaron de hilaridad mientras la hacía girar para contemplarla desde todos los ángulos.

–Por los clavos de Cristo, serías un muchacho muy hermoso, pero ni un ciego se dejaría engañar.

–¿Y por qué no?

Él la atrajo y le acarició los pechos.

–Porque los muchachos no tienen unos pechos tan encantadores como estos –dijo, bajando las manos–. Ni un trasero tan redondo.

Jory le ofreció la boca.

–Te he echado mucho de menos, bribón, aunque no me agrade admitirlo.

–Y yo a ti, mi amor.

Le quitó la gorra y, asiendo un mechón de sus hermosos cabellos, se lo llevó a los labios.

–Robert, he estado pensando en qué podríamos hacer para estar juntos. ¿Por qué no invitas a Lynx a visitar tu gran castillo, el de Lochmaben?

–Me parece que subestimas la inteligencia de tu hermano.

–No; soy consciente de que no puedo manipularlo –dijo Jory, suspirando.

–No es necesario que lo hagas –dijo Robert, sonriendo–. Pedirá el dominio del castillo de Dumfries, que está a solo doce kilómetros de Lochmaben.

Los ojos de Jory se agrandaron por la sorpresa.

–En esto se adivina tu diestra mano. –Y sus ojos se agrandaron todavía más–. ¡Y también siento tu diestra mano, demonio!

–Siente esto –propuso, malicioso.

Jory lo complació. Ella también tenía algunas propuestas que hacerle y no podía esperar.

–Por los clavos de Cristo, hasta ahora, nunca había desnudado a un muchacho. Esto tiene la atracción de lo prohibido –bromeó, quitándole las calzas de paje.

Ella alzó su boca hacia él.

–No sabía qué era lo prohibido hasta que caí en tus manos –dijo ella, provocándolo con su lengua–. Lo justo es que ahora nos turnemos, Robert. Ahora, yo quiero tomarte en mis manos... y en mi boca.

–Haz lo que se te antoje, mi amor –dijo él, con la voz ronca, alzándola en brazos y llevándola hasta la cama.

Jory ocupó la posición dominante.

–Esta noche tengo la intención de hacerte el amor... al menos, la primera vez.

Sintió un enorme placer desnudando ese cuerpo poderoso; luego, su boca comenzó una ardorosa y húmeda trayectoria descendiendo por el desnudo torso musculoso en busca de la meta deseada.

En la habitación de Fitz-Waren, Alicia Bolton bebía la tercera copa de vino rojo y seco que él había servido para los dos. No le desagradaba el sabor; le recordaba al vinagre. Sus inhibiciones estaban en su nivel más bajo cuando ella permitió que Fitz-Waren se deleitara con su cuerpo esbelto. Por un momento, experimentó una sensación de poder; Lynx no era el único miembro de la familia De Warenne a quien ella podía atraer.

Pronto descubrió que Roger no era un amante como Lynx. Peor aún, algunas de las cosas que él le exigió eran humillantes, pero el placer de ella no provenía de los actos sexuales que ejecutaba, sino de la satisfacción de saber que estaba engañando a Lynx con su primo. Alicia sabía que, cuando Lynx llegara, ella lo perdonaría por haberla llevado al norte e incluso por haberla descuidado; lo que jamás podría perdonarle era su indiferencia.

A la mañana siguiente, Eduardo Plantagenet se instaló en el gran salón de Berwick y recibió a cada uno de los terratenientes que había desde Galloway hasta Caithness. William Ormsby, funcionario del Alto Tribunal de Inglaterra, se sentó a la derecha del rey, y una docena de empleados registraban los nombres de los que se presentaban a confirmar de nuevo sus posesiones y a jurar lealtad a Eduardo. A lo largo del mes siguiente, el rey recibiría tales votos por parte de más de dos mil hombres, entre los cuales se incluían los del clero escocés. La lista de nombres ocupaba treinta y cinco pergaminos; cuando los arrogantes nobles ingleses lo vieron, lo apodaron el «Rollo de Ragman».

En tanto Eduardo cumplía, muy satisfecho, con sus deberes reales, Lynx de Warenne y su escudero, Thomas, se dirigían hacia el castillo.

Lynx no podía dar crédito a la muchedumbre que se apretujaba a las puertas de Berwick. Hasta los cementerios estaban repletos, y sus lápidas se utilizaban como lechos. No tuvo más remedio que ordenar a sus hombres que instalasen sus tiendas en los campos fuera de la ciudad.

John de Warenne divisó la cabeza leonada de Lynx por encima de la multitud, en el gran salón, y los dos se abrazaron con calidez, contentos de encontrarse indemnes después de las recientes batallas. Lynx adivinó que John tenía muchas novedades para él.

–¡Tengo motivos para creer que Eduardo va a nombrarme gobernador de Escocia!

–Felicitaciones, John. Has conquistado el país en su nombre, de modo que es justo que lo gobiernes. Yo quiero la posesión de Dumfries; me encanta que estés en condiciones de cedérmelo.

–¿No quieres ir a Francia con Eduardo?

–No. He contraído matrimonio a prueba con la hija del mayordomo de Dumfries. Si queda preñada la desposaré.

–Entonces, tengo que felicitarte; pero, Lynx, podrías haberte fijado en las damas de más alta alcurnia del país.

–Lo que me importa es tener un hijo, John, no una esposa; Jane Leslie proviene de una familia prolífica.

–Ah –dijo John, comprendiendo al fin–, de modo que ese es el motivo.

–A juzgar por la horda, estaremos aquí una eternidad. Cuando llegue a Dumfries, habré estado ausente seis meses y perdido la mitad del año.

John rompió a reír y dio a Lynx una palmada en la espalda.

–Si así fuese, tendrías que duplicar tus esfuerzos para compensar el tiempo perdido.

Thomas se aproximó a los De Warenne con el entrecejo fruncido.

–No queda espacio, milord; hasta las chinches han tenido que ceder su sitio.

–Monta mi tienda con los hombres.

–Oh, todavía no me he dado por vencido, milord –repuso Thomas, sacando un par de dados de su jubón–. Jamás subestiméis la suerte de un irlandés.

–Tal vez sería conveniente que fuéramos al comedor pues, de lo contrario, tampoco recibiremos alimento alguno –sugirió Lynx.

Cuando llegaron al atestado comedor, Lynx de Warenne se dio de manos a boca con Alicia Bolton. La miró, boquiabierto.

–Señora, ¿cómo te has atrevido a venir a Berwick sin mi permiso?

–Milord... Lynx... lady De Bruce regresó a Inglaterra. ¿Habrías preferido que fuera con ella? –preguntó, altanera.

En ese momento, Lynx supo que no le habría disgustado en absoluto y, acto seguido, se reprochó su cobardía. Era consciente de que estaba cansándose de ella, pero le había dado dos años de su vida y merecía algo mejor de su parte.

Fitz-Waren se acercó a John de Warenne.

–Qué gentío; todo el mundo y su ramera están aquí.

Alicia se sonrojó de ira y Lynx echó a Fitz-Waren una mirada de tal malevolencia que le hizo retroceder.

–Discúlpanos –dijo Lynx, alejando a Alicia de los demás–. No deberías estar aquí. Este parlamento ha sido reunido para tratar asuntos importantes del reino. Deberías haberte quedado donde estabas hasta que yo fuera en tu busca.

–¡La idea fue de Jory! Ella insistió, y no tuve otra alternativa.

La expresión sombría de Lynx se suavizó un poco.

–Y ya que mencionas al demonio... –murmuró, al ver que Jory y Elizabeth de Burgh emergían entre la muchedumbre.

Jory se puso de puntillas para besar a su hermano.

–No te enfades conmigo por haber venido, Lynx: aquí, en Berwick, es donde se hace historia.

Su hermano lanzó una carcajada:

–Como si te importase un comino la historia. Lo que no pudiste resistir fue la celebración de la victoria, la ocasión de pasear tu belleza ante los nobles escoceses y de bailar todas las noches hasta el amanecer.

Lynx sabía que, cuando corriese la voz de que su tío sería gobernador de Escocia, su hermana sería requerida por todos y cada uno de los hombres.

–Y ya que hablas de nobles escoceses, Robert de Bruce estaba preguntando por ti. Está en la torre este.

Lynx vio que Elizabeth de Burgh se ruborizaba ante la sola mención del nombre de De Bruce. No era más que una niña y ya tenía la cabeza llena de ideas románticas. Con cínica acritud pensó: «Todas las mujeres son iguales».

Como sus dados estaban cargados, Thomas no tuvo inconvenientes en conseguir una habitación decente para lord De Warenne, y Lynx no tardó en valorar la comodidad de un cuarto en lugar de su tienda de campaña, al ver que el parlamento llevaba su cuarta semana de duración, y luego una quinta. Al parecer, Alicia había aprendido la lección y esperaba a que Lynx fuese por ella. De todos modos, él no tenía prisa por verla.

Por fin, en un momento en que quedó a solas con su hermana, Lynx le contó lo referido al matrimonio a prueba.

Jory exclamó, encantada:

–¡Al fin estás enamorado!

–Por el amor de Dios, no estoy enamorado. Jane Leslie y yo a duras penas nos conocemos. Dos días después de la ceremonia, me llamó el rey para que me incorporara al ejército; cuando regrese a Dumfries habrán pasado seis meses.

–Debes de sentirte muy atraído hacia ella; de lo contrario, ¿por qué habrías de llevar a tu cama a la hija de un mayordomo?

–Para preñarla, claro. Si ella concibe un hijo, tengo intenciones de desposarla.

–En la sangre de los De Warenne debe haber algo que nos hace gozar cuando rompemos las convenciones –comentó Jory, a la ligera.

–¿Qué diablos has hecho ahora? –quiso saber su hermano.

–¿Yo? ¡Eres tú quién desatará habladurías por haberte casado con alguien de categoría inferior!

–Cuando hablé con Robert de Bruce y John sobre esto, sus lenguas se quedaron quietas; en cuanto a los demás, me importa un comino. Se trata de mi vida.

–¿Y cuándo se lo dirás a Alicia?

Lynx tensó los músculos de la mandíbula.

–No tiene nada que ver con ella, en absoluto; ella es mi querida, por el amor de Dios.

Marjory cerró los ojos y elevó una plegaria: «¡Solo pido una cosa: por favor, quiero estar presente cuando Alicia Bolton lo descubra!».

Pasó septiembre y ya había transcurrido la mitad de octubre cuando fue registrado el último nombre en el Rollo de Ragman; ese fue el momento en que Eduardo Plantagenet anunció a aquellos que había elegido para que gobernasen Escocia en su nombre. Reinó el silencio en la muchedumbre reunida en el salón cuando el rey nombró a los tres funcionarios que había designado. John de Warenne, conde de Surrey, sería el gobernador, y William Ormsby, el oficial del Alto Tribunal de Inglaterra, el jefe de justicia.

Los murmullos de aprobación se extinguieron de repente cuando nombró al tercero. Hugh de Cressingham fue designado tesorero. Tanto ingleses como escoceses despreciaban a ese egoísta y advenedizo político. Ya circulaban rumores de que él había usado el dinero destinado a reconstruir Berwick en beneficio propio.

Esa noche, las habitaciones de John de Warenne estaban atestadas por quienes habían ido a presentarle sus buenos deseos o querían pedirle algún favor. Fitz-Waren se vio halagado por haberse convertido en el hijo del gobernador de Escocia; cambio que hizo aflorar su codicia. Fitz no tardó en comprender que podría hacer fortuna. La idea de hacerse inmensamente rico armonizaba con su avaricia, aunque eso no lo atraía tanto como el poder que ejercería. Se frotó la frente, pensando qué puesto pediría para él a su todopoderoso padre.

Lynx de Warenne brindó por la designación de su tío y por el señorío de Robert de Bruce sobre Annandale.

–Por Cristo, se habría podido oír el pedorreo de una cucaracha en el silencio que se hizo cuando fue anunciado Cressingham –comentó Bruce.

–Fue un grave error nombrarlo tesorero. Eduardo tendría que haber designado a un noble escocés, al menos como virrey. Esta elección le traerá problemas; recuerda lo que te digo –predijo Lynx.

–Él cree que Escocia está aplastada pero, al machacarlos con su poder, lo que hace es provocar la decisión de rebelarse y pelear –dijo Robert, guiñando un ojo para atemperar sus palabras–. Bueno, al menos, esa es la sensación que me causa.

–Por los clavos de Cristo, deja de hablar de la guerra. ¿Por qué no disfrutamos la paz de nuestros castillos, al menos durante el invierno?

–Veamos: estamos a mediados de octubre, o sea que faltan cinco meses para que acabe el invierno. ¡Apuesto a que los escoceses no podrán mantener la paz tanto tiempo!

–Acepto la apuesta, pero porque la mayoría de los nobles escoceses estarán fuera del país. Eduardo ha ofrecido la libertad de algunos de los hombres capturados en Dunbar si aceptan tomar las armas por Inglaterra en la invasión a Francia.

–Yo, en tanto mantenga encerrado a mi enemigo, Comyn, me sentiré dichoso.

Cuando el salón se vació y de Bruce se marchó a la torre este, John de Warenne bebió una última copa con su sobrino.

–Como gobernador, te entrego con gusto la señoría de Dumfries, Lynx, pero con una condición. No hace falta que te diga que tendrás que vigilar las actividades de nuestro amigo Robert.

CAPÍTULO 14

Lynx de Warenne empezó a animarse conforme se acercaba a Dumfries. La región fronteriza era aún más bella en otoño que en primavera, cuando él partiera. Había dado libertad de elección a sus caballeros y a sus arqueros galeses. Algunos habían decidido ir a Francia con el rey, unos cuantos prefirieron regresar a su patria, Gales, pero la inmensa mayoría permanecieron junto a él.

Era una suerte que el castillo de Dumfries fuese grande y que Jock Leslie, su mayordomo, fuese eficiente. De ese modo, no constituía ningún problema alojar a semejante horda aunque quizá surgieran dificultades para alimentarlos en invierno. De Jock Leslie, los pensamientos de Lynx pasaron a la hija de aquel. Apretó en la mano el amuleto que Jane había pintado. Recordó que no se había dado cuenta que llevaba el talismán celta hasta transcurrida una hora tras su marcha de Dumfries.

Su primer impulso había sido quitárselo. Él no era supersticioso como las masas ignorantes. Una piedra colgando del cuello no lo salvaría; sí lo haría su superior destreza para la lucha. Jane Leslie le habría colgado al cuello el amuleto mientras él dormía, con la intención de que lo protegiese. En ese momento, lo contempló y comprendió que no se lo había quitado porque la joven así lo hubiera querido, sino porque se había prendado del lince.

Hizo una mueca. No debía seguir pensando en ella como «la muchacha». Ella era Jane, la dama que le daría un hijo, si cumplía sus esperanzas; la dama que podría llegar a convertirse en su esposa y futura condesa de Surrey. Lynx meneó la cabeza;

por mucho que lo intentase, no podía imaginarse a Jane Leslie condesa. La habían dejado crecer salvaje y libre; era distinta al resto de las mujeres. De Warenne era un hombre que rara vez dudaba de sí mismo. Y si bien no lamentaba el matrimonio a prueba, no estaba muy convencido de que hubiese sido un paso prudente.

Un grito femenino de angustia devolvió a Lynx a la realidad. Hizo girar a su caballo y volvió junto a la fila. Su amigo Robert de Bruce, que también iba hacia Annandale, hizo lo propio. Los dos habían reconocido de inmediato la voz de Jory.

–¡Mi cabalgadura cojea... debe de haber tropezado con una piedra!

Lynx desmontó y ayudó a Jory a hacer lo mismo. Uno a uno levantó los cascos de la yegua y los inspeccionó con cuidado.

–Si se ha hecho daño, ya pasó. Estamos a tres kilómetros de Dumfries; creo que resistirá.

–Oh, no; quiero mucho a *Sheba*. No podría montarla si está herida.

–Marjory, por piedad, no te demores ahora que ya estamos llegando –apremió Alicia, irritada.

–Lady Marjory podría venir conmigo –ofreció De Bruce, cortés.

Lynx lanzó a su amigo una mirada de reconvención y alzó a su hermana sentándola sobre su propia silla mientras él montaba detrás. Thomas, el escudero de Lynx, tomó las riendas de *Sheba*, y Jory se lo agradeció con una sonrisa.

Robert de Bruce guiñó un ojo a su amigo.

–Es inevitable demorarse si eres tan tonto como para viajar con mujeres.

–Algunas mujeres serían capaces de poner a prueba la paciencia de un santo –replicó Lynx, sonriendo.

–Y ciertos hombres están tan complacidos consigo mismos que se hace necesario bajarlos de sus caballos –repuso Jory con dulzura.

–Creo que habla de ti –bromeó Robert–. Los ingleses son reconocidos por su arrogancia.

–Solo los escoceses están a la par de ellas; no sé por qué, ¡tienen tan poco de qué jactarse!

El ingenio de su hermana hizo reír a Lynx, quien echó una mirada a Alicia Bolton. Al principio, ella había sido tan divertida como bella. Sin embargo, en los últimos tiempos había perdido el sentido del humor. Sentía que despedirla sería una crueldad de su parte; abrigaba la esperanza de que tarde o temprano se cansara del arreglo entre ambos.

Cuando Dumfries apareció a lo lejos, Lynx galopó hacia la fila. Jory se tapó los oídos con los dedos mientras su hermano vociferaba a voz en cuello:

–Asamblea en el patio. El mayordomo necesita saber cuántos hombres y caballos habrá en el castillo. Llevad las carretas de carga hasta el extremo más alejado y descargad de inmediato. Podéis ir al río Nith para bañaros.

–¿Puedo bañarme con tus hombres? –preguntó Jory, con ojos maliciosos.

–Tú no, chiquilla, aunque no pondría mis manos en el fuego diciendo que no serías capaz de hacerlo.

Robert de Bruce se acercó con su caballo al animal montado por los dos hermanos.

–Bueno, nosotros seguimos hasta Lochmaben, de modo que me despido aquí. Vendré a veros dentro de unos días, cuando estéis instalados.

–Trae a tus hermanos –invitó Lynx–. Mi castillo es tu casa.

–Lo será algún día, amigo mío –repuso De Bruce, riendo, aunque Lynx sabía que hablaba muy en serio–. Lady Alicia, lady Marjory –saludó, con idéntica galantería; luego sus hombres continuaron la marcha hacia el valle.

Cuando los cascos repiquetearon en el suelo del patio de Dumfries, Lynx desmontó y ayudó a Jory a apearse.

–Lleva a tu yegua a la caballeriza. Keith cuidará de ella. No puedes confundirlo: tiene el pelo del color de una antorcha.

Jane Leslie estaba en el altillo que había sobre el establo, tratando de tranquilizar a los halcones y a las otras aves de caza que, desde el amanecer, estaban inexplicablemente inquietas. Al oír el repicar de los cascos, corrió hasta la estrecha abertura y vio la fila de soldados de caballería y de infantería. ¡Lynx había regresado! Por eso las rapaces estaban inquietas. Habían percibido, antes que las personas, que se acercaba una multitud de hombres.

Jane se llevó las manos al vientre. Quedó transfigurada, inmóvil, como si sus pies hubiesen echado raíces en las tablas del suelo, y una mezcla de excitación y temor le aceleró el pulso hasta tal punto que creyó que iba a desmayarse. ¡A veces no entendía cómo había tenido la temeridad de acostarse con él!

Ahora, después de medio año, él estaba de regreso; ella sabía que, después de una separación tan larga, él sería como un extraño y ella tendría que reunir el coraje necesario para volver a enfrentarlo. Una parte de ella deseaba correr hacia él y darle la noticia, pero su timidez le impedía hacerlo ante cuatrocientos hombres.

En ese momento, el niño que llevaba en sus entrañas se movió y un grito escapó de los labios de la muchacha. Jane se apretó el vientre con las manos y se desplomó sobre un banco de madera para recuperar el aliento. Permaneció muy quieta, esperando que su preciosa carga hiciese una cabriola, pero todo movimiento había cesado; después de unos instantes, Jane se puso de pie con las piernas temblorosas, y bajó de la pajarera hacia el establo.

Su hermano Keith estaba absorto conversando con la mujer más bella que Jane hubiese visto jamás. Tenía el pelo del color de la luna, y su vestimenta era exquisita. Llevaba un vestido y, sobre él, una túnica de montar de color ámbar intenso bordada con hilos de oro.

Keith alzó la cabeza al oír acercarse a Jane.

–Mi hermana podrá ayudarla, señora. Tiene buena mano para curar.

Jane sintió el impacto de unos implorantes ojos verdes, del mismo color que los de lord De Warenne.

–Se lastimó una pata poco antes de llegar al castillo.

Jane pasó la mano por el flanco del palafrén, y la pequeña yegua negra relinchó, saludándola.

–Le agradas a *Sheba* –afirmó Jory.

–Todos los animales reaccionan así ante mi hermana, señora. Tiene un don especial.

Jane vio que los ojos de la dama la recorrían con curiosidad y se posaban un instante en su redondo vientre. Entonces, la miró a los ojos y las dos jóvenes sonrieron. Luego, Jane se puso en cuclillas y comenzó a masajear con suavísimas pasadas la pata de la yegua, aumentando poco a poco la presión hasta que su manipulación se convirtió en un masaje. Cuando se incorporó, Keith hizo andar a *Sheba* por el establo y Jory vio que la cojera había desaparecido.

–¡La has curado! –exclamó.

–No, milady, solo le he quitado el dolor. La yegua ha hecho un viaje muy largo... necesita descansar.

Jory tomó las manos de la muchacha.

–Te lo agradezco con todo mi corazón.

Keith dijo:

–La pondré en un pesebre, apartada de los otros caballos.

–Gracias a los dos. Más tarde, volveré a ver cómo está.

Jane siguió con la vista a la mujer de aspecto etéreo que se alejaba corriendo del establo.

–Es la hermana del señor. ¿Has visto sus ojos verdes?

Keith asintió.

–Incluso, he podido ver su aura; emana vitalidad. Papá quiere que encuentre lugar para todos los caballos. Te dije que volvería, Jane. ¿Lo has visto?

Jane negó con la cabeza y salió del establo tras él, caminando con lentitud. Sus ojos descubrieron de inmediato a Lynx de Warenne entre cientos de hombres. Montaba un gran caballo de guerra del color del carbón y vestía de negro. Era la figura más imponente que ella hubiese visto jamás.

Le invadió el pánico. Los meses de ausencia le hacían sentir que él era un extraño; ¡un extraño que le atemorizaba! Palpó su cabello sujeto en apretadas trenzas y se miró las ropas. Llevaba el vestido más sencillo que tenía, el adecuado para atender a las aves de caza en su jaula. En ese momento, recordó que había enviado las cortinas de su cama a la lavandería del castillo. ¿No era, acaso, propio de un hombre regresar cuando menos preparada se estaba para recibirlo? Resolvió escabullirse por una puerta trasera del castillo y retirar las cortinas de la lavandería antes de ser vista.

Jory y Alicia fueron recibidas por un fornido y moreno escocés que les dio la bienvenida a Dumfries. Jory lo miró de forma inquisitiva y le ofreció su mano. Él no se la llevó a los labios sino que la sacudió con energía.

–Señoras, tengo el grato deber de instalarlas.

Jory contuvo un malicioso retruécano y dijo:

–Es usted demasiado joven para ser Jock Leslie.

–Soy su hijo Andrew, el segundo mayordomo.

–Ah, mi hermano me ha dicho que los Leslie valen su peso en oro.

–¿Y su hermano, quién es? –preguntó Andrew, sonrojándose de placer.

–Su hermano es Lynx de Warenne, señor de este castillo –intervino Alicia–. Nos gustaría contar con las mejores habitaciones que Dumfries nos pueda ofrecer.

Jory se mordió el labio. Alicia Bolton no tenía la menor idea de que estaba hablando con el hermano de la dama con que Lynx se había unido en matrimonio a prueba... peor aún: no tenía idea de que Lynx había formalizado tal unión. Y pensó, con regocijo, que le esperaba una desagradable sorpresa.

–Si pudiera, me gustaría que mi habitación fuese lo más privada posible.

Ella necesitaría intimidad cuando Robert fuese a visitarla.

–Y yo necesitaré habitaciones cerca de milord –declaró Alicia, en un tono que era altanero y tímido a la vez.

La insinuación era transparente.

Jory vio que las cejas oscuras de Andrew Leslie se unían en el entrecejo, como si hubiese caído en la cuenta de que lord De Warenne había llevado a su ramera consigo a Dumfries. Dios de los cielos, ¿iría él corriendo a comunicarle la noticia a su hermana? ¡Ella y Alicia acababan de pisar el castillo y ya estaban causando problemas! Jory comprendió que debía distanciarse de Alicia Bolton.

–He notado que Dumfries tiene unas encantadoras torres. ¿Sería posible que me destinase una habitación en una de ellas?

Ella hablaba como si él fuese el hombre más importante sobre la tierra; para ella fue un alivio comprobar que, al menos por el momento, lo había distraído. La acompañó a la torre Lady, lo que Jory le agradeció con sinceridad. Luego, lo siguió con mirada preocupada viendo con cuánta rigidez acompañaba a Alicia, para «acomodarla».

Lynx de Warenne se pasó una mano por el pelo y estiró los músculos de los hombros. Estaba muy complacido con la eficiencia de su mayordomo. En menos de tres horas habían sido descargadas las carretas, almacenado el forraje, las armas y armaduras colgadas en la armería, los caballos estaban pastando y todos los hombres a su mando habían recibido un alojamiento apropiado.

–Bien hecho, Jock. La única cuestión pendiente es si podrá usted alimentarnos a todos.

–Las cocinas parecen colmenas con tanto ajetreo, milord, pero necesitaríamos algunos cocineros más –respondió Jock, con modestia.

–Puede reclutar alguno entre mis galeses. No están acostumbrados al ocio y además tienen buen apetito. Se ganarán el sustento.

Lynx emprendió la marcha hacia el río.

–Tal vez no tengamos bastante agua caliente para el baño de todos sus hombres, pero no dude de que tendremos suficiente para usted, lord De Warenne.

Lynx hizo un gesto con la mano, restándole importancia.

–Un rápido chapuzón en el Nith será suficiente, Jock. Lo más probable es que mi hermana haya usado hasta la última gota del agua de baño de todo Dumfries.

Cuando, por fin, Lynx entró en el castillo, Alicia lo abordó con un catálogo de quejas.

–Cierto idiota de cara agria me ha dado unas habitaciones equivocadas. Luego, el imbécil de tu escudero ha agravado la equivocación llevando mis baúles arriba, en lugar de llevarlas a la habitación vecina a la tuya ¡como yo le había indicado que hiciera! ¡Más aún: han ignorado todas y cada una de las órdenes que he dado en Dumfries!

–En ese caso, te sugiero que dejes de darlas –respondió Lynx, cortante.

–¡Oh! ¡Disfrutas maltratándome!

Sin alterarse, Lynx la tomó por la cintura, la levantó y la apartó de su camino.

–Alicia, esta noche duerme en la habitación que te han asignado.

–¡Quiero que informes a los sirvientes de este castillo quién soy! –insistió ella.

–¿No se te ha pasado por la cabeza tener un poco de discreción?

La insinuación dejó a Alicia sin habla. El tío de Lynx era el gobernador de Escocia. No cabía duda de que él tendría conciencia de lo importante que era y de lo importante que era ella, la dama elegida por él.

Lynx avistó a su escudero Taffy.

–Discúlpame, señora, tengo asuntos más importantes que atender –y, al tiempo que ponía distancia entre él y Alicia, musitó–: ¡Malditas mujeres! ¿Qué problemas ha creado la que tenías a tu cargo? –preguntó Lynx a Taffy.

–Ninguno, milord. Lady Jane no me ha causado ningún inconveniente. Es la dama menos exigente de todas las que he servido. Ya sabía cabalgar un poni y, como usted me ordenó, conseguí para ella una yegua purasangre; estoy seguro de que se sentirá muy complacido cuando vea cómo maneja a ese animal... bueno, cabalga mejor que yo.

–¿Una mujer que no sea exigente? –dijo él, esbozando una sonrisa divertida–. Esa es una idea original. Lamento poner fin a tu tranquila existencia, pero ya están aquí Jory y Alicia.

–Sí, milord, yo he subido el equipaje de ella.

–Pobre desgraciado, tienes la fuerza de un buey.

Taffy, sonrió.

–Me alegra que esté usted de regreso, milord. Hasta eché de menos a Thomas.

Lynx no pudo contener una carcajada.

–Pero, por el amor de Dios, no se lo digas: ya es lo bastante insufrible.

–He puesto sus cosas en la habitación, milord, y le he preparado ropa limpia.

–Gracias; me he bañado en el río con los soldados. Nos veremos en el salón.

Lynx subió la escalera de la torre principal. Entró en una de las habitaciones que había debajo de la suya y que pertenecían a Jane. Como estaba vacía, sin detenerse, siguió hasta las suyas. Satisfecho, paseó la mirada en derredor mientras se quitaba la ropa sucia. Era grato estar de regreso en Dumfries. Se convenció de que había hecho una buena elección al preferir a Escocia en lugar de Francia.

La responsabilidad de mantener la paz entre escoceses e ingleses no pesaba demasiado sobre sus hombros. De acuerdo con la experiencia de Lynx, los hombres eran hombres: cuando se los trataba bien, respondían del mismo modo, fuesen escoceses u hotentotes.

Se puso una túnica y calzas oscuras, luego se calzó unas botas negras, hechas con un cuero suave como el terciopelo. Se alisó hacia atrás el pelo mojado y lo sujetó con una tirilla de cuero en la nuca, luego eligió una pesada cadena de oro, una sortija con una esmeralda cabujón y su daga preferida. En ese momento, Lynx se dio cuenta de que estaba hambriento. Eligió una manzana ácida de un cuenco con frutas, la mordió con deleite y luego bajó la escalera que iba a las habitaciones de Jane. Una vez más, las encontró vacías. Se preguntó dónde estaría y traspuso la arcada para echar un vistazo en la otra habitación.

Jane estaba de pie sobre un taburete alto, de espaldas a él, colocando las cortinas limpias de la cama. Lynx, al verla, adoptó una actitud juguetona y se acercó sigilosamente a ella para sorprenderla. Ella estaba de puntillas para pasar la pesada tela por el anillo que sujetaba la cortina y él emitió un gruñido ronco y se abalanzó hacia ella:

–¡Te atrapé! –gritó, encerrándola en sus brazos.

Jane lanzó un chillido y, al levantar la vista, se encontró con unos endiablados ojos verdes. Su corazón empezó a latir con fuerza y su pulso se aceleró locamente.

Lynx clavó la vista en la redondez de su vientre.

–¡Por la gracia de Dios!, ¿estás embarazada? –exclamó, dejando caer la manzana, con las pupilas dilatadas por la sorpresa–. ¡Estás encinta!

–Sí, milord –respondió Jane, conteniendo el aliento, insegura de la reacción de él.

–¡Eso es maravilloso! Qué muchacha tan inteligente –dijo, echándose a reír de alegría, y Jane soltó el aliento y rió junto con él. De pronto, él se puso serio–. ¿Estás loca? –le reprochó, sintiendo ira y dicha al mismo tiempo–. ¿Cómo diablos se te ocurre estar sobre un banco poniendo en peligro a mi hijo! No debes dedicarte a esta clase de actividades mientras estés en ese estado. Los sirvientes son quienes deben ocuparse de estas faenas. Más aún: no debes realizar ninguna tarea hasta que nazca el niño.

Jane sintió que el resentimiento crecía dentro de ella al imaginar que le era arrebatada toda su libertad. Él estaba mostrándose demasiado autoritario al empezar a dar órdenes.

–Nosotros solo estamos unidos en un matrimonio a prueba; no estamos casados –le recordó–. No tienes ninguna autoridad sobre mí.

En el semblante de Lynx se dibujó una expresión de incredulidad.

–Tengo completa autoridad sobre ti. ¿Debo demostrártela, ordenando que guardes cama hasta que haya nacido mi hijo?

El resentimiento de Jane se mezcló con el pánico y comprendió que era preferible apaciguarlo en lugar de enfrentarse a él.

–No seas severo conmigo, milord. Me encuentro perfectamente, igual que el niño. No estará aquí más de tres meses.

El fugaz estallido de cólera de Lynx se transformó en preocupación. Con suavidad, la depositó en la silla grande y acercó un taburete cubierto con un cojín.

–Levanta los pies –dijo–. Me da la impresión de que el niño no es demasiado grande; ¿estás segura de que está bien? –y, sin esperar respuesta, ordenó–: Tienes que comer más –entonces, lo asaltó un pensamiento terrible–: ¡Dios Todopoderoso, ese tonto de Taffy te ha dejado montar a caballo! Ese demonio irresponsable no tiene idea del peligro que ha corrido el niño.

Lynx comenzó a pasearse por la estancia.

–Basta de equitación. Te haré construir una litera. Tienes que ser más cuidadosa... no debe sucederle nada a este niño.

–Lord De Warenne, te juro que el niño estará perfectamente.

Lynx dejó de pasearse y miró el rostro sincero de Jane.

–Debes pensar que soy el tonto más grande de la tierra.

–No, milord, pienso que eres el padre más preocupado del mundo.

Ante esto, él se echó a reír.

–¡Voy a ser padre! Si no se lo digo a alguien, voy a estallar. ¡Lo anunciaré en el salón!

Jane intentó ponerse de pie pero él la detuvo con la mano.

–No te fatigues, señora. Te haré enviar una bandeja. ¡Ya no andarás subiendo y bajando escaleras!

Jane no sabía qué diría o haría lord De Warenne cuando la viese, y por eso había temido y esperado su llegada. ¿Estaría contento con la noticia del hijo? ¿La abrazaría? Pero no había imaginado que él se mostrara tan ansioso ante una situación tan natural. Jane se sintió frustrada. ¡Él le exigía que comiera más, que dejara de cabalgar y que se quedase en su habitación con los pies levantados!

Trató de convencerse de que cuando él se acostumbrara a su embarazo, comprendería la irracionalidad de sus órdenes. Después de todo, Lynx de Warenne la había abrazado aunque eso lo había hecho antes de saber que ella llevaba dentro de sí a su hijo. Él había bromeado y gruñido como un lince, abalanzándose sobre ella. Jane suspiró. ¿Qué sentía al ver que el juego de seducción se había interrumpido con tanta brusquedad: alivio o desilusión? Hizo a un lado la pregunta y decidió bajar al establo a echar otro vistazo a la pata del palafrén.

Al mismo tiempo que deslizaba las manos hacia abajo, por la pata de *Sheba*, Jane musitaba el nombre de la yegua. Estaba tan abstraída en sus pensamientos que no vio a la dama que se acercaba y no advirtió su presencia hasta que ella le habló.

–Aún no me he presentado; tampoco te he preguntado tu nombre. A pesar de que tú has sido tan bondadosa con mi yegua. Soy Marjory de Warenne.

Jane se incorporó y vio que la hermana de Lynx le tendía su mano. Ahora, llevaba un vestido del color de las amatistas y a Jane le pareció aún más bella que antes.

–Mi nombre es Jane Leslie, milady.

–¿Jane Leslie? –exclamó Jory asombrada, examinando con sus ojos verdes a la muchacha de sencillo vestido que tenía ante sí. Por una vez en la vida, se quedó casi sin palabras. Su mirada se detuvo en el vientre de la muchacha y luego subió hasta el rostro de la joven y sonrió con ternura–. Jane, me siento muy feliz de conocerte. ¿Mi hermano sabe que va a ser padre?

–Sí; está loco de alegría ante la perspectiva de tener un hijo, pero quiere controlarme por completo. El niño lo es todo para él, mientras que yo no soy más que una yegua de cría.

–Oh, querida, estoy segura de que Lynx no te ve de ese modo. Eres joven y bella. Yo te ayudaré a que él llegue a considerarte deseable por ti misma –le prometió Jory–. ¡Pero, Jane; no deberías estar atendiendo a mi yegua. Eres la señora de Dumfries!

–No, no soy la señora, porque no soy de noble cuna. Y no estoy casada con tu hermano sino a prueba, un año y un día. Es una costumbre escocesa por la cual un hombre y una mujer viven juntos. Al final de ese período, deciden casarse o separarse –resolvió ser franca con Jory–. Yo nunca quise casarme. Esto es lo que me gusta hacer. Tengo el don de curar a los animales. *Sheba* tiene las patas débiles, pero con los ejercicios adecuados, puedo hacer que se fortalezcan.

Una vez más, Jory se quedó sin palabras.

–Cuán bondadosa y considerada eres, Jane –dijo, obedeciendo a un impulso–, ¿quieres que seamos amigas?

Jane asintió:

–Será una gran dicha para mí.

Los ojos de Jory despidieron chispas de alegría.

–Oh, querida, voy a convertirte en lady Jane.

Capítulo 15

Jory entró en el comedor acompañada por Alicia y Elizabeth de Burgh.

–Sentémonos aquí, no subamos hoy a la plataforma –propuso Jory, mientras los caballeros de Lynx se precipitaban a saludarla.

Alicia estuvo de acuerdo de inmediato. Puesto que Lynx la había tratado con tanta indiferencia, decidió responder con el mismo frío desdén. Tal vez él necesitara un rechazo de su parte para añorar su compañía.

Cuando llegó De Warenne, acompañado por una docena de caballeros y escuderos, todos reían. Llenaron la plataforma sin advertir, en ningún momento, que las damas estaban sentadas en otro lugar.

Al ver que al pescado seguían piernas de cordero asadas, Lynx se alegró de comprobar que, como de costumbre, su mayordomo se las había ingeniado y que no se había arredrado ante la aparición de más de cuatrocientos hombres hambrientos. Esa noche, Lynx estaba convencido de que no existía en la tierra un sitio mejor que Dumfries. Ya no dudaba del acierto de su matrimonio a prueba con Jane; ella había demostrado ser asombrosamente fértil.

Se sintió colmado por una gran sensación de bienestar que se extendió a todos los presentes en el gran salón. Por fin tendría un heredero y el niño nacería en Dumfries. Hizo una profunda aspiración de satisfacción, sintiéndose omnipotente. Lynx se puso de pie y alzó las manos pidiendo silencio.

Jory lo miró con afecto, pero se preguntó por qué Jane no estaba a su lado.

Alicia contuvo el aliento mientras contemplaba a Lynx. Era el hombre más atractivo que ella hubiese visto jamás; ahora, por añadidura, su tío era gobernador de Escocia y ahora era una presa codiciada. En ese mismo instante, cambió su propósito de tratarlo con desdén.

–Alzad vuestras copas; brindemos por Dumfries –proclamó, y se alzaron cientos de manos–. ¡Voy a ser padre!

Se desató una locura. Los hombres ulularon, silbaron y golpearon las mesas con el cabo de sus dagas.

Jory observó a su compañera de mesa, vio su expresión atónita, y murmuró:

–Alicia, estás dejando las marcas de tus dientes en la copa.

Alicia apoyó su copa con tanta fuerza que el vino se volcó sobre la mesa.

–¿Dónde está esa ramera? ¡Yo acabaré muy pronto con sus estratagemas!

Lynx bajó de la tarima y se acercó a la mesa que ocupaba la familia Leslie que, esa noche, estaba reunida en pleno. Todos los hombres lo secundaron en el brindis, luego Jock propuso uno por Lynx de Warenne.

Alicia dijo, entre dientes:

–¿Quiénes son estas personas? –Mirando, con los ojos entornados, a las mujeres de la familia Leslie.

–Jock Leslie es el mayordomo de Dumfries. Jane es su hija –informó Jory.

–¿Ha estado retozando con la hija de su mayordomo? Eso significa que solo es una criada –dijo Alicia, con desprecio.

–No es un simple revolcón; Lynx y Jane han celebrado un matrimonio a prueba.

–¿Matrimonio a prueba? ¿Qué diablos es eso?

–Es una honrosa costumbre escocesa según la cual un hombre y una mujer conviven un año y un día. Y, si se llevan bien, se casan.

–Costumbre honrosa, ¡un cuerno! ¡No es más que otra táctica de los hombres para meterse entre las piernas de una mujer! ¡Como si lord De Warenne fuese a casarse con una ramera!

–Pero, Alicia, no olvides que tú esperabas casarte con Lynx –recordó Jory con dulzura.

–¡Perra! Te crees muy graciosa, ¿no? Tú lo sabías y no has tenido la decencia de decírmelo. ¿Quién es?

–Oh, Jane no está aquí. Le han llevado la bandeja de la cena. Comparte la torre principal con Lynx.

Los caballeros que estaban a la mesa escucharon con ávida curiosidad la explosión temperamental de Alicia. Cuando se dio cuenta de que estaba montando una escena, se calló y comenzó a urdir planes en silencio.

Al parecer, todos y cada uno de los hombres habían acudido a felicitar a lord De Warenne, y a beber a su salud y a la de su futuro heredero. Cuando el sonido del salón se hizo ensordecedor, las acompañantes de Elizabeth de Burgh llevaron a la niña a acostarse. Poco después, Jory también subió la escalera; Alicia, en cambio, se quedó haciendo tiempo.

Había decidido aprovechar los consejos de Jory de Warenne y mostrarse dulce y razonable. El dicho asegura que pueden cazarse más moscas con miel que con vinagre; Alicia estaba dispuesta a intentarlo. Más aún, estaba dispuesta a hacer cualquier cosa. Esperó a que Lynx terminara de jugar a los dados, y cuando lo vio levantarse, deseosa de que se tambaleara a causa de lo mucho que había bebido, se acercó a él. Lynx se puso rígido cuando Alicia se acercó, pero ella ignoró el ademán y sonrió; mirándolo a los ojos, dijo:

–Felicidades, Lynx; me alegro por ti.

Lynx entrecerró los ojos.

–¿Te alegras, Alicia?

Ella le apoyó una mano en el brazo.

–Sé cuánto tiempo hace que deseabas un hijo. Esta noche pareces muy feliz... y si tú eres dichoso, yo también.

–Gracias, Alicia, eres muy comprensiva.

–Bueno, nosotros nos comprendemos, ¿no es así?

Ella vio que los ojos de él ya no estaban entrecerrados sino, al contrario, abiertos como los de un búho.

–Pensé que estarías...

–¿Celosa? –rió con suavidad–. Tu relación con la madre de tu hijo no tiene nada que ver conmigo... con nosotros.

–Eso es verdad.

Alicia tuvo ganas de arrebatarle la daga y clavarla en su helado corazón, en cambio, ensanchó su sonrisa. Acarició con sus dedos el brazo musculoso de él.

–Estoy aquí por ti, Lynx –rió, mirándolo a la cara, y bromeó–: De no ser así, ¿crees que soportaría esta tierra bárbara?

Ella le sugirió que volviera a su entretenimiento y, mientras se marchaba, echó una mirada por encima del hombro para asegurarse de que el sentido de su sugerencia fuese inconfundible.

En su habitación de la planta alta, Jane intentaba terminar la comida que le había llevado Taffy pero no lo conseguía. Hizo a un lado la bandeja y sacó sus piedras de jade y sus pinturas con la intención de calmar su excitación. Al oír que llamaban a la puerta, su corazón martilleó contra sus costillas y fue hasta la puerta sintiendo las piernas flojas, deseando que no se tratara de Lynx.

Se sintió muy aliviada al comprobar que se trataba de Marjory.

–Oh, pase, milady.

–Jane; si vamos a ser amigas, tienes que llamarme Jory.

–Tienes los ojos verdes, como Lynx.

–Ojos de gato. Los tuyos son mucho más bonitos; tienes ojos de cierva.

Jane recibía tan escasos cumplidos que no se lo creyó.

–Esta noche, Lynx anunció tu embarazo en el salón. ¿Por qué diablos no estabas junto a él?

–Con todos esos hombres... de todos modos, no creo que milord me quisiera a su lado.

–¡Tonterías, él te habría exhibido como a un trofeo: ya sabes cómo son los hombres! –replicó Jory, mirando a Jane a la cara–. No; tú no sabes cómo son los hombres. ¡Cómo voy a divertirme enseñándotelo!

–Milord me ha dicho que no debo fatigarme y me hizo traer la comida aquí. Dijo que, al parecer, el niño no es lo bastante grande y que debía comer más, pero no puedo terminarlo todo.

Jory observó los restos de comida.

–¡Por Dios, si hubieses comido todo esto, engordarías como un cerdo relleno de higos! No hagas caso de lo que diga Lynx; ¿qué sabe él?

–Pero tengo que obedecerlo –dijo Jane, resentida.

Jory se echó a reír, sin poder contenerse.

–¡Oh, qué boba eres! ¡Eres muy graciosa! Jane, ¿de dónde sacaste la idea de que tienes que obedecerle? –preguntó Jory, enjugándose las lágrimas de risa.

–Él es el señor, ostenta el poder.

–Eso es cierto, pero tú eres la señora; por lo tanto, también tienes poder. Debes hacerlo girar en torno de tu dedo. Los hombres no admiran a las mujeres dóciles y sumisas; los hombres de verdad, al menos. Admiran a las mujeres voluntariosas e, incluso, un poco caprichosas.

–Yo no me siento poderosa, Jory.

–Eso se debe a que no has ejercitado el poder. Veamos, ¿puedes ablandar a un potro hasta el punto de hacerlo comer de tu mano?

–Sin dificultad.

–Bueno, pues, piensa que Lynx es un potro.

Jane se echó a reír.

–Eso será bastante fácil.

–Muy divertido, además. Imagina que se trata de un juego –sugirió Jory.

–No sé jugar.

–¡Entonces, yo te enseñaré! A los hombres les encantan los juegos, y los juegan constantemente, tanto en sentido literal como figurado. A los dados, al ajedrez. Tomemos, por ejemplo, al rey: le encantan los juegos de guerra y disputar por los países.

Las piezas de ajedrez de mi tío John de Warenne son sus generales.

–Yo había creído que en los juegos se apostaba.

–En efecto, Jane. Los hombres son adictos a las apuestas. Les encanta ganar y aborrecen perder. Les atrae el riesgo.

Jane comprendía que la propia Jory debía de ser una atracción para los hombres.

–Tus ropas son tan hermosas...

–¿Las tuyas no?

Jane cedió a un impulso y le tomó la mano.

–Ven, te las mostraré –le propuso. Pasaron al dormitorio, y Jane abrió su armario y le mostró a Jory sus dos vestidos de lana–. Esto es todo lo que tengo. Antes de que Lynx se marchara, dejó órdenes de que las costureras me hicieran algunos vestidos nuevos.

Jory observó el vestido de Jane. Era cierto que la tela era de buena calidad, pero el color y el estilo dejaban mucho que desear.

–Yo diseño mi propia ropa, elijo los colores; tú puedes hacer lo mismo.

–No podría.

Jory puso un dedo sobre los labios de Jane.

–Repite conmigo: ¡Quiero y lo haré!

–Quiero y lo haré –susurró, Jane, titubeando.

–Y ahora, vuelve a decirlo, pero poniendo los brazos en jarras para darle más fuerza.

–¡Quiero y lo haré! –repitió Jane, luego se deshizo en carcajadas.

–¡Magnífico! Ahora bien, ¿qué colores te agradan?

–Me gustan los que tú llevas.

–¿Amatista? Sí, este color se vería adorable con tu pelo rojo dorado. Jane, tú podrías usar colores diferentes; el amarillo, por ejemplo. A mí me sientan mejor los colores pastel, pero tú debes usar tonos intensos, como los de las piedras preciosas. ¡Imagínate con una prenda azul zafiro!

–No podría.

Los ojos de Jory lanzaron un relámpago de advertencia.

–Quiero y lo haré –afirmó Jane, con una sonrisa que dejó ver sus hoyuelos–. ¡Oh, ojalá mi pelo fuese tan bonito como el tuyo!

–Tal vez lo sea, pero nadie lo sabría si lo torturas con esas trenzas tan apretadas. Tienes que dejarlo suelto. ¿Es tan largo como el mío?

–Más largo, pero yo no pod... Quiero y lo haré –corrigió Jane–. Jory, es fácil decirlo pero difícil hacerlo.

–En absoluto. Con mi ayuda, te transformarás en un par de días. ¡Cuando vayas a acostarte serás Jane, pero cuando abras los ojos por la mañana, serás lady Jane!

Jane dejó de reír.

–Acostarme... –murmuró–. ¿Qué hora es?

Marjory entendió que, al pensar en Lynx, todos los pensamientos habían desaparecido de la mente de Jane.

–Esta noche, cuando llegue Lynx –advirtió Jory–, estará bastante ebrio. Ya sabes cómo son los hombres cuando han bebido demasiado –dijo, mirando a Jane–. No, no lo sabes. Se muestran extremadamente amorosos pero incapaces.

Al ver la expresión confundida de Jane, explicó:

–¡La única cosa que crece son los ronquidos!

Para Lynx era una cuestión de honor resistir de pie más tiempo que sus caballeros y sus soldados. Y, como era de imaginar, los ingleses se esforzaron por beber más que los escoceses, lo que era imposible. Pasada la medianoche Lynx se encaminó hacia la torre principal. A mitad de camino, cayó en la cuenta de que iba a molestar a Jane, y era muy importante que la futura madre descansara. Qué desconsiderado era.

Con cuidado, Lynx hizo un giro de ciento ochenta grados. Trató de recordar dónde estaba el cuarto de Alicia.

–Claro, está en el ala oeste –musitó, golpeándose la frente con la palma de mano–. ¿Cómo pude olvidarlo, después de lo mucho que se quejó?

–Lynx –dijo Alicia con suavidad.

Ya casi había dado por perdida la esperanza y, ahora, sintió brotar en ella una petulante satisfacción.

–Alicia.

–Entra, querido. Te he echado mucho de menos.

Como él parecía haber echado raíces, ella tiró de él haciéndolo trasponer el umbral y cerró la puerta. Lynx se apoyó contra la puerta para sostenerse y ella se refugió en sus brazos. La lujuria despertó en él y, bajándole el vestido por los hombros, le besó el cuello.

–Hace calor.

–Bueno, ya sabes cómo solucionar eso –dijo Alicia, quitándole el cinturón de la daga, tomándolo de la mano y llevándolo hacia una silla–. Permíteme que te quite las botas.

–Eres muy generosa, Alisha –dijo él, con lengua estropajosa, y extendiendo las manos hacia los pechos de la mujer.

–¿Más generosa que la madrecita? –preguntó, altanera, empujándolo para sentarlo en la silla.

–No vamos a hablar de Jane –replicó él, rígido.

Alicia tuvo deseos de arrancarle los ojos con las uñas. Se dio la vuelta y clavó la vista en el fuego, tratando de controlar su ira y su afilada lengua. Aspiró una profunda bocanada y se quitó el vestido dejando que se deslizara por su cuerpo hasta que la suave prenda formó un montón a sus pies. Sabía que la luz del fuego daría a su piel un tono dorado.

Un ruido a sus espaldas la obligó a volverse y clavó en Lynx una mirada de horror. Su cabeza había caído hacia atrás y sus ronquidos resonaban en la habitación.

Aunque Lynx se había ido antes del primer canto del gallo, los criados de Dumfries sabían que lord De Warenne había pasado la noche con su amante. La propia Alicia se había encargado de que Marjory supiera en qué habitación había dormido su hermano.

–Me sorprendes, Alicia. ¿A pesar de todo lo que había bebido, lo dejaste entrar en tu habitación?

–Fue muy insistente y cariñoso.

–Puedo imaginármelo –dijo Jory con dulzura y sin rastros de sarcasmo.

Jory supo que debía decírselo a Jane antes de que se enterara por alguna lengua maliciosa. Y, aunque se disponía a desayunar, se disculpó ante Alicia y regresó a su habitación. Jory abrió su armario, escogió media docena de prendas y las llevó a la torre principal.

Taffy entró en los aposentos de Jory llevando entre las manos la bandeja del desayuno. Esta lanzó un exagerado suspiro.

–He sido sustituida en tus afectos.

–Sí, milady –confesó Taffy, sonrojándose–. Quiero decir que no, milady.

–Estás perdonado; yo también le he entregado mi corazón a ella.

Jory golpeó la puerta antes de entrar.

–Buenos días, lady Jane, te he traído algunos vestidos.

Al ver las hermosas prendas, Jane contuvo la respiración. Había un vestido de color lavanda, de los que se usaban debajo de otra prenda, con una túnica de intenso color magenta, otro vestido de color albaricoque y otro turquesa.

–No puedo aceptarlas –objetó Jane, aunque su expresión revelaba lo contrario.

–Sí puedes. Las pondré en tu armario –repuso Jory con firmeza, desapareciendo por la arcada.

Las hermanas de Jane entraron sin llamar. Mary se sirvió comida de la bandeja mientras Kate preguntaba, socarrona:

–¿Cómo fue el reencuentro? ¿Te tuvo levantada toda la noche?

–Mi señor no ha venido –dijo Jane por lo bajo.

–¡Porque ha pasado la noche con su querida! –informó Kate.

Jory cruzó la arcada como una exhalación, con sus ojos reluciendo como hielo verde a causa de la cólera.

–¡Milady! –exclamó Kate, haciendo una reverencia.

Mary se apresuró a tragar un bocado, tratando de no ahogarse, e imitó a su hermana.

–Buenos días, milady.

–Estas son mis hermanas, Kate y Mary.

–Buenos días –saludó Jory con frialdad–. ¿Por qué hacen genuflexiones ante mí?

Mary echó una mirada a Kate.

–Por respeto, milady.

–¿Y por qué me respetáis? –preguntó Jory en tono dulce.

Las hermanas intercambiaron otra mirada.

–Porque es usted la hermana de lord De Warenne.

–Os explicaré una cosa. Esta es la dama de lord De Warenne. Jane es la futura condesa de Surrey. Deberíais arrodillaros ante ella. ¿Acaso tenéis idea de la influencia que puede ejercer sobre vosotras y vuestras familias? Pensad en el futuro de vuestros hijos. Ella podría obtener puestos en la corte para ellos y buenos matrimonios para vuestras hijas. Lo único que tenéis que hacer es respetar a lady Jane. Kate, podrías comenzar por llamar y esperar a recibir permiso antes de entrar en su habitación. Mary, tú puedes ir a la cocina a tomar tu desayuno, o al salón, pero no debes volver a tocar la comida de Jane –dijo Marjory, y sonrió–. Gracias, eso es todo. Ah, de paso, anoche, lady Jane rechazó a mi hermano porque había bebido tanto que no podía con sus piernas. Durmió en otra habitación porque no tuvo más remedio.

Kate y Mary salieron en silencio.

–Oh, Jory, ¿tiene una querida en el castillo?

–Jane, todos los hombres tienen queridas... Alicia es apenas una costumbre, una vieja costumbre.

–Alicia... –pronunció Jane en voz queda.

–Alicia Bolton. No significa nada para él. Lynx te ha elegido como madre de su hijo y no a una ramera como Alicia.

Jane se desplomó en una silla al recordar las palabras del propio Lynx de Warenne: «Yo necesito un heredero; ese es el motivo por el que quiero este matrimonio a prueba». Él había sido muy claro y ella sabía, desde el principio, que se trataba de un acuerdo de conveniencia. Y si bien habían compartido una cama y gozado con sus cuerpos, él no había hablado de amor ni de cariño. No se había mencionado el tema de la lealtad y de la fidelidad.

–Soy una tonta –admitió Jane–. Ese aspecto de su vida no tiene nada que ver conmigo.

Su tono era tan abatido que el corazón de Marjory se conmovió.

–Tú lo quieres, ¿no?

–Sí, lo quiero.

Jane cerró los ojos y vio su imagen a través de los párpados.

–Oh, querida, no debes permitir que él sepa, nunca, el secreto de tu corazón. Ante él, tienes que parecer indiferente. Ningún hombre es capaz de aceptar el desinterés de una mujer. Así, pronto tendrás a ese potro comiendo de tu mano.

CAPÍTULO 16

En una pequeña dehesa situada detrás de las caballerizas, Jane había instalado una plancha de madera a unos diez centímetros del suelo y atado un cabestro al bozal de *Sheba* y hacía saltar a la yegua por encima de la barrera.

–Este ejercicio le fortalecerá los músculos de las patas –explicó Jane.

–Ahora que me has demostrado cómo hay que hacer para ayudarla, podré hacerlo por mí misma –decidió Jory.

–No debería usar este vestido tan delicado para atender a los animales.

–Tonterías, puedes encargarte otro. Para una mujer, nada es más importante que estar bella en todo momento.

Jane se sentía hermosa por primera vez en su vida. Se había cepillado el cabello y lo llevaba recogido con una cinta de color albaricoque, al igual que su vestido.

–Pero es poco práctico.

–Necesitarás que una criada se ocupe de tu ropa. La joven Elizabeth de Burgh tiene dos doncellas. Yo también necesitaré una, teniendo en cuenta que voy a quedarme aquí una buena temporada.

Del establo salió una alta silueta que se encaminó hacia ellas con pasos decididos.

–¿Qué diablos estás haciendo? –quiso saber lord De Warenne, imponiéndose a Jane con aire amenazador.

–Bu... buenos días, milord. Estoy trabajando con el palafrén de Jory para fortalecer los músculos débiles de sus patas.

Él la miró, atónito.

–¿Te has vuelto loca? Estás esperando un hijo: no puedes trabajar con animales en un estado tan delicado.

El primer impulso de Jory fue precipitarse a la defensa de Jane, pero se contuvo, aunque con dificultad.

–No corro ningún peligro, milord.

–Me refiero a mi hijo.

Esas palabras dolieron a Jane.

–Tu hijo no corre ningún peligro. He trabajado con animales toda mi vida.

–Bien, señora mía, ya no trabajarás más –dijo él, implacable.

Tras mirar a Jory fugazmente, Jane alzó el mentón y afirmó:

–Quiero hacerlo y lo haré.

Jory ahogó una exclamación.

Sin pronunciar palabra, Lynx alzó a Jane en sus brazos. Con expresión torva, miró de reojo a su hermana.

–¡Ella ya es lo bastante respondona sin necesidad de que tú la incites!

Cruzó la dehesa a grandes zancadas en dirección al establo y no se detuvo hasta llegar a la torre principal.

Con sus brazos rodeándola, Jane sintió que un estremecimiento le recorría la espalda. Y aunque el rostro de él estaba ensombrecido por la ira, ella sabía que no corría peligro en tanto llevara dentro de sí su preciosa carga. Por eso, se atrevió a acusarlo:

–¿Por qué estás tan furioso conmigo? Corro más peligro por tu enfado que por la yegua de Jory.

–No pensarás que haría daño a mi hijo, ¿verdad?

Jane ladeó la cabeza y puso sus brazos en jarras.

–No pensarás en serio que haría daño a mi hijo, ¿verdad?

Lynx la miró, exasperado. Se mostraba más desafiante que de costumbre y, de repente, un pensamiento le cruzó la cabeza.

–¡Estás enfadada porque has estado oyendo rumores!

–Lord De Warenne, no estoy enfadada contigo... no provocas en mí ninguna clase de emoción.

Lynx la contempló, boquiabierto. Su mirada fue atraída por la redondez de su vientre bajo la seda color albaricoque. «¿Será cierto?», se preguntó.

–¿No has oído ningún rumor?

La boca de Jane dibujó una media sonrisa.

–Oh, sí, he oído murmuraciones, mi querido señor, pero no me interesa lo que hagas con tu amante.

La risa de ella lo enfureció. Los ojos de Lynx se entrecerraron.

–¡Una de las cosas que exijo de una esposa es obediencia!

–Nosotros aún no estamos casados, milord.

Lynx se esforzó por controlarse. No había mujer en todo el mundo que no quisiera quedarse con la última palabra, y él estaba decidido a no permitírselo. Sus ojos verdes se convirtieron en hielo.

–Y es muy poco probable que lo estemos alguna vez, señorita Leslie.

Él la depositó en la habitación y salió de la estancia dando un portazo. Al instante, apareció Jory.

–Has estado muy bien, Jane.

–Me siento desgraciada. Ha sido muy frío conmigo, Jory.

–Tal vez te haya parecido frío, pero el hecho de que diera un portazo revela lo contrario.

–Dijo que nunca se casaría conmigo.

–Por supuesto que se casará contigo. Quizás el matrimonio a prueba sea una costumbre honorable para un escocés, pero no para un inglés. Lo que más quiere Lynx en esta vida es tener un hijo legítimo. Claro que, cuando te lo pida, deberás negarte.

Jane se enjugó una lágrima.

–¿Por qué?

–Los hombres anhelan lo que no pueden tener. ¿Qué quieres: que Lynx se case contigo por el niño o por ti misma?

–Jory, conoces la respuesta.

–En ese caso, tienes que convertirte en un desafío para él. Recházalo, y revolverá cielo y tierra para conquistarte.

–¿Crees que debería recoger mis cosas y regresar a mi casa?

–Oh, no. Reserva esa carta de triunfo para más adelante y, hablando de juegos, tengo que enseñarte a jugar al backgammon y al ajedrez. Tienes que convertirte en una experta en juegos de mesa; así podrás dejarlo ganar.

En la cara de Jane se formaron un par de hoyuelos.

–Eso no tiene sentido.

–Tiene sentido, porque habrá ocasiones en que será importante que él pierda. Todo depende de lo que esté en juego –dijo Jory, descolgando el laúd de la pared–. También te enseñaré música. Debes saber entretener a un hombre en una larga noche de invierno.

Jane recordó aquella primera vez, cuando Lynx se encontraba con ella en estas hermosas habitaciones y le preguntó si sabía jugar al ajedrez o tocar algún instrumento musical.

–Oh, gracias, Jory. Lynx ya me ha enseñado los nombres de las piezas, ¡y si dedicases un poco de tu tiempo para enseñarme a jugar, te estaría muy agradecida!

Lynx inspeccionó los nuevos rebaños de ovejas y vacas y pensó que debería haber más pero, cuando supo que Ben y Sim Leslie habían llevado a la mayoría de los animales a pastar en las Uplands, se quedó satisfecho con la cantidad. Pasó horas con David Leslie en la despensa, haciendo un inventario de las provisiones que había en Dumfries y tomando nota de lo que faltaba. Designó a Keith Leslie para que escogiera a los caballos que necesitaban un cambio de herraduras y los llevase a la herrería.

Thomas ya estaba en la fragua, haciendo reparar y limpiar la armadura y las armas de De Warenne. Era preciso revisar cada una de las piezas del equipo; no era poca cosa, teniendo en cuenta que se trataba de casi quinientos hombres. Lynx destinó una construcción de piedra como matadero, y puso a cargo de él a sus galeses. Ellos sabían que debían curtir el cuero de cada animal que se mataba y que debía usarse ese cuero para fabricar botas, arneses y muchos otros elementos necesarios.

Mientras se bañaba y se cambiaba de ropa para bajar a cenar, el ánimo de Lynx era magnífico. Su enfado se había esfumado.

¿Cómo podía estar disgustado con la mujer que había cumplido su deseo? Había resuelto que esa noche ella debía estar presente en el comedor, a su lado, para que las habladurías cesasen. Lynx abrió la puerta para llamarla, pero luego pensó que era preferible no hacerla subir las escaleras y bajó a su habitación.

Su mirada se posó en primer lugar sobre su hijo y luego en el rostro de ella.

–¿Estás bien?

–Sí, milord.

–Tenía entendido que las mujeres, cuando estaban encintas, sentían náuseas.

Jane se alegró de que él no la hubiese visto los dos primeros meses, cuando el olor de la comida bastaba para darle bascas. De haberla visto, habría ordenado que se quedara en cama.

–No tengo náuseas –dijo, sonriendo.

–Bueno, entonces, cenarás conmigo en el salón.

Por el semblante de la muchacha pasó la sombra de una duda que no escapó a la observación de Lynx.

–Jane, es un castillo habitado por hombres: sencillamente, tendrás que acostumbrarte a nosotros.

–Eso mismo dice tu hermana Marjory.

–A veces, censuro a Jory porque es impulsiva; sin embargo, ella es un buen modelo para ti. Es diestra en todas las artes femeninas y siempre está de buen humor.

Jane bajó la vista para ocultar su hilaridad. Si él supiera la mitad de las cosas que Jory le había aconsejado que hiciera... ¡echaría a su hermana de Dumfries!

Lynx la hizo sentarse a su izquierda y compartió con ella su tabla para trinchar. Cortó la carne con su cuchillo y escogió los trozos más suculentos para ella.

Jane se sintió halagada, hasta que cayó en la cuenta de que no lo hacía para complacerla a ella sino para asegurarse de que su hijo recibiera lo mejor. Su error de apreciación la hizo sonreír y comió la carne. También ella quería lo mejor para el pequeño.

Lynx la instó a probar de todo y ella hizo lo que pudo. Si bien él se esforzaba por encontrar temas de conversación, Jane pronto descubrió que todos conducían de nuevo al niño, que era lo único que tenían en común.

Desde su lugar sobre la tarima, Lynx paseó la mirada por el salón atestado y comprobó que todas las miradas estaban clavadas en él y Jane. Al cederle a ella el lugar de honor y demostrar el respeto que le merecía, lograría que todos los presentes hicieran lo mismo. En bien de las apariencias, esa noche Lynx no podía demorarse en el salón. No tenía otra alternativa que acompañar a Jane a sus habitaciones.

Cuando él entró tras ella en la estancia después de cerrar la puerta, a Jane se le aceleró el pulso. Hizo una profunda inspiración y se esforzó por recordar todos los consejos de Jory. Divisó los juegos de mesa y le propuso:

–¿Te gustaría jugar algún juego de mesa, milord?

–¿Ajedrez? –preguntó Lynx esperanzado.

–Por Dios, no, todavía no estoy preparada para jugar al ajedrez, pero lo intentaré con el juego del zorro y los gansos, si tú me ayudas.

Jory le había dicho que a los hombres les encantaba que se les pidiera ayuda. También, que preferían ser el zorro, y usar todo su ingenio contra los numerosos gansos de su rival.

Jane puso el zorro sobre la palma de su mano y se lo ofreció.

–Yo elijo los gansos.

Lynx se había apoderado de dos de ellos antes de que ella le pidiera consejo. Él le señaló que otras dos piezas de ella corrían peligro y ella impidió que él las tomara. Pero, poco a poco, el astuto zorro superó en ingenio a los tontos gansos y él se apoderó de muchas más piezas que las que ella conservaba. Tal como le había aconsejado Jory, era el momento de dejar caer una de sus piezas sobre la alfombra.

Cuando Jane se inclinó para recogerla, la mirada de Lynx se posó sobre sus pechos. Ella se inclinó más, para que viera aún mejor. Un instante después, él hacía caer, furtivamente, otra pieza por el borde del tablero.

–Yo la recogeré, milord –se ofreció ella, gentil, al tiempo que se inclinaba para ofrecerle lo que él deseaba.

Aunque él nunca hubiese visto los pechos de Jane, notaba que ahora eran mucho más grandes, voluptuosos. Imaginó qué aspecto tendrían y un cosquilleo recorrió sus manos al pensar en tocarlos.

Jane movió con habilidad su ganso y levantó al zorro de Lynx.

–Lord De Warenne, has sido muy bondadoso al permitirme ganar –dijo, apoyándole los dedos en el brazo–. No deberías ponérmelo tan fácil, sino hacer que fuera más duro para mí.

El miembro de él empezó a hincharse, y se removió, incómodo. «Ella no tiene ni idea de que está provocándome.»

Por supuesto, Jane sabía exactamente lo que había dicho, aunque no tuviese idea del efecto de sus palabras. Volvieron a jugar y Lynx se hizo de nuevo con el control, tanto sobre el juego como sobre su cuerpo. Por un momento de lujuria, no iba a correr el riesgo de dañar a su hijo. Debería saciar las necesidades de su cuerpo en cualquier otro sitio.

Marjory había enseñado a Jane cómo sacudir el tablero y hacer que las piezas se desparramaran cuando estaba perdiendo, pero a Jane no le importaba perder con él. De súbito, el niño pateó y ella contuvo un involuntario suspiro.

–¿Qué ocurre? ¿Te duele? –preguntó Lynx.

–No... No, por favor, no te asustes. Es que el bebé se ha movido y me cogió de sorpresa.

–¿Eso es normal? –preguntó él, preocupado.

–Completamente normal, por lo que me ha dicho mi abuela. Cuanto más se mueve, más sano está.

Lynx levantó el tablero que se interponía entre los dos y lo hizo a un lado. Le tendió la mano.

–Ven.

Jane arqueó las cejas en señal de interrogación.

–Ven conmigo.

Él separó los muslos y ella, aunque dudosa, se situó entre ellos. Él puso su mano sobre el vientre de ella y esperó. No sucedió nada.

La miró, con expresión expectante, y ella se sonrojó intensamente. ¿Acaso creería que ella podía hacer que sucediera? Entonces, sintió una sacudida y, por la expresión de Lynx, supo que él también la había percibido. De pronto, el niño dio otra patada y el deleite de Lynx se reflejó con claridad en su rostro.

–¡Me ha pateado! –exclamó, transportado por la maravilla de poder sentir de verdad a su hijo. Escudriñó el rostro de ella–. ¿Qué crees que será, niño o niña?

–No tengo ni idea, milord, aunque existen numerosas teorías para predecirlo ninguna es infalible.

–¿Por ejemplo? –la instó él, fascinado.

–Bueno, algunas mujeres afirman que si siempre se sienten náuseas y el niño patea continuamente significa que es un varón; si no causa inconvenientes, es niña.

–Las mujeres dicen esas cosas porque están en contra de los hombres.

–Otra manera consiste en colgar una pequeña piedra sobre el niño. Si el péndulo se balancea de atrás hacia delante es que se trata de un varón; si se mueve en círculos, es mujer.

–Esos son engaños supersticiosos –desdeñó él.

–¿Aún conservas el lince que te di?

Él asintió y metió una mano dentro de la chaqueta.

–Te ha mantenido a salvo.

Él abrió la boca para refutar el poder del amuleto y Jane, anticipándose al argumento, le puso un dedo sobre los labios.

–El lince es muy especial para mí.

Él se tragó las palabras, se quitó el lince del cuello y se lo puso a ella pasándolo por su cabeza.

–Y ahora, te mantendrá a salvo –dijo con firmeza.

El talismán con el lince pintado quedó entre los pechos de Jane y el deseo se agitó de nuevo en Lynx. Apartó su mano de ella con brusquedad, como si se hubiese quemado. Se puso de pie e hizo una cortés reverencia, con modales tan rígidos como su cuerpo.

–Necesitas descansar. Gracias por una velada tan agradable. Buenas noches, milady.

–Buenas noches, milord.

Mucho después de que él hubiese desaparecido en la planta

alta, Jane seguía sintiendo el calor de su mano. Alzó el talismán con el lince y contempló sus ojos verdes.

–Gracias –murmuró.

Imaginó que la piedra retenía el calor del cuerpo de él cuando la apoyó sobre su mejilla. Lanzó un suspiro de añoranza y fue al armario para sacar de allí la bata negra de terciopelo de Lynx; como no podía tenerlo a él en su cama, la bata sería un sustituto.

En cuanto Jane se durmió, soñó que corría por el bosque, con el lince saltando a su lado. Ninguno de los dos se paró hasta llegar a la orilla del estanque. Se detuvieron juntos, y la mano de Jane se apoyaba sobre la melena dorada de él. Se zambulleron en el agua, nadando codo con codo, unidos por un invisible poder místico. Y de repente, se produjo una transformación mágica. El lince se convirtió en un hombre que la levantó en sus brazos y la sacó del agua, lord De Warenne, quien la besó profundamente, como profunda fue su posesión.

En su gran lecho, Lynx yacía inmóvil con la mente llena de imágenes de su hijo. Trató de pensar en un niño, después en una niña, y se convenció de que era imposible visualizar una imagen verdadera. Lo único que en realidad importaba era que fuese un niño sano. Lynx estaba extasiado de haberlo sentido moverse. De pronto, deseó haber desvestido a Jane para poder tocar su vientre desnudo. Y también compartir la cama con ella para estar toda la noche junto a su hijo.

Lynx apartó las mantas y sus pies tocaron el suelo. Iría con ella. Sin embargo, algo le hizo vacilar. Sería egoísta interrumpir su sueño. ¿Qué diablos le pasaba? Lo mejor que podía hacer por el bien de su hijo era casarse con su madre. A la mañana siguiente haría los preparativos de rigor. Y, tras tomar una determinación, se dio la vuelta en la cama y se quedó dormido.

A la hora del desayuno, Jane bajó al comedor a instancias de Jory.

–No debería sentarme a la mesa que está sobre la tarima si lord De Warenne no me invita a ello.

–Estás equivocada, Jane: ese es tu lugar –dijo Jory, abriendo la marcha hacia la plataforma.

–Siéntate a mi lado –imploró Jane.

Se sentó y vio que Lynx entraba en el comedor con su padre. Y que una mujer se le aproximaba y le tocaba el brazo con gesto posesivo.

–Oh, no –murmuró, desdichada–. ¿Es Alicia la que está con mi señor?

–Sí, y ella no suele levantarse tan temprano –dijo Jory con sequedad.

–No me imaginé que fuera una mujer tan alta, esbelta y hermosa.

–No es esbelta, es huesuda, no tiene pechos que valgan la pena y dista mucho de ser hermosa.

–Su cabello es rubio –dijo Jane, desesperanzada y convencida de que a Lynx le atraían las mujeres rubias.

–No es rubia natural, es de cabello castaño arratonado –insistió Jory.

–Es encantadora –contradijo Jane.

Alicia Bolton vio a Lynx subir a la plataforma. Lo primero que hizo fue tomar las manos de Jane y alzarlas para darle sendos besos de cortesía.

Alicia entornó sus ojos evaluando a la muchacha. Era menuda y pelirroja, rasgos que no eran deseables en una mujer. Por otra parte, era ofensivamente joven. La mirada de Alicia se posó en el vientre de Jane y se estremeció. Todavía no estaba muy hinchada, pero en un par de meses su vientre sería repugnante. Nada producía tanto rechazo en Alicia como la preñez. «Es preferible que sea ella y no yo», pensó con malevolencia. En ese mismo instante, Alicia decidió que no permitiría que esa muchacha se convirtiera en una amenaza para ella. Observaría, escucharía y, tarde o temprano, hallaría la forma de destruirla. Ya lo había hecho antes, y con hábiles cortesanas. Esta pequeña sierva no rivalizaría con ella.

Espero que hayas pasado una buena noche, Jane.

–Sí, gracias.

Las mejillas se le encendieron. Sus sueños habían sido maravillosos pero ahora, al ver a Alicia, dudaba de que su fantasía nocturna fuese a convertirse en realidad.

Lynx le entregó un plato con comida.

–Come cuanto puedas. Que el niño crezca fuerte y sano.

«Cada vez que me mira lo único que ve es el niño.»

–He hablado con tu padre acerca de la boda. Tengo pensado hacer una cacería de dos días para asegurarme de que el banquete matrimonial no vacíe las despensas; luego podremos realizarla.

El corazón de Jane golpeó contra sus costillas.

–Sí, milord –dijo, sintiendo que Jory le daba un puntapié por debajo de la mesa–. No, milord.

Dejó de comer y unió las manos sobre el regazo.

Lynx le sonrió con amabilidad.

–¿Qué hay, milady?

–Necesito hablar contigo a solas, lord De Warenne.

La sonrisa amable se repitió.

–Tendrás que acostumbrarte a llamarme Lynx.

–Sí, milord –murmuró ella.

–¿Tienes algún problema, Jane?

–No, milord, no tengo ningún problema –respondió con suavidad, mientras una sonrisa jugueteaba en sus labios–, pero tal vez lo tengas tú.

Capítulo 17

–¿Qué has dicho? –preguntó Lynx con suavidad, con lo cual su voz sonó mucho más amenazadora que si hubiese gritado.

Estaban en la torre principal y Jane, de pie ante él, deseó estar a mil kilómetros de allí.

–No me casaré contigo... –el terrible silencio se estiró tanto que ella se asustó y agregó– ... todavía.

El semblante de De Warenne adquirió una expresión tan dura que parecía tallado en piedra. Caminó alrededor de ella, examinándola desde todos los ángulos.

–¿Es así, o es que el hijo que llevas dentro no es mío? –preguntó, de forma brutal.

–Lo es, milord.

–¿Acaso no me uní a ti en matrimonio a prueba, con la condición de que si quedabas embarazada me casaría contigo?

–Así es, milord.

–Estoy seguro de que serás una madre excelente.

–Gracias, milord.

–También estoy convencido de que serás la esposa adecuada.

La palabra «adecuada» lastimó a Jane.

–¿Acaso estoy olvidándome de algo? –preguntó él, todavía cortés.

–Sí, milord –respondió ella, y tuvo que arquear el cuello para poder mirarlo–. Un matrimonio a prueba dura un año y un día. El matrimonio puede realizarse antes de que concluya el año siempre que las dos partes estén de acuerdo en ello.

–¿No crees que pueda ser un esposo adecuado para ti? –preguntó él, incrédulo.

–Oh, sí lo creo, milord.

–Entonces, por el amor de Dios, ¿cuál es tu objeción?

Jane tragó con dificultad. Él no era una persona paciente; era obvio que su paciencia estaba agotándose.

–Tal vez te baste con ser adecuado, lord De Warenne, pero a mí no.

Lynx le clavó la mirada como si hubiese dicho una obscenidad. Durante un momento, se quedó tan estupefacto por la respuesta de ella que no pudo hablar.

Por dentro, Jane se sentía debilitada. «Al fin, se fija en ti y no en el niño», se dijo.

–Soy de noble cuna, poseo riqueza y tierras, he heredado un condado, te he ofrecido casarnos algún día y convertirte en condesa, ¿y, a pesar de todo, no me encuentras adecuado? –exclamó, sus cejas unidas en señal de haber sido ofendido en su orgullo–. ¿Qué otra cosa puedes desear de un esposo?

Jane alzó el mentón y sus miradas se encontraron.

–Quiero afecto, amor, respeto por parte del esposo que esté dispuesto a compartir su vida conmigo.

Lynx de Warenne la miró de hito en hito, azorado. Ella tenía más orgullo que cualquier dama de nacimiento noble y sabía lo que quería.

Jane bajó la mirada y dijo con suavidad:

–No puedo casarme contigo aún. Quisiera tener más tiempo, milord.

–Por favor, lady Jane, tómate todo el tiempo que necesites.

Le dedicó una burlona reverencia y se encaminó hacia el cuarto situado junto al gran salón. Jock le informó que se habían desatado algunas disputas de menor importancia en Dumfries entre los caballeros ingleses y los escoceses durante su prolongada ausencia, y él había decidido celebrar una audiencia para escuchar las quejas. Jane lo irritaba más de lo imaginable. Su rechazo a casarse con él de inmediato le había dolido. Cualquier mujer se habría sentido alborozada ante una oferta de matrimonio como la suya. En cambio, Jane era tan poco mundana que la riqueza y los títulos no significaban nada para ella. Al parecer, no otorgaba importancia al hecho de que, casándose con él, pasaría de la servidumbre a la nobleza. Se dijo que, sin duda, la intimidaba y por ese motivo le había solicitado más tiempo.

Sin embargo, en lo profundo de su ser, Lynx sabía que eso no era cierto. Ella no se sentía intimidada en absoluto; había adoptado una actitud de lo más altiva cuando dijo que a ella no le bastaba con que fuese adecuado. A desgana, Lynx admitió para sí que él sabía exactamente lo que ella quería. Quería que él fuese un esposo de verdad, que compartiese su vida con ella; quería ser amada.

Cuando llegó, la antesala del gran salón estaba llena de demandantes, en su mayoría, escoceses. En general, las quejas eran de menor importancia. Un pastor afirmaba que los caballeros de De Warenne pasaban a caballo entre sus ovejas y las dispersaban. Un mozo de cuadra se quejó de que sus caballeros habían sido arrogantes al dar órdenes a los que atendían el establo, como si estos fuesen esclavos. Media docena de hombres, por lo menos, acusaban a los caballeros de haberse acostado con sus esposas. De Warenne preguntó si las mujeres habían sido obligadas o si habían aceptado por propia voluntad, los escoceses se enfurruñaron y no dieron importancia a esa cuestión.

–¡Malditas mujeres! –musitó él, por lo bajo.

Lord De Warenne se puso de pie.

–Os agradezco haber hablado con franqueza. Tened la tranquilidad de saber que voy a ocuparme inmediatamente de sus agravios. Haré cuanto esté en mi mano para controlar a mis caballeros; aunque os sugiero que hagáis cuanto esté en las vuestras en lo que se refiere a vuestras esposas. Buenos días.

Dijo a Thomas que convocase a todos sus caballeros en el salón y allí los amonestó. Su método para gobernar a los hombres era simple: fijaba normas muy elevadas y esperaba que ellos las cumpliesen.

–Algunas de las quejas que he recibido son insignificantes y, por lo tanto, indignas de los caballeros de De Warenne. Cuando salgáis a caballo, cuidaréis de no dispersar los rebaños.

–Pero, es que hay ovejas por todas partes, milord –protestó Montgomery.

–Pronto, cuando llegue el grueso de los rebaños que está pastando en las Uplands, habrá muchas más. En esta zona fronteriza, las ovejas representan riqueza; cuando llegue el invierno, os alegraréis de tener cordero en la mesa –arguyó, cambiando de tema–. He recibido quejas por parte de los caballerizos –dijo, mirando con severidad, a la cara, a cada uno de los presentes–. Si no cuidáis vuestros caballos, dejaréis de ser caballeros.

Hizo una pausa para darle más fuerza al edicto.

–Y ahora, veamos esa cuestión que tanto irrita a los escoceses. Se quejan de que os habéis acostado con sus esposas –dijo, y los labios le temblaron al pronunciar la frase–. No pediré que levantéis las manos.

Ese humor ácido hizo reír a los caballeros.

–Sé que os consideráis unos demonios irresistibles, y también sé que las mujeres se os echan encima, pero tratad de contentaros con las solteras y viudas... o aprended a ser discretos.

Lynx llamó a Thomas.

–Será conveniente que comunique la ley a los soldados. Haz que se reúnan en el patio.

En cuanto se convenció de que habían comprendido sus reglas, Lynx les dijo que se preparasen para una cacería. Aunque no fuese a haber boda, era necesaria una cacería de dos días. Por otra parte, los venados y los jabalíes estarían más gordos después de los meses de verano y los gamos, en su momento de mayor abundancia.

Cuando Marjory se enteró de la cacería y pidió que la dejaran participar, Lynx se lo negó terminantemente.

–Jory, te agradecería que emplearas tu tiempo en enseñar a Jane cómo ser una dama. Quizás eso le dé la confianza que necesita. Creo que la perspectiva de convertirse en lady De Warenne la abruma.

–Me dedicaré a enseñarle las cosas que necesita saber –prometió Jory con aire inocente–. Me halaga sobremanera que quieras que sea como yo.

–Por la cruz de Cristo, yo no iría tan lejos –replicó Lynx con sequedad.

Jane estaba en mitad de una prueba de sus vestidos nuevos. Su habitación se iluminaba con los brillantes colores de las prendas amontonadas sobre las sillas y el banco largo. Cuando llegó Marjory, Jane tenía puesta una túnica esmeralda sobre un bajo vestido de color verde claro.

–Esto es un verdadero desperdicio. La túnica me estará estrecha dentro de un mes.

–¿Por qué no le haces colocar dos hileras de botones a los costados para que pueda expandirse? –sugirió Jory a la costurera–. Jane, los botones son maravillosos. Gracias a ellos mis vestidos se ciñen mucho más a mi cuerpo; en tu caso, servirán para que estén más flojos.

–Los botones son costosos –dijeron las mujeres escocesas, apretando los labios.

–Si no lo fuesen, no los querríamos –repuso Jory con ligereza–. Lady Jane debe tener lo mejor; es lord De Warenne quien lo exige.

Jane se quitó la túnica esmeralda y se la entregó a la costurera, que recogió las prendas para llevárselas consigo.

–A lady Jane le gustaría que estén terminados mañana –dijo Marjory con firmeza, mientras abría la puerta para que saliera la mujer.

–Jory, eres tan audaz...

–Si se saliera con la suya, esa maldita mujer haría que te vistieras con un saco. Tienes que aprender a ser firme con los criados, Jane. Mi hermano quiere que te enseñe a ser una dama, y la primera lección es que seas autoritaria con todos, empezando por Lynx.

–Está furioso conmigo.

–Eso significa que estás haciendo las cosas bien. ¡Provocar a tu señor no es solo un placer, es un deber!

–Jory, qué mala eres.

–Lo sé. ¿Qué te parecería si salimos a cazar con los halcones mientras ellos van de cacería?

–Me encantaría, pero la cetrería es un deporte de hombres –dijo Jane, sorprendida.

–Ya no lo es. En Inglaterra, las señoras se han encaprichado de tal modo con la halconería que los hombres se quejan de que estamos dándole a ese deporte un sesgo frívolo y afeminado. Como nuestras manos son más pequeñas, podemos manipular las pihuelas con más facilidad que ellos.

–Tu hermano me ha prohibido que monte.

–Ooooh, y tú te has echado a temblar.

–Jory, a veces me intimida demasiado.

–Querida, él no se atreverá a hacerte daño; no pretende lastimarte.

–Lastimaría mi orgullo.

–De eso sí lo creo capaz –admitió Jory–. Aunque, para decir la verdad, al negarte a casarte con él has lastimado el suyo.

–Los pájaros necesitan ejercicio –dijo Jane, buscando excusas–, y yo estoy acostumbrada a manejarlos, por más que puedan ser crueles y feroces.

–Porque son hembras.

–Las mejores rapaces son hembras; hasta ahora, no lo había pensado.

–Lynx siempre utiliza una hembra y, cuanto más feroz es su halcón, más lo admira él.

Jane se echó a reír.

–Estás enseñándome a ser mala.

Alicia, llena de celos y de inseguridad a la que se añadía una buena dosis de inclinación a la venganza, eligió a Kate Leslie como su doncella personal. Los criados nunca duraban mucho tiempo junto a Alicia porque tenía el genio de una serpiente, y castigaba a sus indefensas doncellas cada vez que el objeto de su furia no estaba a su alcance. Por otra parte, otro motivo la había llevado a elegir a Kate, y por eso la trataba bien. Puesto que Lynx se negaba a conversar con ella sobre Jane Leslie, Alicia recurrió a la hermana de esta, que era un gran vehículo de información.

–Tiene usted hermosos vestidos, lady Alicia. A mi hermana Jane están haciéndole toda la ropa nueva.

–¿En serio? En mi opinión, es un gasto innecesario para milord, teniendo en cuenta que su vientre crece cada día.

–Bueno, esa es la única razón por la que él ha concertado un matrimonio a prueba con ella: para que le dé hijos –repuso Kate, sin poder ocultar su envidia.

–¿Sabes si, acaso, están haciéndose planes para la boda?

–No, ninguno que yo sepa, pero milord ha prometido casarse con ella si concebía un hijo.

«Ese es el único lazo que la pequeña ramera tiene con él –pensó Alicia–. ¡Eliminemos la criatura y no habrá boda!»

Inmediatamente después de la salida del sol, doscientos hombres salieron en una cacería de dos días. Jane los observaba desde su ventana de la torre, preguntándose si habría hecho bien en negarse a casarse con Lynx. La noche anterior él no había acudido a sus habitaciones y, si bien se había sentado junto a ella en el comedor, se había mostrado cortés pero distante. Lynx de Warenne era capaz de ser frío y distante cuando ese era su estado de ánimo. Y ella echaba de menos la calidez que, lo sabía, él era capaz de manifestar.

Después del desayuno, la costurera llevó los vestidos que había hecho para Jane. La mujer recibió más elogios de los que había oído en toda su vida, y eso la ablandó un tanto en relación con la extravagancia de las prendas.

–Gracias, jamás habría imaginado que tendría unos vestidos tan encantadores.

–¿Por qué no habría de vestirse una muchacha escocesa tan bien como una inglesa?

Cuando se quedó sola, Jane no pudo resistir la tentación de probarse todos los vestidos. Hasta hacía poco, la ropa no significaba nada para ella. Ahora comprendía que era uno de los más grandes placeres de las mujeres. Cuando se probó el de seda blanca quedó encantada con su aspecto. Nada de lo que hubiese usado ofrecía tal contraste con su largo pelo rojo dorado. El blanco no tenía nada de práctico pero la hacía sentirse como una diosa.

Jane estaba tan absorta en su adorable ropa nueva que no se enteró de que Robert de Bruce había llegado. Por fin, se apartó a desgana del espejo y colgó las nuevas prendas en el armario. Jane no pudo resistir la tentación de mostrar a Jory cómo le quedaba la delicada seda blanca y decidió devolverle los vestidos que ella le había prestado.

Jory no estaba en su habitación. Jane recordó que habían hecho planes para salir de cetrería y dedujo que Jory debía de estar en el establo. Mientras colgaba sus vestidos en el armario, oyó la voz de un hombre: se trataba de De Bruce. Reconoció también la risa provocativa de Jory.

–Voy a hacerte el amor hasta que regrese Lynx –declaró Robert de Bruce con tono apasionado.

Jane se quedó boquiabierta. Se apresuró a meterse dentro del armario y cerró, a medias, la puerta. Podía ver, sin obstáculos, a la pareja en el espejo fijado a la otra puerta del armario. Jane cerró los ojos y rogó que se marchasen pronto. Pero no podía cerrar los oídos.

–Señor, ¿dónde está su sentido del honor si se aprovecha de mí en ausencia de mi hermano? –ronroneó Jory.

–Carezco de sentido del honor; eso realza mis otros sentidos –le advirtió Robert, vehemente.

Dejaron de hablar, y Jane oyó roces. Abrió los ojos y se quedó estupefacta al ver que los dos estaban desnudos. Vio, fascinada, cómo Robert alzaba a Jory en alto y la hacía resbalar por su cuerpo. Después, los dos enloquecieron.

Lo que Bruce le hacía a Jory la excitaba hasta el punto que Jory jadeaba, lo arañaba y lo mordía. Jory se deslizó hasta el suelo, y Robert se puso a horcajadas encima de ella, desplegando toda la energía sexual acumulada dentro de sí desde la última vez que se habían tocado.

Con azorada fascinación, Jane vio que él se arqueaba y eyaculaba. A continuación, como si jamás pudiera saciarse de la delicada beldad que tenía debajo de sí, metió su cabeza oscura entre las piernas de ella y comenzó a besarle la vagina. Jane no podía creer lo que veía. Se sintió aturdida y pensó que aquello, en realidad, no estaba sucediendo.

Marjory comenzó a retorcerse y a lanzar gritos de placer, liberando una espléndida inhibición que la hacía arquear su monte de Venus acercándolo a la boca ávida de él, metiendo sus dedos entre los cabellos de Robert para retenerlo cerca de su cuerpo. «¡Dios querido que estás en los cielos! –pensó Jane–, ¿acaso no van a acabar nunca?» Por fin, Jory gritó y se aferró a él como si fuera a morir. Los dos se quedaron inmóviles, recuperando el aliento, mirándose a los ojos.

Jane exhaló un suspiro de alivio al ver que Robert se ponía de pie, pero quedó boquiabierta al ver que él alzaba a Jory en sus brazos y la llevaba a la cama. Los oyó susurrar, murmurarse palabras de amor y expresiones cariñosas tan íntimas que Jane comprendió que debían de ser amantes desde hacía cierto tiempo. Hicieron el amor con tanta ternura que le pareció un sacrilegio presenciar la escena. Un acto de amor exigía intimidad.

Jane se acuclilló en el guardarropa, sintiendo sus emociones tan embrolladas que se echó a temblar. Marjory se envolvió en la sábana mientras veía vestirse a su amante. Antes de marcharse, él le dio un beso y murmuró:

–Me quedaré esta noche.

Jane sintió un calambre en la espalda; no podía seguir más tiempo sin moverse. Cuando pasó su mano hacia atrás para frotarse, su codo golpeó el armario, y Jory abrió de par en par la puerta lanzando un grito de indignación.

–Dios mío, ¿qué estás haciendo aquí?

–No estaba espiando, Jory. Había traído los vestidos que me

prestaste y reconocí la voz de De Bruce cuando dijo que iba a hacerte el amor... y me oculté.

Jane emergió del armario pálida y consternada.

–¡Oh, Jane, Janie... te he escandalizado!

Marjory condujo a la temblorosa muchacha hasta la cama. Su mente funcionaba con la velocidad del mercurio tratando de recordar todas las cosas que habían hecho ella y Robert. Jane era tan inocente, tan poco mundana que estaría conmocionada por lo que ellos habían hecho.

–Lo siento, Jane. Sé que las cosas que hemos hecho pueden parecerte perversas, pero debes comprender que esto es lo que hacen los amantes.

–¡Oh, Jory! –susurró Jane, con voz enronquecida–, eso que tienes con Robert... eso es lo que yo quiero tener con Lynx.

A Jory se le aflojaron las piernas y se desplomó sobre un taburete.

–Oh, querida, nosotros estamos locamente enamorados.

–Sí –dijo Jane con aire soñador.

–Una pasión como la nuestra no es común. Yo no la tuve en mi matrimonio, aunque amaba a mi esposo –trató de explicarle Jory.

–Yo quiero que Lynx me ame –dijo Jane.

–Él nunca ha estado enamorado; me lo ha dicho.

–Y, sin embargo, ha estado casado.

–El matrimonio no garantiza el amor, Jane. De hecho, con frecuencia es la tumba del amor. La mayoría de los matrimonios se toleran, nada más.

Jane pensó en los matrimonios de sus hermanos y hermanas y comprendió que había mucho de verdad en lo que decía Marjory.

–Aunque no lo demuestre, siento la misma pasión por todo, igual que tú.

Mientras hablaba, Jane acariciaba con manos amorosas a su hijo.

–Bueno, a mi entender, no está todo perdido. Lynx ama a ese niño y lo protege de manera apasionada –dijo Jory.

–Después de dar a luz, no me prestará atención.

En ese momento, Jory supo que debía redoblar sus esfuerzos para que Jane se volviese tan deseable que Lynx no fuera capaz de resistirse a ella.

–Tendrás que aprender a atraer la atención de un hombre. Déjale entrever una parte de la pasión que sientes en tu interior. No permitas que te ignore. Piensa en ti como la castellana de Dumfries. Ponte al mando. Que Lynx vea tu buena mano en todo.

Jane sonrió.

–Tomaré el castillo por asalto.

–A decir verdad, no es mala idea. Piénsalo como si fuese una campaña militar. Ten en cuenta que no solo quieres el castillo sino también capturar a su amo. ¡No aceptes nada que no sea una rendición incondicional! Necesitarás hombres con quienes practicar y, para eso, ¿quién mejor que los de De Bruce?

–¿Están todos aquí? –preguntó Jane, ruborizándose.

–Robert ha traído a dos de sus hermanos. Los reclutaremos.

–¡Jory! –protestó Jane.

–A Robert le encantará poner celoso a Lynx; además, eso distraerá la atención sobre el hecho de que somos amantes. Es un secreto que solo tú conoces, Jane.

–No te delataré, te lo prometo.

–Espera a que me vista; y nos reuniremos abajo. Te sugiero que reserves ese exquisito vestido de seda blanca para cuando Lynx regrese de la cacería, mañana por la noche.

–¡Padre! –llamó Jane a Jock, que se dirigía hacia las cocinas.

Su hija vestía una prenda de color turquesa intenso.

–Estas guapísima, muchacha.

–Necesito que me ayudes. Tengo que aprender a ser la castellana de Dumfries y quiero hacerlo bien, no me basta con hacerlo correctamente. ¿Cómo debo dirigirme a ti? No puedo llamarte Jock.

–Me llamarás «mayordomo», y yo me dirigiré a ti como «lady Jane».

–De acuerdo. ¿Qué piensas servir de cenar, teniendo en cuenta que hemos invitado a los De Bruce?

Con los ojos chispeantes, él le enumeró el menú, y lo hizo con absoluta formalidad.

Jane lo pensó, y luego le formuló un par de sugerencias a modo de práctica.

–Eso suena muy bien, lady Jane –le dijo su padre, haciendo una reverencia, y se disponía a seguir su camino hacia la cocina cuando ella lo llamó:

–Ah, mayordomo, no me han informado cuándo llegaron los De Bruce.

–Fue un descuido por mi parte, lady Jane.

–Por favor, que no vuelva a ocurrir –dijo ella, mirándolo con gravedad–. ¿Estuvo bien eso?

–Sí. Siempre que te dirijas a los criados usa un tono autoritario.

–Eso es lo que me ha dicho Jory, pero yo no estaba segura.

–Lady Marjory está en lo cierto.

Jane buscó a su hermano Andrew. Le explicó en pocas palabras su posición como castellana y le dijo que requeriría su ayuda.

–Tenemos al conde de Carrick y sus hermanos como invitados, y Dumfries carece de diversiones en el salón. Consigue a un flautista y algunos juglares o acróbatas. Elizabeth de Burgh me ha dicho que en el castillo de su padre también hay trovadores y actores.

–Pero el conde De Ulster es dueño de media Irlanda. Vive como un rey en su palacio.

–Sin duda nosotros podemos hacer algo a pequeña escala. Al menos, seamos civilizados.

Andrew miró a su hermana con perplejidad. ¡Hasta entonces no había notado que en Jane había más de lo que se veía a simple vista!

Cuando Jane se encontró con De Bruce, sus mejillas se colorearon, mientras él la recorría con su mirada de la cabeza a los pies.

–Lady Jane, estás realmente hermosa –la halagó, llevándose su mano a los labios en gesto de galantería–. Al parecer, pronto celebraremos una boda.

–Quizá no tan pronto como milord quisiera –repuso Jane con timidez.

–¿Lo has rechazado? –preguntó Robert, incrédulo.

–Le he dicho que necesitaba tiempo.

Robert se echó a reír, echando atrás la cabeza.

–Lady Jane, quisiera presentarte a mis hermanos Nigel y Alexander.

–Encantada de conocerlos. Lamento mucho que lord De Warenne esté ausente, cazando.

–Debe de estar mal de la cabeza para dejar abandonada a una dama tan bella –declaró Alexander.

–No temas –dijo Nigel, enlazando el brazo de ella en el suyo–. Cuidaré de ti en ausencia de Lynx.

Capítulo 18

Ya estaban sobre la tarima cuando Jane pidió a Marjory que ocupase el asiento de Lynx, e indicó a Robert de Bruce que se sentara al otro lado, junto a ella. En cuanto hubieron servido la carne, Jory se inclinó hacia delante y dijo:

–Jane sabe lo nuestro.

Mortificada, Jane cerró los ojos.

Robert se inclinó hacia delante y miró a las dos mujeres con expresión perpleja.

–Ah, te refieres a que sabe que fuimos amigos de la infancia.

–Jane lo sabe todo –murmuró Marjory.

De Bruce seguía confundido.

–¿Quieres decir que mi madre es tu madrina? –preguntó, cortés.

–Déjate de adivinanzas. Esta tarde, Jane estaba escondida en mi armario.

–¡Ah! –exclamó Robert, al comprender que su esfuerzo por sostener la mentira era inútil. Entonces, tomó una mano de Jane y la apretó. Le sonrió, mirándola a los ojos, y dijo–: Los celtas no se traicionan entre sí.

Alexander, sentado junto a él, dijo:

–¡Lo hacen constantemente!

–¿A quién diablos le interesa tu opinión? –preguntó Robert.

Alexander sonrió.

–A lady Jane... pregúntaselo.

Nigel de Bruce, sentado al otro lado, junto a Marjory, se inclinó hacia delante y dijo:

–Si vosotros, patanes groseros, no dejáis de avergonzar a lady Jane, barreré el suelo con vosotros.

Jory afirmó, con una expresión embelesada en el rostro:

–Qué divertido: esto me transporta a la época en que tenía catorce años.

Robert se burló:

–La única diferencia es que, en aquel entonces, todos estábamos enamorados de ti. Ahora, la reina de nuestros corazones es Jane.

En las primeras horas de la tarde del día siguiente comenzaron a regresar los cazadores. Jane y Jory estaban en el prado detrás del establo donde los hermanos De Bruce les daban indicaciones con respecto a las aves de caza.

Lynx saludó a Robert de Bruce sin desmontar, mientras cruzaba el prado. Jane le dio su azor a Robert para poder saludar a Lynx, pero De Bruce la rodeó con su brazo, en gesto protector para impedírselo.

–No lo toques, Jane: está cubierto de sangre.

La mirada de Lynx recorrió el vestido de terciopelo del color de las prímulas, sus mejillas sonrojadas y pensó, otra vez, en lo bonita que era. Su pelo le hacía imaginar una capa de fuego. No había conocido a ninguna mujer que tuviese una cabellera tan maravillosa, y su silueta estaba tan suavemente redondeada y lozana que lo excitó.

–Hemos regresado antes y cobrado más gamos de los que podíamos acarrear. Robert, si hubiera sabido que vendrías, habrías venido a cazar con nosotros.

–Tu dama nos ha atendido a cuerpo de rey durante tu ausencia –dijo Robert, sonriendo–. No puedo menos que felicitarte. Eres un hombre muy afortunado.

Tanto Alexander como Nigel palmearon la espalda de Lynx y le estrecharon la mano.

–¿Te preparo el baño, milord? –ofreció Jane con dulzura.

Taffy, que frunció el entrecejo en cuanto vio a De Bruce, rodeó con su brazo a lady Jane y dijo:

–Yo lo haré, milady. No es preciso que usted se moleste.

–Estoy aprendiendo a cumplir con mis deberes de castellana –aclaró Jane.

Lynx, que de no haber mediado la intervención de Taffy habría disfrutado de las atenciones de Jane, dijo, cortante:

–Me bañaré solo. Robert, ¿hay alguna novedad?

De Bruce cedió el azor a Nigel y se encaminó con Lynx al castillo.

–Taffy –dijo Marjory sonriendo al escudero del modo más seductor–. Lady Jane necesita tu ayuda. Ha de practicar sus habilidades sociales con el sexo opuesto. ¿Puedes fingir que estás consagrado a ella?

Taffy se sonrojó:

– En realidad lo estoy, lady Marjory.

Jory lanzó un suspiro juguetón.

–Me roba a todos mis admiradores.

–¿Vamos a llevar las aves al bosque? –preguntó Nigel, depositando con cuidado el azor sobre la mano enguantada de Jane.

–En este momento, lady Jane no debería cabalgar –dijo Taffy.

Nigel miró a Alexander.

–¿Vamos a aceptar órdenes de un escocés?

–De ninguna manera –respondió Alex en tono alegre, y entre los dos alzaron a Taffy y lo depositaron sobre el abrevadero para los caballos, fuera del establo.

–¡Oh, no, es culpa mía! –dijo Jane, consternada.

–No les hagas caso. Así es como se entretienen los hombres –dijo Jory con ligereza–. Sobre todo, los que son corpulentos; de ese modo gastan energía.

Lynx eludió la casa de baños comunal y prefirió usar la bañera de madera en su habitación, donde podía conversar a solas con Robert de Bruce.

–No dejes que tus armas se oxiden. Tengo la impresión de que estallarán conflictos en cualquier momento –dijo Bruce.

–Recibo informes regulares del gobernador. Al parecer, ignora que tengamos problemas.

–El conflicto comenzará en las Highlands. Todo permanecerá tranquilo de este lado del Clyde y del Firth of Forth, al menos por ahora.

–Eso se debe a tu presencia aquí –afirmó Lynx–. Es esencial que De Bruce siga siendo leal a Eduardo, puesto que la principal ruta occidental entre Inglaterra y Escocia pasa por Annandale.

–Mis espías me han informado que Andrew de Moray se ha fugado de Chester, donde el rey lo había apresado. Los De Moray conservan la señoría de Bothwell y gobiernan vastas extensiones de tierra hacia el sur, hasta Lanarkshire.

–Eduardo ha apostado una fuerte guarnición en el castillo de Bothwell –le recordó Lynx.

–Sí, pero ellos cuentan con otros fuertes en Moray, Banff, Inverness y Ross.

–Moray no podría haber huido si no contara con ayuda de personajes situados en las altas esferas.

Robert levantó un cubo con agua y lo derramó sin ceremonias sobre Lynx.

–¡Exacto!

Mientras se vestía, Lynx observó con atención las cetrinas facciones de Robert. Sabía que él despacharía esa información a John de Warenne. Se preguntó qué sería lo que Robert callaba. Por ahí estaban los espías de De Warenne, pero era obvio que no estaban tan informados como los de De Bruce.

A la hora de la cena, en el salón, Lynx escuchó música. No solo habían gaiteros; también músicos ambulantes que tocaban arpas y panderetas. Entre un plato y otro, circulaban pajes con tazones para limpiarse los dedos y toallas.

–En estas mejoras noto la mano de mi hermana Jory –dijo Lynx a Jane.

–No, milord, lo que ves es mi mano. También he dicho al mayordomo que encargue para nosotros tenedores de plata. La reina los ha introducido en Inglaterra, por eso he decidido traerlos a Escocia.

Lynx arqueó las cejas pero logró disimular la burla que asomaba a sus ojos: lady Jane había comenzado a tomar en serio su posición. Tras ellos, Thomas y Taffy se disputaban el derecho de satisfacer cada uno de sus deseos, y ella recompensaba sus esfuerzos con una sonrisa radiante. Lynx no hizo ningún comentario aunque no se le escapaba la rivalidad que existía por lograr la aprobación de Jane. Sin duda, se debería a que ella era su señora y, por lo tanto, decidió no hacer nada por desalentar esa competencia.

Una y otra vez, Jane atraía la mirada de Lynx. Enfundada en la fina seda blanca, con su hermoso pelo rojizo rozándole las caderas, era tan atractiva como cualquiera de las damas que él hubiese visto en la corte. Al terminar la comida, él observó con los ojos entornados a los hombres que la rodeaban. No solo eran los De Bruce; también dos de sus caballeros, sir Giles y sir Harry, quienes la atendían con deferencia.

Cuando Jane dio las buenas noches a todos, a Lynx le asaltó una duda. Quería conversar con los De Bruce pero también ir a su habitación con Jane. Concluyó que podría hacer ambas cosas. Dijo a Robert que poco después se reuniría con él, luego puso su mano bajo el codo de Jane y murmuró:

–Te acompañaré para que no tengas contratiempos.

Mientras subían la escalera, él la miró.

–He tenido un recibimiento muy agradable.

–Me alegro mucho, milord.

Lynx tuvo la impresión de que su voz era fría y formal. No podía adivinar lo que ella estaba pensando, y sintió la necesidad de saberlo. En ocasiones, a Jane la rodeaba un aura de misterio que él atribuía a su sangre celta.

Cuando estuvieron en las habitaciones de ella, él dijo:

–Hoy, cuando estabas con los halcones, me alegró ver que no ibas a caballo, Jane. Tal vez, mis órdenes te parecieran arbitrarias, pero no tuve la intención de coartar tu libertad. Lo que sucede es que estoy preocupado por tu seguridad y la del niño.

–Gracias. Eso significa mucho para mí. No volveré a transgredir tus órdenes.

¿Estaría burlándose de él?, se preguntó. La boca de Jane dibujó una deliciosa sonrisa y Lynx recordó que nunca la había besado. Le tomó ambas manos y la atrajo hacia sí. Inclinó su cabeza para darle un beso de buenas noches. Él tenía la intención de besarla en los labios pero ella giró la cara y sus labios le rozaron la mejilla.

–Buenas noches, milord.

–Buenas noches, Jane –respondió él, perplejo.

¡Ella todavía se burlaba de él!

Jane no había estado en el estanque del bosque desde que Lynx regresara de la guerra; al día siguiente, en cuanto los invitados partieron, se abrigó, tomó su cuchillo para cortar hierbas y decidió ir a su lugar preferido. Lynx le había dicho que no tenía intenciones de restringir sus movimientos y eso fue un alivio para ella. Siempre le había agradado estar sola y apreciaba mucho su libertad.

A medida que se acercaba al estanque, sintió que se le erizaba el vello de la nuca, advirtiéndole que algo malo sucedía. Se detuvo y se dispuso a observar, escuchar, olfatear. Oyó el sonido de una respiración agitada, débil y perturbadora, que la orientó en dirección a una rama baja, cubierta de follaje. Al inclinarse para hacerla a un lado su mirada se clavó ¡en los ojos verdes del lince!

Asustada, soltó la rama, que volvió a su lugar, no sin antes dejarle ver que el magnífico animal estaba herido. Con el corazón en la boca, Jane aferró su amuleto y elevó una plegaria a la diosa Brigantia. A continuación, apartó la rama con movimientos lentos. En la parte superior de la pata izquierda del lince, donde se unía al torso flexible, había una flecha clavada.

Jane miró el fondo de esos ojos y le habló en tono tranquilizador.

–Calma, te ayudaré. Estate quieto; te libraré del dolor.

Acarició con suavidad el tupido pelo del lince, aliviando su dolor tal como ella sabía hacerlo. Cuando vio que los ojos del animal se ponían vidriosos, supo que lo había hipnotizado y que podría disminuir su dolor.

Se dirigió al lugar más alejado del estanque para recoger hojas de un sauce blanco. No conocía nada mejor para restañar la sangre de las heridas. Luego, tomó un par de grandes hojas de fárfara, recogió un poco de lodo de la orilla, arrancó un trozo de tela de su vestido, lo mojó y lo llevó al animal herido.

Con mano suave, arrancó la flecha de la herida, y sintió que le martilleaba el corazón al ver manar la sangre. Sin dejar de murmurar una letanía musical de frases apaciguadoras, Jane limpió la herida, la cubrió con las hojas de sauce blanco, aplastó encima el lodo y lo sujetó todo con la tela que había arrancado de su vestido.

Al día siguiente, le llevaría carne a la que habría aderezado con amapola, para que la bestia pudiera dormir. Durante unos días, tendría que alimentarlo hasta que se sintiese lo bastante fuerte para reanudar la caza. Soltó las ramas llenas de hojas otoñales para que volviesen a ocupar su lugar y se lavó las manos en el estanque. La invadió la cólera contra los cazadores: ¡esa era una flecha galesa! Y, sin embargo, no podría volver al castillo a presentar una queja. La vida del lince dependía de que ella callase.

Antes de marchar, Jane recogió su cuchillo para cortar hierbas y trazó un círculo mágico alrededor del escondite. Visualizó una llama azul y plateada que brotaba de la punta de su cuchillo mientras trazaba el círculo de fuego, y se quedó tranquila, segura de que nadie podría penetrarlo.

Lynx de Warenne envió un despacho sellado al gobernador, cuyo cuartel general estaba en Edimburgo. Montgomery, su lugarteniente, era un jinete veloz que podía llegar donde estaba su tío al día siguiente. Desde las caballerizas se veía con claridad el bosque, más allá del prado y Lynx vio a Jane desaparecer entre los árboles.

Su primer impulso fue enviar a Taffy en su persecución pero

no vislumbró al escudero por ninguna parte. Cuando Lynx vio a Keith, el hermano de Jane, señaló hacia los árboles y le dijo que Jane había ido sola al bosque.

–Ha ido al estanque, milord; va allí con frecuencia desde que era pequeña.

–Sí, nos encontramos por primera vez en ese estanque pero me quedaría más tranquilo si no la perdieras de vista.

A Keith le caía bien De Warenne, por eso, le prometió que lo haría.

En el término de una hora, llegó un mensajero que fue motivo de preocupación para Lynx. No le agradaron ni el mensaje ni el mensajero. John de Warenne le informaba que Fitz-Waren había recibido la posesión del castillo de Torthwald; su tío le había enviado el mensaje con uno de los oficiales de caballería ligera del propio Fitz.

Lynx disimuló la hostilidad que sentía hacia el oficial de Fitz. Torthwald no estaba mucho más lejos que el fuerte de De Bruce, en Lochmaben; demasiado cerca para la tranquilidad de Lynx. Tenía la impresión de que había un espía entre ellos. La designación llevaba el inconfundible sello de desconfianza del rey. Era una típica treta Plantagenet, cuyo propósito era enemistar a unos con otros.

El enviado de Fitz-Waren también entregó invitaciones personales para visitar el castillo de Torthwald: una para Lynx y las otras para Marjory y Alicia. Lynx recibió las cartas e informó al mensajero que se encargaría de que fuesen entregadas a las damas. De Warenne le dijo que no había respuesta y luego dejó en manos de su mayordomo la tarea de ofrecerle un tentempié. Lynx tenía intención de visitar Torthwald, aunque sin que Fitz-Waren lo supiera.

Cuando Keith Leslie decidió averiguar el paradero de Jane, ella ya había regresado al castillo. Keith no quería que su hermana supiera que él había recibido la orden de vigilarla y cumplió tan bien con su papel que se convenció de que Jane no se había enterado de nada. Jane fue tan cautelosa y evasiva cuando le preguntó qué había estado haciendo que Keith tampoco sospechó nada.

Jane enfiló hacia la cocina del castillo y salió de allí con un buen trozo de venado asado. Sabía que, si pedía carne cruda, despertaría sospechas; en cambio, cuando explicó a la cocinera que, por su estado, sentía un hambre atroz en el momento menos esperado, su explicación fue aceptada y comprendida.

A la mañana siguiente, se dispuso a salir con la carne, a la que había aderezado con amapola, y con un frasco de ungüento que había preparado con lisimaquia amarilla, buena para cerrar una herida. En esta ocasión, procuró que Keith no la viese adentrarse en el bosque.

Con el corazón latiéndole en los oídos, apartó el follaje y encontró al lince en el mismo sitio donde lo había dejado. Jane le arrojó la carne y se apartó para dejarlo comer tranquilo. Es imposible predecir la reacción de un animal cuando hay comida de por medio. Mientras caminaba hacia el estanque, escuchaba los roncos gruñidos del animal que devoraba la carne de venado.

Jane cogió a un par de curiosos erizos que habían acudido a ver qué sucedía y los llevó a un sitio seguro, al otro lado del estanque. Espantó a una gama y a una bandada de palomas. Cuando regresó junto al lince, el animal estaba dormitando, gracias al opiáceo que ella había puesto.

Le limpió la sangre seca y el lodo de la herida, y luego la cubrió con una gruesa capa del ungüento curativo. Una vez más, vendó la herida para que el lince no la lamiese.

De vuelta en el castillo, cuando se dirigía hacia la cocina, Jane se sobresaltó con una sensación de culpa al oír que Lynx pronunciaba su nombre y le daba alcance.

–Estoy a punto de partir hacia Lochmaben; tal vez no regrese hasta mañana. –En realidad, iba a Torthwald pero no quería que lo supieran ni siquiera sus escuderos–. Si necesitas algo...

–Thomas y Taffy cuidarán de mí –terminó ella la frase.

Lynx se quedó mirándola con una expresión perpleja en el rostro; de pronto, ella sintió el impulso de explicarle adónde iba.

–Voy a la cocina. Una buena castellana siempre debe saber qué están preparando las cocineras –mintió.

Estaba tan bonita que Lynx sintió un urgente deseo de acariciarla. Le puso los dedos debajo del mentón y le hizo levantar el rostro hasta que los ojos de ambos se encontraron.

–Serás una buena esposa.

En sus ojos verdes se traslucía una expresión provocativa.

El pulso de Jane empezó a acelerarse; por una vez, él le sonreía de verdad. Ella cubrió sus ojos con sus oscuras pestañas y murmuró:

–Señor, estás coqueteando conmigo.

Lynx se echó a reír.

–Eso está permitido –respondió, también en un murmullo, y rozó sus labios con los de ella.

Descubrió que no le bastaba con un roce. Miró esos labios suaves y ansió más besos. Posó su boca en la de ella con penetrante ternura; luego, sus brazos fuertes ciñeron su cuerpo y ella se apretó contra él. Lynx le separó los labios con la punta de la lengua y la introdujo con lentas e insistentes embestidas.

Su boca cálida y ávida provocó pequeños temblores en el cuerpo de Jane. Su perfume masculino le arrebató los sentidos y ella se rindió al ataque de su boca. Él introdujo el sensual labio inferior de ella dentro de su boca como si fuese una cereza madura y la apretó con tanta fuerza que los senos de Jane quedaron aplastados contra el duro pecho musculoso de él. Antes de que el prolongado beso acabara, había despertado dentro de ella un enorme deseo.

Jane se sentía emocionada al comprender que él comenzaba a responder a sus insinuaciones. A pesar de todo, fue un alivio que él se ausentara unos días; así podría atender al lince en secreto. Jane sabía que si lord De Warenne se enteraba de los riesgos que ella corría, se pondría furioso. Él no lo entendería y jamás la perdonaría. ¡La encerraría hasta el día del parto y escondería la llave de la puerta!

Protegido por la oscuridad, Lynx de Warenne ató el caballo y fue caminando hasta el perímetro del castillo de Torthwald. Por mucho que lo intentó, no pudo hallar la forma de entrar sin ser descubierto. Fitz-Waren había hecho custodiar la muralla de tal manera que ni siquiera se podía cruzar el foso a nado sin ser visto.

Al día siguiente, Lynx cabalgó por los valles que rodeaban el castillo y habló con pastores y ganaderos. Los comentarios acerca de las atrocidades que se cometían en el castillo le parecieron tan exagerados que no creyó en la veracidad de buena parte de lo que oía, si bien estaba seguro de una cosa. El odio a los conquistadores ingleses estaba extendiéndose como una epidemia.

Pasó la tarde en la aldea de Beattock, pero la gente sospechaba de él, guardaba silencio y no pudo encontrar a nadie que quisiera responder a sus preguntas. Lynx pensó que habría ido mucho mejor si lo hubiesen acompañado Jock Leslie o alguno de sus hijos. Por la noche, fue a la aldea de Torthwald, y sus habitantes se mostraron hostiles y temerosos. Y Lynx comprendió la causa cuando vio los patíbulos con sus lúgubres bultos colgando.

Mientras cabalgaba de regreso a Dumfries abatieron su ánimo las tristes realidades que traía consigo la conquista de un pueblo. Pensó en los castillos llenos de ingleses en toda Escocia y se preguntó cuántos de ellos serían gobernados con puño de hierro en lugar de intentar la conciliación. ¿Acaso eran ciegos los ingleses que no veían que semejante brutalidad consolidaba la resistencia de los escoceses?

Lynx estaba seguro de que John de Warenne sería un gobernante moderado, a diferencia de los otros representantes del rey, como Ormsby y Cressingham, que eran incapaces de tal moderación. Sabía que lo primero que debía hacer era sacar a Fitz-Waren de Torthwald. En el trayecto de regreso los cielos parecieron abrirse y llovió a cántaros. El hermoso clima otoñal había durado hasta noviembre y ahora atenazaba el invierno. Cuando al fin guardó su caballo en el establo de Dumfries, Lynx sentía el corazón oprimido. Quería que los herederos de su sangre retuvieran ese castillo, pero en paz y con prosperidad. Dedujo que debió de ser el clima lo que había acabado con su optimismo y puesto de tan sombrío talante.

La intensa lluvia le hizo desistir de subir a la torre principal por la escalera externa que llegaba al parapeto. Cuando llegó a las habitaciones de Jane vaciló, esperando que ella lo hubiese oído llegar. Demoró largo rato en silencio sintiendo una extraña sensación de vacío. Luego, se decidió y comenzó a desvestirse lentamente.

Al acercarse a la cama, dijo:

–Jane, ¿estás despierta? –le pareció oír una exclamación contenida–. No te asustes, soy Lynx.

Se metió en la cama tibia y se desplazó hasta quedar apoyado contra su espalda.

–Milord –exclamó ella, incorporándose.

Con sus brazos fuertes, él la rodeó y la obligó a acostarse otra vez.

Le acarició el pelo.

–Calma, Jane. Duerme.

Lo único que turbaba el silencio era la respiración de ambos. Tendida en el lecho, junto a él, supo que le resultaría imposible volver a dormir. Sin embargo, permaneció quieta, y el cuerpo largo y fuerte de él compartió su tibieza. Poco después, sintió que la mano de Lynx se deslizaba por su vientre y se detenía, posesiva y satisfecha. Jane sonrió en la oscuridad; para su sorpresa, también ella se sentía satisfecha.

Capítulo 19

Por la mañana, Jane amaneció sola en la cama. No supo cuándo se había ido Lynx. ¿Habría soñado que él había dormido acurrucado contra ella? No, el cuerpo de él había dejado su marca en el lecho de plumas. Tocó la sábana de lino e imaginó que todavía podía sentir su calor. Se preguntó por qué se habría acercado a ella. ¿Estaría preocupado? No había ido a conversar y, por cierto, tampoco era el deseo lo que lo había llevado a su cama. Había una sola respuesta: lo único que lo atrajo hacia ella era su hijo.

Jane deseaba, con todo su corazón, que no fuera así pero decidió que no desperdiciaría el día añorando lo imposible. Después de vestirse, enfiló hacia la cocina, reservó una pierna de cordero para el lince y la envolvió en una toalla de lino. La herida del animal estaba casi curada y abrigó la esperanza de que, en el término de una semana más, estuviese en condiciones de reanudar la caza.

Para evitar que Keith la siguiera, no se acercó a los establos, desde donde arrancaba el camino más corto hacia el estanque del bosque, sino que atravesó andando el claro que había detrás de la lavandería y se encaminó hacia los árboles.

Desde la ventana de su habitación en la torre principal Lynx vio a Jane dirigirse hacia el bosque. ¿Adónde diablos iría y qué llevaría? Había pedido a su hermano Keith que la vigilase pero, al parecer, ella le había dado esquinazo a propósito. Al observarla, Lynx supo que la marcha de Jane obedecía a un propósito concreto.

Había estado especulando si escribiría una carta al gobernador o iría en persona a Edimburgo, pero lo obsesionaban las andanzas de Jane y se convenció de que su mente no descansaría hasta que él no averiguase qué se proponía. Lynx se dirigió hacia la lavandería, cruzó el claro y penetró en el bosque en el mismo punto donde la había visto desaparecer. Sin precaución avanzó entre los árboles sabiendo, por instinto, qué dirección seguir. La divisó a cierta distancia. La vio detenerse y volverse, alarmada, dispuesta a huir.

–¡Jane, detente! –le ordenó.

Ella se detuvo en seco y él cubrió la distancia que los separaba. Por la expresión de la cara de Jane no tuvo dudas de que la había sorprendido y que hubiese preferido que él estuviese a miles de kilómetros de allí.

–¿Qué estás haciendo? –preguntó Lynx.

–¿A qué te refieres, milord?

–Es una pregunta sencilla: ¿qué estás haciendo?

–Nada –respondió ella; sus pechos subían y bajaban revelando lo agitado de su respiración.

–Es evidente que has venido al bosque con un propósito.

–Quería recoger algunas hierbas –dijo ella, señalando su saco de tela, pero aferrándolo como si quisiera impedir que él descubriese su contenido.

Lynx levantó una mano y le arrebató el saco. Ignoraba qué encontraría en él pero, sin duda, nada parecido a una pierna de cordero y un pote con ungüento. Sacó la carne.

–Esto es por si te entraba hambre.

Sabía que ella acostumbraba a tener poco apetito y, por eso, la insinuación de que ella pudiera comerse una pierna de cordero era ridícula.

Ella abrió la boca para hablar.

–No me mientas, Jane.

Tanto su semblante como su tono eran hoscos. Lo primero que sospechó fue que ella había venido a ayudar a algún proscrito o un fugitivo oculto en el bosque. Él la había acorralado. La actitud evasiva de ella se convirtió en enfado y se puso a la defensiva.

–La culpa es tuya –estalló ella–. ¡Tuya y de tus descuidados cazadores! Estoy atendiendo a un animal que encontré herido por una flecha.

Lynx se sintió mal sabiendo el cariño que ella sentía por los animales salvajes y las criaturas del bosque.

–Jane, esas cosas suceden en una cacería. Intentamos matar sin causar demasiadas desgracias, pero a veces no es posible. ¿Dónde está?

–¡No te lo diré! –exclamó.

Él la miró con seriedad.

–No es preciso que me lo digas. Está cerca del estanque del bosque. Iré contigo.

–¡No! ¡No! –gritó ella, vehemente–. ¡Vete, déjame en paz! Encargaste a mi hermano que me espiara; y, no bastándote, ahora eres tú quien me sigue.

La reacción de ella le hizo comprender que estaba dispuesta a guardar el secreto a toda costa. ¿Qué clase de criatura sería capaz de engullir una pierna de cordero?

–¿Qué tipo de animal estás alimentando?

Jane apretó los labios y alzó el mentón en actitud desafiante mientras sus dedos aferraban su talismán buscando protección. Los ojos de Lynx se dilataron, incrédulos.

–¡Por el amor de Dios, es ese lince del que me has hablado!

A grandes zancadas, se dirigió hacia el estanque del bosque.

Ella corrió tras él adivinando su intención.

–¡No, no, por favor, no lo mates!

Pero él ya había desenvainado el puñal. Lo único que la afligía era la furia de Lynx contra el lince. Ni siquiera pensó que en realidad estaba furioso con ella.

En la orilla del estanque, se detuvo y escudriñó la zona, buscando con la vista un lugar donde pudiese ocultarse un animal. Como era de esperar, descubrió las ramas bajas, y, sin vacilar, fue hacia allí.

–¡No! –sollozó Jane, corriendo para adelantarse a Lynx y se arrojó al suelo, interponiéndose entre él y el lince.

La mano grande del hombre se cerró en torno a su muñeca, y

la levantó con tanta facilidad como si se tratara de una flor silvestre, para luego dejarla caer. Apartó las ramas, se abalanzó con el cuchillo en la mano, y lanzó una sarta de maldiciones al encontrar la guarida vacía; la bestia salvaje había huido. La mirada acusadora de Lynx de Warenne se volvió hacia Jane, y solo entonces Jane fue consciente del peligro que ella había corrido.

–¡Solo te importa el niño! ¡Estás obsesionado! –gritó, asustada.

–Es una suerte que alguien se interese por él –dijo sin dar muestras de emoción alguna. Y para no ceder al impulso de abofetearla, se mesó los cabellos leonados–. Has puesto en peligro la vida de mi hijo sin detenerte a pensar en él un instante. ¿Es que no significa nada para ti?

Lo cruel y falso de la acusación encolerizó a Jane.

–¡Amo a mi hijo y jamás le haría daño! Por favor, trata de entender que el lince no representaba ningún peligro para mí. Tengo el poder de comunicarme con los animales y de curarlos cuando están heridos. Creo que ya es hora de que conozcas y admitas mis poderes.

–¡No quiero oír una sola palabra más! –replicó él, entre dientes, señalando en dirección al castillo–. Andando, señora.

Jane caminó deprisa entre los árboles, envuelta en un silencio amenazador. Él no le habló hasta que no se hallaron tras los muros de Dumfries.

–No saldrás del castillo –amenazó Lynx.

Alicia Bolton acababa de regresar de su visita diaria a la cervecería junto con Kate Leslie, con quien había preparado un nuevo menjunje para aclarar el pelo. Alicia y su doncella habían visto llegar a Jane, llorosa, y a Lynx pegado a sus talones. La actitud de ambos revelaba de manera indudable que habían discutido.

Una petulante sonrisa de satisfacción curvó los labios de Alicia al ver a Jane pasar corriendo ante ella.

–Tu hermana parece alterada. Llévale un poco de mi vino

especial y averigua el motivo –ordenó a Kate–. Luego me lavarás el pelo.

Alicia era consciente de que se había dejado sacar una gran ventaja por la joven y albergaba la esperanza de aprovechar la pelea como contrapunto. Mientras Lynx estuviese enfadado con la muchacha, ella podría tratar de atraerlo de nuevo a su cama. Esa noche, en el salón, se presentaría con el cabello suelto y se pondría uno de los vestidos preferidos de Lynx.

Kate llegó poco después, irritada con su hermana Jane.

–Casi no me ha dirigido la palabra, milady. Últimamente se da muchos aires y pretende ser mejor que todos nosotros.

–¿Le has dado el vino?

–Lo ha rechazado, igual que el otro que le llevé. ¿Había algo en él? –susurró Kate, recelosa.

–Por supuesto que no –mintió Alicia–. El vino afloja la lengua. Se me ocurrió que tal vez la impulsara a hacerte alguna confidencia. ¿No has averiguado la causa de la riña?

Kate, deseosa de evitar una reprimenda, se apresuró a responder:

–Debe de haber sido por el niño puesto que lord De Warenne no abriga amor alguno hacia mi hermana.

Alicia apretó los labios.

–Claro. Él le ha prohibido montar y ahora la ha confinado en el castillo. Ella debe hervir de celos al ver los cuidados y atenciones que él derrama sobre el niño, y eso que el mocoso todavía no ha nacido.

«¡Si esa pequeña perra hubiese bebido el vino, habría abortado!»

Alicia se quitó las horquillas que sujetaban su tocado.

–Lávame el pelo. Esta noche debo estar radiante.

Por la mente de Alicia pasaron varios planes, mientras Kate se ocupaba de sus desteñidos cabellos. Era obvio que su doncella ya no podía lograr que Jane confiase en ella, pero seguía teniendo utilidad para Alicia. Tenía libre acceso a las habitaciones de su hermana en la torre principal; eso era indispensable para el plan que había pergeñado Alicia.

–Es probable que tenga un vestido que te vaya bien, Kate. No entiendo por qué tu hermana no es más generosa contigo.

Según Alicia, un soborno obraba milagros.

Antes de bajar al salón para cenar, Alicia se cepilló el pelo y se adornó con los zafiros que Lynx le había regalado hacía mucho. En los últimos tiempos, él la trataba con indiferencia; debía aprovechar esta oportunidad para intentar cambiar esa actitud. La excitación le encendió la sangre. Había sido testigo de la ira apenas controlada de Lynx y eso la excitaba. Se estremeció al imaginar las cicatrices de las heridas de guerra en el cuerpo desnudo de él. Eran la prueba visible de los peligros a los que él se enfrentaba constantemente.

Cuando Lynx entró en el salón a la hora de la cena, sabía que Jane no estaría. Después de una pelea, las mujeres solían apartarse, como si fuesen la parte ofendida. Bueno, pasaría bastante tiempo hasta que él le pidiera que se sentara junto a él en el sitio de honor. Bien podía ella cenar en su habitación para recapacitar sobre su temerario comportamiento.

Divisó a Thomas y a Alicia, quien conversaba con su escudero. Lynx se disgustó al comprobar que no podría evitarla. Cuando se aproximó, vio que ella se había puesto su vestido preferido, de color azul zafiro, con las joyas que él le regalara en una ocasión.

–Buenas noches, Lynx –dijo ella suavemente.

Por su tono de voz, Lynx adivinó que iba a pedirle algo.

–Milord, ¿me permites que esta noche me reúna contigo?

Incluso de malhumor, una negativa habría sido demasiado brusca. Pensó en embaucarla con alguna excusa, pero comprendió que no tenía necesidad.

–¿Por qué no? –respondió, como al descuido, sentándose e invitando a Alicia a su lado.

Cuando Thomas les sirvió vino, Alicia levantó la copa y bebió.

–Lynx, quisiera disculparme contigo.

–¿Por qué? –preguntó él con aspereza, conociendo los modos suaves y engañosos de las mujeres.

–He estado muy enfadada contigo. Te he ignorado por completo, intentando castigarte por haberme traído al norte. Sin embargo, la verdad es que me mostré como una consentida y me he compadecido demasiado de mí misma.

Él la observó. Estaba tan delgada que parecía enferma. Sin querer, acabó por compararla con el cuerpo suave y lozano de Jane.

–Ahora comprendo que no estaba castigándote, Lynx, sino que me castigaba a mí misma. Echo de menos tu compañía, mi querido lord; te ruego que sigamos siendo amigos.

Mientras la miraba y la escuchaba, Lynx se convenció de que su deseo hacia su antigua amante era cosa del pasado y sintió pena por ella; cuán sola debía de sentirse. Era injusto para ella estar confinada en esa zona de la frontera.

–Pronto iré a Edimburgo...

Antes de que él pudiese terminar, ella comenzó a suplicarle:

–¡Oh, Lynx, por favor, llévame contigo! ¡Te prometo que no lo lamentarás!

Escudriñó el rostro de la mujer con su mirada perspicaz.

–Una mujer como tú no se adapta a vivir en el campo. Es probable que odies Dumfries. Me imagino que serías mucho más feliz en Edimburgo.

Para suavizar la proposición que estaba a punto de presentarle, puso una mano sobre la de ella. Ahí estaba la oportunidad de sacarla de Dumfries para siempre.

–En el castillo de Edimburgo, la residencia del gobernador es espaciosa y muy similar a la corte. Allí reciben permanentemente tanto a nobles ingleses como escoceses que van a presentar su juramento de lealtad. ¿Qué te parecería si reservara habitaciones para ti o te comprase una casa pequeña cerca de allí?

–¡Qué idea maravillosa! Así, podríamos estar juntos cada vez que visitaras la ciudad, cosa que, espero, hagas con frecuencia. Muchas gracias, querido.

Lynx retiró la mano y tomó el cuchillo.

–Es injusto retenerte aquí.

«¡También es injusto para Jane!» De repente, se le ocurrió que quizá Jane Leslie se hubiese negado a casarse con él porque él mantenía a una amante en Dumfries. Alicia no formaba parte de su vida, pero Jane no lo sabía.

Cuando terminó la cena, Lynx se excusó. Sonrió a Alicia, contento al saber que ella no iba a causarle dificultades. Ahora, seguro de que ya no serían más que amigos, él podía permitirse ser amable.

–Más tarde, te diré cuándo nos marcharemos.

Alicia le retribuyó la sonrisa.

–De acuerdo.

Lynx conversó con sus caballeros con respecto a su proyectado viaje a Edimburgo, para resolver quién lo acompañaría y quién se quedaría. Luego, consultó con su mayordomo y, por último, con su escudero.

Thomas se frotó la nariz.

–No sé si debería dejar a lady Jane al cuidado de Taffy; milord. Él no es capaz de mostrarse firme con una dama e imponer la ley o, al menos, no puede hacerlo con esta dama en particular.

–¿Y a qué se debe eso? –preguntó Lynx, frunciendo el entrecejo.

Thomas rió con disimulo.

–A que el muchacho está enamorado de ella.

El ceño de Lynx se ahondó. Tal vez a Thomas le resultara divertido, pero a él no.

–En ese caso, esa responsabilidad queda a tu cargo –dijo a Thomas–. Por su propio bien, ella no puede salir del castillo.

Al pensar que debería quedarse, el humor se esfumó de inmediato de la expresión de Thomas.

De Warenne se retiró a su habitación a redactar una nota para Robert de Bruce. Mientras él estuviese en Edimburgo, se sentiría mejor si de Bruce echaba un vistazo a Dumfries. Lynx secó la tinta con arenilla y estampó su anillo de sello en el lacre. Se oyó un golpe quedo en la puerta. Supuso que era Thomas e indicó que entrase.

–Tengo una carta para... –su voz se apagó al ver aparecer a Alicia. «¡Que Dios me dé paciencia!»–. Alicia, ¿qué haces aquí?

–Tú me invitaste.

–¿Que te invité? –repitió, sin poder creerlo, y su voz se elevó y llegó a la habitación de abajo.

–Bueno, no fue con palabras... me invitaste con la mirada.

Él se quedó mirándola, boquiabierto, al ver que ella comenzaba a quitarse el camisón.

Abajo, Jane oyó una voz de mujer aunque no pudo distinguir las palabras. Con gran curiosidad subió los peldaños que conducían a las habitaciones de lord De Warenne y se quedó ante la puerta, escuchando.

–Esta noche, he visto que me deseabas tanto como yo a ti. Me percaté por el modo en que me mirabas, desnudándome con los ojos. Fue por eso que me puse tu vestido preferido y los zafiros que me habías regalado.

Lynx sintió que lo inundaba una oleada de culpa al comprender que el deseo por esa mujer estaba muerto hacía mucho. Cuanto ella decía era fruto de su imaginación. ¿Cómo podría librarse de ella sin herir su vanidad? En cuanto la rechazara, ella se lanzaría a una orgía de gritos.

–Alicia –empezó a decir, cerrando con firmeza el camisón de la mujer–. Ya hace mucho tiempo que estamos juntos, y deberías saber que me gusta tener la iniciativa. Cuando yo quiera, iré a tu cama.

–Te entiendo, querido: las paredes oyen.

Él la acompañó hasta el otro lado de la habitación y, apoyando una mano firme en su espalda, abrió la puerta, dispuesto a librarse de ella.

Abajo, Jane se sentó en un peldaño y dejó perder su mirada en la oscuridad. «¡No se te ocurra llorar! –se reconvino a sí misma–. ¡No me importa que ella haya usado el vestido preferido de él, ni que él le comprara joyas!», se dijo con furia. Sintió que, en lugar de las lágrimas, la cólera crecía en su interior hasta el punto de explotar. «¡Va a llevarla a Edimburgo! –pensó, furiosa–. ¡Te importa más ella que yo! ¡Ojalá te vayas al infierno, Lynx de Warenne!»

Reanimada y confiada, Alicia encendió unas velas en su habitación y apartó las mantas de la cama. Sabía que Lynx detestaba que fuera a buscarlo a su habitación, y no había cometido la tontería de hacerlo con frecuencia. Pero, esa noche, no había podido contenerse. Hacía tanto tiempo que no se le acercaba que temió que estuviese cansándose de ella.

Alicia se sirvió una copa de vino y se tranquilizó, pensando que había hecho lo correcto. Ahora que él sabía lo que sentía, estaba segura de que volvería a su cama. Sin embargo, a medida que avanzaba la noche, la confianza de Alicia comenzó a vacilar.

Se sirvió otra copa de vino y se paseó por la habitación. ¿Por qué no ansiaba la compañía de ella? Sin duda la respuesta se hallaba en la pequeña ramera con la que se había unido a prueba. Porque había implantado su semilla en el vientre de ella y, en consecuencia, ella estaba convirtiéndose en lo más importante de su vida. ¡El poleo que ella había puesto en el vino no iba a dar resultado si esa estúpida muchacha no bebía pronto de su obsequio!

Finalmente, Alicia se convenció de que Lynx no iría. ¿Qué motivo podría tener cualquier hombre para rechazar una invitación sexual? No lo comprendía. ¡Se había tragado su orgullo, y su recompensa era la humillación! Corrió al espejo para observar su aspecto. Abrió su camisón para comprobar que seguía siendo tan delgada y atractiva como siempre. Su vientre era plano y no estaba hinchado como el de Jane Leslie. Entonces, cayó en la cuenta de que su rival no era la muchacha sino el niño.

Sin embargo, todo se arreglaría. Lynx la llevaría a Edimburgo. Alicia se aferró a esa idea como si estuviese ahogándose y se asiera de una rama. Aunque ya no podía seguir negando la verdad. Él iba a llevarla a Edimburgo para librarse de ella. ¡Fue ese el motivo de la riña que había tenido la pareja esa mañana! ¡Jane

Leslie había exigido a Lynx que alejara a su amante de Dumfries!

Alicia arrojó la copa contra el espejo, mellando su pulida superficie. Era el momento para cambiar de plan. Tal vez, plantar semillas de duda fuese tan eficaz como provocar un aborto. Se había contenido durante demasiado tiempo. «¡La que vacila está perdida!»

CAPÍTULO 20

Jane se sentó en una silla ante el hogar con una copa de vino y luchó contra su desdicha. ¿Debía tragarse su orgullo y sacar el mejor partido posible de la humillante situación? ¿Debía enfrentarse a lord De Warenne y decirle cómo se sentía? ¿O ir en busca de Alicia y arrancarle los ojos?

Jory de Warenne había dicho que a los hombres no les gustaba que una mujer fuese sumisa sino que la preferían voluntariosa. Por lo tanto, ya que él le había prohibido salir del castillo, ella se rebelaría contra su autoridad: se iría a su casa. Sabía que su padre pasaba en el castillo casi todas las noches; en consecuencia, solo tendría que enfrentarse a Megotta. Jane decidió no llevar nada de lo que él le había regalado. Aunque, en lo más profundo de su ser, tenía la esperanza de que él fuese a buscarla.

Aún no había amanecido cuando Jane se escabulló fuera del castillo y se encaminó hacia su antiguo hogar. Cuando llegó, las velas estaban encendidas y se sorprendió al ver a Sim y a Ben sentados junto al fuego, absortos en una conversación con Megotta. Jane no sabía, siquiera, que ellos habían regresado del pastoreo en las Highlands. El clima otoñal se había prolongado tanto que los retuvo un mes más.

Cuando Jane entró, los tres interrumpieron la conversación, como si ella los hubiese sorprendido planeando un crimen. El ambiente estaba cargado de culpa y de sigilo; Jane olvidó de inmediato su problema, percibiendo que allí había uno de mayor alcance. Su abuela se volvió para hablar con alguien a quien ella no podía ver.

–¿Se lo has dicho a Jane? –preguntó Megotta.

De las sombras emergió Keith.

–No, no se lo he dicho.

Jane corrió hacia Keith.

–¿De qué se trata? ¿Sucede algo malo?

–Es clarividente, igual que Keith. Es imposible ocultarle las cosas –susurró Megotta.

–Cuando estábamos en las Uplands, supimos que hay un nuevo jefe que está reclutando escoceses rebeldes. Hombres de todas las condiciones se precipitan a unirse a él. Hijos segundos y terceros, que no tienen nada que perder, están reuniendo un ejército para luchar contra los opresores ingleses. Se llama William Wallace y su meta es la libertad. Innumerables personas que no están dispuestas a vivir en la esclavitud lo apoyan en secreto –explicó Ben.

–Él es celta, como nosotros. Lo hemos visto, lo hemos escuchado. Está devolviendo a los escoceses el orgullo que los ingleses han tratado de aplastar. La mitad de los pastores de la frontera han jurado lealtad a Wallace –añadió Sim.

Jane miraba a sus hermanos de hito en hito, consternada.

–¡Dios mío, ya os habéis comprometido! ¡Por eso habéis regresado en noviembre: por uniros secretamente a esta causa!

–Nosotros somos celtas –afirmó Ben.

–Si De Warenne llega a saberlo, sois hombres muertos –advirtió Keith.

–No debe saberlo nadie que no esté en este cuarto –los conminó Jane, desesperada–. Ocultad esto, a toda costa, a nuestro padre. ¡Si insistís en ello, será como si hubieseis firmado la sentencia de muerte de todos nosotros!

–¿Acaso estáis tan ciegos que no sabéis por qué De Warenne está aquí, en Dumfries? –preguntó Keith–. Es para aplastar cualquier chispa de rebelión. Su tío es el gobernador de Escocia; por el amor de Dios, hasta De Bruce está del lado de los ingleses. Ellos tienen espías por todas partes.

Sim y Ben se miraron con expresiones temerosas. Lo único que habían hecho ellos, en realidad, había sido permitir que los rebeldes se apoderasen de algunas ovejas, aunque eso bastaría para que los ahorcasen.

Cuando llegó su hermana Kate, estaban desayunando.

–Supe que estabais aquí –dijo, dirigiéndose a Sim y a Ben–. He venido solo a saludar –prosiguió Kate, y sus ojos se agrandaron cuando vio a Jane sentada a la mesa–. ¿Qué haces aquí?

Jane irguió la cabeza. A Kate solo le interesaban las habladurías y Jane deseaba que siguiera así.

–Ya sabes que lord De Warenne y yo hemos reñido; he decidido regresar a casa.

Cuando Kate se marchó, Jane advirtió a todos:

–No se puede confiar en ella. Es carne y uña con la querida de De Warenne.

Ella se esforzó por ignorar las miradas compasivas de sus hermanos.

–¡Tu padre no debió haberte vendido a él! –escupió Megotta.

–Ya sabes que no he tenido otra alternativa que aceptar el matrimonio a prueba.

Jane deseó no haber ido a su casa, no haberse enterado del comportamiento temerario de Ben y de Sim. Ahora, sus lealtades estarían divididas y ella se sentía como si la hubiesen desgarrado por la mitad.

–Mi hermana Jane ha ido a casa de nuestra abuela –dijo Kate a Alicia–. ¡Ha desobedecido las órdenes de lord De Warenne!

–Tu hermana no me interesa. Lord De Warenne va a llevarme a Edimburgo. Ve a buscar la bandeja con mi desayuno; luego me ayudarás a preparar mis cosas.

Alicia no podía creer que el destino estuviese sonriéndole de este modo, brindándole esta oportunidad.

En cuanto Kate se fue, Alicia tomó su provisión de poleo del armario donde la tenía oculta y se dirigió hacia la torre principal. Se escurrió en la habitación de Jane y dejó las hierbas junto al vino. Tardó menos de un minuto. Lo único que le quedaba por hacer era decir a Lynx cuáles eran las intenciones de la muchacha. Esa tonta ramera había ido a caer en sus manos.

Lynx salía del salón con su hermana Jory cuando se encontró con Alicia. Al parecer, había estado esperándolo y él se esforzó por dejar traslucir en su semblante una expresión de paciencia.

–Milord, necesito hablar contigo en privado.

–Alicia, ¿de qué se trata? –preguntó él, al ver la mirada de Marjory.

–Estoy segura de que no querrás que alguien oiga lo que debo decirte.

Lynx se hallaba en el límite de su paciencia en lo que se refería a esta mujer pero, pensando que no tendría que soportarla mucho más, fue con ella hasta la pequeña estancia junto al salón.

–Jane Leslie va a abortar.

Lynx la aferró por los hombros.

–¡Eres una perra mentirosa!

–¡Es verdad! –gritó ella–. Su hermana encontró una sustancia en su habitación. Ella ha estado bebiendo poleo pero, como no ha dado resultado, fue a ver a su abuela para que el trabajo sea ejecutado como es debido. ¡Esa vieja bruja de Megotta es la que hace todos los abortos en Dumfries! ¡Pregúntaselo a cualquiera!

Lynx apartó a Alicia de un empujón, fue hasta la escalera de la torre principal y subió los peldaños de dos en dos. Él había confinado a Jane en el castillo; ella no se atrevería a marcharse. Sin embargo, una voz dentro de sí le susurraba que, sin duda, Jane lo había desobedecido. ¡Sí, era capaz de desafiarlo, pero no de matar a su hijo!

Al ver que la habitación de ella estaba vacía, Lynx se dijo que podría estar en cualquier lugar del castillo. Abrió de par en par el armario y se tranquilizó un poco cuando comprobó que sus ropas aún estaban allí. Sin embargo, cuando su mirada se posó sobre el poleo y el cuchillo de Jane, se sintió mucho peor. Levantó la copa de vino y la olió. Sus entrañas sufrieron un espasmo y reconoció la sensación de miedo. Lynx de Warenne echó a correr.

Jane se levantó de un salto, asustada, cuando la puerta de entrada se abrió de golpe y lord De Warenne irrumpió en el interior como un ángel de la muerte. Jane estuvo a punto de desmayarse. ¿Cómo se habría enterado él de los tratos que ellos habían tenido con William Wallace? Lynx volcó la taza de leche que ella tenía en la mano y gritó:

–¡No te atrevas a beber esa porquería!

Jane se dejó caer sobre un banco, con las piernas temblorosas, cuando comprendió que la cólera de él no iba dirigida a sus hermanos sino a ella. Lynx señalaba a Megotta con un gesto imperioso.

–¡Vieja, si has hecho algo para matar a mi hijo, prepárate a morir!

–Lord De Warenne, ¿qué dices? ¿Qué piensas que hemos hecho? –gritó Jane.

–¡Quieres abortar!

–¡No, no; te juro por mi honor que no es así!

–Las mujeres no tienen honor –tronó él.

Jane se acercó a él y lo sujetó por los antebrazos. En el preciso instante en que lo tocó, percibió su miedo, sufrió su agonía, sintió la ira que lo devoraba. Le clavó las uñas en la carne para captar su atención.

–Lynx, te juro por mi alma que yo no he hecho tal cosa. –Tomó la mano de él y la llevó a su vientre–. ¡Siente, siente! El niño vive... el niño está creciendo.

En los ojos verdes del hombre desapareció una parte de su locura, en tanto él se concentraba en el niño que se movía dentro del vientre de ella. Jane se estiró y le tocó la mejilla con los dedos.

–Milord, sé cuánto amas a este niño. Por favor, comprende que yo también lo amo con todo mi corazón y con toda mi alma.

–Entonces, ¿por qué has venido aquí? –preguntó él.

–¡Quería desafiar tus órdenes! ¡Anoche, oí a tu amante en tu habitación y estaba furiosa contigo! ¿Quién me ha acusado de este hecho?

–Alicia, y tu hermana Kate. He visto con mis propios ojos las hierbas abortivas que tú habías recogido.

–Iré contigo a enfrentarme a mis acusadoras.

Jane caminó junto a él en silencio el trayecto de regreso al castillo. Su rostro estaba pálido, le temblaban las manos, pero su andar era decidido. Jane subió lentamente los peldaños que conducían a la torre principal, pues el niño había crecido mucho y su paso era torpe.

Su vista se posó de inmediato sobre el poleo, y luego miró a Lynx a los ojos.

–Te juro que no he recogido esta hierba.

–En el vino también hay una buena dosis de esta sustancia asquerosa.

–Kate me trajo el vino... agradezco a Dios no haberlo bebido –murmuró, y volvió a mirarlo a los ojos–. Tendrás que decidir a quién creer.

Jory entró por la puerta que había quedado abierta.

–Tenéis un aspecto horrible, ¿qué ha hecho ahora Alicia?

Jane sintió tal nudo en la garganta que creyó ahogarse.

–Ha dicho a milord que trataba de abortar.

–Dios mío, no se detiene ante nada para lograr lo que quiere. Lynx, tengo que decirte algo, algo que debería haberte dicho hace mucho.

Marjory llevó a Jane hasta una silla.

–Siéntate –le dijo con suavidad e hizo señas a su hermano de que pasaran a la habitación contigua.

–Cuando Alicia y yo estábamos en Wigton, un día la encontré con una hemorragia a causa de un aborto provocado por ella misma. Me asusté mucho, pero me aseguró que estaría bien, porque ya lo había hecho antes. Me suplicó que no te revelara su secreto y yo, como una tonta, le di mi palabra.

–Maldita seas, Jory, ¿por qué no me lo habías dicho?

–Porque, en aquel entonces, sentía pena por Alicia y temí que te enfadarías si te enterabas de la verdad. Pero, como ella ha mentido con respecto a Jane, quedo libre de mi promesa de guardar silencio.

Lynx de Warenne rechinó los dientes.

–¿Vive en este mundo alguna mujer en quien se pueda confiar?

Jory se estremeció al verlo salir de la habitación a grandes zancadas; su hermano parecía dispuesto a matar.

Kate casi había terminado de poner los finos vestidos de Alicia en el baúl cuando De Warenne entró en el dormitorio.

–Fuera.

Su tono era tan cortante, su mirada tan amenazadora, que Kate dejó caer la prenda que estaba doblando y salió.

De Warenne se enfrentó a Alicia sin preámbulos.

–¿Concebiste algún hijo mientras estuvimos juntos?

Alicia lo miró boquiabierta, sabiéndose condenada fuera cual fuese su respuesta.

–¿Lo has hecho?

Ella se encogió como si la hubiese golpeado, y respondió con una verdad a medias.

–Sí, Lynx, pero lo perdí. Y no quise decírtelo porque sabía cuánto deseabas un hijo.

–De modo que es verdad.

El fuego de sus ojos verdes se convirtió en hielo.

–¡Ojalá que Marjory de Warenne se vaya al infierno! –explotó Alicia.

–Señora, eres tú la que se irá al infierno –dijo él, echando una mirada a los baúles que desbordaban de cosas que él le había regalado–. Me ocuparé de que tengas una escolta para llegar sana y salva a Edimburgo, a Inglaterra o adondequiera que resuelvas ir.

Alicia se quedó mirando la puerta cerrada y dos manchas de humillación ardieron en sus mejillas. ¡Él había puesto fin a la relación! ¿Cómo se le ocurría pensar que podía hacer semejante cosa? Tuvo ganas de destruir esa arrogancia que, en otro tiempo, le había parecido tan atractiva. Bueno, quizás él pensara que se había terminado, pero no sería así hasta que ella lograra vengarse. No iría a Edimburgo ni a Inglaterra. Iría al encuentro de Fitz-Waren, en Torthwald.

–Me vengaré –juró Alicia–. ¡Y para ello, me serviré de tu primo!

Marjory instó a Jane a echarse.

–Has tenido una mañana muy agitada; creo que debes descansar.

–No estoy enferma.

–Aun así debes reposar. Estás muy pálida. Me quedaré contigo, si quieres –se ofreció Jory.

Jane cedió.

–Pondré los pies en alto; tal vez pinte un amuleto... eso me tranquiliza.

–Oh, ¿harás uno para mí? Robert tiene un talismán. ¿De verdad, crees que ejercen un poder mágico?

–El símbolo de él es un caballo celta, que representa la soberanía. Yo creo que la piedra tiene el poder de protegerlo, pero Robert lleva su destino dentro de sí.

Jory escrutó el rostro de Jane.

–¿Tú sabes cuál es su destino? –preguntó, pero se apresuró a posar un dedo sobre los labios de Jane–. No, no me lo digas... quiero que todo siga siendo como hasta ahora.

–La rueda de la vida gira, Jory. Todo cambia. ¿Qué te parecería si pintara para ti una pareja divina que representase la unión sagrada entre la energía masculina y la femenina? Pondría el acento en que cada una de las partes necesita, al mismo tiempo, independencia y cooperación para enriquecer el tránsito por la vida.

–Eso me suena perfecto. Las personas siempre han creído en el poder místico de los símbolos. Te contaré algo sobre los símbolos fálicos romanos que hay en el muro de Adriano; Robert me los mostró.

Las dos se dejaron absorber por el diseño del talismán, eludiendo con cuidado el tema de Lynx de Warenne y el desagradable enfrentamiento que había tenido lugar un rato antes. Transcurrido un buen rato, oyeron llamar suavemente a la puerta del dormitorio de Jane. Jory abrió y se despidió para que Jane y su hermano pudiesen tener intimidad.

–¿No te sientes bien? –preguntó Lynx.

–No... es que Jory creyó necesario que descansara. He estado pintando un amuleto para ella.

Lynx dio unos pasos, inquieto. Era evidente que se sentía incómodo pensando en lo que debía decir. Metió los pulgares en el cinturón.

–Ya no tendrás que vértelas con Alicia Bolton. Se ha ido.

Jane comprendió que no iba a decir nada más acerca de esa mujer, que no le daría más explicaciones.

–Gracias por creerme.

Jane sabía que él no le creía del todo sino que, más bien, estaba otorgándole el beneficio de la duda. Había elegido entre ella y Alicia, pero ella sabía que, en el fondo de su corazón, Lynx de Warenne no confiaba en ninguna mujer.

–Esta mañana, actué con demasiada dureza. –Jane era consciente de que eso era lo más parecido a una disculpa que él era capaz de ofrecer. Fue hacia la ventana y luego volvió hasta el banco donde ella estaba reclinada–. Soy un militar, soy responsable de mis hombres. Estoy acostumbrado a dar órdenes y a que estas se obedezcan sin discusión.

¿Estaría explicando su propia conducta o estableciendo una norma?

–Y yo estoy acostumbrada a ser libre –replicó ella con suavidad.

Entre ellos había un abismo. Si no querían que se agrandase, era obvio que deberían comprometerse. La mirada de Jane se posó sobre la pareja divina que había estado pintando; se impresionó cuando comprendió hasta qué punto el amuleto representaba la unión entre ellos. Ambos necesitaban su independencia. Tendrían que aprender a cooperar, empezar a confiar el uno en el otro para poder hallar la felicidad en el camino de la vida.

–Prefiero que te quedes en el castillo en lugar de que vuelvas a tu antiguo hogar.

A Jane le agradó que no le hubiese dado una orden; comprendió que eso constituía una gran concesión por su parte.

–Me quedaré, milord; prometo no hacer nada imprudente que dañe al niño.

Si bien se sentían torpes e incómodos uno con el otro, al menos no estaban riñendo.

–Debo ir a Edimburgo, a ver al gobernador. El tiempo que estaremos separados nos dará un respiro. Jamás ha sido mi intención hacerte sentir una prisionera, milady.

De nuevo, se mostraban formales y corteses. Cuando él regresara, tendrían que empezar otra vez.

–Buen viaje, lord De Warenne.

Cuando Lynx de Warenne llegó con sus caballeros a la sede oficial del gobernador, en el castillo de Edimburgo, comprobó con sorpresa que Robert de Bruce todavía estaba encerrado con su tío. Anunciaron la llegada de Lynx y lo hicieron pasar para que se reuniese con ellos. Le bastó con mirar a De Bruce para saber que su amigo estaba indignado.

John de Warenne, fatigado, levantó las manos.

–Ya tengo bastantes problemas, Lynx. Si has venido a informarme de otros, es probable que ceda a la tentación de matar al mensajero.

–El rey ha liberado a Comyn –refunfuñó Bruce.

John de Warenne explicó a Lynx las circunstancias.

–Cuando recibí tu mensaje informándome de que Andrew Moray había escapado, él ya estaba organizando la rebelión en el norte. Eduardo liberó Comyn con la condición de que pusiera fin a la rebelión y mantuviese la paz al norte del Forth.

–¡Moray es pariente de Comyn, por el amor de Dios! –exclamó De Bruce.

–Ese es, precisamente, el motivo por el cual Eduardo eligió Comyn –señaló John.

Pero De Bruce insistió:

–Trabajan codo con codo. ¡Comyn tiene los ojos puestos en el trono de Escocia, que quiere para él!

–No es el único –replicó John de Warenne, mirando a De Bruce con intención.

Lynx se frotó el mentón.

–Creo que Comyn ha persuadido a Eduardo de que no es seguro dar carta blanca a De Bruce en Escocia. Probablemente, habrá argumentado que tu poder se expandirá a menos que Comyn actúe como contrapeso. El juego preferido del rey es lanzar a un noble contra otro; eso lo deja libre para navegar hacia Flandes.

–Malditos seáis. Lo que decís con respecto al rey bordea la traición –advirtió John–. No sé qué esperáis de mí; sabéis que no puedo ni quiero oponerme a las órdenes del rey –dijo a De Bruce con franqueza.

–Quiero que se envíe una queja formal a Eduardo Plantagenet. Comyn no debería tener las manos libres en el norte. Los condes de Atholl y de Fife deberían ser sus custodios.

–Has hecho una sugerencia sensata; la transmitiré al rey –accedió John, sin mucho entusiasmo.

–¿Hay problemas en algún otro sitio? –preguntó Lynx a John.

–¿Alguno de vosotros ha oído mencionar a un individuo llamado William Wallace?

Los dos negaron con la cabeza.

–Aquí tengo un informe de Henry Percy; dice que el tal Wallace con su banda de rufianes han atacado y asesinado al mayordomo de Percy en la plaza del mercado de Ayr. Percy emitió una orden de arresto en su contra, pero no ha logrado encontrarlo –dijo John de Warenne, blandiendo un informe del comisario de otro condado–. ¡No han podido encontrar a Wallace porque estaba atacando una torre de vigilancia en Lanark!

–¿Quién es? –preguntó Lynx.

–¡Un don nadie! ¡No tiene tierras ni títulos!

–Detesto señalar algo que es obvio –dijo Lynx–, pero un hombre que no tiene nada que perder es el enemigo más encarnizado.

John de Warenne se mostró confundido.

–Cuando el rey se marchó, la mayoría de los líderes escoceses le habían jurado lealtad, los ejércitos se habían desbandado y los fuertes principales estaban guardados por ingleses. Yo estaba seguro de que su causa estaba perdida.

–Nunca subestime a un escocés –dijo Robert de Bruce con ligereza.

Lynx de Warenne percibió la amenaza que encerraban las palabras de su amigo.

–Mi antesala está llena de peticionarios y estoy ahogándome en un mar de papeles. ¿Podríamos seguir hablando más tarde? –preguntó De Warenne.

Lynx estaba preocupado por su tío, que parecía haber envejecido diez años en menos de dos meses. No cabía duda de que John de Warenne se movía mejor en el campo de batalla que en la administración.

Salieron por una puerta lateral; en cuanto estuvieron solos, Robert de Bruce dijo:

–Ven, vamos a comer algo; te proporcionaré algunos informes acerca de William Wallace.

Lynx arqueó una ceja.

–Dijiste que no habías oído hablar de él.

–Mentí. Hace un tiempo que conozco la existencia del enemigo del rey.

Capítulo 21

Robert de Bruce vació su jarra de cerveza y se limpió la boca.

–Como sabía que iban a surgir problemas, tendí una trampa. Cuando salí de Carlisle con la caravana de carga hacia la ruta del oeste, esperaba que me atacaran antes de llegar a Glasgow. No me equivoqué, pero el problema surgió mucho antes. En Ayr, los caballos de carga fueron robados por un temerario muchacho llamado William Wallace.

–Y no lo mataste ni lo arrestaste. ¿Qué hiciste con él? –preguntó Lynx.

No se hacía ilusiones con respecto a Robert, sabiendo que De Bruce haría lo que fuese conveniente para él, no para la corona.

–Lo escuché, lo medí, lo evalué.

–¿Y a qué conclusión llegaste?

–Wallace es formidable. Es un gigante. Tú serás un hombre alto, pero Wallace te saca un palmo. Tiene las cejas del color del trigo, sus extraños ojos son claros y están iluminados por el fanatismo. Tiene un temperamento salvaje y una implacable sed de sangre cercana a la locura. Lleva una gigantesca espada escocesa de dos filos que usa como si fuese la extensión de su brazo.

De Bruce pidió más cerveza.

–Por otra parte, no creo que su causa pueda triunfar. Tal vez arrastre a los granjeros, los pastores, los fugitivos de la ley, la gente de Escocia, pero los nobles y los jefes de clanes jamás aceptarán su autoridad. Ellos tienen poder absoluto sobre sus clanes, y lucharán cuándo y dónde decidan, sin aceptar órdenes de nadie.

–¡Has hablado con William Wallace de una alianza! –conjeturó Lynx.

Robert se echo a reír.

–Eres un pillo astuto, Lynx. Lo negaré a muerte, aunque, es verdad, hemos tanteado algunas... posibilidades. Llegué a la conclusión de que Wallace apoya la devolución del trono a Baliol, lo que va contra mis intereses. En consecuencia, no hemos convenido ninguna alianza.

–Tal vez no hayas concertado una alianza, pero apostaría a que has hecho alguna clase de trato con ese canalla –lo acusó Lynx.

–Más bien, un entendimiento. Con toda seguridad, no lanzará más ataques contra las caravanas de carga de De Bruce.

–Pero ha atacado al mayordomo de Percy.

De Bruce se encogió de hombros.

–Yo mismo fui custodio de Ayr pero el rey tuvo la sabiduría de dárselo a Percy. –Arqueó una ceja y se inclinó hacia delante–. Me importa un comino lo que Wallace haga a Percy mientras nos deje el campo libre a mí y a los míos.

–Han corrido rumores durante años acerca de que tienes un pacto secreto con siete condes que te pondrán en el trono cuando llegue el momento propicio.

–Antes de mí, lo concertaron mi abuelo y mi padre. Los condes se cambian de bando con más frecuencia que de calzones. Amigo mío, tengo más fe en ti que en todos los condes de Escocia.

Al día siguiente, Robert de Bruce regresó a Annandale; Lynx, en cambio, permaneció en el castillo de Edimburgo a demanda de John de Warenne. Si bien su tío tenía cientos de empleados y escribientes, era evidente que el gobernador necesitaba la ayuda de Lynx. Aun así, primero tenía que aclarar ciertas cosas con John.

–¿Es cierto que pusiste a Fitz-Waren en Torthwald para que nos vigile a Bruce y a mí?

John se sorprendió.

–No, ¿por qué me acusas de semejante cosa? ¡No deseo que surjan rencores entre vosotros!

En verdad, John había tentado a Fitz-Waren con Torthwald porque quería librarse de él. Ese joven bribón se había exhibido por Edimburgo llenándose los bolsillos y causándole problemas.

–Puesto que te he dado Dumfries, me pareció justo entregar Torthwald a Fitz.

–Es un montón de piedras comparado con Dumfries, pero ese no es el quid de la cuestión.

Lynx quería contar a John las atrocidades cometidas en Torthwald, pero sabía que Fitz podría justificar los ahorcamientos aduciendo que su guarnición estaba allí para aplastar los conflictos. Si él acusaba a Fitz-Waren de algo, John saltaría en su defensa. Ya había ocurrido antes. De todos modos, Lynx aventuró una pregunta:

–¿Por qué me enviaste un mensaje con uno de sus oficiales?

–Fitz dijo que tenía que enviar algunas cartas a Dumfries.

–No quiero que esté al tanto de mis asuntos. Prefiero utilizar mis propios correos –dijo Lynx, sin ambages.

–Maldita sea, ¿por qué tienen que existir estos celos mezquinos entre vosotros? Es natural que Fitz te envidie porque tú heredarás un condado, pero yo espero algo mejor de ti. Sé que él tiene defectos, pero necesito pedirte que los pases por alto y que resuelvas tus diferencias con él, por mi bien.

«John, tú no tienes idea de quién es él –pensó Lynx–. Crees que es débil y envidioso, pero sé reconocer la maldad cuando la veo.» Lynx mantuvo la boca cerrada porque vio que John parecía abatido por el peso de sus nuevas responsabilidades.

John suspiró fuertemente.

–He recibido mensajes de todas partes de Escocia que todavía no he leído; sin duda, la mayoría solo contienen problemas.

–Los revisaré y separaré los de las zonas problemáticas –se ofreció Lynx–. Tengo buenas noticias para darte, John. Por fin, voy a ser padre.

–¡Bueno, felicitaciones, Lynx! Eso me hace tan feliz como a ti. ¿Te has casado ya?

–Todavía no. Tal vez, celebremos la boda en Navidad.

Sin embargo, a medida que se aproximaba la Navidad, Lynx de Warenne no tenía la más remota esperanza de estar en Dumfries para las fiestas. Desde Scone llegaban tantas quejas referidas a William Ormsby, el nuevo funcionario judicial, que Lynx fue a investigar. El funcionario había establecido su corte judicial en Scone; la mayoría de los informes lo acusaban de robos legalizados.

Lynx comprobó que las quejas estaban justificadas. Ormsby estaba extorsionando a todos los escoceses en un radio de ciento sesenta kilómetros, recaudando multas. Si un hombre no pagaba, quedaba fuera de la ley. Como solo contaba con un puñado de caballeros, Lynx no podía hacer otra cosa que exponer los hechos ante el gobernador.

Entretanto, William Wallace creaba agitación donde podía y todos los días se sumaban numerosos hombres a su causa. En Lanark, el comisario William Heselrig, que desalentaba toda resistencia con mano de hierro, fue asesinado por Wallace, además de destruir los cuarteles ingleses.

Lynx mandó a su lugarteniente Montgomery a Dumfries en busca de más hombres. Envió cartas a su hermana Marjory, a Jane y a su mayordomo explicándoles que no podría estar de regreso para Navidad y prometiéndoles que celebrarían la Nochevieja de acuerdo con la costumbre escocesa.

Lynx se sentía partido en dos mitades, deseando estar en Dumfries, lleno de ansiedad ante el inminente nacimiento de su hijo y, al mismo tiempo, sabiendo que su deber se anteponía a su vida personal. Cuando releyó la carta que enviaba a Jane, notó que estaba llena de advertencias alarmistas y órdenes que ella debería seguir. La rompió y comenzó de nuevo, dos o tres veces. Por último, se limitó a escribirle que esperaba que ella estuviera bien y le rogaba que no fuese al bosque de Selkirk porque estaba lleno de malhechores.

Lynx buscó a Wallace sin encontrarlo. El joven y fanático proscrito estaba convirtiéndose, a toda velocidad, en el adalid de la gente sencilla; en todas las casas estaban dispuestos a colaborar para ocultarlo. Wallace manifestaba particular brutalidad con los sacerdotes y las monjas: los sacaba de sus iglesias a punta de espada o por medio del fuego y mataba a todo el que no conseguía huir. Eso indujo a Lynx de Warenne a mirar a la Iglesia de Escocia con suspicacia.

El dinero para financiar la revuelta tenía que provenir de alguna parte, y nadie era más rico que la Iglesia. Por otra parte, la Iglesia de Escocia tenía una red de comunicaciones que abarcaba a todas las diócesis del país. Si bien los obispos habían jurado su lealtad al rey, Lynx era lo bastante escéptico como para saber que, bajo sus hábitos, los obispos eran hombres como todos los demás.

De pronto, el invierno llegó con toda su intensidad. La nieve lo cubrió todo y la temperatura llegó al punto de congelación. A consecuencia del clima, cesaron los ataques y las hostilidades. Tanto John de Warenne como Lynx sabían que aquello no era más que una tregua; los conflictos se reanudarían de nuevo en cuanto el clima lo permitiese.

Lynx redactó detallados informes para el gobernador en relación con William Ormsby, el funcionario judicial, y a lo que había visto en Scone. A continuación, expuso varias quejas contra William Wallace, acompañadas de documentos sobre sus actos de traición. Además, informó a John de sus sospechas sobre la participación de la Iglesia de Escocia.

–¿Enviarás estos informes al rey?

–Los referidos a William Wallace –respondió John con firmeza.

–¿Y los del funcionario de justicia?

John negó con la cabeza, preocupado.

–Sé cuál sería la respuesta del rey. ¡Me diría que yo no fui puesto aquí para espiar a sus funcionarios ingleses, sino para gobernar! A Eduardo Plantagenet solo le interesa escuchar que aquellos a quienes ha designado mantienen la seguridad en este país. Él no cuestiona los métodos.

Lynx informó a John que regresaría a Dumfries en Nochevieja, aprovechando la tregua en las hostilidades. Prometió que regresaría con suficientes soldados para acabar con toda resistencia y restaurar la paz en las Lowlands.

–Pediré a De Bruce que nos ayude. Como quizá sea necesario convencerlo, te ruego que me concedas dos semanas.

Esa Navidad fue la peor que había pasado Alicia Bolton en su vida. Las fiestas sirvieron de excusa a Fitz-Waren y sus caballeros para dedicarse a beber sin límite. Las antorchas del salón estaban encendidas día y noche, y los hombres se entregaban a diversiones y juegos que iban de lo infantil a lo más depravado.

Llevaron al salón carneros y los hicieron correr, apostando quién de ellos podía montarlos durante más tiempo. Cuando se aburrieron de esta actividad, volvieron su atención hacia las criadas del castillo y las muchachas de la aldea de Torthwald, que se consideraban presas disponibles para satisfacer los apetitos sexuales de los juerguistas, lo quisieran ellas o no.

No pasó mucho tiempo antes que cada uno de los hombres del castillo tuviese a una muchacha desnuda sobre sus rodillas. Como los jugueteos sexuales exacerbaron la sed de sangre de los hombres, hicieron llevar ovejas al salón y se dedicaron a apalearlas: hacia el alba, las lajas estaban rojas de sangre.

En el mismo instante en que Fitz-Waren dio señales de sobriedad, Alicia lo atrajo hacia su cama y lo mantuvo allí durante tres días. A su odio por Lynx de Warenne, Alicia sumó el que sentía por Fitz-Waren, y lo alimentó hasta que alcanzó su punto máximo. Al mismo tiempo que satisfacía los apetitos enfermos de este, plantaba en él las semillas del descontento.

–Fitz, tu padre es el gobernador de Escocia. ¿Qué pasa con tu orgullo? No deberías permitir que te deje abandonado en este lugar inhóspito, viviendo en este montón de ruinas, entre campesinos. Aquí, tus habilidades están desperdiciadas. Un hombre con un talento como el tuyo estaría mucho mejor aprovechado en la administración del país. ¡Imagina qué fortuna podrías amasar!

–¡Toda mi vida he tratado de lucirme ante los ojos de mi padre, pero cada vez que ese maldito Lynx de Warenne anda cerca, mi padre ignora mi presencia!

–No es justo que Lynx de Warenne sea heredero de tu padre. ¡Él no vale la pena! ¿Por qué no convences a tu padre de que Lynx se ha aliado con Robert de Bruce para atacar a la corona?

Fitz asió una nalga de Alicia con la mano y la apretó con brutalidad.

–¿Es verdad... que se ha aliado con De Bruce?

–¿Qué importa si lo hace o no mientras John de Warenne te crea?

–Ese viejo bribón no creería nada que yo dijese contra el santo de Lynx –entornó los ojos con aire amenazador–. Pero, tal vez, el rey sí lo crea.

Alicia alimentó su vanidad.

–¡Qué idea brillante, Fitz! Ya veo que tienes algo más que un miembro enorme –ronroneó–. ¡Si desacreditas a Lynx de Warenne, es probable que tu padre te haga su heredero!

–Mi padre jamás me convertirá en su heredero mientras Lynx de Warenne esté vivo.

Alicia sonrió mientras sostenía en sus manos los testículos del hombre.

–No me cabe duda de que un hombre con tus agallas podría provocar un trágico accidente. En realidad, Fitz, no puedo creer que lo hayas dejado vivo tanto tiempo. Lynx te odia tanto que estoy segura de que él acabaría contigo si tuviera alguna posibilidad.

El asesinato no era una idea novedosa para Fitz-Waren, por eso las semillas sembradas por Alicia cayeron en suelo fértil. En principio, se reuniría con su padre en Edimburgo. El gobernador debía enviar informes frecuentes al rey. Sería sencillo agregar unas pocas insinuaciones acerca del complot de Lynx de Warenne para obtener la corona para su gran amigo Robert de Bruce. Tal información no caería en oídos sordos, sobre todo si recordaba a Eduardo Plantagenet que, cuando él comandaba a los arqueros galeses de Lynx, ellos amenazaron con pasarse a los escoceses.

–Alicia, prepara tus cosas, mañana dejamos este estercolero.

En Dumfries, la Navidad había sido bastante tranquila. Una nieve ligera como el polvo había vestido de blanco las enormes montañas y contribuido a la diversión de los niños. Marjory de Warenne y Elizabeth de Burgh habían aceptado la invitación de Robert de Bruce para celebrar las fiestas con ellos, que se prolongaron durante días, pero Jane permaneció instalada en Dumfries porque no se atrevía a hacer el viaje en carreta hasta Lochmaben.

Una semana después, las mujeres estaban sentadas junto a Jane, ante el fuego. En esos días, siempre tenía compañía porque se aproximaba la fecha del parto. Judith, la esposa de su hermano, junto con dos costureras, la ayudaban a confeccionar prendas para el recién nacido. Jory y Elizabeth también pusieron en funcionamiento sus agujas, aunque los resultados de sus labores provocó mucha hilaridad entre las mujeres.

A intervalos regulares, Jane se ponía de pie con dificultad y apoyaba su mano en la espalda para aliviar el dolor sordo que la martirizaba cuando estaba sentada demasiado tiempo. Al pasar ante la alta ventana, se detuvo y lanzó grito.

Jory se precipitó en su ayuda.

–¿Ya?

–No, no –contestó Jane, señalando por la ventana, desde donde se veían unos oscuros jinetes recortados contra el blanco paisaje–. ¡Es Lynx!

–¿Cómo puedes saberlo? Están demasiado lejos.

–Tal vez sea por el modo de montar; nunca podría confundirlo con otro.

–Bueno; ya era hora de que regresara ese bribón insensible. ¡Le diré cuatro frescas!

Jane sonrió a Jory.

–¿Acaso no decías que hay que dar al hombre una cálida bienvenida? ¿Acaso no me dijiste que lo que más odia un hombre es una arpía fastidiosa?

–¿En serio haces caso de lo que yo te digo? –bromeó Jory.

–Yo lo anoto en mi diario –dijo la joven Elizabeth de Burgh con aire solemne.

Jane tuvo tiempo de sobra para bajar al salón. Sabía que Lynx de Warenne y sus caballeros atenderían a sus caballos antes de buscar refugio en la calidez del castillo.

Los hombres entraron en el salón golpeando los pies y sacudiéndose la nieve de los hombros. Las mujeres estaban aguardándolos.

–Bienvenidos al hogar –dijeron todas a coro, y fueron recompensadas con sonrisas de gratitud.

Lynx miró primero a Jory y luego a Jane.

–Lamento no haber estado aquí en Nochebuena ni en Año Nuevo.

Jory abrió la boca y las otras contuvieron el aliento.

–No te preocupes, al menos has llegado a tiempo para celebrar la noche de Reyes.

Las damas soltaron la respiración y se deshicieron en risas.

–No sé qué es lo que tanto os divierte, aunque alegra que a uno lo reciban con risas –agradeció Lynx, tomando las manos de Jane en las suyas y examinándola de pies a cabeza–. ¿Estás bien?

–Muy bien, gracias, milord.

–Feliz Año Nuevo, Jane. He traído una cuna desde Edimburgo; tiene rosas y cardos tallados. Espera y verás.

–Ya vemos que los caballos de carga están repletos de regalos –dijo Jory, altanera–; por eso hemos decidido perdonarte.

–Son todos para Jane... lo siento, chiquilla –se burló él, sabiendo que no engañaría a su hermana ni un instante.

Lynx desbordaba de alegre impaciencia; al mismo tiempo, no podía librarse de cierto sentimiento de aprensión. Ahora, después de haber visto a Jane y de comprobar que su hijo llegaría pronto, sus sentimientos se intensificaron.

De nuevo, se sentía dividido porque necesitaba pasar la noche en el salón con sus hombres, preparándolos para lo que se avecinaba y, al mismo tiempo, quería estar con Jane y su hijo.

–¿Te reunirás conmigo en el salón, señora?

Jane se ruborizó y negó con la cabeza.

–Mi embarazo está tan avanzado que atraería todas las miradas. Me sentiré más cómoda en mi habitación.

–Solo deseo que estés a gusto. Después de que converse con los hombres, ¿puedo reunirme contigo? –preguntó, cortés.

Lynx quería hacerle cientos de preguntas. Apretó los puños a los costados, reprimiendo las ganas de poner sus manos sobre el vientre de ella, de abrazarlos a ella y a su hijo. Pero sabía que Jane era demasiado tímida y reservada para que él hiciera esas demostraciones de cariño delante de otras personas.

–Ven cuando lo desees, milord –murmuró ella con dulzura, y enfiló hacia la escalera.

En ese momento, a Lynx no le importó un ápice quién estuviese presente. La alzó en sus brazos y la llevó hasta su habitación en la torre principal. La sentó ante el fuego, le acercó un taburete para los pies y le puso almohadones detrás de la espalda. Cuando se aseguró de que estaba cómoda, le dio un beso en la cabeza y le prometió:

–Subiré en cuanto pueda.

Lynx de Warenne se puso de pie sobre la tarima en el amplio salón principal y se dirigió a sus hombres, que estaban comiendo y, por lo tanto, le prestarían atención. Les dijo que había prometido su apoyo al gobernador y les advirtió que se preparasen para marchar donde fueran necesarios.

Les confirmó que la tregua se debía solo al clima y que, cuando estallaran otra vez los conflictos, irían a Edimburgo. Les dijo, sin rodeos, que si no aplastaban los levantamientos y permitían que sus enemigos se uniesen, corrían el riesgo de que estallara muy pronto otra guerra.

Lynx de Warenne quería que sus hombres estuviesen preparados para cualquier adversidad. Les dijo que tuviesen dispuestos los caballos, las armaduras, las armas. Les informó que serían responsables de su carreta con suministros e hizo una lista de lo que llevarían en su caravana de carga.

A continuación, les recordó cómo eran las condiciones del traicionero invierno escocés, señalando que necesitarían suficiente ropa de abrigo y de cama. La mayoría de sus soldados eran veteranos, muchos habían luchado en Gales y sabían que una tempestad de nieve en la montaña podía matarlos, ya fuese por congelación o por hambre.

Después de haberlos preparado para lo peor, levantó su cuerno con cerveza y dijo:

–Entre tanto, celebremos, más vale tarde que nunca, Navidad y Año Nuevo. He sabido que los festejos de De Bruce duraron tres días. Tal vez nosotros podamos superarlos. ¿Alguien se opone a una semana de festejos?

La respuesta de los hombres fue atronadora.

Capítulo 22

Cuando Lynx abrió la puerta de la habitación de Jane, esta lanzó un gran bostezo y dejó a un lado el diminuto camisón que había estado cosiendo. Trató de levantarse, pero Lynx le hizo un gesto para que no lo hiciera.

–No, no te levantes.

Ella le sonrió con dulzura.

–Es que necesito moverme cada cierto tiempo para aliviar el dolor de espalda.

–Entonces, permíteme que te ayude –se ofreció él, acercándose.

–Me basta con que me des la mano para que pueda levantarme –pidió ella. Él le alargó la mano y Jane se puso de pie–. Ah, ahora estoy mejor, gracias.

Se hizo entre ellos un silencio incómodo, el abismo que los distanciaba cuando se habían separado. Lynx sentía un ansia desesperada por cerrar la brecha abierta entre ambos. Por un lado, quería tocar a su hijo y, por otro, dormir en la misma cama que ella para estar junto a Jane cuando lo necesitara. Habían contraído el hábito de ser cuidadosamente corteses uno con el otro; él se esforzó por imaginar un modo de arrojar la cortesía por la ventana.

Lynx se preguntó cómo reaccionaría ella si él le decía lo que estaba pensando: «Quiero verte desnuda». En ese momento, Jane bostezó de nuevo y se le cerraron los ojos. Entonces, él saltó el abismo:

–Casi no puedes mantenerte despierta, permíteme que te desvista.

Los ojos de Jane se abrieron de repente; cuando comprendió lo que él quería, volvió a cerrarlos de nuevo.

Lynx le tendió la mano y ella puso la suya encima y se acercó a él. Lynx se sentó ante el fuego y separó los muslos para que ella pudiese colocarse entre ellos. Luego, desabrochó los botones que había a los costados del vestido de Jane y se lo quitó por la cabeza. Su fina camisa se le adhirió al cuerpo, resaltando sus contornos. Lynx se dio cuenta de que el niño estaba ahora mucho más bajo que la última vez que la había visto.

Cuando él se estiró para levantarle la camisa, Jane, en un arranque de pudor, se dio la vuelta quedando de espaldas a él. Ahora estaba desnuda, de pie entre los muslos de él, y Lynx solo podía verle la espalda. Extendió la mano para deshacer la gruesa trenza, y el cabello de Jane se volcó sobre las manos del hombre como una seda llameante. Lynx dijo, con voz espesa:

–Vuélvete, Jane.

Ella se giró con suma lentitud, hasta quedar frente a él. Lynx tomó aire. Era la primera vez que veía desnuda a una mujer embarazada. Aunque la curva de su vientre era pronunciada, su forma elíptica no carecía de belleza. Sus pechos estaban plenos, redondos y voluptuosos. La piel de los senos y del vientre estaba tan tensa y suave que parecía satén.

La luz del fuego jugueteaba con la piel de Jane, e iba pasando del crema al oro y al rojo fuego. El pelo susurraba sobre sus hombros, rizándose sobre ellos. La curva de su preciosa carga proyectaba sombra sobre el monte de Venus, dándole el aspecto de un lugar privado y secreto.

–Eres tan bella que me cortas la respiración –dijo él, con aire reverente.

Al principio con titubeos, Lynx rozó con las yemas de sus dedos la piel de Jane y, cuando percibió la firmeza y tibieza de su carne al tacto, se volvió más audaz y acarició el vientre abultado con manos amorosas.

–Esta noche, quiero dormir contigo.

Ella se abandonó en sus manos, deleitándose con la sensación que le transmitían.

–Últimamente, no duermo mucho por las noches porque me resulta difícil encontrar una posición cómoda. Me tiendo de costado y apoyo al vientre sobre un cojín.

–Déjame ser tu cojín; esta noche, recuéstate contra mí.

Ella asintió, aunque con timidez; antes de depositarla sobre la cama, Lynx posó sus labios sobre la carne firme y fragante y la cubrió de besos. Luego, se quitó la ropa y se tendió junto a ella, dispuesto a brindarle comodidad.

–Necesito tu espalda –susurró Jane.

Él se volvió de lado y su amplia espalda quedó ante Jane. Ella se acercó, pasó su brazo izquierdo por el pecho de él y deslizó su pierna izquierda entre las de Lynx, de modo que el niño quedara apoyado contra la espalda del padre. Se sintió tan segura en ese nido tibio que sus ojos se cerraron y el sueño hizo más profunda su respiración.

Lynx sintió que el niño estaba seguro entre las dos personas que lo habían concebido y que lo amaban, y se sintió invadido por una honda dicha. Cuando comprobó que Jane se había dormido, él también se relajó sintiendo los rítmicos pataleos del niño en la espalda.

Lynx despertó sobresaltado, sin saber cuánto tiempo había estado durmiendo. Jane, a su lado, hacía esfuerzos para incorporarse y amortiguar sus exclamaciones de dolor. Como la habitación estaba sumida en la oscuridad, él sacó los pies de la cama y tanteó la mesilla de noche hasta que logró encender una vela.

–¿Ha llegado el momento? Tranquila; iré a buscar ayuda.

Se levantó de un salto; ya había llegado a mitad del camino hacia la puerta cuando Jane le suplicó:

–No, te lo ruego; no pongas en pie a todo el castillo, Lynx, por favor.

Él volvió junto a la cama, mesándose los cabellos leonados.

–Pensé que había comenzado el parto.

Jane apoyó su mano en el brazo de Lynx para que no se alejara de su lado.

–Solo es el comienzo. Es medianoche; creo que el niño no nacerá hasta el amanecer.

Lynx le dirigió una mirada alarmada.

–¿No quieres que venga la comadrona o alguna de las mujeres? Dime a quién quieres tener a tu lado.

–Por ahora, solo te quiero a ti.

Lynx hizo una profunda inspiración: en ese momento, Jane tendría cuanto quisiera.

–Mi amor, ¿qué quieres que haga?

–Quiero que te quedes conmigo, que me hables, que me ayudes a pasar las horas más sombrías de la noche, hasta que rompa el alba.

Él tomó la bata de Jane, hecha con suave lana de cordero hilada, la envolvió con ella y luego la ayudó a salir de la cama. Avivó el fuego, acercó la silla grande y sentó a Jane sobre sus piernas. Apartó con gesto tierno un rizo de su sien.

–¿Estás asustada?

Jane escudriñó las profundidades de sus ojos verdes, y comprendió que si admitía estar asustada, él sería presa del pánico. No solo sentía miedo por sí misma sino que la abrumaba el temor por el niño. Sin embargo, supo que debía evitar, a toda costa, trasladar sus temores a Lynx. Su sabiduría de mujer le decía que debían darse fuerza uno al otro.

Esbozó una media sonrisa.

–¿Cómo crees que puedo tener miedo estando en tus brazos?

Él la atrajo hacia su hombro y le acarició el pelo. Sintió que el cuerpo de ella se ponía rígido a causa de una contracción. Cuando pasó, ella le susurró:

–Háblame.

Él dijo lo primero que acudió a su cabeza.

–¿Has leído la carta que te envié? –y sintiendo la necesidad de que reinase la franqueza entre los dos, admitió–: Rompí las tres primeras que había escrito... pues estaban llenas de órdenes.

Jane tampoco quería que hubiese más secretos entre ambos.

–No sé leer –susurró–; Jory ha prometido enseñarme. He puesto tu carta bajo mi almohada.

Lynx se echó a reír, recordando la lucha que había librado con aquella maldita carta.

–No aprendí a leer hasta los nueve años. Mis tutores tuvieron que zurrarme para que me entrara en la cabeza. Solo me importaban los caballos, las espadas y las batallas. Entonces, John de Warenne me dijo que no sería su escudero hasta que no supiera leer. Después de eso, aprendí muy rápido.

Él le habló durante horas, tocando toda clase de temas, desde la religión hasta lo que sentía antes de lanzarse a la batalla. Cada vez que llegaba una contracción, Lynx hablaba hasta que se pasaba, disimulando su propio temor para no transmitírselo. Le frotaba la espalda, le masajeaba los pies y le alcanzaba un vaso con agua.

Él continuó hablando sin cesar. En un momento dado, hasta sintió la necesidad de contarle cosas sobre su primer matrimonio y de las dificultades con las que se habían topado, pero supo que no era el momento ni el lugar apropiados. En lugar de ello, le pidió que le dijera nombres para el niño. Jane dijo que si era niña querría llamarla Jory y si era varón, preferiría Lincoln, el nombre del difunto padre de Lynx, e incluso el del propio Lynx.

Al acercarse la mañana, las contracciones se sucedían cada vez con mayor frecuencia; Lynx se sintió aliviado cuando llegó Taffy con la bandeja del desayuno. A su joven escudero le bastó una mirada para hacerse cargo de la situación y corrió a decírselo a lady Marjory. Muy pronto, la estancia se llenó de mujeres. Llegó la comadrona del castillo, y Elizabeth de Burgh llevó a Molly y a Maggie, que también eran expertas comadronas. Pronto las siguieron Judith Leslie y Mary, la hermana de Jane. Las dos habían dado a luz en los meses pasados.

Lynx se alarmó cuando los gemidos de Jane se hicieron más intensos. Luego, ella empezó a jadear y su hermoso cabello quedó empapado de sudor.

–¿No podéis hacer nada por ella? –preguntó, sombrío.

Molly, irlandesa sincera, no estaba de acuerdo con la presencia de un hombre en situaciones como esa.

–Jane es pequeña y su hijo es enorme. ¡Así es un nacimiento!

Lynx acudió a Judith.

–¿No podéis darle algo para aliviar el dolor?

Judith movió la cabeza en señal de impotencia.

–La única que conoce las hierbas apropiadas es Megotta.

Jane pidió algo a Jory en un susurro, y su hermana fue hasta el armario y trajo una prenda de terciopelo negro. Jane se aferró a ella con gesto posesivo y cerró los ojos.

–Es mi bata –dijo Lynx, confundido.

Jane abrió los ojos y murmuró:

–Me alivia.

A Lynx se le hizo un nudo en la garganta, sintiéndose culpable de tanto sufrimiento. Jane le asía la mano y comprendió que ella estaba desesperada por comunicarle algo. Él se puso de rodillas e inclinó la cabeza, acercándola a sus labios exangües.

–Lynx –susurró ella–; por favor, márchate... no puedo gritar delante de ti.

Él le tomó las manos entre las suyas, las besó, luego se puso de pie y salió de la habitación. No se detuvo hasta llegar a casa de Megotta.

Cuando Megotta le abrió la puerta, respondiendo a sus insistentes golpes, preguntó:

–¿Qué quiere?

Lynx escudriñó su mente tratando de imaginar cómo llegar a ella.

–Quiero establecer una tregua.

–¡Jamás!

–Usted y yo tenemos mucho en común. Los dos dejamos que nuestro orgullo nos dirija la vida y los dos queremos a Jane... Ayúdenos a aliviar su sufrimiento, Megotta.

–¡Ella está dando a luz a un normando; merece sufrir!

El orgullo de la vieja arpía era tan grande que Lynx sintió deseos de golpearla. Pese a sus duras palabras, él veía, por la expresión de su rostro, que estaba preocupada por Jane. Decidió recurrir a su astucia. Se alzó de hombros e hizo el gesto de marcharse.

–Tenemos a dos comadronas irlandesas con ella; Jane puede arreglárselas sin usted.

Lo que causó efecto fue la palabra «irlandesas».

–¿Irlandesas? ¡Harán una chapuza!

Megotta tomó su maletín de medicinas y salió corriendo, pasando junto a él en su precipitada carrera hacia el castillo.

Debido al nacimiento inminente, el mayordomo de Dumfries había tenido la prudencia de aplazar la celebración de las fiestas y, ya que tendrían tiempo de sobra hasta que los habitantes del castillo comenzaran a regocijarse, ordenó a las doncellas y a los pajes que recogiesen ramas de acebo, hiedra y encina para decorar el salón. Entonces, Jock Leslie se compadeció de Lynx y lo mantuvo lo más ocupado que pudo durante las horas que siguieron.

Con la ayuda de David Leslie, a cargo de la despensa, hicieron un inventario de las reservas de alimento que había en Dumfries, calcularon qué necesitarían los hombres de Lynx cuando se marcharan e hicieron una lista de lo que quedaría. A continuación, hicieron lo mismo con el forraje para los animales. Si bien las reservas eran suficientes, Lynx estaba convencido de que sería prudente separar una buena parte de ellas y dejarlas disponibles en caso de emergencia. Hizo arreglos para enviar a seis hombres a Carlisle para conseguir más provisiones.

Lynx advirtió que el tiempo pasaba más rápido si concentraba su atención en la tarea en que estaba embarcado; aun así, tenía dificultad para apartar su mente por completo de lo que acontecía en la torre principal. Mientras iba hacia la armería, Lynx creyó oír el vagido de un recién nacido pero, como era un sonido bastante familiar en Dumfries, pronto se distrajo con un problema que le presentaba el armero.

Al parecer, habían desaparecido algunas armas. El armero supuso que estarían en la herrería para limpiarlas y repararlas, pero cuando hicieron un recuento, el resultado confirmó que faltaban algunas piezas. Lynx tomó nota mental de interrogar a sus caballeros y fue él mismo a la herrería a interrogar a James y Alex Leslie. Ellos dijeron desconocer dónde podrían estar las armas y Lynx decidió no seguir interrogándolos hasta hablar con sus soldados. Sin embargo, no se convenció de que no supieran nada; las armas no desaparecían por sí solas.

De vuelta en el castillo, vagó sin rumbo y fue inevitable que lo atrajesen los sabrosos aromas que salían de la cocina; allí se asaba carne y se horneaban pasteles. Atravesados en los espetones, había bueyes y venados enteros, girando dentro de las gigantescas chimeneas empotradas en las paredes, donde podía caber un hombre de pie. En los edificios ocupados por los galeses se desollaban gamos y liebres para el banquete del día siguiente.

De repente, Lynx tuvo la sensación de que las paredes del castillo se cerraban sobre él. El calor en la cocina era sofocante; supo que necesitaba un poco de aire fresco. Fue al establo, ensilló a su caballo preferido y se zambulló en el viento. Siguió el curso del río Nith hasta su desembocadura y cabalgó por la costa pedregosa del Solway Firth, donde el río desembocaba en el mar. Ese día, el clima era demasiado duro para que hubiese algún barco anclado en el pequeño puerto.

Aunque el viento era frío y punzante, él lo recibió con gusto y aspiró el aire salado como si fuese el elixir de la vida. Las rocas y las conchas que había en la playa estaban cubiertas de hielo; Lynx iba al paso, disfrutando con el batir de las olas y los gritos incesantes de las aves marinas. No quería pensar, solo sentir. Al fundirse con el cielo de color pizarra y el turbulento mar de peltre, mucho más agitado que él, logró cierta calma interior.

Cuando enfiló de nuevo hacia Dumfries, la luz de la tarde estaba desvaneciéndose en el cielo. Dio una buena rasqueteada y una ración doble de avena a su caballo y luego se dirigió al castillo. Esperaba que el primer hombre con quien se topara le diera la novedad que tanto ansiaba y temía pero quienes lo saludaron no le comunicaron ninguna noticia.

Lynx debía ir junto a Jane y aguardar. Pero, por Dios, ¿de dónde sacaría el valor para ello? Se miró las manos y comprobó, con horror, que olían a caballo. Mientras subía por la escalera exterior hasta su habitación se preguntó si sería un cobarde por haber decidido bañarse y cambiarse.

Cuando abrió la puerta de su habitación se encontró con Thomas y Taffy aguardándolo; esperaba lo peor.

–¿Dónde demonios ha estado? –preguntó Thomas.

–Preguntaron por usted –dijo Taffy, mientras echaba agua caliente en la bañera.

–¿El niño? –preguntó Lynx.

–¡Malditas mujeres! –exclamó Thomas–. ¿Cree, acaso, que ellas nos han dejado saber algo a nosotros? Son como un aquelarre de brujas ocupadas con sus rituales, ocultando sus secretos. En lo que atañe al nacimiento, ellas son quienes tienen el látigo en la mano, ¡y bien que lo saben! En ocasiones como esta, cierran filas, aprietan los labios y miran desde las alturas al macho de la especie.

Al ver la expresión de alarma de Lynx, Taffy se apresuró a tranquilizarlo:

–Hace varias horas oímos llorar a un niño.

Lynx se quitó la ropa y se metió en el agua, contento de que el niño hubiese nacido, al fin, aunque enloquecido de preocupación por no saber si todo había ido bien. Se vistió con ayuda de Thomas, metió un saco con monedas de oro en su jubón y luego, lleno de temor, abrió la puerta que daba a las habitaciones de Jane.

El recibidor estaba lleno de mujeres, y todas ellas, de la primera a la última, tenían en el rostro una expresión de femenina complacencia.

–Felicitaciones, milord: tiene usted un hijo muy grande y hermoso.

–¡Es el niño más grande que he visto en años!

Los ojos verdes de Lynx, con expresión ansiosa, buscaron los de su hermana en busca de confirmación. Jory parecía a punto de estallar de entusiasmo.

–Date prisa; Jane está esperándote.

Lynx se sintió aturdido. No supo bien cómo atinó a cruzar la habitación y pasar por debajo de la arcada que comunicaba con el dormitorio. Jane estaba sentada en la cama y brillaba como un sol. Una sonrisa iluminaba su rostro y en sus ojos había una tierna expresión de amor. Estaba radiante. Lynx se quedó atónito. Al llegar junto a ella, le dijo con voz ronca:

–Cuando te dejé, creía que estabas a las puertas de la muerte.

–Necesitaba gritar; cuando lo hice, me sentí mucho mejor. Gracias por haber traído a Megotta, pues ella me dio algo que me alivió bastante –explicó ella, al tiempo que apartaba una punta de la mantilla que cubría al recién nacido–. Tienes un hijo, milord.

Lynx miró al niño sin poder creerlo.

–Me han dicho que era grande; ¡pero es el trozo de humanidad más pequeño que he visto en mi vida!

–Es grande... grande, hermoso y perfecto. Saluda a Lincoln de Warenne Tercero.

Él apartó la mantilla para poder observar mejor a su hijo, sacudió la cabeza maravillado y una sonrisa tironeó de las comisuras de su boca. En los grandes ojos ya se podía notar un atisbo de verde y mechones erizados de cabellos leonados cubrían la cabeza del pequeño.

–Aunque se llame Lincoln, a mí me parece un cachorro de lince.

–Te agradezco haberme permitido tenerlo conmigo las primeras horas. Sentí tal sentimiento de posesividad que no sabía cómo haría para compartirlo. Pero, ahora que estás aquí, no me molesta en absoluto. Ten, tómalo.

Jane alzó con cuidado a su hijo y se lo ofreció al padre.

Él tendió las manos, temeroso de lastimar al pequeño con su torpeza pero, cuando lo tuvo en los brazos, los instintos naturales de Lynx lo guiaron; se juró que, mientras tuviese vida, no permitiría que ningún daño le sobreviniera a su hijo.

–Debes de estar impaciente por exhibirlo. Llévalo al salón y deja que los hombres lo vean –dijo Jane, orgullosa.

En ese momento, Lynx comprendió qué había querido decir Jane cuando hablaba de su impulso de posesión respecto del niño y a su renuencia a compartirlo con él. También entendió mejor a las mujeres que merodeaban por la recepción y que querían mantenerlo en secreto y saborearlo a solas. Aunque fuese un rato, solo esa noche, no quería compartir a su hijo con los demás habitantes del castillo. El universo entero de Lynx se encontraba presente en esa estancia, nada más, y quiso quedarse allí con su hijo y la madre en la intimidad, sin ser molestados, apartados del mundo.

Lynx devolvió el niño a Jane.

–Mañana habrá tiempo de mostrarlo –dijo. Pasó a la antesala y agradeció con toda sinceridad a las mujeres por su ayuda, dando a cada una moneda de oro–. Ahora, queremos estar a solas –explicó con firmeza–, pero me gustaría tener el placer de anunciar el nacimiento yo mismo a los hombres, señoras.

Las mujeres salieron, sintiéndose más que satisfechas con la posibilidad de reservar el secreto del sexo del niño a los curiosos hombres de Dumfries que, por lo general, eran quienes gobernaban el gallinero.

Cuando Lynx regresó, se puso de rodillas junto a la cama y acarició con los nudillos los erizados mechones rubios del niño.

–Jane, quiero agradecerte, desde el fondo de mi corazón, haberme dado un hijo.

La dicha hizo sonreír a Jane.

–No; soy yo la que quiere agradecerte haberme dado un hijo a mí. No podría haberlo hecho sin ti –bromeó.

Con esas palabras, le hizo recordar cómo había sido concebido el niño y lo obligó a sentirse humilde. Jane le había dado este hijo solo por cumplir su deber para con su señor; Lynx sabía que estaría eternamente en deuda con ella.

–Jane, no tienes la menor idea de lo agradecido que estoy. Quiero recompensarte. Pídeme cualquier cosa; si está en mi poder, te la concederé.

Había una sola cosa que Jane quería de Lynx de Warenne: su amor. En ese momento, ella pensó que no sería imposible. El abismo entre ellos se estrechó durante las horas del parto. Él la había cuidado con manos amorosas; sin duda, eso constituía un primer paso hacia la posibilidad de que la cuidara con corazón amante. Él estaba dispuesto a casarse con ella por gratitud, pero ella anhelaba algo más que su gratitud.

Jane sabía que él era completamente feliz por ser padre, y que estaba tan contento con su hijo que querría tener más. Adivinó que, a continuación, le hablaría de matrimonio porque él sentía que tenía el deber de hacerla su esposa. Se apresuró a hablar:

–Hay una sola cosa que me gustaría, si quisieras complacerme.

Él se imaginó una joya costosa:

–Dime.

–Sé que vas a proponerme matrimonio otra vez... ¿me dejarás elegir la ocasión?

Él la miró boquiabierto. Él tenía la intención de llamar al sacerdote para el día siguiente, pasando por alto las objeciones de ella. Pero se le había anticipado y, con toda astucia, refrenado. En los ojos verdes de él relampagueó la ira. ¡Esa pequeña muchacha estaba midiendo su voluntad con la de él!

Su hijo abrió la boca y se puso a llorar. Lynx vio que Jane le murmuraba amorosas palabras tranquilizadoras y lo ponía al pecho. Él observó, fascinado, cómo esa pequeña boca se pegaba al pezón y los puños de su hijo se cerraban y abrían sobre el pecho tomando indiscutida posesión de él.

El semblante de Lynx se ablandó ante ese íntimo cuadro que conmovía su corazón. Le sonrió a Jane y murmuró:

–No puedo negarte nada.

Capítulo 23

Todo Dumfries decidió festejar el nacimiento del heredero de Lynx de Warenne. Al día siguiente, en cuanto la noticia se filtró, corrió por las calles anchas y acogedoras del pueblo hasta llegar al monasterio franciscano que estaba en la orilla norte del río Nith. Se echaron a vuelo las campanas y no dejaron de repicar durante un día entero.

Se envió un veloz correo a caballo a Lochmaben, pidiendo a De Bruce que fuese el padrino de Lincoln de Warenne Tercero y, antes de que cayera la noche, Robert, Nigel y Alexander, además de su hermano Thomas, que había venido cabalgando desde el castillo de Caerlaverock, bajaron por el valle de Annandale en dirección a Dumfries, con caballos cargados de regalos.

Jane estaba levantada, resplandeciente de salud y felicidad, y ligera como un vilano. No perdía de vista a su hijo ni un instante, por más que las damas insistieran en explicarle que no debía llevarlo en brazos hasta que estuviese más fuerte, y competía con cada una por el privilegio de andar con él de aquí para allá.

Con Jory y Elizabeth, por no hablar de Molly y Maggie, que rivalizaban por la exclusividad de su hijo, pasándolo de mano en mano, Lynx apenas tuvo oportunidad de mirarlo, menos todavía de cogerlo. Por eso, buscó a Jock Leslie y le pidió que le recomendase a una niñera que ayudara a Jane y, al mismo tiempo, se hiciera cargo de la situación.

–Prefiero que sea una mujer madura y no una muchacha, una niñera seria y capaz, que se imponga cuando sea necesario.

–Creo que Grace Murray sería la persona ideal, milord. Está

al mando de las doncellas del castillo y sabe darles una buena reprimenda cuando no se comportan como es debido.

–Envíeme a esa Grace Murray; hablaré con ella. Puede que sea la persona ideal –decidió Lynx.

Jock se aclaró la garganta, preparándose para lo que tenía que decir. Jock se armó de coraje para abordar un tema que él sabía delicado.

–Supongo que piensa usted en dar hermanas y hermanos a su hijo, ¿no es así, milord?

Lynx sonrió.

–Ahora que he concebido uno, no voy a detenerme, no te quepa duda.

–Cuando aceptó el matrimonio a prueba con Jane, hubo una promesa de matrimonio...

Las palabras quedaron flotando en el aire, y la mirada penetrante de Lynx encontró la de su mayordomo y la sostuvo:

–Estoy intentando casarme con su hija desde el día en que regresé, hace tres meses, y vi a mi hijo creciendo en su vientre. Jane le da vueltas y vueltas al tema del matrimonio y, aunque yo estoy dispuesto, ella se muestra renuente.

Jock se indignó.

–Yo haré que cambie de idea, milord; usted haga los arreglos pertinentes con el sacerdote.

–No, Jock. No quiero presionarla. He dado mi palabra a Jane de que será ella quien decida cuándo nos casaremos.

La mirada de Jock a lord De Warenne daba a entender a las claras que se había vuelto loco.

–Perdóneme usted, milord, pero no habrá caído en la trampa de dejar que una mujer se salga con la suya, ¿no?

–No me ha dejado otra alternativa, pues me ha rechazado varias veces.

–¿Y no la azotó? –quiso saber Jock.

En la mente de Lynx apareció la absurda imagen de un musculoso hombrón de casi un metro noventa azotando a una delicada muchacha de menos de cincuenta kilos.

–Por supuesto que no.

–¡Ese es un error! Si le aplicara unos buenos azotes en el trasero cada noche, le obedecería sin rechistar, milord.

–Gracias por su consejo, Jock –respondió Lynx con seriedad.

La ignorancia de la mayoría de los hombres en cuanto a la psicología femenina lo dejaba pasmado. Una paliza cada noche no garantizaría una obediencia total sino, al contrario, la infidelidad o una copa de cicuta.

Lynx conversó con Grace Murray y, satisfecho con su actitud, que revelaba capacidad, la nombró niñera de su hijo conviniendo que empezaría a la mañana siguiente, cuando comenzaran los festejos. Luego, subió a la habitación de Jane para informarle de su decisión, adivinando que ella iba a oponer resistencia.

Jane estaba amamantando al pequeño mientras Jory, con grandes aspavientos, se ocupaba de la temperatura del agua para el baño y Elizabeth decoraba con cintas azules y blancas la cuna tallada.

Sin muchas ceremonias, Lynx se disponía a ordenar a las mujeres que se marcharan cuando se le ocurrió una manera más sutil.

–Señoras, necesito vuestra ayuda. Acaban de llegar los De Bruce y en el salón no hay nadie para recibirlos. ¿Tendríais la amabilidad de ocuparos de ellos?

Lynx vio que las mejillas de Elizabeth se teñían de rojo y supo que la había tentado con el cebo perfecto para hacerla bajar. En cambio, no advirtió la llama verde que se encendió en los ojos de Jory, aunque, de todos modos, se alegró al ver que salía de la estancia detrás de Elizabeth.

Lynx cerró la puerta para asegurarse de que no entraran más intrusos y volvió. No podía apartar su mirada de ese adorable cuadro que formaba su hijo alimentándose en el pecho de su madre.

–¿Estás muy cansada?

–No, no, soy tan dichosa que no me siento en absoluto cansada.

Si ella hubiese admitido que estaba fatigada, a él le hubiese sido más fácil informarle de la decisión que había tomado.

–He dicho a Grace Murray que sea la niñera del pequeño. Es una mujer capaz y te ayudará cuanto necesites.

Jane puso cara larga y apretó a su hijo con más fuerza contra su pecho.

–¡No quiero que nadie me ayude! ¡Quiero cuidarlo sola!

Lynx estiró la mano y levantó uno de los rizos que caían sobre el hombro de Jane.

–Mi amor, necesitas que alguien te ayude. Este cachorro te mantiene despierta toda la noche. ¿Cuánto tiempo podrás resistirlo? Jane, tú serás quien lo disponga todo; Grace se limitará a obedecer tus órdenes. Después de atenderlo todo el día, ¿no es sensato, acaso, que Grace lo cuide durante la noche, para que tú puedas descansar? Ella podría compartir esta habitación con él.

–Pero es necesario amamantarlo por la noche –explicó Jane.

–Para eso, conseguiremos a un ama de cría. Por todos los santos, no puedes darle el pecho día y noche.

Jane lo miró, desafiante:

–¡Quiero hacerlo y lo haré!

Él la miró sin poder creerlo y, al mismo tiempo, sintiendo admiración por ella.

–Me arrojas esas condenadas palabras como si fuese un grito de batalla. ¿Es que no estás dispuesta a llegar a un acuerdo?

Se sostuvieron mutuamente la mirada durante largo rato; esta vez, Jane no bajó la suya. Hasta que, al fin, su boca esbozó una media sonrisa.

–Es una gran concesión que quieras llegar a un acuerdo con una mujer, lord De Warenne. Acepto que Grace sea la niñera, e incluso acepto que comparta la habitación del niño, pero quiero que me lo traigan, a cualquier hora del día o de la noche, para que yo lo alimente con mi pecho; no quiero un ama de cría.

Ya que había logrado lo que se proponía, Lynx accedió con gusto sus condiciones.

–Será como tú quieras –dijo, y asomó a sus ojos una expresión provocativa, mientras apartaba de la sien de ella un rizo rojo dorado–. Me resulta muy atractiva tu obstinación. Nada me gusta más que un desafío.

Ella se pasó la lengua por los sonrosados labios.

–Habías pensado que la pequeña e inofensiva gatita con la que te habías unido no tenía garras.

La contemplación de su lengua provocó una erección en Lynx. Los ojos de su hijo, ya satisfecho, se cerraron y un pezón de intenso color escapó de su boca. El miembro del padre comenzó a palpitar.

–No soy una gatita inofensiva: soy la madre de un cachorro de lince. ¡No solo araño: también muerdo!

Por las venas de Lynx corrió un deseo abrasador que fue creciendo hasta hacerle sentir que palpitaba desde la garganta hasta los pies. Sus genitales parecían a punto de estallar. Era la primera vez, desde que se conocían, que Lynx se sentía atraído por ella. Por esa mujer. Su mujer, pensó él. Y el deseo se multiplicaba porque todavía debería esperar unos días más para poder acercarse a ella.

Intentó reprimir la lujuria que sentía ejerciendo una voluntad de hierro, pero descubrió que era imposible. Lo único que logró fue contener el fuego que ardía en su sangre para no perder el control. Si conseguía contener su deseo dos o tres noches más, después podría darle rienda suelta. Apartó la vista de esos pechos voluptuosos y alejó de su mente cualquier pensamiento erótico.

–Ya sé que es bastante tarde, pero ¿aceptarías cenar con los De Bruce y permitir que le echaran un vistazo a nuestro hijo, antes de que te acuestes?

–Estoy impaciente por mostrar a Robert mi pequeño y hermoso tesoro.

Esta respuesta provocó en Lynx ideas maliciosas, y su miembro se encabritó de nuevo. Su sangre se atemperó cuando cogió entre sus brazos a su hijo dormido.

–Bajaré en cuanto me haya lavado los pechos y cambiado el vestido.

La sangre de Lynx comenzó a caldearse otra vez al imaginar a Jane realizando sus abluciones.

–Te esperaré; bajaremos juntos –dijo, con voz ronca.

A Jane la sorprendió que Lynx no se precipitara escaleras abajo para exhibirlo como un trofeo ante su amigo Robert y los otros hermanos De Bruce. Ella le había dado la oportunidad de tomar al niño, pero él parecía preferir permanecer en la habitación.

¿Acaso solo pretendía ser amable, al ofrecerse a esperarla o, al fin, habría logrado despertar sus deseos? Si era así, ella tendría que agradecérselo a Jory. Sus consejos habían sido muy valiosos. «Los hombres no admiran a las mujeres dóciles y sumisas, al menos, los hombres de verdad. Admiran a las voluntariosas y algo caprichosas.»

Recordó otros consejos de Jory: «Tienes que convertirte en un desafío para él». Jane sonrió; ¿acaso no había confesado el propio Lynx, hacía unos minutos, que nada le gustaba más que un desafío y que le resultaba muy atractiva su testarudez? Si no se equivocaba, había captado un áspero matiz de deseo en la voz de Lynx. «Los hombres quieren lo que no pueden tener.» Ya que ser testaruda le había sido favorable, ¿por qué no probar, esta vez, a ser un tanto caprichosa?

La pechera del vestido de Jane se abría y se cerraba para que pudiese amamantar al recién nacido. Adrede, la dejó abierta y llevó sus manos a la espalda para desabrocharla. Fingió que tenía grandes dificultades para hacerlo y sonrió para sus adentros al ver que Lynx dejaba a su hijo en la cuna y se apresuraba a ayudarla. Le dio la espalda, consciente de que, gracias a la gran altura de él, podría ver sus pechos sin obstáculos.

Jane contuvo el aliento al sentir los dedos de él en contacto con su espalda desnuda y permitió que él lo notara. Tuvo una generosa recompensa cuando él le apartó los cabellos y le rozó la nuca con los labios. ¿Sería un gesto de gratitud o de deseo? Jane decidió descubrirlo.

Se apoyó sobre él y, de inmediato, sintió su erección en las nalgas. Hizo como si no hubiese notado nada y se apartó, se quitó el vestido por los pies y se dirigió hacia donde estaba la jofaina para verter en ella agua de rosas. Lynx la siguió como un perrito faldero. Jane sintió sus manos en los hombros. Lynx le quitó la camisola y la dejó desnuda de cintura para arriba. Cuando los labios del hombre rozaron su piel, bajó por su espalda un delicioso estremecimiento. Volvió la cabeza para mirarlo por encima del hombro, y las miradas de ambos se encontraron y se sostuvieron.

Un fuego verde ardía en los ojos de Lynx, que asió un puñado de sus cabellos, se frotó los sedosos mechones en la mejilla y aspiró su perfume.

–Quisiera envolverme en tu pelo. Tocarlo me excita hasta la locura –dijo él.

Ella se giró lentamente. Sus pechos erectos atrajeron la mirada posesiva de él. Sin hablar, con gesto seductor, ella le ofreció la esponja en una invitación de flagrante contenido sexual. Lynx aceptó la ofrenda de sus manos, la mojó en el agua de rosas y, con movimientos suaves y amorosos, lavó sus hermosos pechos.

La exquisita sensación que él provocaba en lo más profundo de su ser hizo jadear a Jane. Su sedoso contacto era un tormento que la provocaba y la excitaba hasta tal punto que el deseo enturbió sus ojos. Cuando Lynx le secó los pechos, la textura áspera de la toalla la hizo gritar de puro placer; sintió que sus pezones se endurecían hasta parecerse a pequeños capullos erectos. Con deliberada lentitud, Jane tomó un pequeño frasco y le quitó el tapón.

–¿Qué es eso? –preguntó él, fascinado.

–Glicerina... me pongo una gota en cada pezón para mantenerlos flexibles.

–Deja; yo lo haré –susurró.

Las oscuras pupilas de Lynx se dilataron.

Jane estaba segura de que le daría placer. En cuanto él tocó su pezón con las yemas de los dedos, se sintió a punto de estallar puesto que no había previsto los efectos de la caricia. Cuando él pasó al otro pecho y untó el pezón con glicerina, Jane notó que su sexo se humedecía y que su centro femenino se convulsionaba y era presa de un delicioso espasmo. Los ojos de Lynx se elevaron hasta su boca y Jane fue consciente de que él iba a tomarla en sus brazos y cubrirla de besos.

Aunque no había nada que Jane deseara más en el mundo, recordó el infalible consejo de Jory: «Recházalo; él revolverá cielo y tierra para tenerte». Sin embargo, sentía tal avidez que decidió permitirle que la besara, solo un beso, con la intención de acrecentar su deseo. La boca de Lynx se abatió sobre la de ella y sus labios se separaron para recibir el salvaje ataque, comprobando que estaba totalmente entregada al hombre que la sujetaba entre sus brazos.

Lynx no liberó su boca hasta que el beso cobró una intensidad jamás experimentada hasta entonces. Jane suspiró de placer, se apartó con renuencia y se dirigió hacia el armario para coger un vestido limpio.

–Debemos darnos prisa, milord; es una grosería hacer esperar a nuestros invitados.

En cuanto Lynx descendió la escalera con su hijo en el brazo derecho y Jane aferrada al izquierdo, se alzaron los vivas y los aplausos de los hermanos De Bruce.

Los brazos macizos de Robert la levantaron del suelo y sus labios le estamparon un beso en la boca.

–¡Bien hecho, Jane!

Cogió el recién nacido de brazos de su padre, le quitó la mantilla y lo inspeccionó de la cabeza a los pies.

–A mí me parece un cachorro de lince... ¿Te das cuenta de que es un auténtico escocés?

Hasta ese momento, Lynx no había pensado en ello pero, al comprender que sería blanco de bromas impías por haber concebido a un escocés, dedujo que sería preferible admitirlo con elegancia.

–Le he traído una magnífica cuna De Bruce, con la condición de que le pongas mi nombre –dijo Robert.

Lynx recuperó a su hijo.

–Ya tiene cuna; la he traído de Edimburgo, y mi hijo se llama Lincoln de Warenne Tercero.

Jane se interpuso entre los rivales.

–Puede utilizar dos cunas; una, arriba, en su cuarto, y la otra abajo, aquí, en el salón. He sido yo quien ha elegido llamarlo Lincoln Robert de Warenne.

Robert palmeó la espalda de su amigo.

–¡Ja! Ya veo que ahora la muchacha es quien manda en el gallinero.

Nigel y Alex de Bruce ulularon.

–¡Más te valdrá tenerla bajo control si no quieres que te ponga una anilla en la nariz y te lleve de aquí para allá como a un toro de feria!

–Venga, vamos a sentarnos; así podremos comenzar con los brindis. ¡Traed el güisqui! –pidió Thomas de Bruce.

Marjory dijo a Jane:

–Nosotras podemos brindar con hipocrás. Te encantará: tiene un delicioso sabor picante.

–Jory, ¿el güisqui de malta no es lo bastante bueno para ti? –bromeó Thomas.

–Me he aficionado a algunas cosas escocesas, pero el güisqui no es una de ellas.

Lynx dejó al niño en la cuna y todos participaron en una cena íntima con la única compañía de los De Bruce. El heredero De Warenne dormía apaciblemente, pese a los ruidosos brindis y las risas estentóreas.

Cuando todos quedaron ahítos tanto de comida como de bebida, Jory hizo una señal a Taffy, que trajo la montaña de regalos que había dejado Santa Claus en Nochebuena.

En cada regalo se leía el nombre de alguna de las personas sentadas a la mesa. Casi todos los hombres hallaron una daga o un puñal cuando abrieron sus paquetes, pero Robert de Bruce, en cambio, quedó desconcertado unos instantes cuando abrió el envoltorio y encontró un trozo de cinta al que habían cosido un par de campanillas de Navidad. Dio vueltas y vueltas a esa chuchería entre sus manos, esforzándose por recordar dónde había visto antes un objeto similar. Entonces, lo recordó y se apresuró a guardarlo dentro de su chaqueta mientras contenía la risa.

Las miradas se concentraron en Jane cuando abrió su regalo. Marjory había puesto a trabajar a todas las costureras del castillo durante días, confeccionando un vestido que destacase la figura esbelta de Jane. Era de terciopelo fucsia, con largas mangas colgantes, forrado de satén blanco. El escote bajo y el dobladillo estaban bordados con una ancha banda de perlas y cuentas de cristal.

Jane lanzó una exclamación ahogada y emocionada.

–Oh, Jory, es el vestido más bonito que he visto en mi vida; ¿cómo podría agradecértelo?

–Poniéndotelo mañana y ocupando el lugar que te corresponde como castellana de Dumfries.

Los De Bruce coincidieron con Jory y aseguraron que era la madre más bella de Escocia.

–Gracias por haber asistido a nuestra celebración –dijo Lynx–. Habíamos pensado en celebrar la noche de Reyes, pero como nuestro cachorro ha decidido hacer su aparición, será la noche de tres días después.

–Yo soy el Señor del Desgobierno –declaró Nigel de Bruce–, y no quiero que los mayores de la familia me discutan.

Marjory le dirigió a Robert un guiño.

–Ya que mañana tenemos mucho que celebrar, propongo que terminemos la velada temprano.

Sin mirar en dirección a Jory, Robert hizo un guiño a Jane y declaró:

–Bueno, yo, por mi parte, estoy listo para irme a la cama.

Jane sabía que Robert y Jory se comunicaban con un lenguaje secreto delante de los demás y estalló en carcajadas que sonaron como campanillas de plata. Lynx frunció el entrecejo. ¿Por qué a Jane le parecía tan divertido todo lo que decía Robert?

Cuando Jane se puso de pie y se acercó a la cuna para alzar a su hijo, los hombres la observaron con avidez. Los cuatro De Bruce envidiaban, esa noche, a Lynx de Warenne por su mujer y su hijo. Al tiempo que Jane se encaminaba hacia la escalera, Lynx llevó aparte a su hermana.

–Jane estaba embelesada con el vestido. Hubiera deseado

hacerle un regalo parecido al tuyo, pero solo he traído obsequios para el niño.

–Es una suerte que sepa que eres un bribón desconsiderado. He mandado hacer otro vestido y lo oculté en tu armario. Jane nunca ha tenido cosas bonitas y se muere por ellas. ¿Te imaginas lo placentero que sería que le regalaras pieles o joyas?

Lynx sintió entre sus piernas el comienzo de una erección y se maldijo por lo bajo.

–Eres una mezcla de bruja y ángel.

–Y tú un pillastre afortunado; he enseñado a Jane cuanto sé.

Cuando Lynx cerró la puerta de la habitación de Jane, el cachorro de lince empezó a llorar.

–Santo Dios, ¿es que va a tenernos, otra vez, levantados toda la noche? –exclamó el padre, mesándose los cabellos–. ¿Qué demonios vamos a hacer?

Jane sonrió.

–Lo alimentaré y, después, podrás pasearlo.

Poco después, mientras Lynx se paseaba y contemplaba a su hijo dormido en sus brazos, elevó una plegaria de agradecimiento por el precioso don que le había sido concedido. Si debía ser sincero, no había ningún lugar, en todo el mundo, donde él prefiriera estar en ese momento que no fuese allí, cuidando de su primogénito recién nacido. Lynx lo acunó contra su corazón y, muy despacio, con delicadeza, lo depositó junto a su madre dormida y se dirigió hacia sus estancias privadas para que ambos durmieran tranquilos.

En la torre más cercana, Robert de Bruce se deslizó con discreción por la puerta de una estancia y echó el cerrojo. Jory lo aguardaba desnuda.

–Te llevó unos minutos recordar los símbolos fálicos romanos del Muro de Adriano.

Robert sonrió.

–Sabía que había visto esa cinta y esas campanillas adornando alguna otra cosa –respondió él, y se echó a reír pasando el adorno de una mano a otra–. No pretenderás que me ponga esto, ¿no es cierto, muchacha descarada?

–Claro que no, milord, pretendo ponértelo yo. ¡Quítate esas ropas!

En lo alto de la torre de Dumfries se pudo escuchar durante toda la noche el alegre tintineo de unas campanillas de Navidad.

Capítulo 24

Al amanecer del primer día de los festejos, en cuanto el hijo de Jane terminó de mamar, Grace Murray se hizo cargo de él.

–No se preocupe por el pequeño lord, lady Jane. Lo mantendré bajo mi ala como una vieja gallina clueca.

–De Bruce ha traído una hermosa cuna; la pondremos en primera línea, en el centro del salón. Ya que vamos a celebrar la Navidad, Nochevieja y el bautismo de Lincoln Robert a la vez, quiero que pase con nosotros todo el tiempo que sea posible. En los festejos de hoy solo participarán los habitantes del castillo y los soldados de De Warenne, pero mañana también podrán disfrutar de ellos los habitantes de la aldea. Durante los próximos días, cientos de personas querrán ver a mi hijo.

–¡Sí, y no permitiré que nadie manosee ni maree al pequeño lord!

–Cielos, no había pensado en eso. ¿Cree que harían semejante cosa?

–¡En cuanto me descuide, querrán poner sus sucias manos encima del bebé y pasárselo de unos a otros como si fuese un guiso escocés de cordero!

Jane se alegró mucho de que Grace Murray fuese como un dragón.

–Llévelo de nuevo arriba antes de que sirvan la comida para que le dé de comer; luego, volveré a amamantarlo antes de cenar.

Marjory y Elizabeth entraron en la habitación de Jane sin poder contener la excitación que bullía dentro de ellas.

–Por Dios, ¿todavía no te has bañado ni vestido? –preguntó Jory.

–Ya me he bañado; solo me falta ponerme el vestido que me has regalado.

–¡Ese no te lo regalé yo sino Santa Claus, y sospecho que te reserva más sorpresas, lady Jane!

–¡Jory, qué buena eres!

–Soy muy buena; sin embargo, los próximos días voy a ser mala y tú harás lo mismo, si eres sensata. ¡Tenemos un castillo lleno de hombres! ¿Por qué no hacerlos bailar a nuestro son? Por primera vez desde hace nueve meses puedes pensar en ti. Estás delgada y eres bella; quiero que disfrutes de tantas diversiones y risas que te duren todo el invierno.

Jory volvió su atención a Elizabeth de Burgh.

–Tenemos que procurar que Elizabeth sea feliz. Está lejos de Irlanda, de su hermosa patria, y casi nunca ve a su padre. Abrigaba la esperanza de verlo en Nochebuena, pero el conde de Ulster prometió ayudar a Eduardo Plantagenet en la conquista de Francia.

–Y el rey no puede perder si cuenta con De Burgh a su lado –dijo Lynx de Warenne, entrando en la estancia en aquel instante. Su mirada recayó sobre Jane, vestida con una fina enagua de lino–. He venido a ayudar a Jane a vestirse, si tenéis la amabilidad de permitirnos tener un poco de intimidad.

–Ni lo sueñes, hermano, no es momento para retozar. ¡Vuelve dentro de una semana si quieres montar tu potro hasta Banbury Cross!

Las mejillas de Elizabeth se sonrojaron y se echó a reír con disimulo. La niña empezaba a entender las pícaras insinuaciones sexuales de Jory.

–¿No te da vergüenza corromper a la niña? –preguntó Lynx, severo–. Sospecho que eres tan mala influencia para Jane como para Elizabeth.

–Serás tú quien reciba los frutos de la corrupción de Jane; pero aún no he hecho más que empezar. ¡Deberás sondear las profundidades de tu ser para completar la corrupción!

De repente, el Señor del Desgobierno abrió la puerta de par en par.

–¿Dónde se ocultan todas las mujeres bellas? –preguntó Nigel de Bruce–. ¡Cada una de vosotras pagará con un beso por habernos hecho esperar!

Elizabeth se afanó por ser la primera, luego Jory pagó su multa con un beso tan prolongado como lascivo. Como Nigel había atrapado a Jane en enaguas, Lynx dijo:

–No creo que Jane quiera jugar a este juego.

Nigel le dirigió una mirada compasiva, y Jane dijo, con aire malicioso:

–¡Lynx parece un anciano; apenas recuerda cómo se divierte la gente!

Cuando el alegre grupo llegó a la planta baja, el salón estaba atestado. La comida y los dulces se amontonaban en las mesas y los juerguistas se congregaban en el centro de la sala. Las únicas sillas de la estancia estaban sobre la tarima, junto a la magnífica cuna obsequiada por De Bruce. Lynx de Warenne tuvo que abrirse paso entre oleadas de celebrantes para llegar a la tarima. Dejó a Lincoln Robert en la cuna, y Grace Murray, junto con los dos escuderos de Lynx, se sentaron en las sillas para custodiar al flamante tesoro de Dumfries. De inmediato, se formó una fila de personas que querían subir a la plataforma para ver al niño.

Para realizar los festejos, se guiaron por una mezcla de costumbres inglesas, escocesas y galesas. Un centenar de varones fornidos cargaron un tronco de pino de más de quince metros para dar inicio a la tradicional hoguera de Nochebuena. El regocijo navideño fluía de las poncheras con hipocrás, barriles de cerveza, jarras de güisqui y botellas de hidromiel. Del alféizar de las ventanas colgaban ramas de acebo y de hiedra, y de todas las puertas y arcadas del castillo pendía un gran racimo de muérdago de blancos frutos.

En el aire vibraba música de todo tipo. Pululaban por el

castillo gaiteros escoceses que se mezclaban con arpistas galeses y tamborileros ingleses. Había otros con flautas, panderetas y campanillas; pero ni siquiera todos los instrumentos juntos podían apagar las carcajadas de los celebrantes, entregados en cuerpo y alma a la diversión y a los juegos. El Señor del Desgobierno parecía estar en todas partes, promoviendo travesuras, exigiendo prendas y liderando a la multitud en divertidos jolgorios, secundado por sus hermanos Alexander y Thomas.

A las once, se despejó el salón y se hizo entrar a todos los niños de Dumfries. Su entusiasmo era contagioso. Jane, Marjory y la joven Elizabeth dirigieron sus juegos, carreras, cantos y danzas. Luego, mientras entregaban premios y regalos, Jane permaneció de pie junto a su padre. A cada niño le fue entregado un juguete y una prenda de vestir; además, se los animaba a servirse dulces por sí mismos. Había enormes bandejas de azúcar terciada con mantequilla junto a empalagosos trozos de caramelo, pintorescos animales de mazapán al lado de montañas de manzanas y frutos secos.

Lynx observaba a Jane correteando con los niños y, mientras lo hacía, cobró conciencia de su juventud. Aun así, al verla junto a su padre, distribuyendo los regalos, cayó en la cuenta de que ella había organizado los festejos y se sintió muy orgulloso. Sin duda, mientras él estaba ausente en Edimburgo, Dumfries habría sido una colmena de actividad, entregado a los preparativos de los festejos.

Después de comer, se retiraron los platos de las mesas y sobre ellas se amontonaron los regalos para los habitantes del castillo que servían en Dumfries. Una vez más, Jane, con ayuda de Jock y su hermano Andrew, el segundo mayordomo, distribuyeron los regalos entre todos los sirvientes. Regaló abrigadas y elegantes capas a las mujeres de la familia Leslie y, para sus hermanos, jubones. Megotta recibió una caja para medicinas, adornada con unas tallas muy trabajadas.

Por último, Jane atrajo la atención de Lynx y lo llamó para que se acercara a ella. Levantó las manos y esperó a que el clamor disminuyera hasta ser solo un rumor difuso y anunció, con los ojos llenos de lágrimas:

–Tanta generosidad solo ha sido posible gracias a la bondad de lord De Warenne.

Se puso de puntillas para darle un beso en la mejilla y la multitud enloqueció, lanzando vítores y gritando con tanta fuerza que hubiesen podido arrancar las vigas del techo.

Lynx miró a Jane intensamente. Todo el dinero que él había depositado en manos del mayordomo para cubrir las necesidades de Jane había sido gastado en obsequios para su familia.

Lynx pasó casi toda la tarde con sus soldados y sus arqueros galeses. Como estaban lejos de su patria él los saludó y les deseó buena suerte para el año que se iniciaba. Entre tanto, en el salón, sus caballeros, los De Bruce y las damas se entretenían con juegos presididos por el Señor del Desgobierno.

Cuando Lynx volvió al salón Jane tenía los ojos vendados y estaba rodeada por un círculo de hombres con los que jugaba a la gallinita ciega. Deseoso de participar en la diversión, se acercó hasta ella y la alzó en el aire.

Jane supo al instante que estaba en brazos de Lynx porque él era el hombre más alto de Dumfries. No pudo resistir la tentación de gastarle una broma:

–¡Robert! –chilló–, ¡ya te he besado bastante!

Lynx la depositó de inmediato en el suelo y levantó el antifaz de seda que le cubría los ojos.

–¿Has besado a Robert? –preguntó, herido.

Jane se compadeció de él.

–Lynx, estaba bromeando... ¡sabía que eras tú! Es que Robert es un demonio con las mujeres: ¡si hasta arrastró a Megotta bajo el muérdago!

Lynx la tomó de la mano y la condujo hasta una silla, sobre la plataforma.

–Descansa; estás agitada y sin aliento.

–Solo un momento –accedió ella, con dulzura–. Tus arqueros galeses están preparando un espectáculo de magia y han prometido revelarme algunos de sus secretos.

La actitud de ella era esquiva como el mercurio y él trató de discernir qué era lo que hacía que su deseo por ella creciera a cada instante.

Enfundada en ese vestido de intenso color fucsia, con su cabellera cayendo a su alrededor como un resplandor de fuego, tenía una vívida belleza, pero no era esa la misteriosa esencia que lo cautivaba como al resto de varones que habían estado junto a ella todo el día. Tenía una aureola de alegría y de dicha, el entusiasmo de la fiesta la había atrapado y parecía resuelta a extraer de ella hasta la última gota de placer.

Ya había terminado la cena, el baile estaba en todo su apogeo y Lynx comenzó a caer en la cuenta de dónde radicaba el fatal encanto de su mujer. Durante más de una hora, él no había podido apartar sus ojos de ella, comprobando que los hombres competían por estar con ella, por coquetear y flirtear, aunque, a cambio, solo recibían una sonrisa. De repente, entendió qué había hecho crecer su deseo hasta convertirlo en lascivia:

¡Su inocencia!

Tenía ante sí a una muchacha joven y despojada de toda artificiosidad. Hasta hacía poco, jamás había poseído un vestido bonito. ¡Tanta era su inocencia que, aun siendo madre, todavía no era mujer! Aún no se había despertado su sexualidad. Él se había unido con ella con el único propósito de procrear, pero nadie había enseñado a Jane que el sexo podía ser una fuente de placer. Y, al igual que él, los presentes en el salón también eran conscientes de ello y ansiaban adentrarla en el mundo de la sensualidad. ¡Lo que la hacía tan tentadora y atractiva era que, si bien estaba madura y dispuesta, ella aún no lo sabía! Jane se mostraba coqueta y pícara, deseable y seductora, exótica y tentadora. Era tan atrayente y provocativa como Jory de Warenne, pero ella era verdaderamente inocente, lo que la convertía en una muchacha tan excitante como irresistible.

Lynx se había excitado tanto contemplando a Jane que no podía bailar, ni caminar siquiera. Lo único que podía hacer era observarla hasta que acabase el baile y fuese el momento de abrir los últimos regalos.

El semblante de Jane se coloreaba de alegría a medida que iba abriendo los regalos para el pequeño. Los caballeros de Lynx se habían esmerado, regalando a su hijo cascabeles y jarros de plata. También había medallones de oro en conmemoración de su nacimiento, espadas en miniatura y escudos con las armas de los De Warenne. Los arqueros galeses, de manos habilidosas, habían fabricado juguetes tallados para el niño, entre los cuales había un gran caballo de madera que se mecía y un ejército completo de soldados que custodiaban un castillo, también de madera. Además, habían hecho animales de juguete rellenos de lana y recubiertos de tersa piel de nutria.

Lynx reservó su regalo hasta el final. Quería ver cómo se iluminaba de alegría el rostro de Jane cuando viese el hermoso vestido. Empezaron a temblarle los dedos cuando comprendió que el regalo no era para el niño sino para ella. El vestido estaba confeccionado con crujiente tafetán de un verde satinado, con reflejos azules tornasolados. En la espalda tenía cuello alto y, en la parte delantera, un profundo escote. Los pechos se realzaban con un corpiño tachonado de cuentas de esmeralda y turquesa.

Lynx miró a su hermana con gratitud. El rostro de Jane atrajo su mirada de manera irresistible, transformándose en una expresión de arrobamiento.

Sin soltar el vestido, se arrodilló ante él:

–Mi queridísimo lord, ¿has elegido este vestido para mí?

Lynx deseó con toda su alma haber elegido el vestido cuando vio resbalar por sus mejillas lágrimas de gratitud. Le tomó las manos y la obligó a levantarse para besarla.

–Jane, no te arrodilles ante mí, pues me has dado lo que más deseaba mi corazón.

En ese momento, decidió que, al día siguiente, buscaría por todo Dumfries hasta encontrar un regalo digno de ella.

Una larga hilera de gente subía la escalera de la torre principal; delante iba Grace Murray, con el niño en brazos, y detrás sus escuderos, seguidos por los sirvientes del castillo con los regalos.

Lynx siguió a Jane hasta sus aposentos, sin poder reprimir su ardiente deseo. Jane, al llegar a la alcoba colgó, con gesto amoroso, su precioso vestido nuevo en el armario. Lynx la ayudó a quitarse su vestido de terciopelo fucsia. Con manos posesivas, la tomó por los hombros mientras aguardaba, impaciente, a que se retirase la última doncella.

Lynx había olvidado que Jane tenía que dar el pecho a su hijo. Se sentó en la cama y contempló cómo ella derramaba sobre el pequeño todo su amor y su atención. Por fin, cuando terminó de alimentarlo y atender a sus necesidades, lo acostó junto a su padre y también ella se recostó en la ancha cama.

–Al fin, te tengo para mí –murmuró ella mientras acariciaba los leonados mechones de cabello del pequeño y recorría el contorno de su mejilla con los dedos–. ¿Quién es el bebé más hermoso del mundo? –susurró, embelesada.

El pequeño gorjeó y movió los puños, y Lynx comprendió que ella no tenía ojos más que para su hijo, que había esperado en vano. Resignado, dio un beso a Jane en la cabeza y otro a su hijo.

–Descansa, Jane. Hay que reponer fuerzas para la fiesta de mañana.

El regocijo, el júbilo y la alegría duraron tres días más. Nunca flaqueó el brillante ánimo de los habitantes del castillo y de la aldea. Llegado el momento de bautizar al niño, los celebrantes se agolparon en el interior de la pequeña capilla, en una atmósfera jubilosa. Lynx de Warenne, con su primogénito en brazos y lady Jane a su lado, tenía una sonrisa triunfal.

Robert de Bruce era el padrino del niño y Jory, su madrina. El sacerdote permitió que sostuviesen al infante para brindarle una bendición especial, antes de proceder a bautizarlo, formalmente, como Lynx Robert de Warenne. A continuación, el padrino, con el niño en brazos, encabezó la procesión que atravesó el castillo hasta llegar al salón.

Lynx vio a su hermana, Jory, enjugarse una lágrima, y él la rodeó con un brazo para reconfortarla. Contempló esos ojos verdes, tan semejantes a los suyos, y murmuró:

–Gracias, sé que para ti debe de haber sido muy difícil.

Jory se enjugó otra lágrima.

–¿Por qué crees que ha sido difícil? –replicó ella.

–Porque sé que darías cualquier cosa por concebir un hijo de él.

Jory cerró sus ojos.

–Si hemos sido tan discretos, ¿cómo lo sabes? –susurró.

–No hay muchas cosas sobre De Bruce que yo no sepa, Jory –respondió, abrazándola con fuerza y alzándole el rostro para poder mirarla otra vez a los ojos–. Él no se casará contigo, Jory. Ante todo está su ambición de ser rey de Escocia. El pueblo jamás aceptaría a una reina inglesa.

–Ya lo sé, Lynx. Vivo el presente; no soy tan codiciosa como para querer poseer también el futuro.

Esa noche, en el salón, un juglar galés mantuvo a todos con la boca abierta con un relato épico sobre Beowulf. Lynx observó el deleite de Jane, que escuchaba fascinada el mítico relato, acompañado por las notas hechiceras del arpa del artista. Lynx percibió que él no era el único que la contemplaba. Taffy, su escudero, alimentaba la fantasía de que estaba enamorado de ella y dos de los más jóvenes caballeros la homenajeaban constantemente. En los últimos días, había visto a sus arqueros galeses dirigirle miradas ávidas y ardientes.

Junto con el deseo, crecía en él un sentimiento de posesión. Era una emoción nueva para Lynx. Si bien no era muy dado a sopesar sus emociones, admitía que tanto la lascivia como los celos agitaban en él esos sentimientos. Hasta le fastidiaba ver que Jane brindaba su dulce sonrisa a otro que no fuera él.

En el transcurso de la semana pasada le habían irritado sobremanera los inocentes besos que ella recibía bajo el muérdago y deseaba ser él quien los daba. Comprendió que no podría continuar mucho tiempo en ese estado de excitación. Esa noche, imprimiría su marca sobre ella y, desde ese momento, ella sería solo para él.

Sus ojos la recorrieron mientras ella se acercaba. Llevaba un vestido rosado de lana de cordero que se adhería a cada curva de su cuerpo. Como detalle astuto, una cadena de plata que le había dado Jory, rodeaba sus caderas y, un rubí se balanceaba a la altura del monte de Venus, atrayendo todas las miradas masculinas. ¡ Jory había enseñado a Jane todos sus trucos! Ya era hora de que él se hiciera cargo de enseñarle las cosas que despertasen su sensualidad dormida y de satisfacerla como mujer. Había llegado el momento de que tomara posesión de su mujer.

Con una tímida sonrisa, Jane le tendió un pequeño obsequio.

–Dudé mucho acerca de entregarte esto o no, puesto que nuestras creencias son muy diferentes. Pero es un regalo hecho con el corazón. Tú me has dado mucho, milord, y esta es una de las pocas cosas que yo puedo darte a cambio.

–Jane, tú me has dado un hijo... me has dado la inmortalidad. Yo soy quien debe obsequiarte.

Sacó un gran objeto de debajo de su silla y, así, intercambiaron sus regalos. Lynx sacó de su estuche de cuero un amuleto y vio, con deleite, la imagen de un orgulloso lince que ella había pintado para él. Estaba en pleno salto, abalanzándose sobre su presa, y le recordaba a su propia persona.

–Gracias, Jane, lo llevaré con orgullo.

Espió con atención su semblante mientras ella abría el regalo que él había encargado para ella. Esa noche, quería proporcionarle el mayor placer que ella hubiese conocido jamás.

Ella contuvo una exclamación al ver la capa de terciopelo verde esmeralda, forrada con piel de zorro plateado.

–¡Oh, Lynx, es espléndida! –exclamó, poniéndola en sus manos–. Ayúdame; quiero probármela.

–¡No! –repuso él, acercándola e inclinando su cabeza hasta que sus labios rozaron la oreja de ella–. Cuando te pruebes la primera prenda de piel, quiero que estés desnuda para que puedas sentir su lujosa suavidad.

Sorprendida, Jane alzó la vista.

–Milord, ¿siempre consigues lo que quieres?

–Siempre.

Capítulo 25

Lynx de Warenne hizo señas a Grace Murray, indicándole que llevara a su hijo arriba, sabiendo que, así, Jane se retiraría de inmediato. Dio las buenas noches a los presentes, compadeciéndose de esos pobres diablos que solo podrían divertirse jugando a los dados buena parte de la noche, y se encaminó hacia la torre principal.

Solo permaneció en la estancia de Jane el tiempo suficiente para retirar su bata de terciopelo negro, pero ella no advirtió su presencia, siquiera. Como siempre, Jane solo tenía ojos para su hijo cuando lograba tenerlo para ella. Ya en su habitación, Lynx se desnudó, se bañó y se puso su bata preferida, de modo que Jane tuviese tiempo suficiente para alimentar a su hijo. A continuación, abrió la puerta que daba a la escalera que bajaba hasta la habitación de ella y permaneció inmóvil, contemplando la escena maternal.

Grace permanecía en una esquina de la estancia, con expresión complaciente, mientras Jane mimaba, besaba y arrullaba al pequeño, tan absorta en sus cuidados maternales que no advirtió la presencia del hombre que la observaba con ojos ávidos. Él habló, y su voz la sobresaltó.

–Este cachorro acapara toda tu atención. A su padre también le agradaría recibir un poco de tu tiempo. Esta noche, Grace se quedará con él mientras tú me dedicas un poco de atención.

Tras pronunciar su ultimátum, Lynx se retiró a su habitación.

Jane entregó el niño a Grace y avanzó, vacilante, hacia la escalera. Escudriñó las sombras, preguntándose qué había sucedido. La excitación le aceleró el pulso. De modo que no había sido su imaginación. A lo largo de la semana, Lynx no le había quitado los ojos de encima mientras ella coqueteaba descaradamente con todos los varones que, al parecer, habían conspirado para colmarla de atenciones. Había seguido al pie de la letra los consejos de Jory y, al fin, iban a rendir sus frutos. Lynx de Warenne ya no la veía como a la madre de su hijo sino como a una mujer... una hembra deseable, a juzgar por el tono de su voz.

Jane miró a Grace Murray perpleja. La niñera hizo un gesto para animarla a subir la escalera.

–¡Vaya, vaya!

Jane, con el corazón martilleándole en el pecho, subió los dos primeros peldaños con paso vacilante. De repente, se volvió, atravesó corriendo la habitación y recogió la capa forrada de piel. Ansiosa, corrió escaleras arriba para cumplir la orden de su señor.

Jane cerró la puerta y se volvió hacia él, jadeando. Se quedó sin aliento al verlo cubierto con la bata. Cuando vio que ella llevaba la capa de piel, sonrió con aprobación y le tendió una mano.

–Ven. Ha llegado el momento de que nos conozcamos... íntimamente.

Su voz tenía la misma textura negra y aterciopelada de la bata que ella adoraba. El corazón de Jane le dio un vuelco. ¿Cuánto tiempo había esperado este momento? ¿Una vida entera? ¿Una eternidad?

–¿Has disfrutado con los festejos, Jane?

–Oh, sí, muchísimo.

Él tomó la capa de sus manos y la dejó a un lado. Luego, le cogió las manos y se las llevó a los labios, primero una, después la otra.

–También yo; pero, ahora, esta noche es solo para nosotros –dijo, demorando su mirada en los pechos de ella y posándola en el rubí–. Eres una criatura realmente tentadora.

Lynx la acompañó hasta el espejo y empezó a describirle cuanto veían sus ojos.

–Mira tu rostro. Tus ojos son como unas flores de pensamiento de terciopelo castaño, y tus pómulos altos te dan el aspecto de una bruja encantadora. Cuando me miras de reojo, por encima del hombro, me dan ganas de seguirte hasta el paraíso.

»Cuando estás contenta o cuando quieres burlarte de mí, tu boca se curva hacia arriba y yo me sorprendo a mí mismo conteniendo el aliento, esperando la aparición de tus esquivos hoyuelos. La forma de tus labios es verdaderamente sensual –dijo él, pasando su pulgar por el labio inferior de ella–. Tu boca hace un pequeño mohín cuando te concentras en lo que digo, no sé si para insultarme o para besarme.

El placer sonrojó las mejillas de Jane. Sabía que él había estado observándola, pero no hasta tal punto.

–El cabello de una mujer es una de las cosas que más atraen y hechizan a un hombre. Tu larga y sedosa melena flota susurrándote al oído, adhiriéndose a tus hombros, acariciando tus pechos, a veces, o rizándose en torno de tu cintura; siempre roza y acaricia tu espalda. Y deseo jugar con él. Me cosquillean los dedos cuando imagino tocarte como lo hace tu pelo. Entonces evoco imágenes en las que me veo junto a ti, eróticamente enredado en tus cabellos.

Lynx entrelazó sus dedos en su cabello, lo levantó y lo dejó caer alrededor de ella como una cascada.

–Este blando vestido de lana se adhiere tan bien a tus pechos que me ha excitado más que si te hubiese visto desnuda.

Se puso detrás de ella para cubrir con sus manos sus senos. Fascinada, Jane sintió que sus pezones se erguían y se endurecían como gemas. Jadeó de deleite cuando los pulgares de él rozaron sus sensibles pezones.

–Y ¡el centro de tu femineidad está adornado con un rubí! Ha estado lanzándome guiños, provocándome, tentándome hasta la locura durante todo el día. Hasta en la capilla o, mejor dicho, especialmente en la capilla. Sentí ganas de tenderte sobre el altar y ofrecerme en sacrificio.

Su manos atrevidas descendieron por el cuerpo de ella, se deslizaron por el vientre y se apoyaron sobre sus caderas. Entonces, la atrajo hacia su cuerpo para que ella percibiese el notable efecto que ejercía sobre él.

–He estado esperando más de doce horas para quitarte ese provocativo vestido. ¿Quién dijo que yo no era un hombre paciente?

A medida que sus dedos desabotonaban los pequeños botones de la espalda, sus labios se deslizaban sobre la piel satinada que le cubría la columna vertebral. Jane se estremecía una y otra vez, mientras la boca de él iba descendiendo. En un instante, su piel ardía y, al siguiente, helaba. Obraba sobre ella un efecto embriagador, y ella gozaba cada instante de sus caricias. «¡Por favor, Dios, haz que no se detenga!»

Claro que Lynx no tenía intenciones de detenerse: no había hecho más que empezar. Cuando le quitó el vestido y la cadena de plata, dejó ambas cosas a un lado con cuidado.

–No quiero que le pase algo al vestido de lana ni a esa joya mágica.

Jane permaneció embelesada por su imagen en el espejo. Su enagua de fino linón contrastaba con el cuerpo de él que, cubierto de negro, se cernía tras ella. Contempló sus manos, que subían con lentitud sus enaguas, dejando sus muslos al descubierto.

–La única vez que te he visto desnuda fue el día que diste a luz. Aquella noche, me pareciste bellísima, así que, ¿te imaginas el efecto que tu cuerpo causará en mí esta noche?

Ella lo miró por encima del hombro. Jane no habría sido más seductora aunque hubiese sido una experta cortesana. La enagua siguió el camino del vestido y Jane permaneció inmóvil mientras él la contemplaba. Ella sabía que, si él tocaba su piel desnuda, gritaría de excitación, pero Lynx no lo hizo. Se limitó a contemplar su imagen con avidez y a devorarla con la mirada.

Ella contuvo el aliento al ver que él tomaba la capa esmeralda. Cuando la piel tocó su desnudez, ese sedoso tormento hizo jadear y gemir a Jane. Los extremos nerviosos de todo su cuerpo estaban tensos de excitación. Bajo la piel plateada, su cuerpo era seda caliente.

Lynx la tomó de la mano.

–Ven –invitó él.

Lynx la condujo al frío de la noche invernal y ella lo siguió, haría cuanto Lynx deseara. Su cuerpo y su voluntad eran de él, para que los tomara cuando quisiera.

La condujo por el parapeto hasta el alto muro almenado y la alzó para sentarla sobre él. Deslizó las manos dentro de la piel para explorar el cuerpo de ella y murmuró:

–Esos momentos fugaces, robados bajo el muérdago tal vez te hayan hecho creer que sabes algo de besos: te equivocas. Tengo la intención de enseñarte todo lo que hay que aprender acerca de ellos.

Cuando él apretó sus labios contra los de ella para darle el primer beso, las bocas de ambos se volvieron hambrientas. Él ahondó el beso y, al mismo tiempo, fue explorando los secretos de su cuerpo, debajo de la piel de zorro. Todo eso era para ella más estremecedor y primitivo de lo que habría soñado jamás. La fricción ardiente de su lengua y sus manos insistentes jugueteaban al unísono sobre su cuerpo, animándola a olvidar todas sus inhibiciones.

Jane deslizó sus manos dentro de la bata de Lynx y sintió que el calor de él saltaba a sus dedos y se extendía por sus brazos. Sus muslos se abrieron a las manos exploradoras de él y las sensaciones que sus dedos sabios despertaban en ella la hicieron arquearse de placer. Ella apartó su boca, abrió la bata y apoyó sus labios sobre el acordonado cuello, bajando la lengua sobre su pecho, hasta que su boca apresó un pezón masculino, duro como el diamante.

Lo que había comenzado como pequeños estremecimientos sensuales pronto se convirtió en un volcán en ebullición. Lynx recorrió con la punta de su lengua el contorno de los labios de Jane.

–No debemos dejar que el frío de la noche nos impida disfrutar de nuestro calor, ¿entramos para calentarnos?

–Es imposible avivar aún más la llama de mi cuerpo –jadeó Jane, estrechándose contra él con sensualidad.

–Y doy gracias a Dios por ello.

Lynx la alzó y la llevó en brazos hasta el interior del aposento, junto al fuego. Fue deliciosa la sensación del calor de las llamas sobre la piel sensibilizada de Jane.

Se sentó en una silla, sosteniéndola frente a él, y no fue preciso que él pidiera que lo rodease con las piernas. Jane se sentó a horcajadas sobre él y, al bajar la vista, vio el largo y duro miembro que se erguía entre ellos. Sus dedos no pudieron resistir la tentación de explorarlo, y el cubrió la mano con la suya, tal como había hecho la primera noche de intimidad entre los dos. Lynx era un hombre de gran tamaño y, por un instante, su corpulencia la intimidó, al recordar el dolor que había sentido cuando él dio la primera embestida a través de su himen. Sin embargo, el deseo predominó sobre el miedo, hasta el punto que, incluso el recuerdo del dolor, quedó borrado para siempre.

Lynx pasó sus manos bajo las nalgas de ella y la izó sobre su pene turgente para, de inmediato, retirarlo de modo que solo la cabeza hinchada del miembro quedara dentro de ella.

–Todavía no quiero darte otro hijo. Es demasiado pronto y no deseo hacerte daño. Solo quiero brindarte placer.

Jane creyó que moriría si le daba un poco más de placer.

Con mucha delicadeza, las manos de Lynx la levantaron y la bajaron sobre la cabeza de su falo hasta que ella captó el ritmo y comenzó a moverse arriba y abajo, montándolo como si él fuese un gran semental. Cuando ella adquirió autonomía, él retiró la mano de sus nalgas y acarició el pequeño capullo del sexo de Jane hasta sentirlo palpitar.

Eran tan exquisitas las sensaciones que él despertaba que ella se arqueó hacia atrás, permitiéndole una espléndida visión de su rosada hendedura a la que el amor humedecía, y sus gritos de placer comenzaron a aumentar al ritmo de su pasión. De pronto, dentro de ella comenzó a formarse una especie de latido, hasta que se produjo una implosión que arrastró al hombre hacia el interior de ella, como si fuese a devorarlo. Rápidamente, ella comenzó a subir y bajar por su largo miembro, que quedó hincado en ella hasta la empuñadura.

Lynx retuvo su simiente con terca decisión, sintiendo cómo lo acariciaba el cuerpo ardiente y hambriento de ella, aunque necesitó hacer uso de su fuerza de voluntad para retirarse sin eyacular.

–Lynx, Lynx –jadeó ella, sacudida por la brutalidad de su primer orgasmo.

Desenroscó sus piernas del torso de Lynx y resbaló de rodillas entre sus muslos. Comenzó a besar y a lamer el objeto de su adoración, el que le había ofrecido tan indecible placer.

–Jane, mi amor, no tienes por qué hacer eso.

Ella se detuvo y murmuró:

–Lynx, debo hacerlo.

Él gimió y se entregó a ella. Ella abrió la boca y lo recibió en esa cueva húmeda y caliente.

Al terminar sus locas expansiones, él la acunó en sus brazos, estrechándola, posesivo, hasta que el fuego se convirtiera en cenizas. Por extraño que pareciera, las llamas continuaron ardiendo y él también tuvo deseos de complacerla una vez más. Como ella lo había saboreado, también él sintió ganas de percibir su sabor. La alzó en brazos otra vez, ante el espejo, y la dejó ante él.

Le tomó los dedos y los llevó a la mejilla de ella. Inclinó la cabeza y, con suavidad, le mordisqueó el lóbulo de la oreja.

–Quiero mostrarte cómo tienes que acariciarte. Cuando yo esté lejos de ti y la noche sea larga, quiero que sepas cómo darte placer.

Le acarició la mejilla con los dedos de ella y luego, lentamente, los deslizó sobre los labios de Jane. Cuando vio que las comisuras de su boca se curvaban de deleite, le hizo bajar las yemas de los dedos por la garganta, por el delicado esternón y por la redondez de los pechos. Rozó con los dedos de ella su lozana y plena redondez, y luego trazó el contorno del pezón hasta hacerla gemir de placer. Mientras recorría con su lengua la forma de la oreja, llevó la mano de ella por su vientre y oyó cómo ella absorbía su aliento. Los dedos de Jane se tensaban a medida que se acercaban al monte de Venus.

–Lynx, no puedo –susurró, escandalizada.

Él la besó en el cuello.

–Repite conmigo: ¡puedo, y lo haré!

Tras una suave carcajada, la objeción de Jane se desvaneció.

–Soy una inútil.

–Más bien diría que eres inocente; eso me da más placer que cualquier otra cosa que pueda haber experimentado con una mujer.

Lynx sujetó con firmeza los dedos de ella y puso la punta de uno en el extremo superior de su vulva.

–Precisamente aquí hay una especie de capullo minúsculo que florece al menor estímulo. Si me permites, te lo demostraré.

Inclinó la cabeza y cubrió la boca de ella con la suya.

Ella sintió que el capullo comenzaba a desplegar sus pétalos. Entonces, los labios de él la obligaron a abrir la boca y su lengua penetró en ella para saborear su dulzura. Jane sintió que su capullo palpitaba y que unos hilos hirvientes de deseo se extendían dentro de ella. Lynx separó uno de los dedos de Jane y lo deslizó en el interior de la vagina.

–Dime, ¿aún te parece pecaminoso?

–No, es una sensación muy agradable; pero necesito más, Lynx, ¡te necesito!

Él retiró el dedo de su cuerpo tembloroso y le besó los párpados.

–Confía en mí; sé exactamente qué necesitas.

Lynx se puso de rodillas; Jane contuvo el aliento y al mirarse en el espejo vio que él separaba los diminutos pliegues y le hacía el amor con la boca.

Jane entrelazó sus dedos en la leonada cabellera de él para retener su cabeza junto al centro de su femineidad. Era un acto tan íntimo que le hizo comprender que Lynx había dejado caer todas sus defensas. Ella ya no era una muchacha tímida sino una mujer que aprendía con rapidez el poderío de su propia sensualidad.

En esta ocasión, el orgasmo de Jane fue muy diferente. Sintió una docena de pequeños espasmos arracimados y, sin embargo, discernibles en su intensidad. El último la dejó lacia y lánguida; cuando Lynx la alzó y la llevó de nuevo a la cama, ella se maravilló al comprobar que él sabía exactamente qué debía hacer.

Lynx se recostó y la atrajo hacía él. Por primera vez en su vida, se sentía a salvo y segura.

Los dedos de él se ahuecaron con delicadeza sobre el pecho de Jane y lo levantaron, y la blanca protuberancia se hinchó en su palma callosa. Con la otra mano, él le acarició la espalda hasta llegar a sus suaves nalgas. Esa noche, cayeron las últimas barreras que se interponían entre ellos. Se sentía parte de él. Estaba segura de que su olor se había mezclado con el de ella y perduraría allí para siempre.

Jane lo amaba con todo su corazón y ansiaba decírselo. Pero, cuando sus labios se abrieron para pronunciar su ferviente declaración, flotaron en el aire, perfumadas de amor, las palabras de Jory: «¡Nunca le digas a un hombre que lo amas hasta que él no te haya declarado su amor inextinguible!». Jane contuvo sus palabras y, en cambio, rindió su cuerpo a él, frotándose contra su deliciosa dureza.

Él la oprimió contra sí y ella sintió que el salvaje calor de su cuerpo penetraba en el suyo. Jane comprendió que así debía ser siempre entre un hombre y una mujer. Después de compartir sus cuerpos, el varón se volvía fuerte y poderoso, mientras que la mujer se debilitaba.

De repente, el deseo de Lynx se volvió rudo y primitivo al adoptar este una postura dominante. Apareció en él la ferocidad de un lince y ella gozó perdiendo el control y consumiéndose en la lujuria.

Mientras Jane se sentía flotar, dormitando a ratos, tuvo la vaga noción de que estaba tendida, atravesada sobre su cuerpo magnífico. Tenía apoyada la mejilla sobre la suave pelambre que cubría el pecho de Lynx, y el latido regular de su corazón la arrullaba, llevándola otra vez hasta el límite del sueño cada vez que él se movía. Era dichosa. Le dio un beso en el pecho, sobre el corazón, y exhaló un suspiro de contento.

Jane estaba convencida de que en Lynx de Warenne se había

despertado un ardiente deseo por ella; comprendía, sabiamente, que eso era lo más cerca del amor que podría estar un guerrero como él. ¿Sería una necia si se negaba a casarse con él, teniendo en cuenta que él se lo había suplicado? De solo pensar que Lynx pudiese convertirse en su marido se sentía languidecer. No, no era una necia, era muy astuta y disfrutaba cada instante de su apasionado cortejo. Jane decidió que ese turbulento cortejo debía continuar, de momento. Demoró en su rostro una sonrisa de satisfacción, que perduró después de caer en un sueño profundo.

CAPÍTULO 26

Cuando la puerta que daba al parapeto se abrió, Jane se despertó sobresaltada y se incorporó en la cama. Un par de brazos poderosos la rodearon, y sin saber cómo se vio sentada sobre las piernas de Lynx.

–Por el amor de Dios, ¿acaso piensas retenerla en la cama todo el día? –preguntó Robert con expresión seria.

–Pedazo de patán grosero, ahora, el sonrojo jamás se irá de su rostro –dijo Lynx, guiñando un ojo a su amigo.

–¡Ja! No soy yo quien le ha provocado ese sonrojo. ¡Sé lo que escondes bajo las mantas!

Jane contuvo una exclamación y su sonrojo se intensificó al comprobar que lo que Lynx ocultaba bajo las mantas estaba enhiesto. Para su mayor consternación, se abrió la puerta y entró Grace Murray con su hijo. La niñera clavó en De Warenne una mirada penetrante y declaró:

–El joven señor no esperará más. ¡Ha llegado a la conclusión de que usted ya la ha tenido suficiente tiempo y que ahora es su turno!

Jane se ruborizó hasta la raíz de los cabellos y alzó sus brazos para tomar a su hijo y estrecharlo contra su corazón. Grace Murray no pestañeó, siquiera, al ver el torso desnudo de Lynx, que elegía ropa limpia de su guardarropa y comenzaba a vestirse.

–Había olvidado que te marchabas hoy –dijo Lynx a Robert.

–Jane es de las que hacen olvidar a un hombre hasta su propio nombre –repuso Robert, sin disimular su envidia.

Antes de marcharse, Lynx rozó la mejilla de su hijo con los nudillos y tocó con su boca la de Jane.

–Gracias, mi dulce dama.

En sus ojos verdes se leía la promesa de que él regresaría y le daría las gracias no solo de palabra sino de obra.

Lynx, con su hermana Jory junto a él, despidió a los De Bruce. No había obtenido un compromiso firme por parte de Robert con respecto a qué haría en caso de que volviese a estallar el conflicto en las Lowlands. Lynx no dudaba de que las lealtades de De Bruce estaban divididas. A él no le daba ningún placer fustigar a su propio pueblo hasta someterlo, en beneficio de la corona inglesa. Lo único que había prometido Robert de Bruce era mantener abierta la frontera occidental.

Lynx se maldijo por haber dejado pasar una semana sin recordar que debía vigilar a los De Bruce. De los seis hombres que él envió a Carlisle en busca de provisiones, solo cuatro regresaron con vida; dos de los caballos de carga traían cadáveres en lugar de provisiones.

Cuando sus caballeros le informaron que habían estado acechándolos en el valle de Annandale, Lynx supo de inmediato que, quienquiera que hubiese estado al acecho, sabía que las provisiones iban hacia Dumfries y que los De Bruce se encontraban ausentes de sus castillos de Lochmaben y de Caerlaverock.

Al instante, Lynx relacionó las mercancías faltantes con las armas desaparecidas, y sus sospechas recayeron sobre los hermanos Leslie. Sin titubear, hizo llamar a Jock y le ordenó que sus siete hijos se reunieran con él sin tardanza.

En el pequeño recinto contiguo al salón, desde donde Lynx regía los asuntos del castillo, resonaron las negativas de los hijos de Jock, que se defendían. Lynx contuvo su cólera mientras los interrogaba una y otra vez, preguntándoles acerca de las armas que faltaban y de las provisiones robadas.

El único de los presentes en la habitación en quien Lynx de Warenne confiaba era Jock Leslie. El mayordomo estaba de pie, junto a sus hijos, con el semblante torvo y en silencio. Tras dos horas interminables, Jock pidió permiso para hablar con sus hijos.

–Hágalo, por favor –invitó Lynx, engañosamente sereno.

–Si estáis involucrado, de palabra o hecho, confesad ahora. Su señoría tiene a dos caballeros muertos en el patio del castillo, y sé que querrá llegar hasta el fondo del asunto, por mucho que cueste, a él o a Dumfries.

Lynx de Warenne se paseaba por la estancia. Cada tanto, se detenía ante alguno de los hermanos, lo perforaba con sus ojos verdes y luego pasaba al siguiente. Se detuvo con brusquedad ante David Leslie, el encargado de la despensa. Lynx razonó que David era quien más tenía que perder si algo sucedía con las provisiones, puesto que las sospechas recaerían de inmediato sobre él.

–¿Tienes algún ataúd en tu despensa?

David Leslie tragó con dificultad, y se preguntó si, acaso, pronto él mismo ocuparía uno de ellos.

–Así es, milord.

Lynx se volvió hacia Jock.

–¿Quiere ocuparse, junto con David, de que mis caballeros sean preparados para recibir decente sepultura?

–Sí, milord –respondió Jock, soltando un gran suspiro de alivio al comprobar que por lo menos uno de sus hijos había quedado limpio a los ojos de De Warenne.

Después, Lynx despidió a Andrew Leslie, el aprendiz de mayordomo. Lynx no creía que él quisiera avergonzar a su padre ni a Dumfries.

Llegó y pasó el mediodía sin que se percibieran signos de que los ocupantes de la pequeña estancia fuesen a recibir comida ni bebida. Después de una nueva ronda de preguntas y negativas, lord De Warenne se dirigió al pelirrojo Keith:

–Sé que no estás involucrado, pero también que estabas al tanto –le dijo, volviéndose luego hacia los otros cuatro–. Podría haberlo torturado, pero habría preferido morir antes que dar información acerca de cualquiera de vosotros.

Hizo un gesto brusco con la cabeza hacia la puerta.

–¡Vete! –ordenó a Keith Leslie.

Los otros cuatro intercambiaron fugaces miradas. James y Alex, los dos herreros, se preguntaron si de De Warenne también castigaría a los inocentes. La resolución de Ben y Sim, los pastores, se fortaleció. Ellos eran celtas; en modo alguno iban a aflojar y a confesar a este conquistador normando su complicidad con los rebeldes.

Un golpe en la puerta interrumpió el interrogatorio. Se trataba de Thomas y un mensajero enviado por John de Warenne. Lynx salió del cuarto. El mensaje era breve, conciso, casi:

«Regresa de inmediato a Edimburgo con toda tu mesnada.»

Lynx frunció el entrecejo y contuvo una maldición. La demanda de John era muy inoportuna. El asunto de los hermanos Leslie exigía su plena dedicación y, además, estaban Jane y su hijo. Lynx quería quedarse en Dumfries y disfrutar la compañía de su hijo; también la de Jane, ahora que eran amantes. Lo que menos deseaba en el mundo era ir a Edimburgo.

Desesperado, Lynx se mesó los cabellos. ¿No se decía, acaso, que los problemas llegaban de tres en tres, o era a montones? Releyó el mensaje y su imperiosidad le dijo que no podría pasarlo por alto. Entregó el papel a su escudero y ordenó, resignado:

–Di a nuestros caballeros que nos necesitan en Edimburgo y avisa a los galeses que se preparen para partir mañana. Ocúpate de que den de comer y de beber al mensajero.

–Usted no ha comido hoy, milord –recordó Thomas.

Lynx hizo un ademán, desechando la cuestión.

–Con el estómago vacío, se agudizan mis instintos. Terminaré rápido con esto. Prepara uno de los calabozos del castillo; estoy a punto de arrestar a uno de los Leslie.

Lynx regresó a la habitación.

–La tensión es tan densa que podría cortarse con un cuchillo, lo que me indica que solo dos de vosotros sois culpables pues, de no ser así, no os estaríais mirándoos con hosquedad. Es evidente que deben de ser los dos herreros, puesto que faltan las armas, pero he aprendido a observar más allá de lo evidente. Por eso, me pregunto: ¿quién ha tenido la oportunidad de aliarse con los rebeldes? Me temo que solo los pastores. Solo ellos salen de Dumfries todos los días y cruzan los valles. Los mismos pastores que regresaron de las Uplands con un mes de demora.

La mirada perspicaz de Lynx cayó sobre James y Alex y, cuando él indicó la puerta con su cabeza, ellos salieron corriendo. Lynx concentró toda su atención en Sim y Ben. Escrutó sus rostros y luego dijo:

–En una ocasión, os había dicho que colgaría a cualquier hombre que se llevara las ovejas de Dumfries. ¿Acaso no me creísteis? –les preguntó–. ¿No entendisteis que llevarse armas y provisiones también es un delito que se paga con la horca? –insistió y, al ver que sus semblantes permanecían pétreos, Lynx abrió la puerta de par en par y gritó:

–¡Guardias! –llamada a la que Montgomery acudió al instante–. Arrestad a estos dos hombres.

Por fortuna, Jane, desconocedora del drama que se desarrollaba en otro lugar del castillo, pasó la mañana en un estado de euforia. Después de alimentar y bañar al recién nacido, lo llevó a la habitación de abajo y lo meció hasta dormirlo en la preciosa cuna tallada que Lynx había traído de Edimburgo.

Contempló los regalos que había recibido su hijo de los habitantes de Dumfries y se llenó de alegría. Jane entregó a Grace un cascabel de plata y le dijo que si la necesitaba podía encontrarla en las habitaciones de Lynx.

Jane se apoyó en la pesada puerta de roble mientras inspeccionaba la guarida de Lynx. La noche anterior, ella había subido esa escalera como una muchacha joven, llena de esperanzas y de sueños, y él los había colmado más allá de sus más fantasiosos deseos. Esa noche, subiría por esa misma escalera convertida en una mujer.

Jane puso sábanas limpias en la cama, anticipándose a la noche que estaba por venir. Levantó la almohada de Lynx y la abrazó. La noche anterior habían caído las barreras que se alzaban entre ellos, y elevó una plegaria de agradecimiento a la diosa celta Brigantia.

Mientras aseaba la estancia, las mejillas de Jane se colorearon de deleite cuando recogió la capa forrada de piel que él había hecho confeccionar para ella. Frotó en su mejilla la suave piel de zorro y revivió los momentos de gozo en el paseo del parapeto.

Cuando su mirada se posó sobre la bata negra, hundió su cara en el terciopelo y aspiró la fragancia masculina que perduraba en sus pliegues.

Con manos amorosas, llevó ambas prendas al armario de Lynx y las colgó una junto a otra. Hizo lo mismo con su vestido rosado y se maravilló de que una prenda pudiese tener un efecto tan erótico sobre un hombre.

Ansiaba provocar el mismo efecto esa noche, cuando él se acercase a ella; repasó mentalmente toda la ropa que había en su armario. De pronto, se le ocurrió una idea. Se pondría uno de los jubones de seda de Lynx, como había hecho la primera noche que estuvieron juntos. Abrió el arcón de él y lanzó una exclamación de deleite cuando sus manos alzaron el de seda negra, que ostentaba el escudo del lince de plata: ¡era perfecto!

La dicha le hizo sonreír. Él era perfecto, y ella lo amaba con toda su alma. Esa noche tendría que ser especial. Amamantaría al pequeño y se bañaría temprano. Ordenaría que llevaran la cena en la habitación de él. Esa noche no bajaría al salón; supuso que Lynx tendría tantas ganas de cenar en privado como ella.

Jane no podía dejar de cantar. Deseó que fuese primavera para poder llenar la estancia de flores. Por la tarde, mientras descansaba, tendida en el amplio lecho, saboreó cada una de las palabras que Lynx le había dicho la noche anterior. La que más la había conmocionado: que todavía no quería que concibiesen otro hijo. Eso significaba que la deseaba por sí misma, que quería que fuesen amantes, que tuviesen tiempo para disfrutar.

Jane cerró los ojos e imaginó qué diría y qué haría él cuando ella le dijese que estaba dispuesta a casarse. Se tocó sus labios, sintiendo todavía el alocado placer que él provocaba en ella cuando su boca se apoderaba de la suya. Nunca había imaginado Jane que pudiesen existir tantas formas de besar ni tantas maneras de que la boca de un hombre pudiese brindar un placer tan intenso.

Se estremeció al recordar el áspero contacto de la mejilla masculina sin afeitar en su pecho y su vientre. Tembló al evocar sus manos encallecidas y la sensación que producían en las curvas y oquedades de su cuerpo. Solo de pensar en él comenzó a excitarse; albergó la esperanza de que también los pensamientos de él se concentrasen en ella y rogó que le causaran el mismo tormento.

Taffy entró en la habitación de su amo y se sorprendió al ver a Jane.

–Lo siento, lady Jane, puedo volver luego.

–No, no; entra si tienes algo que hacer.

Taffy titubeó. Tenía que preparar la ropa de su señor para el viaje a Edimburgo y recoger su arcón de guerra; Jane aún no sabía que marcharían el día siguiente por la mañana. Ella resplandecía de felicidad y Taffy no quería enturbiar su dicha.

–Tengo que amamantar a Lincoln Robert. Discúlpame, Taffy.

Al verla marchar, el muchacho sintió una punzada de dolor. Lady Jane no tenía la más remota idea de lo cerca que estaban sus hermanos de ser ahorcados por traición. Taffy deseó con todo su corazón poder ahorrarle el dolor y la angustia que ella sentiría cuando supiera que Lynx los había encarcelado hasta decidir su destino.

Lynx tenía mucho de qué ocuparse antes de partir hacia Edimburgo. Hizo a un lado el problema de los hermanos Leslie y se concentró en las tareas que tenía por delante. Hacia el anochecer, las carretas estaban cargadas con las provisiones y el equipaje, las armas y las armaduras, y los arcones de guerra estaban apilados, listos para ser cargados sobre los caballos. Los caballeros y los lugartenientes galeses eran veteranos capaces y bien entrenados, Lynx sabía que podía quedarse tranquilo; que cada uno de los hombres cuidaría de su equipo, de sus necesidades y de las de su caballo de batalla.

En el establo, Lynx inspeccionó su caballo de guerra y se encontró con que Keith Leslie estaba ayudando a sus caballeros en la tarea de alimentar y dar de beber a sus animales y comprobar el estado de sus espolones y cascos herrados. Lynx sabía que Keith se dejaba llevar por su amor hacia los animales. Ese muchacho le recordaba a Jane. Ambos amaban a los animales. Por el bien de Jane, Lynx no quería que Keith se viese implicado en la traición cometida por sus hermanos.

–Cuidas muy bien de los caballos, Keith; me gustaría que vinieras con nosotros a Edimburgo.

–¿A luchar, milord?

–No, yo no te pediría tal cosa. Ocuparse de los caballos es una ardua tarea que exige gran parte del día. Ah, y si decides venir, asegúrate de traer unas botas fuertes y una capa de abrigo.

Lynx consideró la idea de pedir a Thomas que vigilara al muchacho.

Cuando hubo supervisado hasta el último detalle, Lynx concentró de nuevo sus pensamientos en Jane. Y su cuerpo reaccionó de inmediato. Había abrigado la intención de pasar un rato a solas con ella, pero había estado muy ocupado. Lynx estaba seguro de que ella reaccionaría mal cuando le explicara lo que sucedía entre sus hermanos. No sería tarea fácil convencerla de que el asunto relacionado con Ben y Sim no tenía nada que ver con su relación y que, por lo tanto, no debería afectarles.

Lynx conocía a las mujeres: o bien caían en tumultuosos berrinches o en enfurruñados silencios con tal de salirse con la suya. Y si estas tácticas solo provocaban silencio, recurrían a las lágrimas. Se reprochó ser un canalla tan cínico. Jane no era como todas las mujeres. Desconocía el significado de la palabra maldad.

Lynx subió los peldaños que llevaban a la torre principal y entró en las habitaciones de Jane con la intención de hablar con ella. No la encontró; sin embargo, la presencia de su hijo le hizo olvidar sus lúgubres pensamientos. Se inclinó sobre la cuna y le tendió sus brazos.

–Milord, acaba de comer. No es el momento indicado para jugar con él.

Divertido, Lynx arqueó una ceja.

–Aunque es usted una custodia formidable, Grace Murray, no me intimida en absoluto.

Levantó a su hijo y lo hizo saltar con suavidad.

Grace contempló a ambos; sus rasgos eran casi idénticos.

–En ese caso, permítame que utilice un modo de persuasión más efectivo. Lady Jane le dio de comer temprano para que pudieran tener unos momentos de intimidad.

Lynx sintió que su sangre bullía y que su pulso comenzaba a acelerarse. Entregó su hijo a la niñera y esbozó una sonrisa maliciosa.

–Me inclino ante su sabiduría, superior a la mía, Grace. ¡En efecto, no es el momento más indicado para jugar con él!

Lynx subió a grandes zancadas la escalera que conducía hacia sus habitaciones, sintiéndose muy aliviado de saber que Jane no intentaba evitarlo. Abrió la puerta, y el aroma tentador de la comida le hizo la boca agua; estaba hambriento.

La sonrisa de bienvenida de Jane iluminó la habitación. Ella llevaba una bata de lana de cordero, y él sintió ganas de apretarla contra su erección. Al mismo tiempo que sus piernas lo llevaban hacia el otro lado de la habitación, estalló en él el deseo al ver que preparaba los labios para que él la besara. ¿Sería posible que nadie le hubiera informado aún de su partida?, se preguntó Lynx.

Con sus labios apoyados en los de él, ella preguntó en voz baja:

–¿Tienes hambre?

–Me muero de hambre –bromeó él, al tiempo que le acariciaba con la lengua el lóbulo de la oreja.

O bien Jane ignoraba las novedades o bien era muy astuta, reflexionó él. Aunque, ciertamente, era muy sensato disfrutar con la comida antes de hablar de cosas desagradables.

Jane instaló una mesa pequeña ante el fuego y luego, mirándolo de reojo, arrojó cojines y almohadas al suelo. La lujuria creció en él hasta tal punto que su apetito sexual se antepuso al hambre, pero Jane, haciendo caso omiso, levantó las tapas de las fuentes y se ofreció a servirle. Ella saboreó su comida con ganas al tiempo que se anticipaba a las necesidades de él, manteniendo su plato lleno hasta que él devoraba cuanto ella le servía.

Lynx la observaba gozar de su recién descubierto poder sobre él y no podía quitarle los ojos de encima. Jane tomó una tarta de peras con los dedos, saboreó su pegajosa dulzura y, con movimientos estudiados, se lamió los dedos provocativamente.

Lynx le aferró la mano y se la llevó a los labios. La boca de Jane se curvó en una sonrisa mientras le lamía los dedos y los mordisqueaba. Ella retiró la mano, provocándolo, y, con movimiento grácil, se puso de pie y se alejó.

–Yo sé qué es lo que te gusta –murmuró, insinuante, y cruzó el cuarto hasta una mesa donde había varias jarras con vino.

–Estoy seguro de ello.

La voz de Lynx estaba cargada de deseo. Jane escanció el vino y volvió su rostro hacia él. Su mirada siguió los movimientos de las manos de ella, que subieron hasta el cuello de su bata, la desabotonaron y la dejó deslizarse por su cuerpo.

Sus pupilas se dilataron cuando vio la prenda de seda negra adornada con el lince de plata. El jubón, abierto a ambos lados, dejaba entrever la carne blanca ante su mirada ávida. Dentro de Lynx, una voz le advirtió que ella estaba seduciéndolo. Una revelación, explosiva como un relámpago, brotó en su mente: «¡Por Dios, ella sabe lo de sus hermanos!». Al verla acercarse hacia él, contorneándose con las copas de vino en la mano, algo en su mente gritó: «¡No, Jane!». Aunque, por supuesto, sabía que ella no se detendría.

Lynx se maldijo por ser tan crédulo. Había pensado que Jane era diferente, pero ahora sabía que se había equivocado. Con mirada cínica, la vio acercarse y ponerse de rodillas, ofreciéndole el vino y a sí misma.

«Jane, por favor, detente ahora. Solo una ramera sacaría provecho de su cuerpo.» Intentaba desoír una voz perversa que le insinuaba: «¡Veamos hasta dónde es capaz de llegar!».

Lynx tomó las copas de vino, las dejó sobre la alfombra y luego la atrajo hacia sí. Aceptaría lo que fuese antes de que ella comenzara a negociar. La besó, y ella, excitada, deslizó sus manos bajo la chaqueta de él para acariciar los músculos de su pecho desnudo. Descreído, se preguntaba si la excitación de Jane formaría parte de la actuación.

–Ayúdame, Lynx –suplicó ella con dulzura, fingiendo que no tenía idea de cómo desvestirlo.

Él se desnudó, pensando que tal vez ella lo creyese vulnerable por estar desnudo. Estiró las piernas hacia el fuego, se apoyó en un codo y esperó a ver cuál sería su siguiente movimiento. No tuvo que aguardar demasiado. Jane lo empujó hacia atrás, sobre los almohadones y se cernió sobre él.

A pesar de verla desplegando sus tretas femeninas, Lynx la encontraba adorable. Era menuda y delicada, y una mujer más exquisita. ¿Cómo era posible que alguna vez se hubiera sentido atraído por las rubias huesudas? Los muslos de ella rozaron sus genitales, y su miembro se irguió.

La boca de Jane se curvó de placer, consciente del poder que ejercía sobre él. Lynx también sonrió, resuelto a gozar con el juego. Con lentitud y delicadeza, Jane se movió sobre él hasta situar su hendedura caliente sobre su miembro. A continuación, como si fuese una reina sentada sobre un trono, levantó su copa y bebió un sorbo. Lo hizo rodar sobre la lengua con felina sensualidad y luego emitió un gemido gutural.

La mirada del hombre estaba clavada en los pechos de la muchacha, bajo la seda negra, y el gato salvaje que ostentaba el jubón dio la impresión de ondular. Ella sacudió la cabeza, logrando que su cabello cayese en cascada sobre el pecho desnudo del hombre, le mostró los dientes y pasó las uñas, con suavidad, por el duro vientre de Lynx.

–¿Has estado alguna vez con una hembra de lince?

Con suma lentitud, ella descendió sobre él oliendo su melena leonada y luego sacó la lengua rosada y le lamió con delicadeza la mejilla. Cuando lo oyó gemir, descendió con su lengua por el cuello, el hombro, los músculos de su ancho pecho y se enroscó en uno de sus pezones. Hincó sus dientes en él y fue recompensada con un gemido de placer.

Con audacia, se desplazó más abajo y la textura áspera de su lengua atormentó el vientre de Lynx. Cuando llegó a su objetivo, levantó la cabeza y murmuró, con voz ronca:

–Una hembra de lince juega con su presa antes de devorarla.

A continuación, procedió a honrar su promesa.

La lujuria de Lynx llegó a su cenit. Su deseo era tan intenso que debía saciarlo sin demora. Sus manos fuertes desgarraron la seda negra por la mitad, y expusieron la carne de Jane a su boca salvaje. La noche explotó cuando él dio rienda suelta a su ardiente deseo.

Jane accedió a todas sus exigencias, orgullosa al saber que su sexualidad se emparejaba con la de él. Cuando la última oleada de deseo se agotó y la tórrida ferocidad de los dos se amortiguó, lo miró con ojos soñolientos. Lynx aún permanecía en su cálido interior; Jane contrajo sus músculos jóvenes y flexibles para retenerlo.

–Nuestro matrimonio a prueba pronto finalizará y en primavera tendré que decidir si quiero casarme contigo o no –lo provocó Jane. Su boca se curvó hacia arriba–. Es una decisión difícil. ¿Crees que podrás convencerme?

Alzó la copa de vino, sumergió un dedo en ella y, tras introducírselo en la boca, saboreó el vino y el sabor del cuerpo de Lynx.

Capítulo 27

Lynx volcó la copa de vino de un manotazo y Jane ahogó una exclamación. El deseo de Lynx se acababa de transformar en ira.

–¡Maldita seas, Jane!

Ella lo miró horrorizada.

–¿Qué...?

Lynx la aferró por las muñecas y la hizo rodar por el suelo, aprisionándola con su cuerpo.

–¿Qué? –gruñó–. ¿Cuántas veces te he pedido que te casaras conmigo? Y tu respuesta siempre ha sido: «Oh, Lynx, no estoy preparada» –se mofó–. ¡Y ahora, de pronto, estás preparada! Con tal de salvar sus miserables pellejos, estás dispuesta a hablar de matrimonio. ¡Qué noble sacrificio!

Ella lo miró como si tuviera ante sí a un perfecto desconocido. Percibía que sus palabras no solo lo habían enfadado sino también herido, lo que confundía a Jane sobremanera.

–¿Qué he hecho?

–¡Deja de fingir! Sabes muy bien que he hecho arrestar a Ben y a Sim. ¡Todo Dumfries lo sabe!

Un escalofrío recorrió el cuerpo de Jane.

–Déjame levantarme –rogó, en voz baja.

Él era una bestia jugando con su presa. Lynx se arrodilló y le permitió incorporarse; sin embargo, consciente de que ahora era él quien controlaba la situación. Jane se puso de pie y lo miró intensamente.

–¿Crees que te he seducido para que los liberes?

–¡Eso es lo que pienso!

–Te equivocas. ¡Lo que hice esta noche no fue seducirte sino hacerte el amor!

Las lágrimas resbalaban por su rostro decepcionado.

–Ahorra tus lágrimas; no las derroches conmigo.

–Sé que tienes que comandar un ejército de soldados y luchar en la guerra, y por ello debes ser duro e impermeable a las emociones. Sin embargo, creí que tu corazón empezaba a abrigar algún sentimiento tierno con respecto a mí –dijo, y una lágrima resbaló por su mejilla.– Desconocía que mis hermanos hubieran sido arrestados. De todos modos, tienes razón: los quiero y te suplico que salves sus miserables pellejos, pero te lo pido abiertamente, sin subterfugios.

Jane vio reflejada la duda en su rostro.

–No todas las mujeres somos iguales, milord –dijo, mientras Lynx comenzaba a vestirse.

Cuando terminó de ponerse la ropa, él escudriñó el rostro de Jane.

–¿Quieres decir que cuando Taffy vino a buscar mi arcón de guerra no te dijo nada acerca de tus hermanos?

–Taffy jamás diría ni haría algo que me doliese.

–¿No sabías que mañana partimos para Edimburgo?

Jane contestó negando con la cabeza, sin poder hablar a causa del dolor que sentía clavado como una daga en el corazón. ¿Cómo podía dejarla así? La noche anterior, cuando él le entregó su cuerpo y le demostró cuánto la deseaba, ella había creído que eso era suficiente. Pero no era así, puesto que, como bien acababa de comprobar, si él no confiaba en ella, no tenía nada. Apesadumbrada, Jane decidió que, a menos que él le diese un voto de confianza, todo terminaría entre ellos.

–No me toques –le advirtió.

Lynx entrecerró los ojos, desafiante.

–¿Acaso me estás retando?

–Tu arrogancia masculina te incita a creer que no soy rival para ti, pero te equivocas, lord De Warenne.

Jane se irguió y se encaminó, con aire regio, hacia la puerta que conducía a sus aposentos.

Lynx se quedó con la vista clavada en la puerta cerrada, preguntándose cómo se las había arreglado para convertir en un desastre la última noche junto a Jane. Cristo, ¿y si ella le hubiese dicho la verdad? ¿Y si ella había permanecido en la torre principal, con su hijo, descansando de los trabajos amorosos compartidos durante la noche anterior? ¿Y si ella, dulce y sumisa, hubiese llegado a la conclusión de que quería ser su esposa?

Lynx se enfadó consigo mismo al reconocer lo duro que había sido. ¡Le había arrojado su ofrecimiento a la cara! Su arrogancia masculina lo había llevado a pensar que él lo sabía todo con respecto a las mujeres, pero tal vez no fuera así. Salió al paseo del parapeto, se llenó los pulmones con el aire frío de la noche y se dirigió hacia el patio, donde se ultimaban los preparativos para la partida.

Lynx encontró a sus escuderos en el establo, ocupados con las últimas comprobaciones.

–Taffy, ¿dijiste a Jane que nos marchábamos a Edimburgo?

–No, milord. Esta tarde, estaba tan feliz que me vi incapaz de borrar la sonrisa de su rostro.

–Llévame hasta los Leslie –ordenó Lynx.

Recorrieron un pasaje subterráneo que se internaba en las entrañas del castillo. Lynx tomó la antorcha de manos de Thomas y encendió la que estaba en el soporte junto a la puerta del calabozo. A pesar de la tenue luz, Lynx escudriñó entre los barrotes y pudo ver con claridad que la expresión de desafío que mantenían esa mañana había desaparecido de los semblantes de los pastores.

–Os dejaré en libertad, por el bien de Jane. Si estáis decididos a uniros a William Wallace, no puedo impedíroslo, pero os advierto que lo perseguiremos y que acabaremos con él. Si os encuentro aquí a mi regreso, sabré que sois leales a Dumfries. La elección queda en vuestras manos.

Lynx hizo girar la llave en la cerradura y abrió la puerta de la celda movido por una razón puramente egoísta: era la forma que tenía de pedir perdón a Jane.

–¡John, he sido padre! Bien puedes poner cara de asombro, pues es verdad. Hasta a mí me cuesta creerlo.

–Es la mejor noticia que recibo desde hace años. Felicitaciones, Lynx. Espero que sea el primero de muchos. Todavía no conozco a tu esposa. ¿Está bien?

–Sí, Jane está bien –respondió él, aunque no le dijo que aún no estaban casados–. Le pusimos el nombre de mi padre, Lincoln... Lincoln Robert de Warenne –y, al ver que el nombre hacía fruncir el entrecejo a John, Lynx llegó a la conclusión de que, fuese cual fuera el problema, guardaba relación con Robert de Bruce–. Tu mensaje tenía un tono ominoso; he venido tan pronto como me ha sido posible, pese a que hubiera preferido quedarme en Dumfries.

–El rey me ha ordenado que reagrupe el ejército. Quiere que registremos las Lowlands, desde la frontera hasta el Firth of Forth. Me ha ordenado cortar de raíz esta rebelión; quiere la cabeza de Wallace.

John titubeó, sin saber si continuar; Lynx comprendió que algo le preocupaba.

–Desembucha, John.

–Es una suerte que no te hayas demorado en Dumfries. El rey os ha puesto a ti y a Robert de Bruce a la cabeza de esta operación. Así probaréis vuestra fidelidad.

–¿Acaso se cuestiona mi lealtad a la corona? –preguntó Lynx sin alzar la voz.

–Es la de Robert de Bruce la que ha sido cuestionada y, a causa de tu estrecha amistad con él, se te ha manchado con el mismo pincel. Como ahora has acudido a la llamada a las armas, los rumores y las sospechas quedarán en suspenso.

–¿Y si Robert se niega?

–Serán decomisadas sus propiedades inglesas.

–¡Por el amor de Dios! –exclamó Lynx, entrecerrando los ojos–. Alguien ha estado contando mentiras a Eduardo.

Una voz interior le advirtió a Lynx que era muy probable que Robert estuviese aliado con los rebeldes.

–Déjame hablar con el correo que enviaste al rey.

John parecía incómodo.

–Es Fitz-Waren –dijo, y el nombre quedó flotando en el silencio que reinaba en la habitación–. Fitz llegó el día después de que tu partida a Dumfries. Cuando tuve listo mi informe, se ofreció a llevarlo. Alcanzó a Eduardo antes de que saliera de York hacia Cinque Ports.

–Entiendo –repuso Lynx, apretando con fuerza sus mandíbulas, tratando de contenerse.

–Cressingham, el tesorero, tiene mucho poder en Berwick. Por otra parte, he llamado a las armas a Percy y a Clifford, y la caballería ligera de Fitz-Waren ya está aquí. Si De Bruce responde a mi convocatoria, demostrará su lealtad, al menos por ahora.

John de Warenne se frotó los ojos cansados, inyectados en sangre de tanto papeleo.

–Lynx, no quiero que surjan conflictos entre tú y Fitz.

–¿Qué te lleva a pensar que podría haberlos?

–Hospeda a Alicia en su casa.

Lynx se echó a reír, aunque sin alegría. «Ese hijo de perra le ha llenado la cabeza al rey con mentiras acerca de mi lealtad, ¿y tú crees que pueden surgir problemas entre nosotros por una mujer?»

–Puedes estar tranquilo, John; no tengo interés alguno en Alicia Bolton.

Cuando Thomas encendió las velas en la atestada habitación del castillo de Edimburgo donde se alojaban Lynx y sus escuderos, Montgomery memorizó el mensaje que debía llevar a Robert de Bruce.

–No des el mensaje a ningún otro y asegúrate de que Robert sepa que es mío. Dile que el llamamiento a las armas de John constituye una prueba de su lealtad, que Eduardo Plantagenet está dispuesto a confiscar las propiedades de De Bruce en Essex.

Lynx se dirigió a su escudero:

–Thomas, a estas alturas, mis caballeros sabrán que los oficiales de caballería de Fitz-Waren están en las barracas. Será inevitable que surjan riñas, pero diles que no quiero cuchilladas, por mucho que los provoquen. Ah, y vigila a Keith. Indícale cuáles son los hombres de Fitz-Waren, de modo que pueda eludirlos.

–Lleva la cabeza bien puesta sobre sus hombros, milord. Tal vez parezca no ser más que un muchacho pero, bajo esa pelambre rojiza... ¡tiene mil años!

Cuando Taffy salió a buscar algo de comida, Lynx se quedó solo. Empezó a pasearse por la estancia como una fiera enjaulada. Lo encolerizaba que, muy probablemente, Fitz-Waren hubiese leído los informes que él había preparado sobre William Ormsby, el oficial de justicia, y las sospechas de Lynx acerca de la Iglesia de Escocia. Fitz-Waren bien podría vender esa información o usarla para alguna extorsión.

«En nombre de Dios –se preguntó Lynx–, ¿por qué se habrá ofrecido ese canalla a cabalgar hasta York en mitad del invierno?» ¿Qué podría ganar Fitz-Waren desacreditándolo ante los ojos del rey? Llegó a la conclusión de que había otro motivo, además del provecho económico y el poder. ¡Fitz-Waren quería vengarse!

Lynx exhaló un suspiro de alivio al enterarse de que Robert de Bruce había acudido al llamamiento a las armas aportando quinientos soldados y prometiendo otros mil, que sacaría de Carrick. Pasada la medianoche, Lynx se dirigió a las habitaciones de Robert, en lo alto del castillo de Edimburgo.

–Hubiera eludido la convocatoria a las armas de no haberme enviado a Montgomery.

Lynx asintió, con expresión torva.

–Mi lealtad también está cuestionada. No me sorprende saber que alguien esté llenando la cabeza del rey con mentiras, ¡pero me pone furioso que Eduardo las crea!

–Se trata de mi enemigo, Comyn. El rey cometió una tontería al dejarlo libre con la condición de que aplastara la rebelión de Moray. Comyn mandará mensajes al rey diciendo que en el Forth todo está muy tranquilo. Pero, en realidad, Comyn está aliado con Moray, y no pasará mucho tiempo antes de que contacte con Wallace. Solo están haciendo tiempo hasta que Eduardo Plantagenet se marche a Francia; entonces, será el infierno.

–Lo que dices es lógico. Pero también estoy convencido de que Fitz-Waren, mi primo bastardo, trata de desacreditarme ante el rey presentando los informes de John a York.

–Es probable que ambos estemos en lo cierto. Comyn es mi enemigo, Fitz-Waren es el tuyo. Tarde o temprano, tendremos que enfrentarnos con ellos, amigo mío.

Lynx apartó ese pensamiento: no quería manchar sus manos con la sangre de su primo.

Durante febrero y marzo, un ejército de treinta mil hombres, encabezado por De Warenne, De Bruce, Percy, Clifford y Cressingham, salió de Berwick y atravesó la región conocida como las Borders: Lothian, Dumfries, Annandale y Galloway. Cuando el tesorero Cressingham supo que no habían encontrado resistencia afirmó de modo terminante que esa operación era un ridículo derroche del dinero de la corona. Regresó a Berwick y envió al rey informes en los que aseguraba que habían roto la resistencia de la retaguardia escocesa, enfatizando el hecho de que se había silenciado cualquier asomo de insurrección en las Lowlands.

Como consecuencia de tales informes, el rey Eduardo Plantagenet partió hacia Francia en abril y dejó el gobierno de Escocia en las manos de John de Warenne, conde de Surrey.

Ese año, en Escocia, el invierno se convirtió en primavera de la noche a la mañana. Lynx de Warenne y Robert de Bruce olfatearon el aire primaveral y los dos detectaron conflictos. Sabían que surgirían, aunque no sabían dónde. Cuando sucedió, provino de un lugar inesperado.

William Douglas, que había guarnecido Berwick y obtenido su liberación jurando obediencia, había regresado a su tierra en

Lanark. Douglas reunió sus fuerzas con las de William Wallace, y ambos avanzaron sobre Scone, donde el funcionario Ormsby había amasado una fortuna recaudando multas. Ormsby huyó, y las fuerzas conjuntas de Wallace y Douglas no encontraron resistencia. El pueblo llano de Escocia se regocijó cuando la ciudad de Scone, donde habían sido coronados todos sus reyes, dejó de pertenecer a los odiados ingleses.

John de Warenne convocó a sus generales a una reunión urgente, maldiciendo a Cressingham por haber regresado a Berwick y llevarse la mitad del ejército con él.

–No tenemos otra alternativa que marchar sobre Scone –afirmó John de Warenne.

–Tendríamos que aguardar el regreso de las fuerzas de Cressingham –opinó Percy.

–No podemos –señaló Lynx–. Los nobles escoceses se suman a las filas de los rebeldes.

–Debería haber hecho caso a tu consejo, Lynx, y haber hablado al rey del robo legalizado del funcionario Ormsby.

–Ahora es demasiado tarde: el oficial de justicia debe de haber destruido todas las pruebas que pudieran incriminarlo.

–Con el debido respeto, el funcionario de justicia ya no es el enemigo –señaló Percy–. Los que ahora ocupan Scone son Wallace y Douglas.

–Por este acto, en nombre del rey confisco todas las propiedades inglesas de sir William Douglas hasta que él se rinda a nosotros –declaró el gobernador.

Robert de Bruce lanzó un explosivo ruido despectivo.

–Eso no lo contendrá. Las tierras pertenecen a su esposa inglesa.

John de Warenne miró a De Bruce con sombría hostilidad.

–En ese caso, te hago responsable de someter a Douglas.

Bruce se alzó de hombros.

–Esa es una tarea bastante fácil.

Lynx se apresuró a intervenir antes de que las chispas de enemistad entre su amigo y su tío se convirtiesen en llamas.

–Propongo que marchemos inmediatamente sobre Scone.

John de Warenne miró a los otros en busca de confirmación; todos, uno a uno, asintieron demostrando su acuerdo.

A la mañana siguiente, mientras los ejércitos se aprestaban a salir de Edimburgo, Lynx preguntó a Robert cómo se las vería con Douglas.

–Me bastará con ir Lanark, apoderarme de su esposa y de sus hijos, y enviarlos a Lochmaben.

Lynx de Warenne quedó impresionado. Surgió ante él la imagen de Jane y de su adorado hijo, y se convenció de que estaría dispuesto a pagar cualquier precio que le pidiesen con tal de mantenerlos a salvo.

–¿Quieres acompañarme a Lanark o prefieres que nos encontremos en Scone? –preguntó De Bruce, con sonrisa astuta.

Lynx sacudió la cabeza:

–No tengo estómago para hacer la guerra contra mujeres y niños. Nos encontraremos en Scone.

El ejército inglés se encontró con las fuerzas reunidas por los escoceses en Irvine, muy cerca de Scone. Cada vez que se hacía inminente una batalla, las fuerzas inglesas se reunían bajo un comando supremo.

John de Warenne no creía que fuese difícil derrotar al ejército escocés. Llegó a la conclusión de que sería suficiente con la caballería pesada, seguida por los arqueros galeses, para inclinar la balanza en favor de ellos. Sería un desperdicio utilizar la caballería ligera en esta ocasión, y no había ninguna necesidad de emplear las máquinas de guerra. Atacaría con las primeras luces y les infligiría graves daños. De Warenne estimaba que bastaría con una batalla para obligar a los escoceses a deponer sus armas y capitular.

La noche previa a la batalla debería haber sido para el descanso y la plegaria, pero Lynx de Warenne nunca había podido hacerlo. Iba de tienda en tienda y hablaba largo y tendido con cada uno de sus caballeros, luego recorría los fogones de sus arqueros galeses, que dormían al raso.

Lynx sabía que sus hombres seguían a quien demostraba valor; si él manifestaba abiertamente su confianza, sus hombres no podrían ser menos audaces. Por seguir su ejemplo, ellos exhibirían su desprecio y su desafío al peligro, y lucharían con la resolución y la decisión de salir victoriosos.

Cuando aparecieron las primeras luces del día, una densa niebla cubría los campos. Los caballeros de Lynx ya habían montado sus caballos de guerra, protegidos por sus armaduras. Además de lanzas y espadas, llevaban hachas de batalla y cadenas con pesadas bolas de hierro en el cinturón. Aguzaron los ojos para penetrar la niebla, sin atreverse a perder de vista a su jefe. Todos ellos sabían que Lynx de Warenne encabezaría el ataque, como siempre lo hacía, llevando a Thomas a su derecha y a Taffy a su izquierda.

Cuando llegó la orden de avanzar, Lynx se encasquetó firmemente el yelmo y levantó su puño cerrado, mostrando a sus escuderos la señal de la victoria. Todos los hombres tendieron su vista hacia delante, sin volverla a derecha ni a izquierda, y espolearon a sus caballos para encontrarse con el enemigo.

El primer choque de lanzas, espadas y cascos herrados contra la carne mortal fue horrendo. Los hombres cayeron de sus monturas y murieron pisoteados. Los relinchos de los caballos, mezclados con el entrechocar de metales y los gritos de batalla eran ensordecedores. En medio de la refriega, Thomas quedó separado de Lynx. De pronto, recibió un golpe en la cabeza, dado desde atrás con una esfera de hierro sujeta a una cadena, y cayó como una piedra. Otro saltó sobre su caballo y se abrió paso hasta llegar junto a Lynx de Warenne.

Desesperado, Taffy miró en su derredor hasta que vio que Thomas volvía junto al flanco derecho de lord De Warenne y luego, con alivio, dirigió su vista hacia delante y se precipitó entre las filas enemigas.

Lynx se concentraba en cada oponente a quien enfrentaba. Desmontó con su lanza a media docena de hombres, hasta que el arma se quebró, clavada en el pecho de un enemigo. Abandonó el asta rota y tomó el hacha de batalla, guiando a su caballo con los muslos, duros como el hierro. Thomas no estaba a su lado, pero como el deber de sus escuderos era protegerle la espalda, Lynx supuso que este se había situado detrás de él. De repente, sintió un golpe demoledor en la cabeza y una negrura absoluta se desplomó sobre él.

Capítulo 28

Keith Leslie había permanecido levantado toda la noche, procurando que los caballos estuviesen en condiciones para la batalla. Examinó los frenos, las bridas y las riendas de cada equino de los caballeros de De Warenne; más tarde, antes del amanecer, ajustó las armaduras que protegerían el pecho y los flancos de los inquietos animales. Dejó para lo último los caballos de lord De Warenne y de sus escuderos, cerciorándose de que las monturas estuviesen ceñidas y que las correas de los estribos tuviesen el largo justo.

Era un trabajo agotador; cuando hubo concluido, Keith se tendió sobre la paja y cerró los ojos. Bordeaba el sueño, pero estaba demasiado excitado para dormir, y en su cabeza bailoteaban las imágenes de la próxima batalla.

De repente, se incorporó y abrió los ojos, consternado. Keith supo que se trataba de una visión porque la escena transcurría en su mente a tal lentitud que no pudo impedir perderse uno solo de los horribles detalles. Thomas caía víctima de una traición cuando uno de los hombres de De Warenne revoleaba su bola de hierro y derribaba al escudero con un solo golpe. Impotente, Keith veía al traidor saltar sobre el caballo de Thomas y espolearlo sin piedad hasta situarse detrás de lord De Warenne. La bola de hierro se elevaba una vez más.

–¡Noooo! –gritó Keith.

El cuerpo laxo de Lynx de Warenne rodó al suelo y quedó tendido de espaldas. Keith veía, sin poder impedirlo, al soldado desenvainar su espada y clavarla en el hombre inconsciente. Keith solo vislumbraba sus ojos llenos de odio, de sed de sangre y de triunfo.

El joven se levantó con esfuerzo y luego, disgustado consigo mismo, empezó a vomitar sobre la paja. Cuando sus entrañas quedaron vacías, logró ponerse de pie y echó a correr. Bajo sus pies, el suelo estaba blando y esponjoso a causa del deshielo primaveral. Pasó junto a las carretas de la caravana de carga y se detuvo ante un grupo de soldados que cuidaban los caballos de refresco y las armas.

El ánimo de los hombres era jubiloso. Al parecer, William Douglas se había pasado a las filas de Robert de Bruce, y los jefes escoceses, uno tras otro, se retiraban del campo. En apariencia, la batalla de Irvine sería una indiscutida victoria de los ingleses. Keith Leslie se mantuvo apartado, mudo, sumido en la desesperación.

Hacia mitad de la tarde, en el campo de batalla solo quedaban los muertos y los moribundos. Una densa niebla avanzaba desde el mar, dispuesta a cubrir con su mortaja las repugnantes atrocidades que los hombres habían cometido aquel día.

Taffy creyó enloquecer. Había repasado, una y otra vez, la batalla en su mente tratando de dilucidar en qué se había equivocado. Había atravesado las filas enemigas con la misma facilidad que un cuchillo caliente penetra en la mantequilla. Pero, cuando llegó al otro lado del campo de batalla e hizo girar a su caballo para adentrarse de nuevo en la refriega, no había visto a lord De Warenne ni a Thomas.

Taffy tiró de las riendas de su caballo y miró a su alrededor tratando de dar con ellos, pero fue inútil. Su caballo piafó impaciente, tascando el freno entre los dientes y abalanzándose en medio de la pelea. Taffy no tuvo tiempo de caer presa del pánico. En la batalla era muy fácil quedar apartados los unos de los otros, aunque a él nunca le había pasado hasta entonces. No tenía noción de cuánto había durado la lucha, pues el tiempo transcurría a una velocidad vertiginosa.

Llegó el momento en que las filas de combatientes ralearon

hasta que hubo muchos más hombres y caballos tendidos en el suelo que los que continuaban la pelea.

Taffy reconoció a Montgomery y cabalgó hacia él. Los dos sabían que la lucha ya había concluido y que la batalla estaba ganada.

–¿Quedaste separado de los tuyos? –preguntó Montgomery.

–A poco del comienzo, Thomas quedó atrás pero pronto nos alcanzó. Después me di cuenta de que ambos habían desaparecido y, entonces, seguí luchando solo. ¡No tenía otra alternativa!

–No te han herido; eso es lo más importante.

Taffy sabía que debía haberse quedado junto a su señor. Poco a poco, fueron reuniéndose otros caballeros de De Warenne, pero ninguno había visto a Lynx desde que él los guiara hacia la batalla. Taffy se sintió inundado por el miedo, clavándole sus colmillos en la garganta. Una espesa niebla blanca parecía cubrir todo el campo de batalla.

–Cristo; jamás podremos encontrarlo en medio de esta niebla.

Montgomery le dio un pescozón con un guantelete.

–Olvida esos pensamientos morbosos. ¡En este momento, debe de estar celebrando la victoria con De Bruce y el gobernador!

Taffy sabía que lord De Warenne no era amigo de las celebraciones hasta no haber contado antes a sus hombres. Espoleó su caballo, guiándolo de grupo en grupo. Interrogó a los soldados de De Bruce y, por fin, localizó a Robert, que buscaba a su hermano.

–Lo encontraremos, no te aflijas.

Encontraron a Nigel de Bruce en la enfermería del campamento; tenía una herida en el brazo con que manejaba la espada, pero no pudieron averiguar nada acerca de Lynx de Warenne ni de Thomas. Robert percibió que Taffy estaba aterrorizado.

–Estoy seguro de que Lynx está buscándote y no puede encontrarte a causa de la niebla. Vuelve al campamento y hazles saber que estás ileso.

Al caer la noche, los caballeros de De Warenne habían sido contados. Muchos tenían heridas superficiales o huesos fracturados que fueron curados por los sanadores galeses; ninguno había visto a lord De Warenne desde esa mañana, cuando él los había guiado al ataque. La ansiedad de Taffy se contagió a los caballeros y los arqueros galeses, que habían regresado al campamento. Organizaron partidas de búsqueda y emprendieron su lúgubre tarea.

Keith Leslie se convenció de que tendría que encontrar a Taffy. No sabía si lord De Warenne y Thomas estaban vivos o muertos, pero sí que habían caído en el campo de batalla. Keith descubrió que no era fácil encontrar a un soldado entre veinte mil, por lo que resolvió volver al campamento. Allí estaba el joven Harry Eltham curándose un brazo y una clavícula rotos, rechinando los dientes. Dijo a Keith que los hombres ilesos habían salido a buscar a lord De Warenne.

Lentamente, los hombres regresaron al campamento. Keith se ocupó de atender las heridas de los caballos. En medio de la oscuridad, se dejaban oír ruidosas celebraciones que llegaban desde todas partes; en cambio, en el campamento de De Warenne todos los rostros estaban sombríos.

Cuando vio a Taffy dejarse caer de su montura, Keith corrió hacia él y lo aferró por su manto ensangrentado.

–¡Yo lo vi caer... primero a Thomas, luego a lord De Warenne... lo vi todo, vi quién lo hizo... era uno de sus hombres!

–¿Estabas en la batalla? –le preguntó Taffy.

–¡No, tuve una visión! –gritó Keith, en su desesperación por lograr que Taffy le creyese. Se había acercado un grupo de arqueros galeses para escuchar el relato del muchacho. Ellos creían en visiones y presagios y, por propia experiencia, sabían que los celtas visionarios eran pocos–. ¡Puedo guiarlos... lo encontraremos!

–Hemos buscado durante horas –dijo Taffy desalentado–. Esta maldita niebla todavía lo cubre todo. Volveremos cuando se levante.

Montgomery intervino:

–Si yo estuviese en ese campo, Lynx de Warenne no abandonaría la búsqueda.

Taffy sabía que Montgomery decía la verdad, pero tenía mucho miedo de encontrarlo muerto. Ah, si Thomas estuviese con él para ayudarlo en la búsqueda...

–¿Realmente crees saber dónde está? –preguntó Taffy a Keith.

–No, pero tengo un instinto infalible y he aprendido a confiar en él.

–¿Quién viene con nosotros? –gritó Taffy.

Todo aquel que estaba cerca para oírlo emprendió de nuevo la marcha hacia el campo de batalla. En menos de una hora, encontraron a lord De Warenne entre una confusión de cuerpos. El suelo donde yacían estaba empapado de sangre. Los hombres de Lynx se reunieron en torno de él rogando que no estuviese muerto.

Taffy, el primero que lo tocó, retiró la mano horrorizado, sintiendo que el cuerpo de lord De Warenne estaba frío como un cadáver. Al mirar mejor, vieron que tenía una horrible herida en el vientre. Montgomery levantó el cuerpo, tanteó el suelo debajo del herido y lo sintió mojado en sangre.

–¡Está vivo!

Dos docenas de manos levantaron a su señor con toda la delicadeza que pudieron y lo llevaron de vuelta al campamento. Taffy los siguió, llevando la gran espada de batalla de lord De Warenne. Lo depositaron en el suelo de su tienda de campaña y, en silencio, vieron cómo Taffy y Keith Leslie le quitaban el yelmo, la capa acolchada, la cota de malla y los pantalones de cuero.

A continuación, Taffy y Keith se hicieron a un lado, para permitir que los sanadores galeses pudiesen examinar la herida. El cabello antes leonado de Lynx estaba cubierto de sudor y sangre. Vieron una hinchazón en la cabeza, pero se concentraron en el vientre. Era un hecho indiscutible que morían muchos más hombres por la infección de sus heridas que por la lucha misma.

Sacudieron la cabeza apenados. Cualquiera de los presentes que supiera algo acerca del tema no ignoraba que un vientre abierto, una herida que perfora en el estómago o en los intestinos, era mortal de necesidad. Sabían que lord De Warenne era hombre muerto. Su vida pendía de un hilo; casi todos sus hombres esperaban que muriese apaciblemente.

–Alguien tiene que decírselo a John De Warenne –dijo Montgomery a los otros caballeros.

Después, cayó en la cuenta de que él era quien ostentaba el rango más elevado entre ellos y que la responsabilidad quedaba en sus manos. Cuando llegó ante la tienda de campaña del gobernador, había tantos hombres que parecía un circo. Montgomery comprendió que el gobernador negociaba los términos de la rendición con los jefes escoceses que habían capitulado. Se abrió paso entre la turba y entró en la tienda.

John de Warenne alzó la vista.

–Diga a mi sobrino que levantamos campamento; nos vamos a Scone. Aquí hemos terminado; ¡las Lowlands son nuestras!

–Milord –dijo Montgomery en voz ronca–, Lynx cayó en la batalla.

–Eso no es posible... ¡hemos ganado, han capitulado!

–Milord, sus heridas son tan graves que tememos por su vida.

–¡Por Dios! –exclamó John, con la voz quebrada–. ¡Percy! Tengo que conseguir médicos...

Flanqueado por los doctores, el macilento conde de Surrey entró en la tienda de campaña de su sobrino. Alguien apartó la manta para que pudiesen examinar la herida. Al verla, ninguno de los médicos militares quiso tocarla. Temían empeorar las cosas.

John de Warenne, el endurecido comandante supremo de los ejércitos ingleses, se echó a llorar.

–Llevadlo junto a su esposa y su hijo –dijo John a Montgomery–. Tal vez no sobreviva al viaje, pero sé que él querría volver a casa, junto a su familia.

John se dirigió a Taffy, paralizado de congoja:

–Di a lady Jane que iré en cuanto pueda. Confirmaré al hijo

de Lynx como mi heredero y designaré un tutor legal que vele por él.

Roger Fitz-Waren y su caballería ligera barrieron Scone, dejando claro que resguardaban la seguridad del gobernador de Escocia, John de Warenne, que debía ocupar el palacio para poder finalizar las negociaciones de paz. En realidad, Fitz-Waren conocía los tesoros incalculables que el fugitivo jefe de justicia William Ormsby había dejado abandonados por salvar el pellejo.

Fitz ordenó que sus hombres pusiesen el botín en baúles y lo transportaran a Torthwald, prometiéndoles que lo compartiría con ellos si mantenían la boca cerrada. Él mismo condujo dos carretas cargadas a Edimburgo y aguardó el regreso de su padre. Fitz sabía que la muerte de Lynx de Warenne dejaría desolado a John; incluso era posible que acelerase el fallecimiento de su avejentado padre. Cuando John regresara a Edimburgo, Fitz estaría allí para consolarlo, dispuesto a convertirse en su nuevo heredero.

La única hierba medicinal que los sanadores galeses llevaban consigo para restañar la sangre de las heridas era la milenrama en polvo. Uno de ellos separó los desgarrados bordes de la carne de Lynx, mientras otro esparcía el polvo amarillo en la herida. El paciente gimió pero no despertó.

Taffy llevó agua y lavó la sangre y la suciedad del cuerpo de lord De Warenne.

Keith Leslie se arrodilló junto a Taffy y no le costó esfuerzo adivinar sus pensamientos puesto que eran idénticos a los suyos. ¿Cómo comunicarían a Jane tan triste noticia?

–Thomas está ahí fuera –murmuró Keith.

–Thomas está muerto –susurró Taffy, aturdido–. Es afortunado.

–El escudero irlandés me cuidó... lo encontraré –afirmó Keith, solemne y convencido.

–Lleva un caballo... porque será un peso muerto –dijo Taffy, ahogando un sollozo.

En Dumfries, como en los demás puntos de la frontera, la primavera llegó antes de tiempo; Jane tenía la impresión de que ese año la naturaleza se había superado a sí misma. El sol brillaba más, había más flores, más pájaros y mariposas de los que ella recordaba haber visto. Hasta las ovejas habían parido una gran cantidad de corderos.

Jane ayudó a Sim y a Ben con los animales recién nacidos que causaban problemas, y agradeció que sus hermanos hubiesen decidido permanecer en Dumfries y seguir haciendo lo que mejor sabían: atender a sus rebaños en lugar de unirse a los rebeldes. Los dos pastores trabajaban día y noche esquilando el espeso vellón invernal de las ovejas y luego, con la ayuda de su padre, vendieron la lana al mejor precio posible con el objeto de llenar las arcas de Dumfries. Jane estaba segura de que Lynx había liberado a sus hermanos por consideración hacia ella, lo que le agradecía de todo corazón.

Hacía tres meses que Lynx y sus soldados habían partido; Jane lo echaba de menos. Lincoln Robert era un niño corpulento, saludable y de mejillas sonrosadas. Era un pequeñuelo feliz, que reía, hacía travesuras y rara vez lloraba. En las escasas ocasiones en que algo lo disgustaba, era capaz de gritar tan fuerte que podía hacer temblar el castillo. Dormía toda la noche y ya reconocía a su madre. Cuando ella lo llevaba en brazos, él se sujetaba en el largo cabello de Jane y gritaba de entusiasmo. Jane esperaba impaciente el regreso de Lynx para que viese que su hijo se estaba convirtiendo en un hermoso niño.

Marjory de Warenne enseñaba a Jane a leer y a montar. Como la primavera se había transformado en un verano prematuro, las tres damas, Jane, Jory y Elizabeth, salían a cabalgar cada día. Jane las llevó al estanque del bosque y, allí, se levantaron las faldas y jugaron en la orilla; ella dejó boquiabiertas a sus amigas al mostrarles el extraordinario vínculo que tenía con los animales salvajes que llegaban para observarlas. Les contó sus encuentros con el lince y se lamentó de no haber vuelto a verlo después de curar su herida.

Sin los hombres, la vida era bastante serena; sin embargo, las tres jóvenes soñaban con su regreso. Jory y Elizabeth disputaban por Robert de Bruce, mientras que Jane añoraba a Lynx de Warenne, amo y señor de Dumfries y de su corazón. Echaba de menos a su hermano Keith, y también a Taffy y a Thomas, pero el bienestar de estos no le afligía demasiado. Ellos estaban con Lynx; él los protegería.

Un día hermoso, tibio, cuando las tres damas cabalgaban hacia Lochmaben, recibieron la noticia de que había habido una batalla cerca de Scone, en Irvine, y de que, una vez más, los ingleses habían salido victoriosos. Sus corazones desbordaron de alegría al saber que sus héroes pronto volverían. Llevaron la noticia a Dumfries, y tanto la gente del castillo como la del pueblo se alegraron de que hubiesen terminado las hostilidades. Si bien había muchos escoceses que odiaban a los ingleses con vehemencia, la gente de Dumfries y casi toda la de Annandale sabía que estarían mucho mejor bajo el mandato de De Bruce y Lynx de Warenne.

Jane llevó a su hijo Lincoln al patio y, mientras le mostraba las gallinas, los gansos y las palomas, una nube oscura cubrió el sol. El talismán que llevaba al cuello se volvió helado y su hijo empezó a gritar.

El terror que empezó a experimentar le arrebató la serenidad con tal rapidez que necesitó hacer un esfuerzo para respirar. En su mente apareció la imagen de Keith y temió por su seguridad. Las noticias de Lochmaben indicaban que la lucha había concluido hacía diez días; Jane comprendió que, para entonces, algunos de los hombres ya deberían haber vuelto a Dumfries. Al menos, tenían que haber recibido un mensaje.

Volvió corriendo al castillo. «¡Algo malo sucede! ¡Algo malo sucede!» Cuando se encontraron con Jory, quien estaba poniéndose los guantes de montar, el niño dejó de gritar y Jane no tuvo valor para expresar sus premoniciones. Rechazó la invitación de

Jory, entregó su hijo a Grace Murray y se dirigió hacia el paseo del parapeto.

Jane paseó su vista por los verdes valles.

–¡Keith, dime qué pasa!

El viento transportó su grito a través de las colinas, por encima del bosque, hacia las tierras altas del sur. Jane prestó atención, con la esperanza de oír la voz de su hermano. Solo oyó el tamborileo de su corazón latiéndole en los oídos, ¿o acaso se trataba de cascos de caballos y pasos?

Jane cerró los ojos y vació su mente de todo pensamiento. El talismán con el lince se enfrió de nuevo.

–¡Dios mío, es Lynx! –gritó.

Algo le decía que debía prepararse. El tiempo era vital.

Jane tomó su gran bolso de tela, su cuchillo y salió a recoger hierbas. El espino estaba en flor, y cortó sus flores para diluirlas en agua. Recogió llantén, melisa y bistorta. Luego, arrancó una raíz de rubia y gran cantidad de cicuta. Cuando volvió del bosque, fue a visitar a Megotta y le suplicó que le diese algunas cabezas de amapola de su jardín. Con sus preciosas plantas, se dirigió a la sala de destilación y comenzó a prepararlas con premura.

Los soldados de Lynx, en condiciones normales, hubiesen cubierto en pocos días los ochenta kilómetros entre Scone y Dumfries, pero este viaje se asemejaba más a una peregrinación. Caballeros y soldados permanecieron juntos, pues tenían una meta común: era llevar a su jefe de vuelta al hogar, vivo o muerto. Algunos días, lograban cubrir ocho kilómetros, pero otros, solo conseguían acercarse un par de kilómetros a Dumfries.

Lynx de Warenne estaba vivo, pero no había integrante de su mesnada que no supiera que agonizaba. Cuando recobraba el conocimiento, le daban un poco de agua, una cucharada de caldo o un sorbo de vino, y él lo vomitaba de inmediato. Sus huesos comenzaron a desencarnarse. En diez días, enflaqueció y los huesos se transparentaban a través de la carne consumida.

Taffy y Keith se turnaban para cuidar a su señor. Keith había hallado a Thomas dando tumbos por el campo de batalla, sin recordar qué había sucedido aunque, cuando vio a Lynx de Warenne, se atribuyó toda la culpa y cayó en una negra desesperación.

En el decimotercer día después de la batalla, Montgomery guió a sus agotados soldados hasta Dumfries, escoltando el cuerpo gravemente herido de su señor. La población del castillo inició sus manifestaciones de regocijo, pero al conocer las devastadoras noticias, este acabó pronto. Taffy y Keith esperaban con temor el momento en que tuviesen que enfrentarse con Jane. Los dos anhelaban ahorrarle el dolor y la pena, y decidieron turnarse para cuidar a su lord hasta que exhalase el último suspiro.

Marjory de Warenne corrió al patio antes de que nadie pudiese detenerla. Cuando vio a su hermano sobre la litera, se echó a llorar. Y su llanto se convirtió en unos sollozos tan desgarradores que la acongojada Elizabeth de Burgh se la llevó, alejándola de la triste escena.

Desde el parapeto, Jane vio a los hombres entrar lentamente en el patio. Había pasado casi la totalidad de las últimas treinta y seis horas allí arriba, vigilando y esperando. Por fin, habían llegado y su espera, terminado. La envolvió una extraña calma y descendió la escalera del castillo para entrar en el patio a paso vivo. Con gesto regio, levantó una mano cuando vio que Taffy y su hermano trataban de advertirle que no se acercara.

Jane bajó la vista y miró a Lynx sin inmutarse, aunque lo que vio era mil veces más horroroso de lo que había esperado, pese a estar segura de haberse preparado para lo peor. Cuando Lynx abrió los ojos, su mirada vidriosa le indicó que tenía fiebre. Ella le dirigió su más encantadora sonrisa y luego, con calma y firmeza, ocupó su función de castellana de Dumfries.

–Por favor, llevadlo a sus habitaciones de la torre principal –dijo Jane, y volviéndose hacia su padre, que estaba a un lado, devastado por lo que acababa de ver, le ordenó–: Busca al sacerdote, rápido.

El transporte de lord De Warenne hasta el dormitorio fue lento y atroz. Siguiendo las indicaciones de Jane, los hombres alzaron a su señor y lo depositaron en su cama. El sacerdote, llamado con urgencia, estaba presente, con su libro de oraciones y su rosario, aguardando.

Jane deslizó una mano para tomar la de Lynx e hizo una señal de asentimiento al religioso.

–Dese prisa –apremió en voz queda.

El sacerdote hizo la señal de la cruz y comenzó a decir las palabras de la extremaunción.

Capítulo 29

–En el nombre de Dios, ¿qué hace? –preguntó Jane.

–La extremaunción, milady.

–¿Cómo se atreve? –exclamó Jane, indignada–. Lo he mandado a buscar para que nos casara. Empiece, ¿acaso no ve que está agonizando?

Por un instante, el sacerdote pareció confundido pero le bastó echar una mirada al semblante de Jane para saber qué debía hacer.

–Estamos aquí reunidos, bajo la mirada de Dios, para unir a este hombre y a esta mujer en sagrado matrimonio –pronunció, mirando preocupado a lord De Warenne, y luego continuó, deprisa–: ¿Queréis a esta mujer por legítima esposa? ¿La amarás, consolarás, honrarás y cuidarás, en la salud y en la enfermedad, y desechando a todas las demás, te quedarás solo con ella, mientras ambos viváis?

Los ojos verdes relucieron; los presentes creyeron ver que él asentía.

–Ha dicho que sí –dijo Jock con firmeza.

El sacerdote repitió el juramento a Jane, agregando la pregunta:

–¿Lo obedeceréis y serviréis?

–Sí, lo haré –prometió ella, solemne.

Jock se apresuró a decir:

–Entrego a esta mujer, en matrimonio, a este hombre.

Jory entró en la habitación. Esa escena agridulce la oprimía de tal modo que las lágrimas seguían corriendo por su rostro. Apoyó una mano sobre la de Jane que, a su vez, cubría la de Lynx.

–Yo diré la promesa de mi hermano –murmuró, en voz entrecortada–. Yo, Lincoln, te tomo, Jane, por legítima esposa, para quererte y cuidarte desde este día en adelante, para bien o para mal, en la riqueza y en la pobreza, en la salud y en la enfermedad, para amarte y adorarte hasta que la muerte nos separe... –Jory soltó un sollozo y continuó–: De este modo, doy mi palabra de fidelidad.

Resonó la voz clara de Jane, que pronunció su voto tan deprisa como pudo:

–Yo, Jane, te tomo, Lincoln, por legítimo esposo, para quererte y cuidarte desde ahora en adelante, para bien o para mal, en la riqueza y en la pobreza, en la salud y en la enfermedad, para amarte, adorarte y obedecerte hasta que la muerte nos separe; de este modo, te doy mi palabra de fidelidad.

Jory se quitó su anillo con un rubí engastado y lo deslizó en el dedo corazón de la mano izquierda de Jane. Hizo una inspiración trémula y repitió, después del sacerdote:

–Con este anillo te desposo y con mi cuerpo te honraré y con todos mis bienes terrenales te dotaré.

El sacerdote omitió el salmo, la epístola, el credo y la bendición:

–Os declaro marido y mujer. En el nombre del Padre, del Hijo y del Espíritu Santo, amén.

Jane se dirigió, de inmediato, al sacerdote:

–Gracias, padre. Eso es todo. Si llegara a necesitarlo, enviaré a buscarlo. –Se volvió hacia Jory, que se esforzaba por ahogar sus sollozos–. No sé si podré curarlo, pero te prometo que lo amaré.

Jane miró a los caballeros que estaban reunidos en la estancia:

–Gracias por haberlo traído a su hogar. A partir de ahora, yo me haré cargo de él. Thomas, Taffy, venid conmigo; necesito vuestra ayuda. –Y buscó con la vista a Keith–. Di a los sanadores galeses que quiero verlos en la habitación contigua.

Los escuderos, que trataban de mantenerse a la par de ella, le dijeron que ellos atenderían a lord De Warenne; que sus heridas eran tan horrorosas que una dama no podía ocuparse de ellas.

–Os lo agradezco; en verdad sí necesito vuestra ayuda, pero de sus heridas y de su cuerpo me ocuparé yo misma. Lord De Warenne es tan orgulloso que lo humillaría indeciblemente saber que ha quedado expuesto ante sus hombres en estado de debilidad.

Fue preciso que colaborasen tres hombres para llevar a la torre los extractos, los polvos de hierbas, los destilados y las jaleas medicinales que Jane había preparado.

–Necesitaré una cuantas sábanas limpias.

Los escuderos se precipitaron a cumplir sus requerimientos, aliviados de que ella les dijera qué debían hacer.

Ya a solas con su esposo, Jane se llevó a los labios la mano febril de él, murmurando en voz queda para tranquilizarlo y luego apartó la manta que envolvía su cuerpo. La pestilencia que surgió de él la hizo retroceder.

–Sé que sufres, Lynx –murmuró con dulzura–. Entrégate a mí... ponte por completo en mis manos... cédeme tu voluntad; intentaré quitarte el dolor.

Lo miró y vio que él parpadeaba para indicarle que la había oído, pero Jane sabía que para Lynx de Warenne, aun estando tan enfermo y debilitado, sería casi imposible entregarse al cuidado de alguien. Ella sonrió mirándolo a los ojos y deslizó las manos entre los cabellos de él hasta llegar a la base del cráneo. Jane se concentró en su tarea y se esforzó por hacer caso omiso de la terrible suciedad que cubría la otrora hermosa melena leonada.

Al mismo tiempo que sus dedos ejercían una presión firme, Jane lo arrulló, mientras le decía qué hacer para desprenderse del dolor.

–Te amo; entrégame tu dolor... déjalo ir... no tengas miedo... Yo estaré aquí... suéltalo poco a poco.

Jane sabía que el contacto era una parte muy importante de la curación. Las yemas de sus dedos iban trazando círculos cada vez más amplios en la base del cráneo de Lynx, y su voz adoptó el mismo ritmo hipnótico que el movimiento de sus dedos.

Dentro de ella, se debatían apasionadamente el pánico, el

miedo, el amor, la esperanza y la angustia. Hubiese querido remediar la fiebre, la suciedad, la herida, pero el instinto le decía que lo primero que debía combatir era su intenso sufrimiento.

–Si te duermes, cuando despiertes traeré a tu hijo... duérmete ahora, deja que el dolor se vaya, échalo fuera.

Se le oprimía el corazón al presenciar el cuerpo debilitado de su fuerte guerrero, que nunca había confiado en una mujer; ahora, no tenía otra alternativa. Finalmente, Lynx cerró los ojos y se durmió.

Cuando se convenció de que él no podía verla, cerró los ojos entregándose a la desesperación. La vida de este hombre pendía de un hilo tan fino como el de una telaraña. Era un milagro haber sobrevivido. En el rincón más profundo de su mente, Jane sabía que él se moría pero se dispuso a negar esa certeza. A pesar de que tenía los párpados fuertemente cerrados, se le escaparon unas lágrimas que cayeron sobre sus manos apretadas como perlas.

En la habitación contigua, Keith aguardaba a Jane, acompañado por los sanadores galeses. Cuando ella salió a su encuentro, les dijo:

–No quiero saber cómo sucedió. Lo que necesito saber es qué habéis hecho por él y que evaluéis la gravedad de la herida y, por último, que me aconsejéis sobre el mejor modo de curarlo.

Una vez hecha la consulta con los galeses, Jane dijo a su hermano:

–Keith, ve al monasterio. Los franciscanos hacen experimentos científicos con minerales. Quiero un poco de sales de permanganato y potasio, tal vez azufre, si ellos tuvieran la generosidad de dártelo. Por favor, date prisa –y, al ver que Keith se disponía a protestar, le dijo–: No me digas que mi esposo está muriéndose. Aún vive y eso es lo único que cuenta.

Cuando Jane regresó al dormitorio, Lynx ya no dormía. Los escuderos habían traído sábanas y toallas limpias, y Jane los puso a trabajar sin demora.

–Thomas, trae agua caliente, di en la cocina que mantengan el agua hirviendo. Taffy, pide a una cocinera que prepare agua de cebada para Lynx.

Jane tomó una de las cocciones preparadas con el lechoso zumo de amapolas blancas, miel y agua para disimular su amargo sabor. Puso una pequeña cantidad en una copa y dijo:

–Quiero que bebas esto, mi amor. Es posible que lo vomites, pero también sé que te aliviará y te ayudará a dormir.

Sostuvo la copa junto a los labios de él y la inclinó. Lynx sorbió el amargo líquido blanco y lo tragó. Empezó a sufrir bascas y a vomitar. Su agudo dolor horrorizó a Jane; sin embargo, estaba persuadida de que debía ser cruel para ser bondadosa.

Thomas entró en la estancia con el agua caliente y, entre los dos, lo lavaron y pusieron sábanas limpias en la cama. Entonces, Jane procedió a cumplir lo prometido. Bajó a su habitación, tomó a su hijo en brazos y lo llevó a la habitación de Lynx.

–Mira; papá –canturreó, acercando al pequeño.

La boca de Lynx se curvaba en una sonrisa y Jane sintió que se le destrozaba el corazón. Rogó a todos los santos y las diosas que Lynx pudiera volver a dormirse.

En cuanto los ojos de su esposo comenzaron a cerrarse, ella se sentó al lado de la cama y amamantó a su hijo hambriento. Cuando se lo entregó de nuevo a Grace Murray, le dijo:

–No voy a tener mucho tiempo para ocuparme de este pequeño, Grace. Será mejor que consigas un ama de cría, porque habrá ocasiones en que no podré alimentarlo. Pide a Judith que venga a verme: quizás ella tenga la bondad de trasladarse aquí, a la habitación contigua y traer con ella a su recién nacido.

Jane regresó corriendo arriba. Se recostó junto a su esposo y sostuvo su mano febril. Le susurraba mágicas palabras de amor y de esperanza, derramándolas sobre él como una suave llovizna. Acariciaba el rostro de él con su mirada, notando lo sesgado de sus pómulos y el ángulo de su mandíbula, que ahora estaba cubierta de una barba dorada de varios días.

Allí, junto a él, llegó a la conclusión de que estaban conectados por medio de un hilo invisible que jamás podría romperse. Era el mismo que los había unido en los primeros momentos.

Había sido muy tenue hasta que concibieron un hijo; a partir de entonces, ese hilo mágico unía a los tres. En el presente, era frágil pero iría fortaleciéndose hasta convertirse en un cordón y, en un momento dado, merced al amor y a la confianza, se transformaría en una cuerda sólida y resistente.

Jane se negó a albergar pensamientos negativos pues sabía que la despojarían de su fortaleza y la debilitarían. En una ocasión, había oído decir a alguien: «Si conservo una rama verde en mi corazón, vendrá un pájaro a cantar». Si de verdad Lynx significaba algo importante para ella lograría salvarlo.

En sus lujosos aposentos del castillo de Edimburgo, a Alicia Bolton le costaba creer que Fitz-Waren hubiese cumplido lo que se había propuesto. «¡Mi venganza ha sido completa!», se repetía a sí misma una y otra vez. «Lynx de Warenne merecía morir por cuanto me hizo. Cumplí con lo que había jurado hacer: ¡lo destruí, y para hacerlo utilicé a su primo!»

Antes, el futuro aterrorizaba a Alicia, pero ahora comprendía que había hecho lo correcto. Durante todo el tiempo que estuvo con Lynx de Warenne, no pudo ejercer influencia alguna sobre él. Con Fitz-Waren era por entero diferente: podía manipularlo como si se tratase de una marioneta. La cuestión consistía en saber de qué hilo tirar.

–Fitz, cuando llegue tu padre y te comunique la muerte de Lynx, tienes que fingir sorpresa y espanto por la pérdida de su querido sobrino. Yo iré a ver si sus habitaciones están dispuestas. Nada como la mano de una mujer para brindar solaz a un alma atribulada.

Fitz la veía sin pasión. Esa falsa perra no comprendía la ironía de sus propias palabras. Era la mujer con el corazón más frío que conocía. Pensó con nostalgia en Jory de Warenne y lo mucho que le gustaría consolarla. Por asombroso que fuese, Fitz no captaba la ironía de sus propios pensamientos.

Cuando John de Warenne llegó al castillo de Edimburgo, procedente de Scone, su cuerpo estaba exhausto y su alma, vacía. Era un alivio para él poder enviar noticias al rey de Francia, aunque era imposible sentirse satisfecho ante la inminente muerte de Lynx.

En esos días, el gobernador viajaba acompañado por una guardia personal de doce hombres, dos de los cuales eran sus escuderos que, a su vez, cumplían la función de criados y dormían en una habitación contigua y fueron quienes encendieron de inmediato el fuego, prepararon su baño y le trajeron algo de comida, aunque no tenía mucho apetito.

John se sentó ante el fuego y clavó la vista en las llamas. Fitz y Alicia entraron en la estancia sin que este se diera cuenta.

–Padre, pareces enfermo.

John, que tenía el mentón apoyado en el pecho, levantó la vista y la posó sobre el intruso. De pronto, tomó conciencia de dónde estaba y qué había sucedido.

–Tengo el corazón enfermo. ¿De qué sirve conquistar Escocia si pierdo a Lynx de Warenne? Es un precio demasiado alto.

–Él ha muerto luchando contra el enemigo, como desearía morir cualquier guerrero noble –dijo Fitz con firmeza.

John lo miró, boquiabierto. Fitz hablaba como si Lynx ya estuviese muerto, aunque era bastante probable que, a esas alturas, ya fuese cierto, ¡que Dios diese paz a su alma!

–Dios actúa en forma misteriosa... en el último momento, le dio un hijo y heredero.

–¡Lynx tuvo un hijo! –murmuró Alicia para sí, y luego se acercó, decidida–. Milord, ese niño es bastardo; Lynx de Warenne no estaba casado con la muchacha que afirmaba llevar en sus entrañas a su hijo.

John la miró como si hasta en ese instante no se hubiera percatado de su presencia.

–Te equivocas –dijo, sin alzar la voz–. Cuando Lynx se marchó de aquí, después de Navidad, lo hizo con el único propósito de casarse con lady Jane para que su hijo naciera en el lecho conyugal.

–¿Cómo sabemos que es suyo? –preguntó Fitz.

John lo miró apenado.

–Es cierto, ¿qué debe hacer un hombre para saber si su hijo es fruto de su propia simiente?

Los ojos de Fitz se entornaron con expresión de odio. Sintió que el impulso de cometer un asesinato lo asía por el cuello, y lo único que contuvo su mano fue la presencia de los escuderos.

–Tengo la intención de confirmar al hijo de Lynx como heredero del condado de Surrey en cuanto reciba la comunicación oficial informándome de que mi sobrino ha muerto.

–¿Lynx de Warenne vive? –preguntó Alicia, incrédula.

–La última vez que lo vi estaba vivo, aunque no creo que haya sobrevivido al viaje a Dumfries; sus heridas eran irreparables.

Las lágrimas resbalaban por el rostro de John, sin importarle tener testigos de su dolor.

En cuanto Fitz-Waren cerró la puerta de sus habitaciones, Alicia se volvió hacia él, mostrando los dientes como una loba.

–¡Bastardo inútil!, ¿es que no eres capaz de hacer nada bien? ¡Lynx de Warenne está vivo!

Fitz-Waren estrelló el dorso de la mano en la boca de ella con tal fuerza que la hizo tambalearse.

–Es la última vez que me llamas bastardo –dijo él, entre dientes, yendo hacia ella a zancadas–. Lo único que consigo son las migajas de la mesa de De Warenne. ¡Hasta tú eres las sobras de Lynx de Warenne!

Aterrorizada, Alicia comprendió que había tirado de la cuerda que no debía. Adivinó la intención del hombre y empezó a gritar. Le dio un puñetazo para acallarla. Al caer, la cabeza de Alicia se golpeó contra la chimenea y, efectivamente, Fitz logró hacerla callar para siempre.

CAPÍTULO 30

Lynx gimió quedamente. Jane, acostada junto a él, lo oyó, se levantó de la cama, encendió las velas para disipar las sombras y prendió un pequeño fuego para caldear la habitación.

Los pechos de Jane estaban llenos y le dolían. Decidió llamar a Grace Murray y pedirle que subiera a su hijo para amamantarlo. Sin embargo, sorprendida por la idea que acababa de tener, exclamó, mentalmente: «¡Leche de madre! Intentaré alimentarlo con mi leche». La esperanza floreció dentro de ella. Se aproximó a la cama y se acostó junto a él. Hizo girar la cabeza de Lynx sobre la almohada y le habló en voz queda:

–Mi amor, quiero que bebas de mí; quiero amamantarte.

Lynx clavó en ella su mirada fija, y Jane se preguntó si habría entendido lo que ella le había dicho. Entonces, él pronunció las primeras palabras desde su regreso:

–Para... niño.

–No, Lynx. No necesita mi leche. ¡Pero tú sí! Quiero alimentarte... déjame hacerlo... no te resistas, Lynx, por favor, entrégate a mí.

Jane esperó a que él le otorgase su consentimiento.

–Si no haces esto por mí, hazlo por tu hijo... ¡él te necesita vivo!

Jane no esperó más. Ahuecó su mano sobre la mejilla de él y atrajo la cabeza hacia su pecho lozano. Con delicadeza, sus dedos deslizaron el pezón en el interior de la boca caliente y seca del hombre. Jane contuvo el aliento y deseó, para sus adentros, que él aceptara lo que ella le ofrecía. Era lo único que a ella le quedaba para darle. Creyó que había esperado una eternidad hasta que sintió que la lengua de él se apretaba en su pezón y, entonces, dejó escapar un suspiro esperanzado.

La sugerencia de Jane apabulló a Lynx. Él sabía que estaba muriéndose y maldijo al cielo y al infierno por no haber muerto en el campo de batalla. Jane era tan pequeña, tan dulce, que no era bueno que tuviese que ver su horrenda herida. No podía soportar la idea de que ella se desviviera por él para obtener a cambio la recompensa de la muerte.

Comprendía que ella se sentiría profundamente herida si él no aceptaba lo último que ella tenía para ofrecerle. Lynx estaba seguro de que su fin se acercaba. En ese momento, Lynx reconoció que Jane era más fuerte que él y que tendría que inclinarse ante su voluntad. Sabía que había llegado el momento en que él debía renunciar a controlarlo todo y, haciendo un gran esfuerzo, empezó a succionar la leche materna de Jane.

El cuerpo descarnado de Lynx no rechazó el alimento que Jane le brindaba. Lynx se sentía reconfortado. La presencia cercana de Jane le transmitía una gran paz. Contempló el rostro dormido de Jane. Qué mujer excepcional. Jane carecía de egoísmo. Daba sin recibir. Le había brindado lo que más anhelaba su corazón cuando él ya empezaba a temer, para sus adentros, que un hijo era algo inaccesible para él. Ahora, en cambio, podría morir en paz porque Lincoln Robert lo había hecho inmortal. ¿Qué más podía pedir un hombre?

Jane se había entregado a él con una devoción absoluta. Desde el principio, le había ofrecido su cuerpo con generosidad, depositando en él su confianza aun cuando todavía era una muchacha tímida y asustada. Y ahora compartía su cuerpo con él de todas las formas posibles. Y no por placer, sino para darle vida.

«¡De eso se trata!» Jane lo amaba; Lynx comprendió, de súbito, que él también la amaba. Era una emoción maravillosa y extraña. Entonces, cayó presa del pánico. Nunca había dicho a Jane que la amaba. ¿Qué pasaría si él se moría esa noche sin habérselo dicho? La mirada de sus resplandecientes ojos verdes fue recorriendo sus delicadas facciones. Ella estaba tan agotada que él no quiso despertarla para hablarle de su amor; habría sido una actitud en extremo egoísta. Aunque no sería la primera vez. Lynx comenzó a rogar al cielo dejarle vivir hasta que Jane despertase.

Thomas y Taffy contuvieron el aliento mientras observaban cómo Jane, en un alarde de valor, ponía la mano sobre el corazón de Lynx de Warenne para comprobar si aún latía. Ella sintió que las lágrimas desbordaban sus ojos cuando percibió el latido. Le pareció increíblemente fuerte.

–Está vivo –dijo, sonriendo entre lágrimas–. Duerme.

Lynx abrió los ojos.

–Dormía –corrigió ella, ante la expresión de intenso alivio de los escuderos–. Mi amor –murmuró Jane, inclinándose con ternura sobre su esposo–. Tengo que mirar la herida... Trataré de no hacerte daño.

Como si se tratase de una pieza de preciosa porcelana, Jane separó los bordes de la herida y miró la cavidad abdominal.

–¡Está limpia! ¡Mirad... mirad!

Se hizo a un lado para que Thomas pudiese examinar a Lynx con sus propios ojos.

Cuando Taffy se inclinó para echar un vistazo, Lynx le murmuró algo.

El rostro de Taffy se iluminó:

–¡Debe de haber retenido algo de líquido... porque necesita orinar! ¿Qué es lo que él ha podido retener, milady?

Por un instante, Jane no supo qué responder.

–Tal vez el agua de cebada que tú preparaste, Taffy –mintió con dulzura, cuidando de proteger el íntimo secreto que solo compartía con su marido.

–¡Iré a buscar un poco más! –dijo Taffy, y salió corriendo de la habitación.

Jane entregó a Thomas una jarra vacía, de modo que él pudiese ayudar a Lynx a aliviar la incomodidad de sus riñones.

–Volveré a irrigar la herida y la dejaré abierta un día más, para que drene. Si mañana sigue estando limpia, espolvorearé la cavidad con azufre, la suturaré y luego la vendaré. ¿Qué opinas, Thomas?

–Que tiene usted el auténtico don de la sanación, lady De Warenne.

Jane sonrió, mirando a Lynx a los ojos y le tocó la frente con la mano.

–Ya no tienes tanta fiebre, querido –le dijo, y la expresión que vio en el rostro de él no era de alivio ni de gratitud, sino de amor. Una lágrima resbaló por su mejilla y ella la enjugó con dedos tembloroso–. ¡Te juro, Lynx de Warenne, que si ahora te mueres, te mato!

Thomas la ayudó a cambiar las sábanas, Taffy trajo otra jarra grande con agua de cebada y, después, ella les dio las gracias con dulzura, aunque no dejó lugar a dudas de que quería estar a solas con su esposo. En cuanto se marcharon, Jane se desnudó y se tendió al lado de Lynx.

–No te atrevas a rechazarme. En Dumfries, soy yo quien gobierna el gallinero. Cuando hayas recuperado fuerzas, serás tú quien dé las órdenes, pero, hasta entonces, mi señor esposo, harás lo que yo diga.

Lynx levantó las manos y acarició con las yemas de los dedos la carne satinada de sus pechos turgentes. Cuando sus labios estuvieron cerca, le besó el pecho.

–Te amo, Jane –murmuró, con voz entrecortada.

El corazón de Jane quedó henchido. ¡Ese era un día colmado de milagros! Mientras él tomaba alimento, primero de un pecho, después del otro, ella le masajeaba las sienes.

–Seré yo quien beba el agua de cebada de Taffy, así tendré abundante leche para ti, mi amor.

Tres días más tarde, la herida abierta de Lynx de Warenne fue suturada, y él, vendado desde las costillas hasta las caderas.

–¡Y ahora, vamos a lavarte! –anunció Jane, con los brazos en jarras.

Si bien su actitud era desafiante, las manos con que lo lavaba eran increíblemente delicadas.

–Ayudadme a cambiar las sábanas –pidió a Taffy y a Thomas–; después lo dejaremos en paz.

Transcurrida la medianoche se produjo la primera noche de intensos sudores, de las muchas que vendrían. Jane sabía que Lynx todavía estaba muy enfermo. Habían conseguido mantenerlo vivo durante el período crítico pero no le quedaban fuerzas suficientes para pasar por otra crisis. Jane no ignoraba que el dolor era constante, a juzgar por la forma en que levantaba las rodillas y apretaba las mandíbulas. Se dijo que eso constituía una buena señal, indicaba que Lynx estaba luchando contra la enfermedad. Decidió disminuir la dosis de amapola a la mitad y tratar de aliviar la mayor parte del dolor por medio de su contacto.

Una tarde, Taffy llamó a Jane a la habitación de al lado.

–Milady, John, el conde de Surrey, el tío de lord De Warenne, me ha pedido que le dijese que, cuando... bueno... quiero decir, si su esposo moría, él confirmaría a Lincoln Robert como su heredero. Quería que usted supiera que él nombraría un tutor legal para su hijo hasta que llegara a la mayoría de edad.

Jane se llevó la mano a la garganta. Si bien no comprendía las implicaciones legales, sabía que la palabra «tutor» significaba que él pensaba apartar a su hijo de ella.

–¡Debemos enviarle de inmediato un mensaje informándole que lord De Warenne va a sobrevivir!

–Demasiado tarde, milady: el gobernador acaba de entrar en el patio del castillo.

–Corre a decírselo a Jory. Debo cambiarme el vestido. Pide a mi padre que venga... ¡No, no, el mayordomo de Dumfries no necesita instrucciones aun cuando nuestro visitante sea un insigne conde inglés y gobernador de Escocia! –recordó, quitándose el delantal de un tirón–. ¿Dónde está Thomas? Él podría quedarse con Lynx mientras yo recibo a John de Warenne y finjo, al menos, que le doy la bienvenida.

–Thomas no quiere dejarse ver, milady. Siente una intensa culpa por lo que le pasó a milord en Irvine; seguramente, el gobernador exigirá respuestas a ciertas preguntas difíciles.

–Dios mío, ¿por qué ese desdichado tendría que venir ahora?

–Yo me quedaré con lord De Warenne, milady –se ofreció Taffy, pese a que sentía aprensión ante la perspectiva de enfrentarse con John de Warenne.

Jane bajó corriendo a su habitación y, mientras elegía un vestido apropiado para ponerse, ordenó a Grace Murray que preparase al niño para recibir la visita del insigne conde de Surrey. En cuanto Lincoln Robert vio a su madre, empezó a gorjear. Tenía cinco meses y su tamaño era el de un niño del doble de su edad. Jane le dio un gran abrazo y un beso.

Cuando llegó Andrew, Jane le dijo:

–¡Abróchame! –Se volvió para que él pudiese abotonar el vestido de seda verde pálido–. ¿Cuántas personas hay en el séquito del gobernador?

–Una docena de escoltas.

–Procura que se preparen las mejores habitaciones y que haya algo especial para comer. ¡Los tenedores! No olvides los tenedores y cuencos con agua de rosas y toallas para después de la comida... ¡y un arpista! –indicó ella, alzando los ojos al cielo–. ¡Oh, santa Bride, dame fuerzas! ¿Cómo debo recibir a un maldito conde?

Era la primera vez que Andrew oía a su hermana hablar de ese modo.

–Cálmate, Jane, nosotros te ayudaremos. Nuestro padre está sirviéndoles la copa de bienvenida.

–¡Maldito sea ese hombre! ¡Yo tendría que estar con Lynx; no tengo tiempo para recibir condes!

Jane hizo acopio de todo su valor y se irguió hasta que su espalda quedó recta como una vara. Iba dispuesta a sentir desagrado por el conde de Surrey. Cuando llegó, se alegró de que Marjory se le hubiese adelantado, ataviada con un vestido de exquisito color albaricoque, bordeado de un tono más oscuro. Cuando Jory se apartó de los brazos de su tío, Jane pudo echar un primer vistazo a John de Warenne. El hombre estaba tan consumido que Jane se compadeció de él de inmediato.

–Esta es Jane, la esposa de Lynx. Es una hacedora de milagros y nosotros la amamos con todo nuestro corazón –dijo Jory.

Jane hizo una reverencia, pero John no quiso consentirlo. La obligó a levantarse y la abrazó.

–Mi queridísima hija, ¿cómo podría agradecértelo? –exclamó John, con los ojos llenos de lágrimas.

–Milord, bienvenido a Dumfries.

–Mi nombre es John. ¿Qué dirías si yo me dirigiese a ti como lady De Warenne?

A Jane el conde le agradó de inmediato, e intercambió con Jory una mirada de preocupación por su salud. Jane ya no era una doncella tímida y se dejó dominar por la castellana que llevaba dentro, reforzada por su fuerte instinto maternal.

–John necesita comer, descansar y que lo consintamos un poco... ¡y gracias a Dios, ha llegado al lugar más indicado!

John escudriñó el rostro de Jane.

–No sé cómo Lynx ha podido sobrevivir. Llévame junto a él; quiero comprobarlo con mis propios ojos.

John de Warenne ascendió hacia la torre principal con Jane sosteniéndolo de un brazo y Jory del otro.

–Lynx, mi muchacho, lamento mucho lo que te ha sucedido. No te preocupes, llegaré hasta el fondo de la cuestión –dijo John, echando una mirada a Jane–. Me han dicho que tu esposa es una enfermera maravillosa, sospecho que, además, es un ángel.

Jane buscó la mano de su esposo y la oprimió. Sintió que él le devolvía el apretón.

–Todavía no tiene fuerzas para hablar demasiado, pero ya puede ver usted lo contento que está de verlo, John.

Lynx logró pronunciar:

–Nuestro hijo.

Jane hizo que Taffy acercara junto a la cama el gran sillón mullido que estaba ante el hogar.

–Siéntese, John; traeré al hijo de Lynx.

Cuando Jane entró con el risueño niño, que resplandecía de salud, John dio la espalda al hombre callado y macilento que yacía sobre la cama y tendió los brazos al pequeño.

–¡Por el amor de Dios, es la viva imagen de su padre!

Cuando John recibió al niño de brazos de su madre, el pequeño crispó el rostro como si fuese a gritar hasta sacudir las vigas del techo y luego, de pronto, pareció cambiar de idea. Abrió sus grandes ojos verdes, aferró una de las orejas del conde y chilló con extraño entusiasmo.

John apartó su mirada del espléndido chiquillo y contempló a la joven que lo había concebido. Ella era menuda y de delicada belleza, pero tenía la luminosidad de una diosa, una aureola tan tangible que uno hubiese querido estirar la mano y tocarla.

Jory sonrió a su tío.

–Por añadidura, ella posee el don de sanar. Para nosotros, Jane es una verdadera bendición.

–No, soy yo la bendecida –porfió Jane–. Me siento muy honrada de ser una De Warenne. Porque todos vosotros me aceptáis tal como soy.

John miró a Jory y movió la cabeza, azorado.

–Esta muchacha no tiene la menor idea de lo que vale, chiquilla. ¡Vale más que los rubíes!

Jane se sonrojó de placer e hizo un ademán a Grace Murray, indicándole que se llevara al niño.

–Dumfries tiene un mayordomo que vale su peso en oro. Da la casualidad de que, además, es mi querido padre; él se ocupará de usted, milord. Mi hermano Andrew, aquí presente, es el submayordomo. Él preparará su habitación y su baño y se ocupará de todas sus necesidades. Nos veremos en el salón a la hora de cenar, milord.

–John –recordó él.

Después de un par de días en Dumfries, John empezó a parecer menos fatigado y ojeroso. La alegría de comprobar que Lynx estaba vivo, unida al alivio de sus pesadas responsabilidades en

Edimburgo, contribuyeron a aligerar su espíritu. Por otra parte, Jane prescribió una preparación de tanaceto con melisa, mezclada con huevos y miel, que obró como un tónico en la salud del anciano conde.

De todos modos, al tercer día el gobernador inició una investigación informal relacionada con los sucesos acaecidos en la batalla de Irvine. Cuando Taffy contó a Jane que John de Warenne había pedido reunirse con Thomas y con él mismo, ella y Jory abordaron al conde y le preguntaron si podían asistir al interrogatorio. John accedió, puesto que no podía negar nada a Jory.

Se reunieron en la pequeña habitación junto al salón. John interrogó primero a Thomas, porque era el escudero principal de Lynx de Warenne.

–No recuerdo nada, milord. Seguí a lord De Warenne al centro de la batalla, guardando su flanco derecho, como siempre. ¡Luego, nada! No recuerdo nada hasta que me di cuenta que había caído la noche y que iba dando tumbos entre los muertos en el campo de batalla; tenía la mente en blanco. No sabía dónde estaba ni quién era, hasta que el hermano menor de lady Jane me encontró y me llevó de vuelta al campamento.

Jane se mordió el labio: «¡Qué valiente ha sido Keith!».

John de Warenne concentró su atención en Taffy.

–Me gustaría oír tu relato.

–Los tres entramos en batalla: yo flanqueaba a milord por la izquierda y Thomas estaba a su derecha. En un momento dado, miré a mi alrededor y descubrí que Thomas no estaba. Temí que lo hubiesen derribado en la lucha. Poco tiempo después, lo vi regresar y sentí un gran alivio. Me abrí paso entre los enemigos con gran dificultad, pero cuando hice girar a mi caballo, no pude ver a Thomas ni a lord De Warenne. Me vi obligado a pelear solo. Tampoco vi a ninguno de ellos durante la batalla.

En el rostro de John apareció una expresión de frustración, entonces hizo comparecer a Montgomery, quien no pudo agregar nada. Él dijo al gobernador que había interrogado a todos los caballeros de De Warenne y que ninguno de ellos había podido arrojar luz sobre el modo en que su señor había sido herido.

Después de un titubeo, Taffy habló:

–Milord, el joven Keith Leslie dijo que había tenido una visión. Dijo que uno de nuestros hombres había atacado y herido a lord De Warenne.

–¡Busco hechos, no visiones! –afirmó el gobernador.

–Milord –se apresuró a decir Jane–, Keith Leslie es mi hermano. Es el séptimo hijo y, por eso, es clarividente. A veces, ve cosas que suceden aunque no esté en el lugar donde ocurren.

Montgomery también intervino:

–El muchacho nos llevó al lugar exacto donde estaba lord De Warenne. Nosotros habíamos estado buscándolo sin éxito durante horas, en medio de la niebla.

Taffy añadió:

–También supo dónde hallar a Thomas.

Marjory se puso de pie.

–Yo traeré a Keith; él nos lo contará con sus propias palabras. Tiene poderes especiales, igual que Jane.

Cuando Keith entró con Jory en la habitación, Jane comprobó que, en esos últimos días, tenía más aspecto de hombre que de niño. Comprendió que la guerra producía ese efecto: arrebataba la juventud a los hombres demasiado pronto. También el conde de Surrey parecía mucho mayor que la edad que tenía.

–Keith, no me habías contado que tuviste una visión. Supongo que porque creíste que yo estaba demasiado ocupada cuidando de Lynx. Pero quiero que ahora nos lo cuentes todo, tal como lo viste.

–Fue una visión muy clara y no indefinida como ocurre a veces. Había preparado los caballos para la batalla y me había recostado para descansar, pero no podía dormir porque estaba muy tenso. El tiempo se tornó más lento y vi que un caballero de De Warenne derribaba a Thomas de su caballo con una bola de hierro. El caballero desmontó y saltó sobre la silla vacía de Thomas. Espoleó ese caballo como un loco hasta que alcanzó a lord De Warenne. Al situarse detrás de él, levantó de nuevo la bola de hierro. Cuando el cuerpo laxo de mi señor cayó rodando al suelo, el caballero desmontó, desenvainó la espada y se la clavó en el vientre.

–¿Un caballero de De Warenne? –preguntó John, incrédulo.

–Milord, he observado los rostros de cada uno de los caballeros desde que eso sucedió, pero aún no lo he encontrado.

–¿Le viste la cara? –preguntó John de Warenne.

–Solo los ojos, milord, aunque no habré de olvidarlos mientras viva. ¡Estaban cargados de odio, de sed de sangre y, después de hincarle la espada, desbordaban triunfo! Sus ojos eran diferentes de los de otros hombres: el párpado izquierdo estaba notablemente caído.

El rostro de John de Warenne adquirió una tonalidad cenicienta. Jory también palideció, y tío y sobrina intercambiaron una mirada significativa y prolongada. ¡Keith Leslie acababa de describir a alguien que ambos conocían muy bien!

Thomas, Taffy y Montgomery no se animaban a mirarse en presencia del gobernador de Escocia. Sin embargo, pronto se disiparon todas las dudas que pudieron haber albergado con respecto a la verdad del relato de Keith Leslie. Sabían que el hermano menor de lady Jane había visualizado un intento de asesinato.

CAPÍTULO 31

Jane se sentía aturdida. Había supuesto que Lynx había sido herido luchando contra el enemigo. ¡Y ahora se enteraba de que uno de sus hombres intentaba asesinarlo! «¿Quién? ¿Por qué?», clamaba su mente. Tendría que impedir, a toda costa, que llegaran a Lynx esas alarmantes novedades. La verdad podría destruirlo, incluso matarlo.

Jane sabía que Lynx de Warenne era un hombre fuerte, de semblante torvo y cerrado, y orgullo imponente, pero que siempre daba ejemplo. «¡Sus hombres lo aman; sin embargo, uno de ellos quiere matarlo!»

Jane se dio cuenta de que estaba solo en la torre principal.

–Por favor, disculpadme –murmuró, temblando al pensar en la vulnerabilidad de Lynx.

Se escurrió en el interior del dormitorio tratando de no molestarlo pero, cuando se acercó a la cama, Lynx abrió los ojos como si hubiese percibido su presencia. Jane entrelazó sus dedos con los de él y le sonrió, mirándolo a los ojos. Su resolución se fortaleció: ¡ella lo protegería hasta que estuviese más fuerte! Pero ¿y si él jamás recuperaba sus fuerzas? ¿Y si quedaba imposibilitado para siempre?, se preguntó, angustiada. «¡Me culparía por no haberlo dejado morir!» «¡Basta, basta! –se dijo con severidad–, yo tengo el poder... yo tengo el poder. Y él ha hecho cuanto le pedí: ¡se puso en mis manos! Y ahora que, al fin, confía en mí, tengo que ser fuerte por los dos.»

–Estás haciendo grandes progresos, querido; tu organismo responde muy bien. Pero sé que aún sientes dolor. Dámelo, déjame recibir tu dolor, Lynx.

En ningún momento apartó él su mirada del rostro de su mujer, mientras ella ponía suavemente las manos sobre su cuerpo. Lo acariciaba con movimientos sedantes, empezando por los hombros, y siguiendo por los brazos, el pecho, las costillas. Cuando comprobó que sus movimientos comenzaban a surtir efecto, Jane hizo descender las manos evitando el vientre, y comenzó en las caderas, recorriendo las piernas, antes musculosas.

Fue tanto el alivio que ella le brindó, que en su rostro se esbozó una sonrisa.

–Esta noche, quiero dormir a tu lado –susurró ella–. Quiero tocarte, abrazarte y amarte toda la noche. ¿Crees que podrás soportarlo?

Lynx levantó una mano para apoyarla en la mejilla de ella y murmuró:

–Janie.

El apodo cariñoso enterneció a Jane de tal manera que tuvo que esforzarse por contener las lágrimas. Las lágrimas no restañaban las heridas y ella debía hacer cuanto fuera posible para fortalecer a Lynx.

Esa noche, en el salón, Jane advirtió que Marjory no se apartaba del lado de su tío. Ambos hablaban, en voz baja, acerca del intento de asesinato de Lynx. Quizá sospechasen de alguien pero Jane no quiso ser indiscreta. «¡A lo mejor no quiero saber la verdad; quizá, todavía no pueda enfrentarme a ella.»

Cuando concluyó la comida, John de Warenne se acercó a Jane, sentada junto a Elizabeth de Burgh.

–Jane, partiré mañana por la mañana. Por desgracia, mi tiempo no me pertenece y me esperan responsabilidades en Edimburgo. Todavía no he designado a un tutor para tu hijo; por ahora, lo dejaré correr con la ferviente esperanza de que no sea necesario.

Jane le tomó las manos.

–Gracias, mi señor conde. Le juro que sanaré a Lynx, si eso es humanamente posible.

–Sé que lo harás, mi queridísima hija. Lynx es un hombre afortunado por haber encontrado una esposa tan dedicada a él como lo estás tú. Que Dios te bendiga, querida mía. Te prometo que averiguaré quién fue el autor de su herida mortal.

«¡Él sabe quién lo hizo!», pensó Jane. John de Warenne era un hombre bueno y podía depositar su confianza en él.

–Buen viaje... John.

Jane se desnudó a la luz de una vela. Sabía cuánto gozaba Lynx contemplando su cuerpo, y el único deseo de ella era complacerlo. Apartó con delicadeza la nívea sábana y se metió en la cama. Lynx ya tenía energías suficientes para volver la cabeza hacia ella, sobre la almohada, y ella le habló en voz baja.

–El gobernador se marchará mañana. No regresaría a Edimburgo si creyera que tú no vas a recuperarte. Me agrada John de Warenne –dijo, sonriendo–. Lo creas o no, creo que soy de su agrado.

Jane se acercó a Lynx, ofreciéndole su pecho lleno. Cuando la boca caliente de él se aferró a su pezón, ella oyó que él exhalaba un suspiro de placer. Ella enjugó su sudor a causa del esfuerzo realizado y sostuvo su cabeza junto a su pecho.

Cada día que pasaba, el lazo que los unía era más fuerte. Jane lo era todo para él: esposa, amante, amiga, enfermera y, ahora, madre. Así unidos, Jane sentía que formaba parte de él, de su aliento, de su sangre, de su pulso, del latido de su corazón, de su dolor, de su vida. Jane sonrió a la luz de la vela. Se sentía omnipotente. Al otorgarle su confianza, Lynx de Warenne le había dado poder y, por primera vez desde que él había regresado al hogar, con su vida pendiente de un hilo, ella se sintió segura de que su querido Lynx sobreviviría.

Jane siguió alimentándolo con su leche durante dos semanas, y comenzó a darle otros alimentos; su organismo no los rechazó. Lynx recobró sus fuerzas y fue capaz de volverse de lado en la cama, hasta lograr sentarse. Ya podía hablar sin agotarse, y Jane le llevaba, todos los días, a su hijo. Al principio, llevaba a Lincoln Robert dormido y lo dejaba acostado junto a su padre pero, a medida que Lynx iba fortaleciéndose, ella dejaba que su hijo rodara sobre la cama o en el suelo, donde Lynx podía verlo y disfrutar con sus travesuras.

Esa noche, cuando Jane se acostó junto a Lynx, se produjo un cambio sutil. Antes, era ella quien lo abrazaba; ahora, en cambio, ambos se abrazaban, sin separarse hasta que la oscuridad se fundía con el alba. No pasó mucho tiempo hasta que Lynx comenzó a ejercer, otra vez, su autoridad.

–Quiero aire fresco –dijo, una mañana de junio, y Jane abrió la puerta que daba al paseo del parapeto–. No, quiero salir fuera. ¡Thomas!

Jane dio la orden a Taffy de que llevara una silla al parapeto, a la luz del sol.

–¿Podéis alzar a Lynx y llevarlo fuera?

–Ayudadme a caminar –ordenó Lynx a sus escuderos, ignorando la indicación de Jane.

Por un momento, ella se sintió presa del pánico, pensando que tal vez él no la necesitara más, pero se echó a reír alegremente. Agradeció al sol, a la luna y a las estrellas del cielo que él hubiese dado sus primeros pasos en el camino de la recuperación. Jane sabía que Lynx vivía esperando el día en que ya no necesitaría a nadie. ¡Ansiaba, con todas sus fuerzas que el mundo entero y sus habitantes lo necesitaran a él!

Mientras Thomas lo ayudaba a sentarse en la silla, Lynx contempló a Jane en el vano de la puerta que daba a la terraza.

–¿No es maravillosa?

–Lo es, milord... ¡una gran mujer!

Marjory y la joven Elizabeth se reunieron con ellos en la parte alta del castillo.

–Oh, Lynx, estás mucho mejor. Todavía tienes un aspecto espantoso, pero sé que estás recuperando fuerzas.

Lynx no contestó, contemplando embelesado a su esposa.

–¿No es hermosa?

–¡Dios mío, estás enamorado! –exclamó Jory.

Lynx esbozó una sonrisa maliciosa.

–No se te ocurra decírselo a ella.

Jory puso los ojos en blanco en dirección a Elizabeth.

–¡Oh, te juro que mis labios están sellados!

–Más vale que así sea: no olvides que soy el depositario de tus secretos –la extorsionó Lynx. Al ver que Jane se acercaba, le tendió la mano y la atrajo para robarle un beso–. Tu perfume es tan embriagador que me arrebata los sentidos.

Jory se rió de su hermano y dijo, en tono irónico:

–No te aflijas, hermano; nadie adivinaría tu secreto ni aunque pasara un millón de años.

–¿Secreto? –preguntó Jane, con expresión inocente.

–Ah, ¿no te lo había dicho? Lynx ha hecho un voto de castidad, en penitencia por sus pecados.

Jane se echó a reír y retribuyó el beso a su marido.

–Yo sé cuál es la verdad –susurró ella.

–¡Mirad quién viene, hablando de pecadores! –exclamó Jory, al divisar a Robert de Bruce, galopando hacia el castillo a toda velocidad.

Marjory recogió sus faldas y se dirigió hacia la escalera de entrada, seguida por Elizabeth de Burgh.

–Por favor –les gritó Jane–, ¿me permitís ser la primera que salude a Robert?

Los hermosos ojos verdes de Jory escudriñaron el rostro de Jane.

–Por supuesto –concedió, graciosa–. Nosotras te aguardaremos aquí.

Jane salió al encuentro de Robert de Bruce cuando él entraba por la puerta del salón de Dumfries. Él abrió sus poderosos brazos, y Jane se vio envuelta en ellos.

–No he podido venir antes, muchacha. He sufrido mucho por ti; pensaba que Lynx había cruzado la línea entre la vida y la muerte. ¿Cómo has podido salvar su vida?

–Gracias a mis poderes curativos, Robert, aunque él aún no

está completamente recuperado. Aún tiene terribles dolores por las noches.

–¿Y tú como estás, hermosa?

–Ahora, soy lady Jane de Warenne. La prueba por la que ha pasado mi marido me ha dado nuevas fuerzas.

–Siempre estuvieron dentro de ti, Jane.

–Robert, ¿quién es el caballero del párpado caído?

De Bruce la miró con aprensión:

–Es el enemigo de Lynx... su enemigo mortal.

–¡Por Dios, dime algo que yo no sepa!

–Es Fitz-Waren, el hijo bastardo de John de Warenne.

Jane se llevó la mano al pecho.

–¡Oh, que el Cielo nos ampare!

–¿Acaso quieres decir que Fitz-Waren es el responsable del estado en que se encuentra Lynx?

–Sí, pero él no lo sabe. Sin embargo, Jory y John conocen el secreto. Nada me han dicho, pero desde que mencionaron el párpado caído supe, por las miradas que intercambiaron, que habían descubierto su identidad –dijo ella, poniendo sus manos sobre el pecho de Robert–. Cuando Lynx lo sepa, querrá ir tras él y todavía no está lo bastante fuerte. En realidad, creo que los días de lucha de Lynx han concluido.

De Bruce puso un dedo bajo el mentón de Jane y le levantó el rostro para poder mirarla a los ojos.

–¿Eso no será una expresión de esperanza?

–¡Oh, no!, quiero que vuelva a ser el mismo de antes. Cualquier otra cosa sería insoportable para él.

–Jane, escúchame. Tal vez, en este momento Lynx esté débil, pero a su cerebro no le pasa nada. Créeme si te digo que está lo bastante fuerte para oír la verdad.

Cuando los dos hombres se abrazaron sobre el parapeto, las tres mujeres tuvieron que contener las lágrimas.

–Maldición; venía a cortejar a la viuda y veo que aún estas vivo –exclamó Robert.

Lynx sonrió:

–Pelearé contigo por ella.

–¡Disparates! Tú ya no estás para eso.

–¡Ni lo sueñes!

Jane se apresuró a intervenir:

–Dejémoslos solos. Sé reconocer una riña de gallos en cuanto la veo.

Marjory entró junto con Jane y Elizabeth, aunque protestando:

–¡Robert se porta como si Lynx estuviese recuperado!

–Mi primer impulso fue proteger a Lynx de la lengua punzante de Robert, pero ahora creo que sus palabras lo fortalecerán. En el fondo, sé que De Bruce jamás haría nada que pudiese dañar a Lynx.

Lynx miró a Robert, quien intentaba sentarse en el muro almenado entre dos merlones.

–Hacer prisionera a la familia de William Douglas permitió que ganáramos la batalla de Irvine. ¿Sabías, desde el principio, que eso haría que Douglas se pasara a nuestro lado?

–Tenía grandes esperanzas. Acabo de regresar de Edimburgo. El gobernador me ha nombrado comisario de Lanark; no quiere más problemas allí.

–¿Cuánto tiempo hemos ganado con la victoria en Irvine?

–Tal vez unos meses de paz.

–Bueno. Necesito el verano para recuperarme y ponerme en forma.

–John de Warenne ha ordenado que Fitz-Waren y su caballería del norte ayuden a Comyn. Se rumorea que han tenido una riña espantosa, durante la cual el gobernador lo amenazó con despojarlo de su rango. Qué bien, pensé yo, hasta que llegué a casa y leí un mensaje de mi hermano Eduardo, en Carlisle. Ormsby, el funcionario de justicia, huyó a Carlisle. Al parecer, Fitz-Waren había enviado a uno de sus oficiales a advertirle del inminente ataque de Wallace.

–¡Por Judas, ese bastardo se ha apropiado de las ganancias mal habidas de Ormsby y, sin duda, al mismo tiempo se ha aliado con Wallace; por eso sabía que Scone estaba a punto de ser atacada!

–Exacto, y ahora el gobernador, con la intención de librarse del problema, ha enviado a su bastardo al norte, al campamento de Wallace.

–¿Sigues sospechando que Comyn y Wallace se han aliado?

–¡Nada de sospechas! Lo sé con certeza.

Lynx entrecerró sus ojos.

–Tú, Comyn y Eduardo Plantagenet actuáis como perros disputándose un cadáver ensangrentado.

–Si Escocia sangra, yo sangro. Ese es el único motivo por el que ejercito la paciencia –dijo, dirigiendo a Lynx una mirada perspicaz–. Mi palabrería te ha fatigado. ¡Vamos! –dijo Robert, y lo ayudó a meterse en la cama, donde Jane, esperaba para atenderlo–. ¿Qué diablos has visto en este hombre? ¡No sirve para nada! –refunfuñó Bruce, para disimular su honda preocupación.

Jane sonrió, y respondió con ligereza:

–Tal vez él no sea gran cosa, pero sabe hacer niños hermosos.

Esa noche, cuando los habitantes de Dumfries se hallaban entregados al reposo, Jane quitó las vendas que ceñían el vientre de Lynx.

–Voy a dejar la herida abierta, sin vendar. Ya sé que no estás sanando tan rápido como quisieras; y eso se debe a que tu organismo está muy débil. Vuélvete hacia mí pero con mucho cuidado –dijo ella.

Jane comenzó a masajearle la espalda, luego rozó el sedoso cabello de su nuca para poder apretar, con las yemas de sus dedos, la base del cráneo de Lynx. A continuación, con un contacto ligero como una pluma, empezó a pasar los dedos hacia abajo por toda la espalda, a ambos lados de la columna vertebral.

–Lynx, he estado debatiéndome con mi conciencia todo el día, sin saber si decirte una cosa o no. Si bien no estás lo bastante fuerte como para tratar este tema, Robert me dijo que debía abordarlo cuanto antes. Por eso voy a contarte lo que sé, pues temo que nunca vuelvas a confiar en mí si te oculto algo.

–Mi amor, has sufrido mucho para obtener mi confianza –dijo él, tomándole la mano y reteniéndola para que interrumpiese los masajes–. Si se trata de Fitz-Waren, lo sé todo.

–¿Cómo lo has sabido? –susurró.

–En cuanto pude pronunciar una frase coherente, interrogué a Thomas y a Taffy.

–Oh, Lynx, por favor, prométeme que no...

Él posó sus dedos callosos sobre los labios de ella.

–Calma, mi amor. Lo único que voy a hacer, este verano, es concentrarme en mi recuperación. Desde esta misma noche. Por mucho que anhele tus caricias, esta será la última vez que alivias mi dolor; necesito luchar contra el dolor: eso me hará más fuerte.

–Pero, Lynx...

–No, Jane –replicó él, arrastrándola hacia la cama–. Si quieres frotar algo, frota esto –dijo, malicioso, llevando la mano de ella a su miembro. Entonces, Lynx cerró los ojos–. Señor Dios, me haces temblar.

–No quiero debilitarte –susurró ella.

–Al contrario, me hará sentir más fuerte y más hombre que cualquier otra cosa que hagas por mí –confesó él.

Jane se quitó el camisón y deslizó su cuerpo desnudo contra el de él.

–Que me condenen si permito que De Bruce me saque un paso de ventaja porque, tenlo por seguro, en este preciso momento él ya estará dándose un revolcón.

–¡Lynx! –protestó Jane, escandalizada–. Querrás decir que estará haciendo el amor.

Lynx lo pensó un minuto y luego replicó:

–No; primero se dará un revolcón... después harán el amor.

Jane recorrió el contorno de los labios de Lynx con los labios y luego lo besó:

–Eres malo.

–Mmm, dentro de unos días, cuando esté más fuerte, tengo intenciones de mostrarte lo malo que puedo llegar a ser. ¡Seré tan malo que te pareceré muy bueno...!

Lynx de Warenne se obsesionó con su misión. Durante lo que restaba de junio y todo julio se concentró en recuperar fuerzas y volver a desarrollar sus músculos. Ayudaba a Keith en el establo, primero, alimentando y rasqueteando los caballos y, más adelante, limpiando el establo. Iba a los prados y segaba y hacinaba el heno. Pasó una quincena completa en la herrería, reparando armas viejas y fabricando otras nuevas. Aprendió a hacerlo todo, desde templar la hoja de una espada hasta herrar un caballo.

Sabía preparar cerveza de malta y ayudar a llenar y acomodar los barriles. En el molino, molió el grano para hacer harina y llenó los sacos y los cosió para cerrarlos. Poco a poco, su salud fue mejorando, recuperó parte de su fuerza y comenzó a aumentar de peso.

Lynx no quería que Jane estuviese lejos. A media mañana y por la tarde interrumpía la tarea que estaba haciendo y la buscaba para pasar un rato con ella. A instancias de él, Jane iba en su busca cuando él trabajaba en el campo, en la herrería o en el establo.

Para los habitantes de Dumfries era evidente que Lynx y Jane estaban enamorados. El guerrero de semblante sombrío había desaparecido, y Lynx parecía más maduro de lo que su edad indicaba. En esos luminosos días de verano, daba la impresión de que nunca cesaba de reír, y hasta sus escuderos comenzaron a comprender que, con sus apenas treinta años, era un hombre joven.

Jane lo había atrapado. Tenía su imagen ante sí día y noche y, cuando estaban separados, aunque fuese por una corta distancia, lo acosaba. Lynx sentía por ella una sed inextinguible. Cuando la veía al otro lado de una habitación, tenía que acercarse a ella. Cuando estaba cerca, su deseo de tocarla era incontrolable. Su voz lo encantaba y su risa lo hechizaba.

La compulsión de contemplarla, tocarla y saborearla llenaba a Lynx. Se había enamorado por primera vez en su vida y quería que el mundo entero lo supiera. Lynx le robaba besos, la provocaba, le hacía cosquillas, la alzaba y la llevaba en brazos por el puro placer de sentirla cerca. No podía resistir la tentación de acariciarla o de empujarla dentro de un pesebre para darle un prolongado beso y un abrazo. Su asedio era apasionado y disfrutaba cada instante de él.

Por último, a finales de julio, comenzó a afinar sus habilidades de combate con sus caballeros y sus arqueros galeses. Cuando pudo tender y soltar sus flechas con un arco de casi dos metros, se sintió satisfecho de ver que hacía progresos, aunque fuesen lentos. Él y Jane cabalgaban juntos, a veces por la costa pedregosa del mar, donde ella recogía piedras para sus amuletos pero, con mayor frecuencia, por los valles, con sus paisajes tan bellos que quitaban el aliento. Ella lo llevó a su estanque del bosque, y allí nadaron juntos y luego hicieron el amor entre las hierbas altas y fragantes.

Todas las noches pasaban un rato con Lincoln Robert antes de acostarlo. Bañaban a su hijo, le daban de comer y jugaban con él, sumiéndose en el dichoso papel de padres. Más tarde, en el lecho, exploraban el místico lazo que los amantes forjan desde el comienzo de los tiempos.

–Te amo, Jane. Es importante que lo diga, y más importante aún que tú me oigas decirlo, y que sepas que lo digo con todo mi corazón.

Lo último que le decía cada noche se había convertido en un ritual.

–Jane, ¿siempre me amarás como me amas esta noche?

–¡Quiero hacerlo y lo haré! –juraba ella con vehemencia.

Capítulo 32

Una tarde hacia finales de julio, en el estanque del bosque, Lynx convenció a Jane de que se desnudara. Ella insistió en dejarse la enagua, explicando con dulzura que nunca había nadado sin ella. Jane gozaba tanto del delicioso asedio de Lynx que le brindaba todas las oportunidades de entregarse a ese cortejo. Le permitió que la desnudase, fingiendo una resistencia que no sentía. Jane se zambulló en el agua y Lynx la siguió, nadando con vigor hasta que la alcanzó.

–¿Recuerdas al lince del que me hice amiga? Siempre soñé con que, algún día, nadaríamos juntos en este estanque.

–Tienes más valor que sentido común. Permíteme; te demostraré cuál es el peligro de nadar con un lince.

Para hacer la demostración, la obligó a hundirse en el agua.

Cuando emergió, Jane sonrió, misteriosa.

–Sé bien cuán peligroso y salvaje puede ser un lince –bromeó–, pero tengo la esperanza de haberlo domesticado.

Lynx se echó a reír, echando la cabeza hacia atrás.

–¿Para qué podrías querer a un lince domesticado?

–Para nada –admitió ella–. Te quiero así, tal como eres, para siempre.

Lynx la atrajo a sus brazos y besó sus párpados mojados. Luego, la alzó y, apretándola contra su corazón, la llevó fuera del agua.

–No me alces; peso mucho.

Lynx rió de nuevo.

–Pero si no pesas más que una pluma mojada; además, el ejercicio me hace bien.

–Ya sé en qué tipo de ejercicio estás pensando –bromeó ella–; y no creo que eso fortalezca mucho los músculos.

–¡Ya lo creo que los fortalece: toca esto!

Él la dejó de pie y ella adaptó su cuerpo al de él.

–Hombre de hierro –susurró ella, con su boca pegada a la de él.

Lynx se tendió sobre la hierba y la atrajo sobre él.

Jane frotó la cara sobre la mata de rizos leonados del pecho de él y aspiró hondo.

–¡Ah!, adoro el olor de la piel entibiada por el sol.

–Cuando estaba enfermo y te acercabas, sentía tu fragancia tan limpia y fresca que nunca me saciaba de olerla. Adoro tu olor, Jane –le dijo. Le lamió el cuello con la punta de la lengua, subiendo y bajando, luego los pechos, los pezones que se erguían, tentadores, para que él los gozara–. También adoro tu sabor. Lady Jane, creo que produces adicción.

–Me estremezco al pensar en cómo te comportarás cuando te hayas recuperado.

–¡Te haré temblar!

Lynx rodó de modo que Jane quedara debajo de él e hizo lo que había prometido. Sentía tan ardorosos deseos de ella tras la obligada abstinencia que su manera de hacer el amor fue feroz y apasionada. Lynx tuvo plena conciencia de la intensidad de sus sentimientos mientras la poseía sin titubeos y los dos alcanzaban un violento orgasmo. Le dejó atónito la respuesta de ella a su agresivo apetito sexual. Ella susurró su nombre y llevó las yemas de sus dedos a la boca de él y le recorrió los labios con movimientos lánguidos.

Esa caricia lo excitó de nuevo, al instante, y la hizo ponerse boca abajo sobre la hierba fragante, debajo de él. Curvó su cuerpo sobre el de ella y llenó sus manos con los hermosos pechos de Jane. Ella arqueó la espalda y alzó las nalgas, y él la penetró desde atrás. Las fluidas y húmedas embestidas de su miembro, duro como el mármol la hicieron gritar una y otra vez, y la voz de él se unió a la suya en un gemido bajo y ronco, y los dos fueron recorridos por cálidos temblores.

Cuando quedaron saciados, dormitaron al calor del sol, acompañados por el canturreo hipnótico de las abejas vibrando en el aire. Al fin, Lynx se movió y susurró:

–Ojalá nuestro verano durase para siempre. No tenía idea de que estar enamorado era tan devastador.

Jane elevó su boca hacia él y dijo, con retintín irónico:

–¿Estar enamorado?

–Bueno, sí; estoy enamorado. Todavía estoy enamorándome... Espero no llegar nunca al final.

En el salón, Montgomery abordó a Lynx, al tiempo que dirigía una mirada de disculpas a lady Jane.

–Milord, he visto un grupo numeroso de soldados a caballo que se acerca desde el sur y he salido a investigar. Se trata del oficial de justicia Ormsby; dice que ha sido llamado por el gobernador.

–¡Ese cerdo canalla! John debe de haberle ordenado ir a Edimburgo a responder por las acusaciones presentadas contra él –exclamó Lynx, bajando de la plataforma para hablar con Jock–. Prepárese para tener compañía. Como Ormsby es tan cobarde, estoy seguro de que viaja acompañado por un gran número de guardias. Acomódelos lo mejor posible.

Montgomery se apresuró a decir:

–Trae consigo una caravana de equipaje y un gran número de soldados de a pie.

–¡Por Dios! John debe de tener problemas otra vez y me los oculta deliberadamente. Jock, cuando lleguen, haga alinear las carretas en el patio –ordenó Lynx, volviéndose hacia Montgomery–: Los infantes tendrán que montar sus tiendas en el prado sur pero, antes, envíe un mensaje a Robert de Bruce.

Lynx se volvió hacia Jane y Marjory, que estaban en la plataforma:

–Ordenad a los cocineros que preparen grandes cantidades de comida; Ormsby piensa en su vientre voluminoso con tanta frecuencia como en su abultada bolsa.

Jane se levantó de su silla

–Debo hacer preparar el baño para el oficial.

Lynx la tomó del brazo y, con delicadeza, la obligó a sentarse otra vez.

–Tú no bañarás a ese cerdo sinvergüenza.

Jory se echó a reír.

–Oh, por favor, deja que lo bañe yo. Me muero de curiosidad por ver qué aspecto tiene ese hombre cuando se desnuda.

–Jory, tienes un sentido del humor bastante perverso –afirmó su hermano, sin rodeos.

Al recibir el saludo de Lynx de Warenne, Ormsby manifestó su sorpresa:

–¡Se rumoreaba que habías caído en el campo de batalla de Irvine!

–Así fue, pero me recupero rápidamente.

–Tengo una deuda de gratitud con los De Warenne. Si el gobernador no me hubiese enviado a Fitz-Waren a advertirme de un inminente ataque a Scone, no habría podido escapar con vida.

–No olvide manifestar su gratitud al gobernador, William. Estoy seguro de que concederá todo el crédito a Fitz-Waren –dijo Lynx con sequedad–. Mi mayordomo, Jock Leslie, ya ha hecho preparar vuestras habitaciones, después de haberos bañado, podréis cenar en el salón de Dumfries.

Cuando Ormsby y sus caballeros de mayor jerarquía estuvieron instalados en el salón, Robert de Bruce había cubierto a caballo los doce kilómetros que separaban Lochmaben de Dumfries. A la llegada de De Bruce, el oficial de justicia se encogió.

–¿No ha sido llamado por el gobernador?

–Todavía no, pero sabe que mis hombres están distribuidos a lo largo del Forth, custodiando la paz.

–El gobernador ha pedido a De Bruce que se haga cargo de Lanark –le dijo Lynx.

–Sé que debo esperar conflictos al norte del Forth –declaró De Bruce.

–¿Por qué? –preguntó Ormsby, suspicaz.

–Use ese cerebro que le ha dado Dios, hombre. Cuando Andrew de Moray empezó la rebelión en las Highlands, el rey envió a Comyn a reprimirlo. Por el amor de Dios, pero si Comyn es una amenaza mayor que de Moray. A estas alturas, ellos son aliados y es inevitable que se unan a Wallace.

–¡Wallace es un monstruo! En Scone, trató de atraparme. Haría cualquier cosa por ponernos las manos encima, a mí o al gobernador, para poder negociar con el rey.

De súbito, Lynx sintió una oleada de temor por John de Warenne.

–Todos los escoceses que han perdido a sus jefes de clan en Irvine se encolumnarán detrás de Wallace. Yo iré con usted –informó Lynx a Ormsby.

–El gobernador tendrá fuerzas suficientes aunque usted no esté. Ha sido llamado Cressingham, que estaba en Berwick, y Percy, desde Roxburgh –declaró Ormsby.

–Todavía no estás en condiciones de luchar –dijo Robert, sin rodeos.

–Es cierto que todavía no he recuperado todas mis fuerzas, pero me las arreglaré.

Lynx hizo una señal a Thomas, Taffy y Montgomery y les dio instrucciones.

Lynx aguardó hasta que todos estuviesen acostados para decir a Jane que llevaría a sus hombres a Edimburgo. Jane quedó consternada. Lynx se había esforzado mucho para recuperar fuerzas y volver a desarrollar sus músculos, y había progresado bastante, pero aún no era el invencible hombre de hierro que había sido antes de su enfrentamiento con la muerte.

Al ver que Jane no protestaba, Lynx supo que ella guardaba silencio para no lastimar su orgullo y, por eso, la amó más.

–No quiero que te preocupes por mí, amor. No existe poder

sobre la tierra que me impida volver a ti –aseguró–. Me tienes preso en tu embrujo.

Ella era sensual y pura, a la vez. Era como si la voz de una sirena cantara dentro del alma de Lynx diciéndole qué debía hacer, y él la obedecía: no le quedaba otra alternativa.

Lynx retiró hacia atrás los rizos de oro rojizo de las sienes de la muchacha y recorrió el contorno de su frente y sus pómulos con un dedo. Todo en ella lo fascinaba y lo embelesaba. La atrajo a sus brazos y la devoró con sus besos.

–Voy a llevar el ejército a Stirling y tú regresarás a Dumfries; es una orden –dijo John de Warenne a Lynx con firmeza.

–¿Acaso quieres decir que no soy apto para conducir a mis hombres? –se rebeló Lynx.

–Así es. ¡Trágate tu desmesurado orgullo y regresa a tu casa!

–¿Crees que tú estás en mejores condiciones que yo? Por el amor de Dios, pero si tienes más de sesenta años –gritó Lynx, dejando escapar el temor que sentía por la suerte de su tío.

–En estos últimos tiempos, no peleo con mi cuerpo; doy órdenes, y te ordeno que vayas a Dumfries –insistió John, al ver el sesgo empecinado de la mandíbula de Lynx–. Hijo mío, lo más probable es que no haya pelea alguna. Les ofreceré una propuesta y los convenceré de que desistan de la lucha. Tengo cuarenta mil hombres. El mejor modo que tienes de servirme es recuperar tu fuerza para la lucha. En un futuro no muy lejano es bastante probable que la necesite.

Lynx se rindió, aunque a desgana. Si él se convertía en un impedimento para sus hombres en la batalla, no podría soportarlo. Evocó en su mente la imagen de Jane y supo lo aliviada que se sentiría cuando viese entrar a su mesnada en el patio de Dumfries. Antes de marcharse de Edimburgo, Lynx fue a la tienda de un joyero, a comprar un anillo de bodas. Eligió una ancha banda adornada con un diseño celta de trenza que representaba la continuidad de la vida y del amor, sin principio ni fin.

Esa noche, solo en su cama, le resultó casi imposible dormir sin ella. Se removió y dio vueltas, hasta que le llegó una idea que flotaba desde un lugar místico y sagrado. Cuando regresara, iría con ella a la capilla y volvería a casarse con ella. Esta vez, él mismo pronunciaría sus votos. Sumido en estos agradables pensamientos, Lynx se durmió profundamente.

En Dumfries, le aguardaba una pesadilla. En cuanto Lynx entró en el establo y vio la cara de Keith Leslie supo que había malas noticias.

–Santa Bride, en su piedad, lo ha hecho regresar, milord.

–¿Qué sucede? –preguntó Lynx.

–Venga conmigo a ver a mi padre. Tiene un mensaje para usted.

Lynx fue tras él hacia el castillo, impaciente porque el muchacho le dijese qué pasaba. Cuando entró en el salón, la primera persona que vio fue a Jory.

–¡Dios sea loado! –exclamó su hermana–. Ya me disponía a ir a buscarte a Edimburgo. De Bruce ha vuelto a Lanark y no sabía qué hacer.

–¿Es que alguien va a decirme qué está sucediendo? –preguntó Lynx. Levantó la mirada hacia la escalera y vio que Grace Murray estaba allí, con su hijo en brazos, y que las lágrimas corrían por su cara–. ¡Por Dios, se trata de Jane! –gimió–. ¿Dónde está?

–¡No lo sabemos! –gritó Jory, impotente.

Jock apareció con un papel en la mano, y Lynx y sus escuderos lo siguieron hacia la habitación que había junto al salón, donde se reunieron con ellos Marjory y Keith Leslie.

Lynx tomó el pergamino de manos de Jock, cuyo semblante estaba ceniciento.

> Entregue a John de Warenne a William Wallace, y su esposa volverá sana y salva.

–¡Cristo! –musitó Lynx, mesándose los cabellos; su rostro estaba exangüe–. Que un guardia custodie a mi hijo –ordenó a Thomas–. ¿Quién entregó este mensaje?

Jock sacudió la cabeza, desolado.

–Tal vez fueran los pastores que conocían a Ben y a Sim.

Lynx estrelló un puño sobre la mesa.

–¡Debí haberlos colgado! ¡Montgomery! Encontrad a Ben y a Sim Leslie... quiero que los arrestéis de inmediato.

Jock dijo:

–Los tengo en el calabozo, milord.

–Hágalos subir –dijo Lynx, con expresión torva–. Jory, será mejor que te vayas.

Marjory se disponía a protestar, pero lo pensó mejor. Pues, si no obtenía respuestas, su hermano podía recurrir a la violencia.

Cuando los hermanos Leslie entraron en la habitación, Lynx clavó en ellos una gélida mirada, extrajo su guantelete de malla del cinturón donde llevaba las armas y lo apoyó sobre la mesa, ante ellos.

–Tenéis algo que decirme –afirmó, taxativo.

Los dos hermanos hablaron al unísono, con expresión avergonzada, y luego Ben dijo:

–Será mejor que comencemos desde el principio.

–Sí, es mejor –subrayó Lynx.

–En las Uplands, en otoño, oímos hablar a William Wallace. Él se refirió a la libertad de Escocia e hizo que nos avergonzáramos de servir a un amo inglés. Señaló que vivíamos en la esclavitud y, si bien no se nos trataba con dureza, a otros sí. La mayoría de los ingleses no se destacan por su buen corazón.

Sim tomó la palabra.

–Muchos se unieron a la rebelión de Wallace. Nosotros no, aunque sentíamos simpatía por su causa y les permitimos que se llevaran algunas ovejas para que no muriesen de hambre. Después, cuando faltaron armas en la herrería, supimos quién se las había llevado. Era un grupo de pastores y de gente sin hogar que habían sufrido malos tratos, formado una banda y ayudaban a Wallace. Protegidos por la oscuridad, robaban alimentos, armas, cualquier cosa. Nosotros cerrábamos los ojos ante los robos y no dábamos la alarma.

El semblante de Lynx se endureció.

–¿Y el tren de carretas de carga que provenía de Carlisle?

–Juro que no sabíamos nada de eso –aseguró Ben–. Solo ahora comprendemos que no debimos hablar tan abiertamente con otros pastores en los valles con respecto a Dumfries.

–¡Al grano, por el amor de Dios!

Cuando Sim trató de continuar, se le quebró la voz.

–Dos pastores que conocíamos buscaron refugio para ocultarse de su señor inglés. Juraron que habían escapado, por poco, de la horca. Los ocultamos en mi casa, porque la esposa de Ben estaba enferma y Jane la cuidaba. A la mañana siguiente, Jane había desaparecido y este papel estaba clavado en la puerta principal del castillo.

–¿Eso es todo lo que sabéis? ¿De dónde venían esos pastores?

–De Torthwald, milord.

Lynx cerró los ojos para eludir la imagen de Fitz-Waren, pero lo único que logró fue ver con mayor la claridad el rostro amenazador de su primo.

–Enciérralos –ordenó Lynx a Montgomery–. Si alguien toca uno solo de los cabellos de Jane, me suplicaréis morir en la horca.

Lynx de Warenne, acompañado por treinta caballeros, galopó hacia Torthwald. Como no fueron admitidos, irrumpieron en el castillo y colgaron al guardia junto a la entrada.

Solo había unos cuantos hombres de Fitz-Waren en el castillo, que habían quedado para custodiar los tesoros robados del palacio de Scone. A Lynx de Warenne no le llevó mucho tiempo hacerles hablar. Admitieron que dos pastores habían llevado a una joven de cabellos rojizos y que Fitz-Waren se la había llevado consigo hacía dos días. Juraron que eran oficiales de caballería leales a John de Warenne y que jamás harían el menor daño al gobernador. No hubo tortura que les hiciera cambiar lo relatado con respecto al paradero de Fitz-Waren.

El dolor que sufrieron no era nada comparado con el angustioso tormento que soportaba Lynx de Warenne. Fitz-Waren era la encarnación del demonio, y Lynx temía lo que él pudiera haber hecho a Jane. Su única esperanza residía en que ella era un rehén útil.

Como De Warenne no quería permanecer bajo el techo de Fitz-Waren, montaron el campamento fuera del castillo e hicieron fuego para preparar sus alimentos. También los caballos necesitaban un descanso antes de que los caballeros emprendieran otra vez su búsqueda en pos de William Wallace.

Lynx permanecía sentado, con los ojos clavados en el fuego, con la comida casi intacta, tratando de encajar las piezas del rompecabezas. No tenía la más remota idea de dónde se ocultaba William Wallace. Su paradero era el secreto mejor custodiado del pueblo llano de Escocia. De Warenne se convenció de que necesitaría un intermediario, pero no se le ocurría ninguno.

La única opción de Lynx parecía ser volver a unirse al ejército de John de Warenne y averiguar si los espías del gobernador sabían dónde estaba Wallace. Lynx se puso de pie para ordenar a sus hombres que levantasen el campamento cuando, de repente, se le ocurrió una idea. Siempre había sospechado que la Iglesia de Escocia apoyaba a William Wallace. Lynx estaba dispuesto a apostar su espada a que Robert Wishart, obispo de Glasgow, no tendría dificultades para ponerse en contacto con Wallace.

En el palacio del obispo, en Glasgow, De Warenne dejó a sus hombres en el patio mientras él entraba acompañado por sus escuderos. Después de una inútil espera, Lynx de Warenne aferró al prelado por la sotana.

–Diga a Wishart que Lynx de Warenne pide audiencia. Si no se presenta ante mí de inmediato, incendiaré este lugar.

Robert Wishart entró en el cuarto. De Warenne sabía que cualquier hombre con agallas suficientes para desafiar a Eduardo Plantagenet y ayudar al rey enemigo no se arredraría ante las amenazas. Sin pronunciar palabra, De Warenne entregó al obispo el pergamino.

Wishart leyó el mensaje.

–Supongo que es usted el heredero del conde de Surrey.

–Lo soy, y la dama a quien Wallace retiene es mi esposa.

–¿Y usted quiere que la Iglesia pida su restitución, milord?

De Warenne golpeó con el puño enfundado en el guantelete de malla la mesa del refectorio.

–¡Quiero que la Iglesia acabe con esta cuestión!

–Yo he pronunciado mi voto de paz al rey Eduardo Plantagenet. No puedo ponerme en contacto con William Wallace por usted –dijo Wishart.

–Pero conoce a alguien que puede hacerlo –respondió De Warenne.

El obispo de Glasgow levantó las manos en señal de aceptación.

–Vuelva mañana por la tarde, después de la caída del sol.

Mientras se dirigía hacia el palacio del obispo de Glasgow, Lynx se maravillaba de haber pasado las últimas veinticuatro horas sin derramar sangre.

Con la mano apoyada en la daga, De Warenne siguió a un sacerdote de túnica negra, atravesó un laberinto de corredores y entró en un recinto apenas iluminado por unas velas votivas. El sacerdote desapareció y De Warenne escudriñó las sombras sin pestañear. Una figura robusta se adelantó y él se encontró frente a De Bruce.

Capítulo 33

De los labios de Lynx escapó un grosero juramento.

–¡Maldito seas, Robert, no me sorprende que te entiendas con ambas partes!

–Solo por Jane expondría de este modo mi posición.

–Llévame ante Wallace esta noche. ¡Si esa inmundicia le ha hecho algún daño, es hombre muerto!

–Yo iré a ver a Wallace; traeré de vuelta a Jane. Ya que tú no canjearás a John de Warenne por ella, tendré que pagar el precio que él pida, cualquiera que sea.

–¡Yo pagaré su condenado precio, y será más alto del que haya pedido jamás! Tú limítate a conducirme hasta él.

–Si fueses a tratar con él, el único resultado sería el derramamiento de sangre.

–Iré –insistió Lynx, implacable.

–Eso pondría en peligro a Jane.

–Ya está en peligro... ¡fue Fitz-Waren quien la vendió a Wallace!

–En ese caso, ahorra tu ira para él –repuso Bruce, con cierta brutalidad–. Lynx, sé que eres un buen negociador, pero no puedes manejar este asunto.

De Bruce sabía que haría falta algo más que dinero y no quería que Lynx tuviese que cometer una traición.

–Entonces, seré uno de tus soldados rasos. Me quedaré atrás, con los otros; nadie me reconocerá –al ver que Robert de Bruce no parecía muy convencido, Lynx agregó–: ¡Te juro que no intervendré!

De los labios de De Bruce escapó una carcajada que se asemejaba un ladrido.

–¡Mientes! Le pondrías el cuchillo en la garganta a la menor provocación.

–Entonces, será mejor que no me provoque.

–Bueno, está bien –accedió Robert, aunque no lo creía conveniente–. Ponte pantalones de cuero, cota y yelmo. Nada de colores ni dibujos: no podemos cabalgar haciendo ondear la bandera de De Bruce. Reúnete conmigo en el Great Western Road.

–No soy tan ingenuo; me quedaré contigo.

Se trasladó un carro cargado de barras de plata, desde el fuerte de De Bruce en Glasgow al palacio del obispo. Wishart entregó a De Bruce un recibo firmado.

La partida de De Bruce, compuesta por diez hombres, cabalgó poco menos de diez kilómetros en sentido paralelo al río, hasta Clydebank, donde los detuvieron y les pidieron el santo y seña. Una vez que Robert de Bruce convenció a los guardias de Wallace de que ni él ni sus hombres representaban una amenaza, se les permitió seguir su camino a Dumbarton. Lynx quedó atónito, puesto que el castillo de Dumbarton estaba gobernado por el conde de Montieth, quien había jurado lealtad al rey Eduardo.

Volvieron a detenerlos otra vez y tuvieron que esperar, sumidos en la oscuridad que precede al amanecer. Cuando apareció en el cielo el primer atisbo de claridad, un jinete solitario galopó hacia el centro de un prado, y De Bruce recibió el permiso de salir a su encuentro, a caballo pero sin armas.

–He estado esperándote –dijo Wallace.

–¿La dama está ilesa?

–¿Nos darán a John de Warenne?

–Eso es imposible. Aunque él estuviese dispuesto, Lynx de Warenne no podría entregarte al gobernador de Escocia, está demasiado custodiado.

–Si retengo a su esposa, él encontrará la forma de hacerlo –repuso Wallace.

–Si existiera una forma de apoderarse del gobernador, ¿no crees, acaso, que ya lo habría hecho Fitz-Waren, en lugar de raptar a una mujer indefensa?

–Si no vas a entregarme al gobernador, ¿para qué has venido?

–Para negociar un rescate... después de que me haya asegurado de que la dama no ha sufrido ningún daño.

De Bruce no quería que Wallace supiera que lady Jane ocupaba un lugar especial en su corazón.

–¿Cuánto traes?

–Cinco mil libras esterlinas.

Era una enorme suma de dinero, suficiente para armar un pequeño ejército.

–No bromees, hombre –replicó Wallace, despectivo.

–También tengo información, además de dinero, pero antes debes mostrar a la señora para que yo me asegure de que está sana y salva.

Unos ojos claros se clavaron, con expresión feroz, en los ojos oscuros de De Bruce, quien era consciente de que no debía ser el primero en bajar la vista. Se le ocurrió que una amenaza no estaría de más.

–Si algo le hubiese sucedido a Jane de Warenne, no será a Eduardo Plantagenet a quien deberás temer.

William Wallace se volvió sobre la silla y levantó un brazo en dirección al castillo.

–La haré traer, para que puedas verla con tus propios ojos, pero luego ella regresará al castillo.

De Bruce aguardó en silencio, mucho más preocupado por los actos que podría cometer el hombre que estaba detrás de él que los del que tenía delante. En ese momento, un guardia montado condujo a un desgreñado poni que llevaba a una muchacha sobre el lomo. El cabello flamígero de la muchacha ondeaba a sus espaldas, en la brisa matinal. Robert se sintió orgulloso al ver la pose de su altiva cabeza celta. Jane no manifestó la sorpresa que debía de experimentar al ver que había venido él y no su esposo, aunque la mirada de ella se dirigió a sus hombres, que aguardaban detrás.

Jane lo vio de inmediato; ningún hombre montaba a caballo como Lynx de Warenne. Deseaba, al mismo tiempo, que él estuviese cerca y también muy lejos de esta terrible situación. Jane percibía la impotencia que él debía de sentir al verla, sabiendo que le habría bastado con espolear a su caballo para rescatarla. Comprendía que si no apartaba su vista de él perdería el control y la compostura.

Volvió su mirada hacia Robert en el preciso instante en que asomaba el sol de la mañana y se reflejó en su yelmo. De pronto ella se sintió mareada y, cuando parpadeó, vio que Robert de Bruce llevaba puesta una corona de oro. Jane supo, al instante, que estaba experimentando una visión. Siguió registrándola y comprobó que no solo llevaba una corona sino, también los espléndidos ropajes de la ceremonia de coronación. ¡Robert de Bruce era rey! ¡Y junto a él, Jane vio a una joven coronada que, sin lugar a dudas, era su reina! Jane se llevó la mano a la cabeza para aliviar su mareo. Cuando recobró la conciencia el guardia montado conducía su poni de vuelta al castillo de Dumbarton.

Cuando Lynx de Warenne vio la orgullosa y menuda silueta de su esposa montada en el poni, se sintió aliviado. Quiso enviarle alguna señal pero logró contener el impulso. El esfuerzo fue tan grande que el sudor comenzó a resbalarle por la espalda. Mientras la contemplaba, Lynx sintió que lo consumía una sensación de impotencia e indefensión que lo llenaba de cobardía. Vio que ella se llevaba la mano a la cabeza como si no se sintiera bien, y entonces él se alzó sobre los estribos, dispuesto a atravesar el campo al galope. Su corazón dio un vuelco cuando vio que la llevaban de regreso al castillo y supo que la negociación aún no había acabado.

William Wallace esperó a que su rehén estuviese custodiada y entonces se volvió otra vez hacia De Bruce:

–¿Qué información tienes?

–Información con respecto a John de Warenne. Una información que te permitirá apoderarte tú mismo de él, si eres lo bastante astuto –lo retó De Bruce–. ¿Cerramos el trato?

–Quizá –respondió Wallace, asintiendo.

Bruce comprendió que, si no jugaba el todo por el todo, quedarían en punto muerto.

–El gobernador va hacia Stirling a la cabeza de cuarenta mil hombres –dijo, viendo que Wallace levantaba su cabeza hirsuta y que sus ojos claros se abrían, sorprendidos–. Si llegas tú primero, podrás elegir el terreno que más te convenga. Y la caravana dc carga de Percy, una vez más, es fácil de atacar: él se reunirá con Cressingham en Roxburgh. Eso es todo lo que puedo darte, además de las cinco mil libras esterlinas.

–Que sean diez mil, y habrás comprado a un rehén... cuando el dinero sea entregado.

–Ya ha sido entregado –dijo De Bruce, mostrándole el recibo firmado por Wishart, el obispo de Glasgow, que era por diez mil libras esterlinas.

–Te has adelantado a mí.

Wallace hizo una mueca y levantó de nuevo un brazo para dar la señal.

Esta vez, Robert de Bruce vio que Jane salía sola, a caballo. Entregó el recibo a William Wallace.

–Te daré un consejo gratuito: no deposites demasiada confianza en Comyn. Tú eres un idealista, y tu objetivo es convertir a los vasallos en hombres libres. Comyn posee inmensas propiedades... el fin del sistema feudal no conviene a sus intereses.

Robert de Bruce tomó las riendas del caballo de Jane y los dos jinetes atravesaron al trote el campo abierto, hacia los hombres que esperaban.

–Gracias, milord –murmuró ella.

–No me lo agradezcas a mí. El que pagará el rescate será tu esposo, pero no delates su presencia hasta que estemos en Glasgow sanos y salvos; si ellos supieran que De Warenne ha estado aquí, tendrían otro rehén.

Los caballeros de De Warenne que se consumían de impaciencia en una posada de Glasgow conocida como King's Crag, lanzaron un alegre clamor al ver que la docena de hombres enfundados en cuero que acompañaban a lady Jane entraban a caballo en el patio de la posada. Taffy se precipitó hacia ellos para ayudarla a apearse y recibió, como recompensa, una sonrisa trémula.

La emoción abrumó a Lynx mientras avanzaba hacia su amada esposa. Tanta fue la ternura que sintió al verla que se le hizo un nudo en la garganta y no pudo hablar. Le dio un suave beso en la frente y luego la estrechó en sus brazos y la apretó contra su corazón. Supo que, a partir de ese día, tendría que protegerla con su vida y quererla con toda su alma.

Lynx ordenó a Taffy que la condujese a la planta alta, luego abrazó a Robert y le dio las gracias.

–Te devolveré el dinero de inmediato.

Robert sonrió, al tiempo que volvía a montar.

–Me pareció que no tenía por qué ser mezquino siendo tú quien pagaba. Hasta pronto.

Los hombres de De Bruce hicieron piafar sus caballos y partieron.

Lynx de Warenne habló con Montgomery en voz baja.

–Ven dentro. Quiero que lleves una carta al gobernador que, en estos momentos, debe de ir camino de Stirling.

Lynx puso por escrito lo que había sucedido:

> Fitz-Waren secuestró a mi esposa y la entregó a William Wallace, quien ofreció cambiarla por ti. Pagué un rescate y logré que volviese sana y salva. Cuídate de Fitz-Waren, pues representa una constante amenaza para todos los De Warenne, sobre todo para ti. Wallace cuenta con una fuerza de diez mil hombres, acampados entre Clydebank y Dumbarton, quien, además, debe de haberse aliado con Montieth, De Moray y Comyn.

Lynx mordisqueó el extremo de la pluma mientras trataba de deducir si Robert de Bruce habría divulgado algún dato con respecto a los planes del gobernador. Llegó a la conclusión de que hacía falta una advertencia:

> Procura no caer en una emboscada en Stirling.

Cobijados bajo las vigas de una habitación en King's Crag, Lynx y Jane compartían el baño. La bañera de madera a duras penas podía contener las largas piernas de Lynx, pero ya no soportaban estar más tiempo separados. Él había puesto los muslos a modo de silla para que ella se reclinara sobre su pecho.

–¿Ya no te duele la herida?

–No, y hasta ha comenzado a borrarse la cicatriz.

Lynx tenía conciencia de que, ahora que se sentía segura, Jane le contaría todo lo sucedido.

–Los pastores de Torthwald no me asustaron, aunque me ataron y me pusieron una mordaza en la boca. Fitz-Waren, en cambio, es diferente. En cuanto lo vi, supe quién era. Tenía ganas de matarlo por lo que te había hecho pero me inspiró miedo. No me hizo daño alguno –se apresuró a decir–, aunque me dijo que había matado a Alicia y que haría lo mismo conmigo si no cooperaba. Pero, cuando me entregó a Wallace, sentí que estaría segura.

«¿Ese canalla ha matado a Alicia?» Fitz-Waren tenía muchos cargos por los cuales tendría que responder, pero Lynx no mencionó el justo castigo que debería recibir pues sabía que eso inquietaría a Jane.

–Gracias a Dios que John me había ordenado regresar a casa pues, quién sabe qué habría sucedido si no hubiese vuelto a Dumfries.

–No has hecho ahorcar a Sim y a Ben, ¿no es cierto? –preguntó Jane.

–¿Me darás algún estímulo que me convenza de no hacerlo? –bromeó él con suavidad.

Aliviada, Jane se echó a reír y se hundió un poco más en el agua.

Lynx le dio un beso en el hombro.

–Eres más atrayente cuando estás reclinada –susurró él, fascinado con los turgentes pechos de ella que se balanceaban en el agua, subiendo y bajando.

Jane metió la mano en el agua, afectando inocencia.

–¿Dónde está el jabón?

–Tú no buscas eso, pequeña provocadora.

Después de disfrutar de unos momentos de solaz, el rostro de

Lynx se ensombreció al recordar cómo se había sentido cuando creyó perderla. Intentando alejar pensamientos tan sombríos, la secó con cuidado y la llevó en brazos a la cama.

–Tengo algo para ti, mi amor.

–Ooooh, me encantan las sorpresas –ronroneó ella pero, cuando Lynx le mostró el anillo en la palma de la mano, Jane rompió a llorar.

Él la encerró en sus brazos.

–No llores, mi amor, este es un momento de dicha –le dijo, abarcando la cara de ella con las manos y besando las lágrimas que pendían de sus pestañas–. Eres tan bella que me quitas el aliento.

Contempló su rostro con mirada intensa y empezó a hacerle el amor con los ojos. Ella jamás se había sentido tan atractiva.

–Te amo, Jane. ¿Quieres casarte conmigo otra vez, para que yo pueda pronunciar los votos?

–Qué romántico, Lynx.

–Tú haces que sea romántico. Disfruto siendo tu esposo, pero además quiero ser tu amante.

Ella elevó su boca hacia la de él y, apoyándola en sus labios, le susurró su dicha.

Cuando él comenzó a besarla, ya no pudo detenerse. El juego amoroso de su boca encendió en ella un ardiente deseo que corrió por sus venas como una tormenta de fuego. Las manos del hombre adoraron todo su cuerpo, acariciaron su pelo, su espalda, tantearon sus pechos, masajearon su vientre, se deslizaron por sus nalgas.

–¿Sabes que tu hermoso trasero tiene forma de corazón? –murmuró él con voz ronca.

Jane sonrió con deleite.

–No sabía que te fijabas en ese tipo de cosas.

–¡Por Dios, pero si me fijo en todo lo relacionado contigo!

Ella hizo correr las yemas de sus dedos por el pecho de él.

–Dímelo.

–Las puntas de tus pestañas son doradas –dijo él, y le besó los párpados–. A veces, cuando sonríes, aparecen tus fugaces hoyuelos y mi corazón se oprime de amor –y añadió, sosteniendo uno de sus pechos plenos en el hueco de la mano, y pasando el pulgar por el pezón–: Cuando sabes que estoy mirando tus pechos, tus pezones se yerguen como rubíes.

Jane jadeó de placer y sintió que sus pezones se hinchaban al contacto con los dedos de él.

–Y tu monte de Venus –siguió él, deslizando su mano hacia abajo, por el vientre de ella–, está coronado por unos rizos rubio rojizos que podrían tentar al propio diablo.

Entrelazó sus dedos en esos rizos y Jane sintió que la invadía una dulce locura.

Jane respondía con tanta pasión a la adoración de su marido, que el juego amoroso se prolongó mucho tiempo. No se separaron ni aun cuando ya la satisfacción los había dejado extenuados. Permanecieron abrazados, Lynx demostrándole su cariño, besándola, envolviéndola con su amor. La necesidad de volver a ser uno solo había hecho presa en los dos, y Lynx le hizo el amor con ternura, demostrándole lo preciosa que era para él, honrándola con su cuerpo, y Jane volvió disfrutar de la sensación de sentirse adorada.

Más tarde, cuando yacía ahíta entre los brazos de Lynx, le dijo qué había visto en su visión.

–Siempre había intuido que Robert, algún día, sería rey, pero ahora estoy segura de ello.

–Yo no me opondré a la ambición de Robert al trono de Escocia, cuando llegue el momento oportuno, pero necesitará algo más que mi cooperación.

–La única parte de mi visión que no entendí fue la imagen de la dama que vi a su lado. ¡No era Jory, era la joven Elizabeth de Burgh!

Lynx se echó a reír y estrechó con más fuerza a Jane.

–Cielos, si Robert pudiese contar con el apoyo del conde de Ulster, pronto pondría sobre su cabeza la corona de Escocia.

Mucho después de que Lynx se hubo dormido, Jane yacía en sus brazos haciendo girar en el dedo la hermosa sortija nupcial y pensaba en lo que él le había dicho.

John de Warenne y su ejército avanzaban hacia Stirling por etapas, con lentitud; Montgomery pudo entregar al conde la carta de Lynx antes de que cruzaran el muro Antonino, el acceso a las Highlands. John releyó la carta tres veces para poder captar, en toda su hondura, la depravación en la que se había sumido FitzWaren. Redactó, al instante, una orden de arresto en su contra y se maldijo por haber empujado a su hijo bastardo a los brazos de Wallace. Él siempre había sabido lo que era, pero no había tenido el valor de admitirlo.

El gobernador volvió a tomar la carta donde Lynx le advertía que Wallace tenía una fuerza de diez mil hombres en Clydebank.

–¿Cuánto hace que se encontró con el ejército de Wallace? –preguntó John a Montgomery.

–Dos días, milord.

John lanzó una maldición. Su ejército necesitaría varios días para llegar a Stirling. El río Forth atravesaba, serpenteando, la región y el suelo estaba empapado y pantanoso con el agua de las últimas lluvias. El conde sabía que, una fuerza más reducida, aligerada de la caballería pesada y la caravana de carga, podría llegar a Stirling antes que él. Por otra parte, Wallace quizás había recibido la información de los rebeldes liderados por De Moray, en el norte. John de Warenne decidió acelerar la marcha.

El gobernador hizo cruzar el río Forth a su ejército en Ford Abbey y acampó cerca de Cambuskenneth Abbey. De ningún modo sería esta la última vez que tendrían que cruzar ese serpenteante río que protegía a Stirling y a su antiguo castillo; por eso John envió a sus exploradores a averiguar la localización del enemigo.

Como él temía, Wallace había llegado antes que él; su ejército estaba acampado en la base de las Ochils, una cadena de empinadas colinas, al norte del Forth. De todos modos, John de Warenne, que era un veterano negociador, estaba seguro de que podría convencer a los escoceses de que desistieran de luchar cuando se vieran ante el formidable y bien armado ejército inglés. Él no ignoraba que los escoceses eran valientes, pero también eran soldados mal entrenados y solo contaban con armas toscas. El ejército de De Warenne era la mejor fuerza de combate del mundo y contaba con un suministro constante de armas y alimentos, algo de lo que carecía el ejército de Wallace.

Cuando el gobernador envió a sus emisarios para negociar con Wallace, este respondió desafiante: «¡No hemos venido a buscar la paz sino a luchar por la libertad de nuestro país!». John era un hombre paciente; decidió no alterarse y volver a intentarlo. Cressingham, el tesorero, se opuso a tal decisión, pues era partidario de medidas perentorias.

De Warenne señaló que era imposible estimar el número de hombres del enemigo, oculto como estaba entre las malezas al pie de las Ochils. Más aún, atacarlos significaba que el ejército debería cruzar el río por el puente de Stirling, tan estrecho que ese movimiento llevaría un día entero. John no podía dejar de pensar en la advertencia de Lynx de Warenne: «¡Ten cuidado; puede haber una emboscada en Stirling!».

El gobernador se preguntó por qué el puente aún estaba en pie. Wallace había sido el primero en llegar al terreno; debería haberlo destruido. ¿Acaso habían dejado intacto el puente a modo de cebo? De Warenne propuso enviar exploradores a buscar un punto mejor donde vadear el río crecido; entonces, Cressingham lo acusó de cobarde.

–Señor conde, no tiene sentido dilatar este asunto más tiempo y derrochar inútilmente el dinero del rey. Propongo que avancemos y cumplamos con nuestro deber, tal como nos hemos comprometido.

Su actitud altanera provocó una división. En contra de las órdenes expresas de John de Warenne, Cressingham llevó a sus hombres hacia el puente de Stirling. Primero iban los jinetes, luego la infantería y por fin los arqueros galeses. No había señales de los escoceses; mediada la mañana, ya había cruzado casi la mitad del ejército inglés.

De repente, desgarró el aire el salvaje grito de batalla de los rebeldes de Wallace y los habitantes de las Highlands comandados por De Moray. Avanzaron como un torrente, con sus lanzas y sus hachas con garfios, en número aparentemente interminable, luchando descalzos de modo que el suelo pantanoso no significaba un obstáculo para ellos.

Desde la otra orilla, De Warenne, impotente, presenció la masacre de las fuerzas de Cressingham, que eran derrotadas. El propio Cressingham fue desmontado en los primeros minutos de la refriega y pisoteado hasta morir. El gobernador vio que casi la mitad de su ejército era destruido por la furia del salvaje enemigo. Cuando De Warenne se dio cuenta de que la batalla estaba perdida, ordenó quemar el puente de Stirling y la retirada del ejército.

Después de esta victoria imposible, el pueblo llano de Escocia enloqueció. William Wallace fue nombrado caballero y proclamado guardián del reino. Sus fuerzas arrasaron las fortificaciones de Stirling y Dundee, apropiándose de los castillos y reduciendo las aldeas. Sin embargo, la nobleza escocesa se mantuvo al margen de este plebeyo que amenazaba sus poderes y privilegios.

CAPÍTULO 34

Cuando Eduardo Plantagenet se enteró de la derrota de Stirling y de la muerte de Hugh de Cressingham, su tesorero, regresó de Francia y se dedicó de inmediato a organizar sus fuerzas para reconquistar Escocia.

Robert de Bruce fue a Dumfries para intercambiar información. Sabía que De Warenne estaba al tanto de los planes del rey y quería transmitir el dato de que las fuerzas de Wallace estaban destruyendo todas las cosechas y llevándose el ganado de todos los condados donde podían hacerlo.

–Eduardo viene para reunirse con el gobernador en Edimburgo. Lleva consigo a los reclutas de muchos condes: Bigod, Bohum y, por supuesto, los irlandeses del conde de Ulster –dijo Lynx a Robert.

–Cuando avancen más allá de Edimburgo no hallarán más que campos y granjas incendiados. Las fuerzas de Wallace están trasladando a los habitantes hacia el norte, de modo que los soldados de Eduardo no encuentren alimentos ni ayuda de ningún tipo. Incluso se mueven en nuestro territorio; solo la vigilancia nocturna los mantiene a raya.

Tanta destrucción dejó estupefacto a Lynx.

–Saldremos contigo a patrullar cada noche; informaré inmediatamente al gobernador. ¿Algún otro noble se ha unido a Wallace?

De Bruce negó con la cabeza.

–Aparte de De Moray, Montieth y Comyn, nadie más está con él. No abiertamente, al menos.

–Esta vez, no tienen ninguna posibilidad.

–Tanto ingleses como escoceses están desgarrando mi patria –dijo Robert de Bruce con amargura–. ¡No ha habido jamás en la historia una época con tanta traición, engaño y mentira; todo el mundo está movido por el orgullo y la codicia! La consecuencia de ello es una destrucción irresponsable. Ojalá no fuese así. Nuestro objetivo común tendría que ser la unificación.

Las damas que se habían acercado a saludar a De Bruce alcanzaron a oír sus palabras. Pocas veces lo habían oído hablar en un tono tan amargo.

–Pobre Robert –dijo Jory con simpatía sincera–. Desearías que los ingleses abandonaran tu país, ¿no es así?

–A decir verdad, es así, con excepción de los presentes.

–¿Y qué dices de los irlandeses? –preguntó Elizabeth de Burgh.

Robert revolvió, cariñosamente, sus rizos oscuros.

–Los escoceses solo odian a los ingleses, no a los irlandeses; sin duda, eso es así porque ambos pueblos tenemos sangre celta.

–Elizabeth está entusiasmada porque su padre acompañará al rey –explicó Jory.

–Espero que no esté demasiado atareado y pueda verlo –dijo Elizabeth.

–Podemos invitarlo a Dumfries –propuso Jane, buscando la mirada de Lynx en procura de aprobación–. El rey tendrá un séquito demasiado numeroso para que John pueda darles alojamiento en Edimburgo.

–Supongo que, si quiero retener mis posesiones, tendré que ofrecer a Eduardo la hospitalidad de Lochmaben y Caerlaverock –dijo Robert con sequedad.

–Para John será un alivio saber que puede contar con tu apoyo.

–¿Ya ha arrestado a Fitz-Waren? –preguntó Robert.

Lynx negó con la cabeza.

–He enviado a dos de mis caballeros para vigilar la fortaleza de Torthwald, pero ese bastardo parece haber desaparecido de la faz de la tierra.

–No hablemos de él –rogó Jane–. Lo más importante, al menos para mí, es que Lynx ya está recuperado.

–Ahora que lo mencionas, creo que le das demasiado de comer, Jane. Está engordando.

–¡Esto es puro músculo! –exclamó Lynx–. Trata de no envidiarme, Robert.

–¿Te quedarás a pasar la noche, milord? –preguntó Jane.

–Está bien, me has convencido –respondió De Bruce guiñando un ojo, ya sin el menor indicio de amargura en su voz.

–Ven conmigo a la armería; quiero mostrarte una cota de malla que estamos probando. En lugar de una camisa hecha de pesados anillos de hierro, hemos inventado una malla de metal tejido que es casi impenetrable.

En cuanto los hombres se marcharon, Elizabeth y Jory fueron a sus respectivas habitaciones para ataviarse con sus mejores galas. Jane acompañó a Marjory y se sentó en la cama mientras Jory miraba su bien provisto armario.

–No soporto la idea de que Lynx vaya otra vez a la guerra... ¡tengo tanto miedo!

–Querida, no permitas que él sepa, nunca, que temes por su seguridad. Hazle creer que lo supones indestructible.

–¡Lo amo tanto! ¿Por qué tienen que seguir luchando?

–Jane, las guerras se hacen para ganarlas, y nadie puede ganar sin emplear la violencia.

–Jory, ¿tú amas a Robert?

–Por supuesto que lo amo, y sé que algún día él reclamará la corona de Escocia. Eso me asusta sin medida, pero no se me ocurre, siquiera, pensar en detenerlo. ¡Si Robert está convencido de que ese es su destino, yo también debo creerlo!

Jane preguntó con delicadeza, recordando su visión.

–¿Tú querrías ser reina?

Jory extendió sobre la cama el vestido que había elegido y se sentó al lado de Jane.

–Yo sé que eso no podrá ser jamás. Los escoceses jamás aceptarían a una reina inglesa.

–¿Y aun así quieres que se convierta en rey?

–¡Sí! Haría cualquier cosa con tal de ayudarlo a alcanzar su meta.

–¿Lo amas tanto como para hacer un gran sacrificio? –preguntó Jane en voz baja.

–¡Lo amo tanto como para cualquier cosa! –afirmó Jory, vehemente.

–Yo sé que Robert de Bruce tiene una alianza secreta con algunos condes escoceses, pero si él tuviera el respaldo de Eduardo de Burgh, conde de Ulster, podría acceder al trono.

–Estás en lo cierto, Jane. Oh, ¿no crees que sería maravilloso? ¡Ah, si se pudiera convencer al conde de Ulster de que respaldase a Robert!

Jane titubeó un instante, y luego dijo:

–Si Robert ofreciera al conde de Ulster casarse con Elizabeth, su hija, y convertirla en reina, sería casi seguro que él lo ayudaría a ponerse la corona.

Al escuchar las palabras de Jane, el rostro de Jory perdió su color habitual transformándose en la apariencia cerosa de un cadáver.

Esa noche, en el salón, la conversación giró en torno a cuestiones bélicas.

–Eduardo ha dicho al gobernador que su principal prioridad es la eliminación inmediata de Wallace. Ofrece una recompensa en dinero y tierras a cualquier noble que contribuya a capturar al fugitivo.

–El rey es un genio malvado que divide para conquistar. Su recurso preferido es el soborno, ya sea por medio de regalos o de condonación de deudas –declaró Robert–. Lo sé... porque me ha sobornado a menudo.

Para distraerlos, Jane llevó a Lincoln Robert al salón. Le dio de comer un poco de postre, y los presentes se maravillaron ante el apetito del niño.

–El niño necesita algo más sólido que el flan –afirmó Lynx, dándole un trozo de corteza de pan.

Al ver que Lincoln Robert lo devoraba con placer, los hombres no pudieron menos que echarse a reír.

Jane notó que Jory había estado demasiado pensativa durante toda la cena. A la luz de las velas, su semblante delicado estaba salpicado de sombras oscuras bajo sus bellos ojos; Jane se compadeció de su querida amiga y miró a su esposo, tan semejante a su hermana en el tono de piel. Ahora, el cuerpo de Lynx irradiaba energía. Estaba más robusto que nunca; Jane daba fervientes gracias a Dios por su recuperación.

Contempló a Lynx con mirada amorosa, viendo cómo alzaba a su hijo sobre los hombros y galopaba con él hacia la escalera, mientras el niño aferraba mechones de pelo de su padre y lanzaba gritos de placer. Como de costumbre, Jane llegó a la conclusión de que Jory tenía razón. Debía reservar sus temores para sí misma y hacer creer a Lynx que él era invencible.

Más tarde, en lo alto de la torre Lady de Dumfries, De Bruce yacía saciado, acunando a Jory, quien yacía sobre su cuerpo musculoso.

–Esta noche, has estado feroz como una tigresa, mi amor. ¿A qué se debe tanto ardor?

–¿Responderás al llamamiento a la batalla?

–¿La posibilidad de perderme te hace insaciable?

–¡Sí! –afirmó ella, mordiéndole el hombro.

–Me necesitan para patrullar Galloway, Annandale y Lanark pues, si no lo hacemos, las hordas devastadoras de Wallace quemarían todas las Lowlands. Lo más probable es que no me llamen a combatir.

–No estaba pensando que te perdería en una batalla.

–¿De qué otro modo podrías perderme? –preguntó él, desenroscando una hebra de claros cabellos de su antebrazo.

–Tú sabes tan bien como yo que nuestra separación es inevitable.

Con sus dedos fuertes él alzó el mentón de ella y la obligó a mirarlo a los ojos.

–Nunca habías tenido dificultad para olvidar el futuro y entregarte al presente.

–Robert, existe una manera de acelerar tu acceso a la corona –dijo Jory, con acento intenso–. Si el conde de Ulster te apoyara...

–Mi amor, De Burgh es dueño de media Irlanda; para toda intención y todo propósito, él es rey por derecho propio. ¿Qué podría ofrecerle yo que él no tuviese?

–Podrías proponerle convertir en reina a su hija –susurró ella–. Es una proposición que pocos padres rechazarían.

–¡Elizabeth es una niña!

–Mi amor, si tú dejaras de mirarme tanto, verías que Elizabeth está a punto de convertirse en mujer y, además, que está locamente enamorada de ti.

–Ya está bien –replicó él, cubriéndole la boca con un prolongado beso.

–Prométeme que pensarás en ello.

–Jory, corazón mío, no pensaré en ninguna otra cosa.

En la torre del lado opuesto, Jane, que había bebido dos copas de vino para darse ánimo, estaba de buen humor, y la palabra más intranscendente la hacía reír.

–Esta noche, estás muy alegre; esperaba verte llorar ante la perspectiva de mi marcha.

–¡Bah, no siento ningún temor por ti! –dijo ella, empujándolo hacia la cama y pasando sus manos por las piernas desnudas de él–. Tienes unos músculos de hierro; estoy segura de que podrías romper nueces con los muslos. ¡Por Dios, solo de pensarlo me derrito de deseo!

–Has estado demasiado tiempo cerca de Jory. Estás convirtiéndote en una chiquilla superficial, egoísta, que solo piensa en el placer –bromeó Lynx.

Jane se puso de cuclillas.

–Te equivocas, Lynx... verás: Jory es capaz del más absoluto desprendimiento. Siempre ha sido muy generosa conmigo; la adoro.

Una inesperada lágrima rodó por su mejilla.

–Y yo te adoro a ti –juró Lynx, comprendiendo que las lágrimas de Jane habían estado apenas ocultas por tanta risa–. Y sé qué necesitas para disipar esas lágrimas tontas.

–¿Sí?

–Necesitas un buen revolcón.

El vino hizo su efecto; Jane rió con ganas.

–¿Qué te divierte tanto?

–La primera vez que nos acostamos después del matrimonio a prueba, yo era tan ignorante e inexperta que resultaba patética. ¡Y tú, tan formal y rígido...!

–A que no estaba tan rígido como ahora –dijo él, llevando la mano de ella a su miembro.

Los dedos de ella juguetearon con malicia, y por mucho que Lynx se esforzó, no pudo recordar un momento en que ella no lo excitara.

–Juguemos al semental y la yegua –invitó ella, entrelazando sus dedos en la melena leonada de él y mordiéndole la oreja en actitud juguetona.

El juego amoroso se prolongó durante mucho rato, lo que sirvió a Lynx de Warenne para desplegar su talento y disipar todos los temores de su esposa.

En Edimburgo, Eduardo Plantagenet celebró un consejo de guerra con sus generales, para concertar la estrategia. Al igual que John de Warenne, el rey tenía alrededor de sesenta años, y la vida le había cobrado su tributo.

–El número de hombres no es tan importante como las armas. ¿Hasta qué punto ellos están equipados?

–La última vez que luché con los escoceses no eran más que unos salvajes con el culo al aire –declaró Bigod.

–Desde entonces, se las han ingeniado para conseguir mejor equipo que, en su mayor parte, era nuestro –dijo John de Warenne con sequedad.

–¿Cómo? –preguntó Eduardo.

–Majestad, ellos revolotean sobre los campos de batalla como cuervos y se llevan las armas y las armaduras de los muertos, lanzan ataques contra las armerías; además, Wallace es famoso por apoderarse de caravanas de equipaje.

–¿De quiénes? –quiso saber Eduardo, recorriendo el cuarto con sus ojos azules en busca de un culpable.

Percy tenía una expresión sumisa: él había perdido tres. John de Warenne se apresuró a decir:

–Majestad, su arma principal es una lanza de más de tres metros letal para nuestra caballería.

Lynx de Warenne sostenía que el rey se apoyaba demasiado en su caballería, sin contar con las otras alternativas viables. Pero, como él mismo comandaba una numerosa compañía de caballería pesada, se arriesgaba a parecer un cobarde si proponía esas alternativas. De todos modos, expresó su opinión:

–Majestad, yo he comprobado que mis arqueros galeses son mucho más eficaces para luchar contra los escoceses. No sufren muchas bajas porque pueden combatir desde lejos. Sus grandes arcos disparan flechas tres veces más veloces que las ballestas; es un arma sumamente eficaz contra un enemigo cuyos soldados se protegen con túnicas.

El rey, conocido por su tozudez, arguyó:

–Siempre he confiado en mi caballería. Es un método ya probado y genuino para ganar guerras.

–En Francia, puede ser, pero en Escocia, donde el musgo y los pantanos se extienden kilómetros y kilómetros, la caballería pesada se hunde hasta los corvejones y se empantana sin remedio.

–Pondremos a los galeses en la vanguardia, delante de la caballería –declaró Eduardo.

–No, Majestad –se opuso Lynx de Warenne–; la caballería los pisotearía.

De Warenne sabía que al rey inglés no le repugnaba destruir a sus propias tropas si, de ese modo, también destruía a los escoceses.

–Los galeses deben tener sus flancos protegidos –agregó.

Eduardo clavó la vista en él.

–Había oído decir que habías muerto en batalla.

–Exageraban, Majestad.

–¿Habéis leído los informes de De Bruce, donde dice que, hacia el norte, el campo ha sido devastado, Majestad? –preguntó John de Warenne.

–Esperemos que esos informes también exageren. En todo caso, he ordenado que enviasen provisiones desde Carlisle; siendo así, no veo por qué no podemos atacar.

El rey recibió un mensaje del conde de Angus, informándole de que el ejército de Wallace estaba acampado cerca de Falkirk. Eduardo Plantagenet dio orden de avanzar. Eduardo y sus generales no tardaron en comprender que los informes de De Bruce eran correctos. Los ingleses no veían más que campos y pueblos quemados.

Cuando llegaron a Linlithgow, a pocos kilómetros de Falkirk, se había acabado el forraje para los caballos. Los ingleses acamparon en la oscuridad, se envolvieron en mantas y se tendieron donde podían encontrar un poco de tierra seca.

Eduardo Plantagenet hizo lo mismo, ya que él era demasiado orgulloso para ordenar que montasen su tienda de campaña mientras sus generales dormían en el suelo. En mitad de la noche, el inquieto caballo de Eduardo lo pisoteó, rompiéndole las costillas, lo que desató el pánico entre los jefes. Hubo quienes insinuaron que era conveniente suspender la operación y regresar a Edimburgo.

El rey, testarudo, se negó y, tras ser vendado por sus médicos, se puso su armadura y montó a caballo, sentado rígido en su silla, con John de Warenne a su lado. Dio la orden de levantar campamento mucho antes del alba y el ejército avanzó a paso de tortuga.

Cuando rompió el día, divisaron al ejército de Wallace delante de ellos, sobre una elevada loma. El jefe escocés había distribuido a sus hombres en forma de círculo, con los lanceros en la parte exterior y las reservas en el centro, dispuesta para ocupar el lugar de los que fuesen cayendo. Entre los grupos, había arqueros escoceses que llevaban pequeños y anticuados arcos. Mantenían en reserva la caballería, al mando de John Comyn.

El rey de Inglaterra sufría horribles dolores y odió a Wallace por haber ocupado la parte alta del terreno, sabiendo que sus fuerzas tendrían que avanzar pendiente arriba para pelear. Para empeorar las cosas, las palabras de Lynx de Warenne habían sido proféticas: ante ellos se extendía una ancha franja de musgo, desagradablemente mojada. Las fuerzas inglesas tendrían que desviarse a derecha e izquierda para evitarla, pero los arqueros galeses demostraron su utilidad. Los poderosos arcos lanzaban sus flechas por encima del terreno inundado y las hacían llover sobre los enemigos.

Al ver que los escoceses caían en combate, la caballería de Comyn huyó del campo de batalla. El rey de Inglaterra, con el rostro ceniciento por el dolor, ordenó a su propia caballería que evitara el terreno inundado y atacara a los soldados por la retaguardia.

Los derrotados escoceses huyeron por las colinas boscosas detrás de Falkirk, dejando diez mil muertos y heridos en el campo de batalla. Cuando Eduardo recibió la información de que William Wallace no estaba entre los muertos, juró que su ejército lo perseguiría hasta apoderarse del rey enemigo pero, allí donde fuese, el ejército inglés no encontraba más que tierras devastadas.

Eduardo Plantagenet, enfermo y con un ejército hambriento, decidió retirarse a Carlisle, del lado inglés de la frontera. Wallace fue declarado fuera de la ley y pronto, desde Carlisle, se emitieron otras órdenes de arresto en su contra, a pesar del deteriorado estado de salud del rey. Entre aquellos que Eduardo quería apresar estaban Montieth y Comyn.

No pasó mucho tiempo antes de que Comyn enviase a Eduardo mensajes conciliadores, destacando el papel que él había tenido en la derrota de Wallace. Después de reflexionar, Eduardo, astuto, perdonó a Comyn sabiendo que, si Comyn era arrestado y decapitado, Robert de Bruce tendría el terreno expedito para reclamar el trono de Escocia.

El conde de Montieth no había pensado que quedaría del lado perdedor. Procuró esconderse, azorado al ver el número de nobles escoceses que antes se habían opuesto al rey inglés y, ahora, hablaban pestes del honor y la habilidad de William Wallace. Montieth vigilaba cada uno de los movimientos de Comyn, que quería unirse a Eduardo Plantagenet a cambio de su perdón.

El voluble conde de Montieth inició negociaciones secretas con Eduardo Plantagenet, siguiendo el ejemplo de Comyn. A cambio del perdón, la confirmación de que seguía estando en el gobierno de Dumbarton y el condado de Lennox, el conde de Montieth prometió poner a William Wallace en manos del rey.

Capítulo 35

–¿Es cierto que el rey se está muriendo? –preguntó Lynx de Warenne a Robert de Bruce, que acababa de volver de Carlisle.

–No somos tan afortunados –dijo Robert, siempre irreverente.

–Pero ¿acaso no mandaron a buscar al príncipe Eduardo?

–Sí, como el rey sufrió un ataque, el príncipe acudió de inmediato. ¡Nunca, en mi vida, había visto a un príncipe tan lamentable! –exclamó Robert, despectivo.

–El joven Eduardo siempre ha sido consentido, aunque a decir verdad, hace años que no lo veo; por lo que espero que haya mejorado con la edad.

–Es un inepto y un zoquete inmaduro rodeado de amantes varones. Eduardo debe volverse loco cada vez que posa su vista en su heredero.

–Un gobernante tan incompetente te facilitaría mucho las cosas –dijo Lynx, sin alzar la voz.

–¡Sí; tendría más miedo de los huesos del padre muerto que del hijo vivo!

–Tengo al gobernador en la planta alta, en cama con fiebres intermitentes, tosiendo tanto que daría la impresión de que va a escupir los pulmones. Ayer, llegó para contarme que, al parecer, Wallace había sido apresado.

De Bruce alzó las cejas, consternado.

–¡Así que eso es lo que ha provocado la rápida recuperación de Plantagenet! De súbito, el rey se siente tan bien que quiere regresar a Londres.

–Si es verdad, Wallace será juzgado y condenado a muerte. No habrá perdón para el enemigo del rey –afirmó Lynx.

–Resulta una paradoja que un guerrero tan valiente y bravo sea condenado, mientras que los falsarios y traidores como Comyn florezcan y prosperen –se quejó De Bruce, con profunda amargura.

–Quizás haya llegado tu oportunidad –dijo Lynx sin cambiar el tono de voz.

Las cejas oscuras de De Bruce se elevaron mientras meditaba sobre lo que había dicho su amigo.

–Los escoceses jamás aceptarán un gobierno inglés, y la Iglesia de Escocia jamás se someterá. Alguien se levantará para ocupar el lugar de Wallace y la pelea seguirá hasta la muerte de Eduardo. Entonces, el hijo perderá todo lo conquistado por el padre, y la lucha y las muertes habrán sido inútiles. Estoy harto de la guerra –dijo Lynx, sin rodeos.

–Si me alzara contra el rey –preguntó Robert en voz baja–, ¿te opondrías a mí?

Lynx negó con la cabeza.

–Regresaría a mis tierras en Inglaterra.

De Bruce alzó la mirada hacia las estrellas.

–¿Y el gobernador?

–Su salud está deteriorándose. Tal vez pueda convencerlo de que renuncie a su cargo y vuelva a Inglaterra.

Jory, que había estado leyendo a su tío, bajó a reunirse con ellos. Escudriñó el rostro de Robert tratando de discernir si habría llegado a una decisión con respecto al tema sobre el que habían conversado en privado. Su semblante no le reveló nada.

Robert recogió sus guantes de montar.

–No puedo quedarme. ¿Quieres cabalgar conmigo un trecho, Jory?

–Con gusto, milord.

El rostro de la joven se iluminó; fingía que el tiempo que tenían para ellos sería infinito.

Ya en el establo, De Bruce ensilló el palafrén de Jory y, alzándola, la sentó sobre la silla. Sin hablar palabra, galoparon velozmente hasta pasar el primer grupo de árboles. Pararon los animales, se apearon y cayeron uno en brazos del otro. Él la besó hasta que ella sintió que le ardían los labios. Por fin, Jory se apartó de él.

–¿Has hablado con De Burgh?

Él estudió la cara de ella con expresión desolada en sus ojos.

–Mi amada, ¿por qué me empujas a eso si sientes tanta pasión por mí?

–¡Porque quiero ver cumplido tu destino! Deja que haga este sacrificio por ti. ¿Has visto a De Burgh?

–Sí. No hemos abordado ese tema, pero lo invité a Lochmaben.

Jory se puso de puntillas para volver a besarlo.

–Te amo con toda mi alma; estás haciendo lo que debes, Robert.

Él la encerró entre sus brazos y la retuvo largo rato.

–Siempre hueles a fresia –murmuró.

–Es mi perfume preferido.

En el semblante de Robert no quedaban rastros de felicidad cuando él metió la mano en su jubón.

–¿Puedes entregar esta carta a Elizabeth? Es de su padre; en ella le pide que se reúna con él en Lochmaben.

Jory tomó la carta y dirigió al hombre una sonrisa radiante. Así, logró contener el grito que tenía en la garganta pugnando por escapar.

Jane sacó el ladrillo frío que John de Warenne tenía junto a los pies y lo sustituyó por uno caliente. Luego, midió una dosis generosa de un jarabe preparado con verónica y angélica, para aliviarle la tos.

–Eres un ángel de piedad, querida mía, y yo soy muy afortunado por poder estar aquí, en Dumfries, con mi familia. Me estremezco al pensar lo que podría haber sido de mí si me hubiese quedado en Edimburgo.

Marjory entró en la habitación y expresó con palabras lo mismo que Jane había estado pensando:

–No deberías regresar allí. Has servido al rey toda tu vida, en detrimento de tu propia salud. Ya es hora de que otro cargue con tus pesadas responsabilidades.

–Mi querida Jory, he hablado largo y tendido con el rey, en Falkirk; tanto él como yo sentimos el paso de los años. Creo que pronto designará un comité de delegados para que gobierne Escocia. Un hombre solo no puede hacerlo todo.

–Es una maravillosa noticia, milord; ahora trate de descansar un poco –suplicó Jane.

Jory salió de la habitación detrás de Jane.

–Tengo una carta para Elizabeth; es de su padre. ¿Puedes acompañarme a entregársela?

Los ojos de Jane adquirieron una expresión especulativa. El tono de Jory no dejaba lugar a dudas de que ahora necesitaba su apoyo.

–Por supuesto que te acompañaré.

Elizabeth se regocijó al recibir la carta de su noble padre, Eduardo de Burgh, conde de Ulster. Cuando ella leyó su contenido, se alegró sobremanera.

–¡Oh, mi padre irá a casa de los De Bruce, en Lochmaben, dentro de una quincena, y quiere que me reúna allí con él!

Jane vio que, en las mejillas de Elizabeth, aparecía un bonito sonrojo.

–Oh, necesitaré un vestido nuevo –exclamó la muchacha, agitada.

Jane miró a Jory, y se entendieron con la mirada.

–No un solo vestido, Elizabeth: debes tener una docena de vestidos nuevos –corrigió Jory–. No olvides que Robert de Bruce es el soltero más codiciado de Escocia.

El rostro de Elizabeth de Burgh se puso de color escarlata; al mismo tiempo, ella bullía de excitación.

–Tengo que contar esto a Maggie y a Molly: ¡se quedarán pasmadas! Jory, ¿vendrás conmigo a Lochmaben?

–¡No, qué tontería! Ya te he enseñado todo lo que sé. ¿Acaso no he enseñado a Jane a ser lady Jane? Ya es hora de que despliegues tus pétalos y florezcas, Elizabeth.

La muchacha salió corriendo en busca de sus criadas; entonces Jane miró a Marjory con los ojos brillantes de profunda admiración.

–Oh, Jory, qué desprendida y generosa eres. No sé si yo habría tenido el coraje de hacer lo que tú estás haciendo.

–Ahora eres tú la que está diciendo tonterías. ¿Dónde crees que aprendí estas cualidades, Jane? Aquí; tú me enseñaste.

En Londres, en la gran sala de Westminster, William Wallace fue acusado de una interminable lista de cargos que comprendían sedición, homicidio, e incluían causar la muerte de ancianos, jóvenes, esposas, viudas, niños y lactantes, sacerdotes y monjas.

Como el rey Eduardo lo había declarado fuera de la ley, William Wallace no tenía permitido defenderse. Fue declarado culpable de inmediato y sentenciado a la horca; después sería descuartizado.

Sin embargo, cuando llegaron a Escocia los relatos de los testigos presenciales de la ejecución de William Wallace, tanto ingleses como escoceses se enfurecieron al conocer tan indecible carnicería. Wallace fue atado a una rastra que, tirada por caballos, fue paseada por toda la ciudad de Londres, desde Westminster hasta el patíbulo instalado en Smithfield. Se le puso un lazo en el cuello, fue izado y dejado caer cuando aún estaba con vida. A continuación, le cortaron los genitales. Luego, le arrancaron los intestinos y los quemaron en una hoguera, estando Wallace todavía vivo. Entonces fue decapitado y descuartizado.

Su cabeza fue clavada en una pica en el puente de Londres; la pierna derecha fue enviada a Berwick, la izquierda a Perth, el brazo derecho a Newcastle y el izquierdo a Stirling.

Tan bárbara carnicería, cometida contra ese bravo caballero, aumentó el odio por Eduardo Plantagenet, sobre todo porque el rey había perdonado muchas veces la traición cometida por los nobles escoceses.

Tal vez llegara a oídos de Eduardo la indignación de toda Escocia, en general, y de los De Bruce y De Warenne en particular porque, de repente, ellos perdieron el favor real. El rey notificó oficialmente que John de Warenne había sido destituido de su cargo de gobernador de Escocia y que exigía un recuento de sus gastos. Fue sustituido por cuatro guardianes, pero Robert de Bruce, primer conde de Escocia, no figuraba entre ellos. Para sumar el insulto al insulto, el rey Eduardo designó un nuevo administrador de Lanark y exigió que De Bruce cancelara la deuda que su abuelo había contraído veinte años antes.

Robert de Bruce apretó los dientes y se preguntó si al arrestar a Wallace habrían encontrado documentos que lo implicaban de algún modo. Él sabía que una prueba condenatoria de ese tipo impediría cualquier alianza secreta con el conde de Ulster. Cuando Eduardo de Burgh llegó a Lochmaben en su prometida visita, De Bruce exhaló un suspiro de alivio.

Fue para él una gratificación saber que, para el palatinado irlandés, el trato que Eduardo Plantagenet había infligido a Wallace no era siquiera digno de desprecio. De Bruce no demoró en proponer un compromiso conyugal entre él y Elizabeth de Burgh a cambio del apoyo de Ulster cuando Bruce presentara su pretensión al trono.

–Baliol está muerto, y todos sabemos que los días del rey Eduardo están contados. Su heredero no es una amenaza para nadie, salvo para sí mismo –presionó Robert.

–Tendrás que luchar contra Comyn. A la larga, la disputa será entre vosotros. ¿Sabías que él reclama todas las posesiones de Baliol, en razón del parentesco que los une?

De Bruce lanzó una carcajada irónica.

–No creo que a Eduardo Plantagenet le agrade semejante reclamo.

Ulster coincidió con él.

–No; en este momento, Comyn está muy lejos de contar con el favor del rey.

Los dos hombres siguieron conversando hasta bien entrada la noche, y Eduardo de Burgh, con la vista puesta en el futuro, calculó que las ventajas de la propuesta de De Bruce superaban los riesgos. No fue necesario un gran esfuerzo de persuasión para que el poderoso conde irlandés aceptara el compromiso secreto.

El documento fue redactado y firmado; Elizabeth de Burgh casi se desmayó durante la ceremonia realizada a medianoche, cuando Robert de Bruce anunció su compromiso con ella, bajo el ojo vigilante de su severo padre.

Ese domingo, cuando la visita hubo concluido, escoltaron a Elizabeth de regreso a Dumfries, antes de que Ulster la llevara a hacer un breve viaje a su amada Irlanda. La joven Elizabeth estaba eufórica aun cuando Robert todavía no había empezado a cortejarla.

En Dumfries, cuando todos se acostaron, Lynx y Robert hablaban en voz baja.

–John parece mucho más descansado aunque, a juzgar por lo que dijo durante la cena, el mezquino trato de Eduardo lo puso furioso.

–Es evidente que el rey presta oídos a alguno de nuestros enemigos –se lamentó Lynx–. Sospecho que se trata de Fitz-Waren; es muy posible que él esté en Inglaterra. Si eso es cierto, lo buscaré y lo mataré. John y yo hemos decidido volver a nuestras propiedades en Inglaterra. De ese modo, cuando Eduardo nos ordene que aplastemos una rebelión encabezada por De Bruce, estaremos lejos de Escocia y podremos hacer oídos sordos al llamamiento a las armas.

–Estoy convencido de que ha llegado el momento oportuno. Si no actúo ahora, después será demasiado tarde. Jamás había estado tan apartado del favor de Eduardo y, por una vez, mi enemigo, Comyn, está en la misma condición –agregó Robert de Bruce, divertido e irónico.

–¿Cómo es eso?

–Comyn reclama todas las propiedades de Baliol.

Lynx soltó un silbido.

–Por Dios, son muchas propiedades y posesiones. Entre tú y él, tenéis media Escocia. Es una pena que no podáis unir fuerzas contra Eduardo.

De Bruce sonrió.

Lynx volvió a llenar la copa de su amigo.

–Astuto sinvergüenza, ¿qué estás tramando?

–Comyn está cerca, en su castillo de Dalswinton. Pienso enviarle una proposición. Nos apoyaremos en nuestra pretensión a la corona. El que pierda, recibirá tierras y castillos del que gane. ¿Qué te parece?

–¡Me parece brillante! Es un ofrecimiento que él no podrá rechazar; en un acuerdo así no hay un verdadero perdedor.

–Ya era hora de que yo actuase en atención a mis propios intereses.

Lynx sonrió, pensando que él nunca había actuado de otra manera.

–Entre Comyn y yo no hay confianza. Yo no estaría dispuesto a ir a Dalswinton y él no iría a Lochmaben. Es preciso que nos encontremos en un sitio neutral.

–Tienes Dumfries; para mí será un placer –ofreció Lynx.

De Bruce hizo un movimiento negativo con la cabeza.

–No quiero que te mezcles en esto. Quiero que te marches a Inglaterra antes de que se firme un acuerdo.

–¿Qué opinas del monasterio franciscano? Allí estaréis seguros en un ambiente santificado.

–Es una sugerencia sensata –admitió Robert–. Es triste que debas abandonar Dumfries pero, cuando yo sea rey y nuestros países vivan en paz, tendrás que regresar.

–Mi esposa y mi hijo son escoceses. Algún día volveremos a Dumfries, no temas.

–¿Acaso Jane es desdichada? –preguntó Robert con cierta preocupación.

–No, bendita sea; ella está dispuesta a hacer lo que yo le pida aunque la perspectiva de vivir en Inglaterra la asusta un poco.

–¿Tiene noción del lujo de las propiedades De Warenne en Inglaterra?

–Desde luego que no, ¿o crees que se ha casado conmigo por mi fortuna?

–¿Qué otro motivo podría tener para casarse con un bruto tan desagradable como tú?

Robert de Bruce fue sigilosamente hasta la torre Lady y llamó a la puerta con suavidad. Cuando Jory le abrió, se escabulló dentro.

–Amor mío, he venido a decirte adiós.

Jory fue a sus brazos, decidida a no derramar lágrimas, pues quería que él la recordase con una sonrisa radiante.

–Robert, mi amor; siempre serás una parte de mí.

Para la mesnada de De Warenne no era empresa insignificante recoger los pétalos en Dumfries y regresar a Inglaterra. Por otra parte, John de Warenne tenía su propio ejército, que lo acompañaría de vuelta a Surrey. Se había decidido que partirían por etapas: primero John con su guardia personal, unos días después, los seguirían los galeses de la infantería; el último en partir sería Lynx de Warenne en compañía de sus caballeros, sus escuderos y su familia.

Cada ejército tenía su propia caravana de caballos, armaduras, armas y provisiones que deberían ser transportados de Dumfries al castillo en Wigton, cerca de Carlisle, y luego a Lancaster y Chester, en la frontera de Gales, y así, a todas las propiedades de De Warenne, en el sur de Inglaterra.

Los servicios del mayordomo de Dumfries resultaron invalorables para Lynx, tanto que ofreció a Jock Leslie la posibilidad de que se trasladara a Inglaterra junto con toda su familia. Pero Jock negó con la cabeza.

–Somos cuidadores de castillos, milord; mantendremos Dumfries funcionando hasta que usted regrese.

–Jock, pueden pasar años hasta que regrese –remarcó Lynx–, y Jane os echará mucho de menos.

–Hemos tenido una conferencia familiar, y hemos decidido quedarnos aquí, en Dumfries, todos salvo Keith. ¡Él no soporta separarse de los caballos!

–Jane está encantada de que Keith venga con nosotros y ya está hablando de mandar a buscar a algunos de sus sobrinos de más edad para que puedan ser educados en Inglaterra.

Jock rió entre dientes:

–¡Sin duda; eso solo podrá ser pasando sobre el cadáver de Megotta!

Solo los efectos personales de Jory de Warenne llenaban una fila entera de carretas; Jane estaba muy atareada empacando los muebles de la familia, sus ropas y la de Lincoln Robert. Jane convenció a Grace Murray de que viajara con ellos. La niñera sentía recelo por Inglaterra y los ingleses pero, al mismo tiempo, había forjado un fuerte vínculo con el pequeño señor.

Tres días después de la partida de John de Warenne, los arqueros galeses de Lynx iniciaron su larga marcha; tres días más tarde, los seguirían los caballeros y la familia del señor. Y no estaban adelantándose; De Bruce había informado a Lynx de que ya se había reunido con Comyn y que estaban siendo redactados los documentos de su acuerdo secreto.

Aquella noche, Jane bañó al pequeño, y Lynx la ayudó a acostarlo.

–Tenemos que llevar las dos cunas y la bañera... –dijo Jane–. ¡Ah!, recuérdame que pida a Thomas que encuentre sitio para nuestra bañera.

Lynx gimió.

–Si llevas más equipaje del necesario, nos hundiremos en el primer pantano que crucemos. ¿Acaso crees que en Inglaterra no hay bañeras?

Jane se puso de puntillas y le rodeó el cuello con los brazos.

–No me importan demasiado las bañeras, pero echaré de menos el estanque de mi bosque encantado. ¿Me llevarás mañana allí por última vez?

Lynx la amaba demasiado para negarle algo.

Capítulo 36

Después de Falkirk, Fitz-Waren empezó a quedarse sin alternativas. Montieth le volvió la espalda y se ocultó mientras planeaba cómo traicionar a Wallace. La orden de arresto que había emitido su padre le impedía reintegrarse al ejército; además, hizo que hasta sus propios oficiales se volviesen contra él. Para salvar su pellejo, estaban dispuestos a entregarlo al gobernador; sabían demasiado sobre sus asuntos.

A medida que se le agotaban los fondos, su odio hacia los De Warenne era cada vez mayor. Tenía algún dinero en Torthwald pero cuando volvió al castillo, vio a los caballeros de Lynx de Warenne apostados en la entrada. Regresó a Edimburgo, se escondió en las entrañas de la ciudad y cambió de alojamiento hasta que se quedó sin dinero y merodeó por los alrededores del castillo a cubierto de la oscuridad, obligado a robar de las cocinas y dormir en los establos.

Los guardias de su padre impedían que Fitz-Waren se acercara a él; cuando supo que la salud de John era mala, deseó con fervor la muerte del viejo canalla. Fitz-Waren también oyó hablar, a los criados del castillo, del deterioro de la salud del rey, y comprendió que los días de Eduardo Plantagenet estaban contados. En su depravado cerebro se encendió una chispa de esperanza. Fitz-Waren decidió pensar en el futuro. No sería difícil cultivar la amistad del príncipe de Gales. Si se mostraba servil con el joven Eduardo, ¿era tan inconcebible, acaso, que el nuevo rey le concediese el condado de Surrey? Claro que, para que eso fuese posible, debía asegurarse de que John y Lynx de Warenne fuesen eliminados.

Cuando John de Warenne viajó a Dumfries, Fitz-Waren lo siguió y encontró un refugio seguro cerca de allí, en el bosque de Selkirk. Las noches de verano eran cálidas y había tal abundancia de gamos que él solo necesitaba un cuchillo y el arco de caza que había fabricado con la rama larga y vigorosa de un alerce. Fitz-Waren vigilaba y esperaba; estaba obsesionado.

Lynx sentó a Jane sobre la silla, delante de él, y así cabalgaron juntos para despedirse por última vez de ese bello paraje. Mientras seguían los meandros del río Nith, Jane le señaló un par de nutrias que se deslizaban en el agua, y Lynx detuvo el caballo para poder verlas salir del agua y perseguirse entre las altas cañas.

Jane se apoyó en su pecho, gozando del contacto con sus músculos, que habían recuperado su dureza. Lynx ciñó su cintura con un brazo e hizo girar al caballo. Una cierva asustada se precipitó hacia el bosque, corriendo entre los árboles.

–Tu caballo la ha asustado: debimos haber venido andando –dijo ella.

–En ese caso, me habría visto privado del placer de cabalgar teniéndote entre mis muslos.

Jane lo miró por encima del hombro.

–Por lo general, es al revés.

Lynx empezó a sentirse excitado.

Jane no pudo resistir la tentación de provocarlo.

–Milord, si estás acalorado y molesto, lo mejor para refrescarte será una zambullida.

–Si es así, lo mejor es que nos olvidemos de nadar –repuso él, cuando llegaron al estanque.

–Pero, mi querido señor, si no quieres nadar, no hay motivo para desnudarse –bromeó ella.

Lynx desmontó, la levantó y la bajó del caballo, deslizándola por su cuerpo endurecido.

–¿Ah, no, mi amor?

–Confío en que encontrarás un motivo.

Lynx la desnudó con lentitud, saboreando su cuerpo. Depositaba un beso en cada parte de la encantadora anatomía de su mujer que exponía a la tibia luz del sol; luego Jane hizo lo mismo con Lynx, que se despojaba de sus ropas con premura. La pasión de ambos creció, estimulada por la excitación que provocaba hacer el amor al aire libre, en su paraíso privado.

Lynx se tendió sobre las largas hierbas y las delicadas flores silvestres y abrazó a su mujer, de modo que quedasen semiocultos por la flora fragante que crecía tan lozana junto al estanque del bosque y que ondulaba alrededor de ellos mecida por la ligera brisa estival.

–Te amo –le dijo él, entre un beso y otro.

–¿Cuándo descubriste que me amabas? –preguntó Jane en un susurro, ansiosa de escucharlo una y otra vez.

–Yo siempre te he amado –juró él.

–Mentiroso –se burló ella–. No fuiste consciente de mi existencia hasta que Jory me enseñó la manera de ponerte celoso. Admite la verdad: te has enamorado de lady Jane.

Lynx la besó apasionadamente y la miró con intensidad a los ojos.

–¿Quieres saber la verdad? Todas esas tretas femeninas que te enseñó Jory hicieron que te deseara, incluso despertaron mi lujuria por ti, pero lo que me hizo amarte fue la dulzura de tu carácter. Cuando estaba tan enfermo, tú me lo diste todo... no retuviste nada. Fue en ese momento cuando me enamoré perdidamente de ti.

–Mmm, amor y lujuria, qué gloriosa combinación –murmuró, amoldando su cuerpo al de él y ofreciéndole su boca.

Las palabras dejaron de ser necesarias e incluso posibles.

Oculto por el espeso follaje, Fitz-Waren observaba a los amantes con mirada malévola. El odio que había albergado hacia Lynx de Warenne palpitaba en sus venas como si fuese veneno. ¡Ahí estaba el causante de todas sus desdichas, el motivo del rechazo de su padre, la razón de que él perdiese todo trato de favor y de todos los pesares que había sufrido! Fitz-Waren maldijo la suerte que había hecho que su odiado primo escapara a su ataque y sobrevivido a él. ¡No solo seguía vivo sino que el hijo de perra florecía, disfrutaba la vida en su plenitud!

La altas hierbas obstaculizaban la visión de Fitz-Waren, pero podía oír cada palabra, cada susurro, cada grito de pasión. Contuvo su impaciencia; sabía que, en esta ocasión, no debía fracasar. Fitz-Waren aferró el arco y la flecha y se sentó a esperar.

Lynx despertó en medio de la tibieza de la tarde.

–¿Estás despierta, amor?

–Mmm, estoy viendo algo en la hierba que nunca había visto antes.

–¿Qué es? –preguntó él, sin poder resistir la tentación de deslizar la mano por la espalda desnuda de ella.

–Un par de bellos caracoles que están apareándose; es fascinante.

Los caracoles se tocaban, se aferraban, se acariciaban bajo las miradas de ellos, moviéndose lentamente uno contra otro, en una danza sensual que los hacía apretarse, abrazarse, rozarse y palparse.

–Así es como quiero hacerte el amor –susurró Lynx.

–Es así como tú me haces el amor –respondió Jane, también susurrando.

–¿Soy tan minucioso?

–Sin duda lo eres; pues de tu semilla brotará otro hijo.

Lynx quedó estupefacto.

–Janie... no deberías corretear por el bosque, desnuda.

Ella se puso de pie y apartó sus desordenados rizos.

–Quiero hacerlo, y lo haré –aseguró, riendo–; ¡no te atrevas a decirme que no puedo cabalgar o nadar!

Caminó con gracia hasta la orilla del agua y miró por encima del hombro, sabiendo que él la seguiría. Estaba sumergida hasta el pecho en el estanque cuando escuchó su exclamación de alegría y se volvió, impaciente por observarlo.

De pronto, vio que un hombre emergía por entre las hojas de los árboles y apuntaba con cuidado a la espalda de Lynx con un arco:

–¡Lynx!

El grito de advertencia escapó de su garganta y sus ojos reflejaron horror.

Lynx giró sobre sí mismo en el preciso instante en que una mortífera flecha pasaba junto a él errando por poca distancia. Sin embargo, supo que la flecha había hallado otro blanco al oír el grito de dolor de Jane. Reconoció al odiado Fitz-Waren, quien huyó de inmediato. Lynx sintió que se le anudaban las entrañas de miedo al ver que Jane desaparecía bajo las aguas del estanque.

Se zambulló en el agua y nadó hasta donde la había visto desaparecer, sintiendo que el pánico aceleraba los latidos de su corazón. Tras realizar una inmersión, salió a respirar a la superficie para, de inmediato, volverse a sumergir, buscando, angustiado, a su esposa herida. Por fin, vio su cuerpo cerca del fondo del estanque.

Sus brazos poderosos la sujetaron y se impulsó hacia la superficie. Cuando emergieron, pudo ver que la larga flecha estaba clavada en el hombro de Jane. Aunque la herida no era mortal, Jane no respiraba. La sacó del agua, arrancó el asta de la flecha y apoyó con suavidad a Jane sobre la hierba para inclinarse e insuflarle el aliento de su propia vida.

Jane empezó a toser y a vomitar agua y abrió los ojos. En el mismo instante en que recobró la conciencia, fue asaltada por una oleada de dolor que le hizo gritar.

–Gracias a Dios, gracias a Dios –murmuró Lynx–. Jane, tienes que ser valiente hasta que te lleve de vuelta al castillo. Sé que te duele, pero vas a ponerte bien, mi amor.

Se puso los pantalones y envolvió a Jane con su vestido. La conmoción hizo que su caballo se encabritara y resoplara, poniendo sus ojos en blanco, obligando a Lynx a asir con firmeza la brida e intentar calmarlo al tiempo que sujetaba a Jane con uno de sus poderosos brazos.

Ese día, Fitz-Waren no era el único que permanecía oculto en el estanque del bosque. Un par de ojos verdes espiaban entre el follaje, observando en silencio al hombre que se agazapaba detrás de un árbol. Era un maestro del acecho, capaz de quedarse inmóvil y de mostrar una paciencia infinita. El lince lo miraba sin parpadear, como si estuviese hipnotizado. Se pasó la lengua por los labios, y la carne que iría a saciar su creciente hambre provocó que su apetito aumentara. Su mirada no se apartó de la presa; cambió de posición para distribuir su peso con más comodidad y así, agazapado, esperó a que el hombre se moviera para poder perseguirlo.

Cuando Fitz-Waren disparó su flecha y dio en el blanco equivocado, por un instante quedó clavado en el lugar. Vio que Lynx de Warenne lo había reconocido y que le sería imposible escapar, a menos que prefiriese ayudar a la mujer en lugar de perseguirlo. Presa del pánico, Fitz-Waren huyó pero, mientras corría por el sendero del bosque, escuchó pasos a su espalda. Aceleró la carrera, frenético, sabiendo que su perseguidor estaba a punto de darle alcance.

Fitz-Waren tuvo la sensación de que sus pulmones se estaban quemando y su corazón iba a estallar. No tenía más alternativa que pelear para defender su vida. Desenvainó su cuchillo y se volvió para enfrentarse a su enemigo. ¡No era el Lynx que él esperaba, sino un lince de verdad! El felino salvaje dio un salto y se abalanzó sobre él.

El impacto hizo caer el cuchillo de la mano de Fitz-Waren y le arrebató el último aliento de su cuerpo, mientras caía al suelo. Fitz-Waren creyó que perdería la razón al sentir que las garras del lince le arrancaban las ropas y que sus largos colmillos se le clavaban en la garganta. Gritó y la sangre salió a borbotones por los agujeros que habían dejado los dientes de la fiera y, aterrorizado y agónico, vio al lince lamer con deleite su sangre. La semejanza sobrenatural que evocaban esos ojos verdes y esa piel leonada causaron un escalofrío en la espalda de Fitz-Waren cuando comprendió que el felino salvaje iba a jugar con él antes de asestarle el golpe de gracia.

–Haz venir a Megotta –gritó Lynx a Keith Leslie mientras el muchacho se hacía cargo de su caballo. Taffy atravesó corriendo el patio y abrió de par en par las puertas del castillo. Mientras Lynx entraba con Jane en brazos, ordenó–: ¡Llevad a algunos caballeros al bosque y perseguid a Fitz-Waren!

Marjory vio a los dos cubiertos de sangre y se alarmó y lanzó un grito.

–Se pondrá bien, Jory. Le han disparado... consigue agua caliente y vendas.

Lynx llevó a Jane arriba y la tendió con delicadeza sobre la cama para examinarle la herida. La flecha había penetrado profundamente en el hombro.

El rostro de Jane estaba blanco, y se mordía los labios en su esfuerzo por contener sus gemidos de dolor.

–Tendrás que ser valiente, mi amor; pues tengo que extraer lo que queda de la flecha.

Ella asintió, confiando en que el hombre que amaba podría ayudarla.

Lynx desenvainó el cuchillo y se arrodilló a su lado. Si no podía sacarla, no tendría más remedio que escarbar con la hoja del cuchillo.

–Jane, si tienes necesidad, grita.

Lynx comprendía que debía ser cruel. Ella sufriría un dolor insoportable, pero él confiaba en que la herida no sería fatal. A Lynx le preocupaba más que la traumática experiencia provocase la pérdida del hijo de ambos.

Con mano firme y dedos seguros, aferró el asta quebrada y tiró de ella. La sangre la hacía tan resbaladiza que se escapaba de los dedos de Lynx. La sujetó con mayor firmeza y tiró con fuerza. El asta emergió con un breve ruido sibilante; de inmediato, el agujero se llenó de sangre. Las lágrimas corrían por la cara de Jane, aunque él se había concentrado tanto en su tarea que no la había oído gritar.

Jory estaba de pie junto a él, sosteniendo el agua caliente mientras Lynx lavaba el hombro de Jane. Después espolvoreó milenrama en polvo en la herida y la vendó.

–He enviado a buscar a Megotta para que te dé un poco de amapola; eso te aliviará el dolor.

Jane se alarmó.

–¡No! Podría dañar al niño.

Lynx, en un gesto de ternura, le rozó la mejilla con los nudillos, sin sorprenderse en absoluto por la falta de egoísmo de su esposa.

–Te amo, Janie.

Le dio un beso en la frente y salió de la habitación acompañado de Jory.

–¿Jane está embarazada?

–Sí; cuídala, por favor. Hay algo que debo concluir.

Thomas lo aguardaba en el patio, con un caballo de refresco. Lynx se puso el jubón que le entregó su escudero y abrió la marcha hacia el bosque, en dirección al estanque. No tardaron mucho en hacer el siniestro descubrimiento. Fitz-Waren tenía la garganta abierta y habían devorado un buen trozo de su carne. Lynx se agachó para levantar el cuerpo.

–Yo lo haré, milord –se adelantó Thomas.

–No, yo lo haré –dijo Lynx, con aire sombrío–. No quiero que sea sepultado cerca del estanque de Jane.

Lynx de Warenne y sus caballeros ya estaban preparados para dejar Dumfries al día siguiente, pero la partida debía ser demorada. Jane le aseguró que estaba en condiciones de viajar, pero Lynx, siempre protector, insistió en que ella se tomase unos días de descanso, en cama, diciéndole que no había motivos para darse demasiada prisa. Al día siguiente, acaecieron sucesos fatales que demostrarían a Lynx que se equivocaba.

Robert de Bruce y dos de sus hombres entraron a galope tendido en el patio de Dumfries. Lynx notó su palidez, su agitación y adivinó que tenía problemas. De Bruce se negó a entrar e incluso a desmontar.

–¡No hay tiempo! En el nombre de Cristo, ¿por qué no te has marchado? –preguntó.

–Jane no estaba en condiciones de viajar –dijo Lynx sin ambages–. ¿Qué ha sucedido?

–¡Comyn me ha traicionado! Envió nuestro acuerdo firmado a Eduardo Plantagenet e interceptamos al mensajero que llevaba los papeles acusadores.

–Cristo, realmente ansiaba traicionarte.

–Si es así, ha satisfecho su deseo. Acabo de apuñalarlo junto al altar del monasterio.

–Por Judas, ¿qué vas a hacer?

–Debo ir a Stirling para ser coronado. No hay otra alternativa; si no lo hago, me arrestarán por traición.

–Has asesinado a Comyn en suelo sagrado... ¡necesitarás la absolución! –dijo Lynx, desesperado.

–Tengo al clero de mi parte. No te aflijas por mí, amigo, tú ocúpate de tu seguridad. ¡Sal hoy mismo de Escocia!

Hizo girar a su caballo y se alejó a galope tendido. Lynx lo miró partir. En cierto modo, sus destinos estaban entrelazados. Los enemigos de ambos habían hallado la muerte al mismo tiempo.

–Ha habido cambio de planes –dijo Lynx a Jane y a su hermana Jory–. Nos marchamos hoy, aunque sea demasiado duro montar en tu estado. Te embarcaré en el *Solway* e irás por mar a Chester. Nos reuniremos allí dentro de dos semanas.

Tanto su esposa como su hermana protestaron, pero Lynx se mantuvo inflexible. Llevó a Jory aparte y le dio una explicación que, ojalá, la satisficiera.

–Sé que estás en condiciones de cabalgar y de mantener el ritmo de mis caballeros, pero Jane no, y a eso se suma Grace Murray y el pequeño. Quiero que vayas con ellos y cuides de Jane como es debido.

–Tienes razón. Será menos duro para ella viajar en barco. No te preocupes por Jane. Soy buena marinera; cuidaré bien de ella.

Cuando Lynx volvió a la habitación, Jane le apoyó una mano en el brazo.

–Lynx, sé que algo malo sucede. Ayer me dijiste que no había prisa alguna por partir.

Después de escudriñarle el rostro, él se convenció de que debía decirle la verdad.

–Se trata de De Bruce; va a Scone para exigir sus derechos sobre la corona. Si nos quedásemos en Escocia nos implicaríamos en la traición –explicó, cubriéndole la mano–. No se lo digas a Jory. Ya sabes lo impulsiva que es; solo Dios sabe lo que sería capaz de hacer.

–Jory es muy fuerte.

–Testaruda, más bien –repuso él con sequedad.

Ella se puso de puntillas y le dio un beso.

–Ese es un rasgo familiar.

En un gesto posesivo, él la rodeó con un brazo cuidando de tratar su hombro con delicadeza.

–En cuanto te haya instalado a bordo, quiero que te acuestes. Estoy tan preocupado por el niño como por tu herida. ¡Maldita sea, no deberías viajar!

–Estaremos bien los dos, te lo prometo.

–Sería mejor que fuese contigo –dijo, en tono decidido.

–No, Lynx, tu lugar está junto a tus hombres. Dentro una semana estaremos en Chester.

–Entonces, haré que Thomas y Taffy viajen contigo.

–¡Oh, querido, qué buena idea!

Apenas el barco se había hecho a la mar y Jory ya estaba inclinada sobre la borda, vomitando cuanto había comido aquel día. Jane la llevó al camarote y le lavó las manos y el rostro con agua de rosas.

–Quiero que te acuestes; te daré un poco de bistorta para los mareos.

Jory gimió.

–¡Estoy aquí para cuidar de ti!

–Y lo harás. La bistorta te asentará el estómago de inmediato.

Poco después, Jory ya no estaba mareada. Jane cerró su caja de medicinas y se sentó sobre la litera.

–Ya ves; ¿qué te había dicho?

–Jane, me maravilla que tú no tengas náuseas; ¿estás segura de que vas a tener otro niño?

–Muy segura... hace dos meses que no menstrúo, tengo los pechos muy inflamados y debo orinar cada cinco minutos.

–Ahhh –exclamó Jory, pensativa, y las comisuras de su boca se elevaron en una sonrisa de satisfacción.

Jane contempló un instante su semblante extático.

–Jory... ¿tú estás...?

–Tengo motivos para suponer que sí –susurró Jory, dichosa.

–Oh, querida, Lynx tenía razón: eres una testaruda.

–No se te ocurra decírselo. Quisiera saborear mi secreto cuanto me fuera posible, antes de que comience con los regaños y las reprensiones.

–¿Robert lo sabe?

–¡Por supuesto que no! Nuestros destinos deben tomar rumbos diferentes, pero ahora él formará parte de mí.

Una semana después, cuando Lynx y sus hombres entraron en el patio del castillo de Chester, Jane, que había estado esperando su llegada con ansiedad, corrió a su encuentro.

Él, con mirada ansiosa, recorrió su pequeña silueta de la cabeza a los pies, y al ver su rostro radiante se convenció de que el embarazo marchaba viento en popa. Lynx desmontó deprisa y la rodeó cuidadosamente con su brazo.

–¿Cómo está tu hombro, mi amor?

–Está bien, aunque todavía me duele, ¡maldita sea! ¡Quisiera arrojarme en tus brazos para demostrarte cuánto te he echado de menos!

Él cubrió su boca con la de él, encantado con su respuesta.

–Ah, tendré que abandonarte con mayor frecuencia si esta es la bienvenida que recibo.

–Espera a ver lo grandiosas que son nuestras habitaciones. Yo no tenía idea de que pudiesen existir castillos tan magníficos.

–Y todavía no has visto la catedral de Chester. Allí te llevaré hoy. Todavía no te he dicho los votos como es debido.

Jane, con el vestido preferido de Lynx, el rosado de lana de cordero, estaba ante el altar para que ella y su esposo, que la adoraba, confirmasen sus votos conyugales. Antes de que se marchasen de la catedral, Jane contempló, maravillada, cuanto les rodeaba.

–¡Jamás había visto nada tan espléndido!

–¿Ahora sientes que, de verdad, estás casada conmigo?

Ella volvió su rostro hacia él.

–Sí, me siento, realmente, lady Jane de Warenne.

Lynx no pudo resistir la tentación de burlarse de ella.

–Ahora que estás en Inglaterra, tendrás que comportarte como una dama en todo momento. Nada de nadar o correr desnuda por los bosques. Este es un país civilizado.

Jane disimuló su sonrisa y decidió que ella también podría jugar al mismo juego.

Los caballeros de Lynx de Warenne y los del conde de Chester participaron en un banquete conyugal en el salón del castillo de Chester. Cuando llegó la hora de que los recién casados se marcharan a su habitación, Jane se demoraba, entretenida con el vino y la música. Disimuló la gracia que le causaban las insinuaciones, cada vez más insistentes, de Lynx para que se retirasen. Después de haber estado escuchándolas durante una hora, decidió abreviar su desdicha.

–¿Dejamos que los hombres se entretengan con los dados? –sugirió, con actitud insinuante, y obtuvo como recompensa una abrumadora expresión de alivio en el rostro de Lynx.

Jane sonrió para sus adentros; ¡todavía no había terminado con él!

Una vez cerrada la puerta de su dormitorio, Jane se entregó en sus brazos.

–Lynx, querido, gracias por haber traído a *Blanchette*. Tengo un cariño muy especial por mi adorable yegua blanca, aunque sé lo estrictas que son tus reglas debido a mi estado –abandonó sus brazos y puso cierta distancia entre ambos–. Te prometo obedecerlas todas, una a una: nada de montar, de levantar pesos, nada de hacer el amor, nada de esfuerzos excesivos de ningún tipo.

«¿Nada de hacer el amor?» Lynx la miró con intensidad para ver si hablaba en serio.

–Ahora que soy lady De Warenne, quiero que estés orgullosa de mis progresos. He aprendido a tocar el laúd y a jugar al ajedrez, para poder entretenerte en las largas noches de invierno. Permíteme; voy a demostrártelo –dijo, impaciente.

–Todavía no llegó el invierno –dijo él, apesadumbrado.

–Juega conmigo, por favor; ¿quieres? –rogó ella, persuasiva.

Sus provocativas palabras lo excitaron de inmediato. Lynx se sentó, aunque a desgana, y aflojó la tela que se había puesto tirante sobre su hinchado miembro. No apartaba los ojos de su bella esposa; casi no miraba el tablero y movía las piezas distraído.

–Lynx, ¿te aburro? –preguntó ella, fingiendo inocencia.

–No, mi amor, pero ¿por qué no lo hacemos más interesante jugando por prendas?

–Lo que tú quieras, querido.

En pocos segundos, él comió uno de sus peones y Jane, exhalando un suspiro, se quitó una zapatilla de satén y se la ofreció.

–Ah, no, mi amor; yo tengo que elegir la prenda –dijo él, entornando sus ojos verdes–. Quiero el vestido, que es mi preferido.

Con gran renuencia y lentitud, Jane se desprendió los botones y se quitó el vestido rosado. Sus movimientos eran tan provocativos y tentadores que Lynx empezó a sospechar. ¡Si no se equivocaba, esa chiquilla maliciosa estaba desarrollando juegos sexuales! Adrede, él hizo un movimiento equivocado con un caballo y vio que ella se abalanzaba sobre la pieza.

–He perdido –dijo él, resignado–. Toma tu vestido y vuelve a ponértelo.

Jane lo miró, consternada.

–Pero no quiero volver a ponérmelo –barbotó ella.

–Las damas inglesas no juegan al ajedrez en cueros –dijo él, en tono de reproche.

–Yo no estoy desnuda: tengo la camisa.

–¡Y no por mucho tiempo!

Se abalanzó hacia ella, pero ella lo eludió y se puso a correr por el cuarto.

Mientras la acechaba, él se quitó el jubón y luego el resto de sus prendas, arrojándolas a un lado a medida que se le acercaba. En el preciso momento en que ella creyó que lo había esquivado, él se precipitó y la tumbó sobre la alfombra. Entonces, sujetándola debajo de sí, le quitó la camisa y frotó su miembro turgente por los pechos y el vientre de ella.

–Lord De Warenne, ¿es que no es capaz de controlarse?

–Lady De Warenne, en lo que a usted concierne, no.

Jane arqueó su espalda, sin poder esperar a que él la poseyera. Sumido en su blando calor, él saboreó cada porción de su piel desnuda hasta que ella empezó a retorcerse. Sus cuerpos estaban tan bien sintonizados que llegaron juntos al orgasmo y gritaron a viva voz su pasión, cuando la simiente de él se volcó en ella. Jane se apretó a él, adorando sentir su peso, su olor, su duro cuerpo de guerrero.

–Es una pena desperdiciar esta hermosa cama con baldaquino –susurró ella en tono lánguido.

–No tengo la menor intención de desperdiciarla, pues pienso hacerte ciertas cosas que exigirán la intimidad de las cortinas –bromeó él.

Más tarde, dentro del recinto formado por las cortinas de la cama, los amantes se besaron y susurraron toda la noche. Lynx levantó el talismán que colgaba entre los pechos de Jane y lo contempló:

–Tal vez te haya protegido la magia encerrada en el símbolo del lince.

–Muchas veces he pensado que, tal vez, mi lince y tú seáis la misma cosa –murmuró Jane en voz queda–. ¿Acaso eres un ser que cambia de forma, que a veces eres hombre y, otras, animal?

–Soy lo que tú quieras –gruñó él, por lo bajo, lamiéndole el cuello con su lengua áspera.

Después, cuando se acabaron sus juegos amorosos, Lynx se contempló en los ojos de ella.

–Jane, ¿siempre me amarás como lo has hecho esta noche?

Ella rozó los labios de él con los suyos y juró con vehemencia:

–¡Quiero hacerlo, y lo haré!

Nota de la autora

Bruce fue coronado rey con el nombre de Robert I, en Scone, en una ceremonia celebrada por los obispos de Gloucester, St. Andrews y Moray, los hombres más poderosos de la Iglesia de Escocia. En desafío a Eduardo Plantagenet, el norte se alzó brindándole su apoyo. Dieciséis condes de Perthshire, doce de Angus y doce de Fife, once de Aberdeen, Banff y Moray, seis de Lennox, cuatro de Stirling y de Argyll, y uno de Dumbarton declararon su lealtad a De Bruce.

Robert se casó con Elizabeth de Burgh, hija del conde de Ulster, y esta unión duró veinticinco años.

Solo después de la decisiva batalla de Bannockburn, en 1314, el rey Robert I aseguró la independencia de Escocia.

Título de la edición original: *A Year and a Day*
Traducción del inglés: Ana Silvia Mazía
Diseño: Eva Mutter
Ilustración: John William Waterhouse

Círculo de Lectores, S. A. (Sociedad Unipersonal)
Travessera de Gràcia, 47-49, 08021 Barcelona
www.circulo.es
1 3 5 7 9 2 0 0 4 8 6 4 2

Licencia editorial para Círculo de Lectores
por cortesía de Ediciones B Argentina, S. A.

Depósito legal: Na. 384-2002
Fotocomposición: Fotoletra, S. A., Barcelona
Impresión y encuadernación: RODESA (Rotativas de Estella, S. A.)
Navarra, 2002. Impreso en España
ISBN 84-226-9349-6
N.° 29561